Astrid Plötner

Verabredung mit dem Tod

Handlung und Figuren dieses Romans entspringen der Phantasie der Autorin. Darum sind eventuelle Übereinstimmungen mit lebenden oder verstorbenen Personen zufällig und nicht beabsichtigt. Nicht erfunden sind Institutionen, Straßen und Schauplätze in Unna und den anderen Ruhrgebietsstädten.

Originalausgabe Mai 2024

Tel.: 0561/766 449 0, Fax: 0561/766 449 29

Titelbild: © Mario Carta, Dortmund
Kapuzenmann:Adobe Stockphotos, artem
Schriften: Linux Libertine

ISBN: 978-3-95475-260-7
www.prolibris-verlag.de

Astrid Plötner

Verabredung mit dem Tod

Hellweg-Krimi

Prolibris Verlag

Die Autorin

Astrid Plötner wuchs am Rande des Ruhrpotts im westfälischen Unna auf, wo sie heute mit ihrer Familie lebt. Sie arbeitet seit einigen Jahren als freie Autorin, hat zahlreiche Kurzkrimis in Anthologien und einige Romane veröffentlicht. Zwei Mal, in den Jahren 2013 und 2014, wurde sie für den Agatha-Christie-Preis nominiert.
Verabredung mit dem Tod ist der sechste Kriminalroman der Autorin mit dem Kommissaren-Team Maike Graf und Max Teubner, die im westfälischen Unna ermitteln. Astrid Plötner ist Mitglied der Autorenvereinigung *Syndikat e.V.*

Weitere Informationen unter: www.astrid-ploetner.de

Kapitel 1

Etwa acht Jahre zuvor

An manchen Tagen wünschte Jakob sich, er wäre tot. Heute war wohl so ein Tag. Er hatte die schlimmste Schulstunde erlebt, die man sich vorstellen konnte. Alles war schiefgelaufen und er hatte sich vor der Klasse blamiert. Nur mit Mühe hatte er die Tränen zurückgehalten. Jetzt fing es auch noch zu regnen an. Er begann zu laufen und kam ins Schwitzen. Der Schulrucksack drückte unangenehm auf seinem Rücken. Allein der Laptop, den er jeden Tag zur Schule schleppen musste, wog fast zwei Kilo. Dazu kamen die fetten Bücher für Geschichte und Erdkunde und der andere Kram, den er für die Schulstunden in der sechsten Klasse brauchte. Obendrauf heute noch die Sporttasche. Früh morgens, wenn es vom Busbahnhof bis nach Königsborn bergab ging, war es um diese Jahreszeit selbst mit Winterjacke arschkalt, da machte ihm der Weg nichts aus. Aber jetzt, wo er sich beeilen musste, um den Bus nicht zu verpassen, lief ihm der Schweiß den Rücken hinunter.

Scheißnovember. Scheißtag. Scheißleben.

Während er zwischen anderen Schülermassen die Hammer Straße hinaufeilte, dachte er an seinen Geschichtslehrer Heimbach, der ihn vor der Klasse zur Sau gemacht hatte. Dieser Blödarsch!

Hast du dich denn gar nicht auf das Referat vorbereitet, Jakob? Witzig! Total witzig! Die letzten Nachmittage hatte er bis spät abends an seinem Teil des Vortrags gesessen und versucht, den ganzen Mist auswendig zu lernen. Die Expansion Roms zum Großreich. Wozu musste man sich diesen Dreck ins Gehirn pflastern? Jakob hatte nicht vor, in seiner Zukunft irgendwas mit

Geschichte zu machen. Der dämliche Heimbach konnte sich das Imperium Romanum sonst wo hinschieben.

Wieso hatte Björn ihn heute Morgen bloß hängengelassen? Er hatte versprochen, nach seinem Zahnarzttermin zur dritten Stunde in der Schule zu sein. Am Ende der großen Pause hatte er ihn angeschrieben, dass er doch nicht komme, er habe ultraschlimme Schmerzen. Deshalb musste Jakob das Referat in der Geschichtsstunde allein halten. Das hatte ihn so aus der Bahn geworfen, dass er seinen Teil auch nicht mehr auf die Kette bekommen hatte. Irgendwie war sein Hirn plötzlich wie leer gefegt gewesen. Er hatte gestottert und war rot angelaufen. Verdammter Mist.

Jakob hatte gerade den Kreisverkehr passiert und kämpfte sich die letzte Steigung Richtung Busbahnhof hoch, als er hinter sich laute Stimmen hörte. Gekicher, Gegröle, blöde Sprüche. Er sah sich gehetzt um. Oh nein! Die Asi-Bande hatte ihm noch gefehlt. Er beschleunigte seine Schritte und blieb dicht bei einer Gruppe Mädchen, die bestimmt schon in die Oberstufe gingen. Irgendwie musste es ihm gelingen, seinen Bus zu erwischen, bevor die Asis ihn ...

»Hey, Jakob! *So lonely?* Wo ist 'n dein Kumpel?«, rief eine helle Stimme hinter ihm.

Scheiße! Das war ein Mädchen aus der Bande. Jakob umrundete die Oberstufenschülerinnen vor ihm und begann zu laufen. Der Schulrucksack wippte auf seinem Rücken schwer hin und her. Er keuchte. Nach einigen Metern war er nass geschwitzt. Endlich erreichte er die letzte Kurve vor der Bahnunterführung, danach war es nicht mehr weit bis zum Busbahnhof.

»Mach doch mal *low gas*, Junge!«

Achmeds Stimme hörte sich verdammt nah an. Trampelnde Schritte. Die Bande lief ihm hinterher. Jakob sah sich gehetzt um, kam ins Stolpern, konnte sich noch fangen. Die beiden Mädchen der Gang lachten. Er rannte über die Straße, gleich kam die Abbiegung zur Unterführung. Das musste er einfach schaffen. Im selben Moment spürte er eine Hand am Griff seines Schulrucksacks. Er wurde zurückgerissen und Achmed stand rechts neben ihm. Auf der linken Seite tauchte Kevin, der Anführer auf. Die Mädchen und ein weiterer Junge drängten sich dicht hinter ihn. Jakob schaute sich panisch um. Warum half ihn niemand? Die Oberstufenschülerinnen gingen bereits zur Unterführung. Andere Passanten beachteten ihn nicht. Er wollte um Hilfe schreien, aber seine Kehle war wie zugeschnürt. Die Bande schubste ihn in Richtung der Bahngleise auf einen Parkplatz. Plötzlich war er allein mit den fünf Asis, die so um die 15, 16 Jahre alt waren und ihn alle um mindestens einen Kopf überragten.

Der Parkplatz wurde von Bäumen und Büschen sowohl von der Straße als auch zu den Gleisen abgegrenzt. Es standen nur wenige Autos darauf. Achmed schubste ihn vorwärts, bis sie die parkenden Fahrzeuge hinter sich gelassen hatten. Eine S-Bahn fuhr mit lautem Getöse vorbei. Sie erreichten eine Nische, in der ein alter Container aufgestellt war. Dorthin wurde Jakob getrieben, bis er mit dem Rücken gegen kaltes Metall knallte.

»Sein Rucksack is krass schwer«, behauptete Achmed. »Hilf dem Intelligenzallergiker mal, Chantal, und nimm ihm das Teil ab!«

Das blonde Mädchen kam auf ihn zu und ließ ihre Finger mit den schwarzlackierten Nägeln über seine Wange gleiten. Dann trat sie ihm mit voller Wucht vors Schienbein. Jakob schrie vor Schmerz laut auf. Wieso half ihm niemand?

»Jetzt hast du ihm wehgetan, Chantal«, meinte Achmed mit falscher Freundlichkeit. »Nimm ihm endlisch den Rucksack ab.«

»Klaro!« Das Weib himmelte ihren Freund an und trat erneut zu.

Jakob krümmte sich vor Schmerz. Der Schulrucksack wurde ihm vom Rücken gerissen, Chantal öffnete ihn und kippte den Inhalt auf den staubigen Schotter. Da er sein Etui nur fahrig verstaut hatte, purzelten Stifte, Radierer, Anspitzer und Geodreieck auf den Boden.

Achmed zog den Laptop aus dem separaten Fach. »Der bringt bestimmt 'nen Hunni«, stellte er zufrieden fest und klemmte ihn sich unter den Arm.

Chantal trat erneut zu, diesmal in die Kniekehle. Jakob sackte zusammen und fiel hin. Ein weiterer Tritt traf ihn in die Seite. »Los! Jetzt rück die Kohle raus! Wir wollen 'nen Turn machen.« Als er den Kopf schüttelte und schwieg, holte sie mit dem Fuß aus und trat mit voller Kraft in seinen Bauch. Dann ging sie neben ihm in die Hocke und zerrte den Ärmel seiner Jacke hoch. »Sieh an, 'ne krasse Watch.« Sie öffnete den Verschluss und zog das Band von seinem Arm.

»Bitte nicht!«, keuchte Jakob. »Die ist von meinem Opa!« Er war so stolz gewesen, als er die Uhr zu seinem 11. Geburtstag im März bekommen hatte. Es war Opa Peters letztes Geschenk, bevor er im Sommer an einem Herzanfall gestorben war.

»Die ist von seinem Opa!«, sagte Chantal mit gespieltem Bedauern und schleuderte das Band um ihren Zeigefinger.

»Lass den Scheiß!«, blaffte Kevin und schnappte sich die Uhr. »Wenn er die von so 'nem alten Sack gekriegt hat, ist sie bestimmt wertvoll.« Er ließ sie in seiner Hosentasche verschwinden. »Wo ist dein Handy?«

»Ich hab keins!«, flüsterte Jakob. »Das habt ihr mir letztes Mal abgenommen. Das nächste bekomme ich erst zu Weihnachten.«

»Der arme Kleine.« Chantal kicherte.

»Durchsucht seine Jacken- und Hosentaschen. Vielleicht hat er noch Kohle bei sich.« Kevin starrte den Jungen an, dessen Namen Jakob nicht kannte. »Na los, jetzt zeig mal, was du draufhast!«

»Gerne!« Der blasse Typ beugte sich über ihn. Mit festem Griff packte er ihn an den Handgelenken und zerrte ihn auf die Füße. »Wäre besser, du rückst dein Zeug raus. Sonst gibt es auf die Fresse.«

Jakob schüttelte den Kopf. Sofort bog der andere ihm die Arme auf den Rücken, hielt sie mit einer Hand zusammen, während er ihm die Taschen durchsuchte. Jakob zitterte, seine Knie wurden weich und er atmete auf, als der Junge ihn losließ. Nur um ihn ruckartig rumzureißen und ihn mit einem gezielten Stoß zu Boden zu zwingen. Ihm liefen Tränen an den Wangen herab. Er konnte sie nicht unterdrücken. Er hatte Angst. Zum ersten Mal in seinem Leben hatte er Todesangst.

Ein überhebliches Grinsen lag auf dem Gesicht des blassen Jungen. Wortlos beugte er sich über Jakob, zog den Reißverschluss seiner Jacke auf und durchsuchte die Innentasche. Er zog einen Zwanzigeuroschein heraus, grinste noch breiter und reichte Kevin das Geld. Danach boxte er Jakob nochmals mehrfach in die Seite und stand auf. »Von dem Zwanziger können wir uns Energy und Kippen holen.«

»Gute Idee!«, rief Chantal. »Netto oder Rewe?«

»Netto ist näher, außerdem wollen sie beim Rewe immer 'nen Ausweis«, meinte Achmed.

»Beim Netto auch«, erwiderte Chantal. »Kevin ist der Babo!«

»Netto ist näher, hab isch gesagt, Schlampe!« Er warf seiner Freundin einen bösen Blick zu, griff nach Jakobs Sportbeutel und zog den Reißverschluss auf. Hastig kippte er das Sportzeug in den Staub, verstaute den Laptop in der Tasche und hängte sich den Riemen über die Schulter. »Was is? Wollt ihr auf die Bullen warten?«

Jakob blieb rücklings liegen und hielt die Luft an. Bloß nicht noch einmal die Aufmerksamkeit erregen.

»Dann eben Netto«, murrte Chantal. Sie blickte Jakob an. In ihren Augen blitzte Wut auf, die wohl gegen Achmed gerichtet war, die sie aber an Jakob auslassen würde. Im selben Moment trat sie ihn mit voller Wucht in die Seite. »Verwöhnte Yuppie-Brut! Kriegst alles in den Arsch geschoben, kleiner Bastard! Erbärmlicher Feigling!«

Jakob wälzte sich herum und krümmte sich vor Schmerz. Der nächste Tritt traf ihn in den Rücken. Wieso ließ die blöde Kuh ihn nicht einfach in Ruhe? Er schluchzte.

»Lass gut sein, Chantal«, sagte das andere Mädchen, das sich bislang aus allem herausgehalten hatte. »Achmed ist mit Kevin schon an der Straße.«

Schritte entfernten sich. Jakob hob vorsichtig den Kopf. Die beiden Mädchen und der blasse Junge liefen hinter ihren Freunden her. Die Dunkelhaarige sah sich noch mal um und hob bedauernd die Schultern. Jakob rieb sich die Tränen aus den Augen. Mühsam rappelte er sich auf. Seine Jeans und seine Winterjacke waren völlig verdreckt. So gut es ging, klopfte er sich den Staub von der Kleidung. Sein ganzer Körper schmerzte, jede Bewegung tat höllisch weh. Er bückte sich, sammelte seine Bücher, Hefte und den Taschenrechner ein, schmiss Stifte, Radierer, Anspitzer und Geodreieck ins Etui. Danach packte er alles in den Schulrucksack, obendrauf stopfte er das Sportzeug. Die Schnürsenkel der Turnschuhe band er um den Tragegriff. Dann zog er den Reißverschluss der Jacke zu und setzte den Schulrucksack auf den Rücken. Gut, dass er sein neues Handy nach dem Sport in der letzten Stunde in eine Socke gestopft hatte. Da hatten es die Asis nicht gefunden.

Langsam humpelte er vom Parkplatz und auf die Unterführung zu. Eine Straßenmusikantin spielte auf einem Akkordeon und lächelte ihn freundlich an. Jakob konnte nicht lächeln. Er hinkte weiter, vorbei an der Rückseite des Rathauses und am Haupteingang des Bahnhofs und erreichte endlich den Busbahnhof. Auf den nächsten Bus würde er noch etwas warten müssen. Er setzte sich auf eine Bank und verschränkte die Arme vor der Brust. Nach einer Weile spürte er sein Smartphone am Bein vibrieren. Bestimmt seine Mutter, die sich Sorgen machte. Jakob bückte sich und zog das Telefon aus der Socke. Ein verpasster Anruf, tatsächlich von seiner Mutter. Ehe er ihr antworten konnte, hörte er die Stimme von Chantal.

»Hey, der kleine Loser hat doch ein Handy!«

Jakob sprang auf. Die Asi-Bande erreichte gerade den Busbahnhof. In den Händen hielten sie Energydrinks und brennende Zigaretten. Wie dumm er gewesen war. Er wusste doch, dass die Gang ihren Treffpunkt auf einer der Bänke am Busbahnhof hatte. Hier passten sie oft ihre Opfer ab.

Chantal begann zu laufen. Im selben Moment sah Jakob, dass sein Bus kam. Er rannte auf den Halteplatz zu. Die Türen öffneten sich. Eine Frau mit Kinderwagen stieg aus, dahinter stand eine ältere Dame mit Stock. Chantal hatte ihn fast erreicht. Jakob stopfte das Handy in die linke Jackentasche, zerrte seine Fahrkarte aus der rechten. Endlich war die Alte raus. Er sprang in den Bus, zeigte dem Fahrer seine Karte und setzte sich auf einen der mittleren Plätze.

Chantal schlug wütend mit der flachen Hand an die Fensterscheibe. Jakob konnte sich ein erleichtertes Grinsen nicht verkneifen. Die Türen des Busses gingen mit einem Zischen zu. Mutig hob er seine kleine Hand an die Scheibe und zeigte der Asi-Göre den Mittelfinger.

Kapitel 2

Etwa acht Jahre später, Montag, 6. Mai, 7.55 Uhr

Kriminalhauptkommissarin Maike Graf lenkte ihren roten Renault Clio in eine freie Lücke auf den Parkplatz vor dem Polizeipräsidium Dortmund. In naher Zukunft würde sie sich nach einem neuen Wagen umsehen müssen. Sie fuhr den Clio jetzt schon mehr als zehn Jahre, und mit einer Laufleistung von über 150.000 Kilometern kamen sicherlich bald größere Reparaturen auf sie zu. Maike seufzte, stieg aus und knallte die Tür zu. Ein lauer Wind wirbelte ihre langen braunen Haare durcheinander, die sie ausnahmsweise offen trug. Zielstrebig steuerte sie hinter dem Glasvorbau den Fahrstuhl an und verließ ihn im zweiten Stock wieder. Erinnerungen an die Zeit vor über acht Jahren, als sie hier gearbeitet hatte, wollten sich auf sie stürzen wie ein hungriger Löwe. Maike war damals gerne Ermittlerin im Kriminalkommissariat 11 gewesen, aber heute schmerzte der Rückblick darauf. Plötzlich fragte sie sich, ob es richtig gewesen war, herzukommen. Noch konnte sie umkehren. Zögernd blieb sie vor einer Bürotür stehen, zog ihren braunen Lederblazer zurecht, der ihr ein wenig um die schlanke Figur schlabberte. Sie hatte in den letzten Monaten vier Kilo an Gewicht verloren, da sie an chronischer Appetitlosigkeit litt. Sie atmete tief ein, klopfte endlich und betrat den Raum sofort.

Der rotgelockte Kopf des Mannes hinter dem Schreibtisch ruckte hoch. Sein mürrischer Gesichtsausdruck ließ sie erneut an ihrem Vorhaben zweifeln. »Können Sie nicht warten, bis Sie hereingebeten werden?«, blaffte er.

Maike schoss das Blut ins Gesicht. »Guten Morgen, Herr Marschewski. Soll ich wieder hinausgehen?«

Er winkte ab. »Nun setzen Sie sich schon! Ich bin gleich so weit.« Er vertiefte sich in Papiere, während sie ihm gegenüber Platz nahm, und ließ sie warten. Endlich blickte er auf. »Sie treibt es also zu einer Veränderung. Vermutlich, weil Ihre Kollegen in Unna es nicht mehr mit Ihnen aushalten?«

Maike fühlte sich, als habe er sie geschlagen. Am liebsten hätte sie sofort kehrtgemacht. Was hatte sie bloß zu der irren Annahme gebracht, von Marschewski so etwas wie Verständnis oder Entgegenkommen erwarten zu können? »Ich verstehe mich mit meinen Kollegen nach wie vor sehr gut«, sagte sie leise. Das war nicht ganz die Wahrheit, denn tatsächlich hatte das Arbeitsklima nach ihrer beruflichen Auszeit arg gelitten. Besonders Kollege Sören Reinders verhielt sich ihr gegenüber sehr distanziert und machte keinen Hehl daraus, dass er auf eine Zusammenarbeit mit ihr keinen großen Wert mehr legte. Aber das konnte Marschewski nicht wissen, oder? Sie hatte sich um einen Job im KK11 beworben und nun sollte er seine Fragen stellen. »Da Sie meine Bewerbung berücksichtigt haben, wäre es schön, wenn wir mit dem Vorstellungsgespräch beginnen könnten.«

Mark-Oliver Marschewski starrte sie aus seinen grünen Augen überrascht an. Seine Brauen rutschten hoch, die Stirn legte sich in Falten. »Ich bin selbst kein Freund von unsinnigem Drumherum-Geschwafel. Kommen wir also sofort zum Punkt: Ich habe nach Erhalt Ihres Bewerbungsschreibens mit Ihrem Dienststellenleiter telefoniert, um mich nach Ihrem aktuellen ... sagen wir psychischen Zustand zu erkundigen. Man sieht Ihr Verhalten auch über ein Jahr nach der Geschichte mit dem Hübner als sehr bedenklich an.«

Maike schluckte. Was sollte das? Sie stieß die Luft aus, lehnte sich zurück und verschränkte die Arme vor der Brust. »Mir gegenüber hat er nichts dergleichen erwähnt. Ich kann mein Privatleben sehr gut vom Beruf trennen.«

Marschewski rollte seinen Stuhl nach hinten und stand auf. Er wandte sich von ihr ab und blickte einen Moment aus dem Fenster, wo man in der Ferne die grellgelben Flutlichtmasten des Signal-Iduna-Parks sah. Nach einer gefühlten Unendlichkeit des Schweigens drehte er sich wieder um. »Ich möchte Ihnen nicht zu nahe treten, Frau Graf, aber befinden Sie sich noch in psychologischer Betreuung?«

Maike konnte nur mit Mühe die Beherrschung bewahren. Das Blut schoss ihr erneut in den Kopf und trieb ihr den Schweiß auf die Stirn. Es war ein Fehler gewesen, sich für einen Job im KK11 zu bewerben. Marschewski war und blieb ein Arschloch. »Nein. Das halte ich nicht mehr für nötig. Die Psychologin steht mir bei Bedarf zur Verfügung. Aber ich kann Ihnen versichern, dass meine Arbeit nicht unter meinen Privatleben leidet«, versuchte sie deutlicher zu werden.

Der Leiter des KK11 setzte sich, legte die Unterarme auf der aufgeräumten Schreibtischplatte ab und faltete die Hände. »Das hoffe ich sehr! Ich verstehe, dass die Geschichte mit dem Hübner Ihnen nahegegangen ist. Aber wenn Sie ins KK11 wechseln wollen, dann darf es kein Lippenbekenntnis sein, wenn Sie beteuern, Privates von Beruflichem trennen zu können. Unser Job ist kein Kindergarten. Entweder Sie haben sich im Griff oder Sie sollten in Erwägung ziehen, sich mit einem reinen Bürojob zufriedenzugeben. Vielleicht interessieren Sie sich für die Kriminalaktenhaltung?«

Maike lachte abschätzig. Sie zwang sich, sitzen zu bleiben, obwohl sie am liebsten aus dem Büro gestürmt wäre. Zweimal hatte er nun die *Geschichte mit dem Hübner* erwähnt. Als handele es sich um einen fiktiven Roman, den man mal eben ins

Bücherregal zurückstellen könnte. Sie räusperte sich. »Die Kriminalaktenhaltung ist sicherlich kein Ziel, das ich mit einer Veränderung in meinem Job erreichen möchte. Wenn Sie so ein schlechtes Bild von mir haben, warum haben Sie mich dann überhaupt eingeladen?«

Er ließ die Daumen umeinanderkreisen und starrte sie regungslos an, ohne auf ihre Frage zu antworten. »Ich habe auch mit Kollegen von Ihnen in Unna gesprochen. Sie sind der Meinung, dass Sie nicht mehr so effizient und konzentriert arbeiten wie früher. Vielleicht hilft es Ihnen tatsächlich, wenn Sie vor andere Herausforderungen gestellt werden.«

»Herausforderungen in der Kriminalaktenhaltung?« Maikes Stimme war unbewusst lauter geworden. »Das ist hoffentlich nicht Ihr Ernst!«

»Fakt ist, Sie hatten ein schlimmes Erlebnis zu verarbeiten und ich möchte nicht riskieren, dass Ihre Arbeit hier ebenfalls darunter leiden würde.« Auch seine Stimme schwoll etwas an. »Ich formuliere es mal mit einfachen, verständlichen Worten: So wie ich es sehe, haben Sie das traumatische Erlebnis mit dem Hübner noch nicht verarbeitet. Sie sind nicht mehr so teamfähig wie früher. Sie nehmen keine Hilfe in Anspruch, Ihre Kollegen machen sich Sorgen. Ich frage mich, ob Sie in Ihrem Zustand für die Polizeiarbeit überhaupt noch tragbar sind.«

Maike sprang auf und stützte ihre Hände auf den Schreibtisch. Sie funkelte Marschewski mit wütendem Blick an. »Wenn Sie sich so eine schlechte Meinung von mir gemacht haben, warum haben Sie mich herbestellt? Um mich zu erniedrigen? Es war ein Fehler, herzukommen. Vielen Dank für nichts!« Sie drehte sich um und wollte aus dem Büro stürmen. Ihr Herz klopfte wild. Dieses verdammte empathielose Arschloch!

»Sie bleiben hier und setzen sich!«

Maike hatte die Türklinke bereits in der Hand. Kurz überlegte sie, seinen unangemessenen Kommandoton zu ignorieren, zögerte aber. Sie drehte sich langsam um und brachte ihre Gefühle mühsam unter Kontrolle. »Was noch?«, zischte sie und blieb vor seinem Schreibtisch stehen. Das gab ihr die Genugtuung, auf ihn hinabblicken zu können.

»Setzen Sie sich!«, brummte er leise. »Die Geschichte mit dem Hübner ist über ein Jahr her. Bei den damaligen Ermittlungen haben Sie sich nicht mit Ruhm bekleckert. Ihr eigenmächtiges Handeln hat Sie unnötig in Gefahr gebracht und gegen sämtliche Dienstvorschriften verstoßen. Ich frage mich, ob das bei Ihnen ein gängiges Verhalten ist.«

Maike atmete tief durch. Sie durchschaute einfach nicht, warum Marschewski dieses Gespräch überhaupt mit ihr führte. Ein gewöhnliches Bewerbungsgespräch sah anders aus. Sie versuchte ruhig zu bleiben. Vielleicht fand sie ja noch heraus, in welche Richtung er dachte. »Durch meinen Alleingang ist es immerhin gelungen, die Täter zu fassen, die für *die Geschichte mit dem Hübner* verantwortlich sind.« Sie nutzte bewusst seine Worte und betonte dabei jede einzelne Silbe, um ihm zu zeigen, was sie davon hielt.

Marschewski seufzte. »Jetzt setzen Sie sich doch. BITTE!« Er wartete, bis sie endlich seiner Aufforderung nachgekommen war. »Ich habe Ihre Personalakte gelesen. Sie sind immer eine gute Ermittlerin gewesen. Hübner hat Sie damals in den höchsten Tönen gelobt. Dass Sie sich in den letzten Monaten haben hängenlassen, ist allerdings ein Fakt, den ich nicht außer Acht lassen kann und nicht außer Acht lassen werde.«

»Indem Sie mir vorschlagen, mich mit der Kriminalaktenhaltung zu beschäftigen? Herzlichen Dank, aber darauf kann ich gut verzichten.« Sie lehnte sich zurück und schlug die Beine übereinander, dabei starrte sie Marschewski herausfordernd an.

»Es muss nicht zwangsläufig eine Bürotätigkeit sein. Nach meinem intensiven Gespräch mit Ihrem Dienststellenleiter bin ich zu der Erkenntnis gekommen, dass er ernsthaft über Ihre derzeitige Einsatzfähigkeit besorgt ist. Dennoch ist er überzeugt, dass Sie es schaffen können, die Vergangenheit zu bewältigen. Sie arbeiten jetzt acht Jahre in Unna. Vielleicht täte Ihnen Abwechslung im Job tatsächlich gut. Ich müsste mir Ihre Arbeitsweise natürlich genau anschauen und gucken, ob es passt. Aber einen Versuch wäre es mir wert. Sie könnten am Ersten des nächsten Monats hierher wechseln.«

Maike starrte Marschewski überrascht an. Mit dieser Wendung des Gesprächs hatte sie nicht mehr gerechnet. Inzwischen wusste sie nicht einmal mehr, ob sie den Job in seiner Abteilung überhaupt noch haben wollte. Sie hatte völlig vergessen, wie oft sie sich schon über sein manchmal polterndes Verhalten geärgert hatte. Sie kannte sich mit Kapitaldelikten aus, ja, hatte vor vielen Jahren bereits erfolgreich im KK11 Dortmund gearbeitet. Aber damals war Jochen Hübner der Leiter gewesen, mit ihm war sie später sogar eine Liaison eingegangen. Aber diesen Choleriker als Chef? Wie gut, dass er ihr sein Wesen gerade eben in Erinnerung gebracht hatte. »Es tut mir leid, Herr Marschewski, dass ich umsonst Ihre Zeit in Anspruch genommen habe. Aber ich bin mir plötzlich nicht mehr sicher.« Sie stand auf. »Ich habe mich in Unna eigentlich immer sehr wohlgefühlt. Vielleicht sollte ich doch lieber darauf setzen, dass sich diese gute Atmosphäre in unserem Team wieder einstellen kann.« Unwillkürlich fragte sie sich, wen genau er eben mit *Ihren Kollegen* gemeint hatte. Ob Max Teubner und Sören Reinders ihr in den Rücken gefallen waren? Das traute sie den beiden nicht zu.

Marschewski wollte zu einer Antwort ansetzen, als sein Telefon klingelte. »Einen Moment!«, bat er daher nur und nahm das Gespräch entgegen. Er lauschte eine Weile. »In Ordnung. Wir kommen.« Er legte den Hörer auf, erhob sich seufzend und blickte sie an. »Ein Tapetenwechsel ist manchmal eine gute Chance, mit der Vergangenheit abzuschließen. Wagen Sie den Neuanfang ruhig! Nennen Sie es eine Fügung, denn Sie können mich jetzt begleiten. An der Ortsgrenze zu Unna an der S-Bahn-Haltestelle Wickede ist ein Toter gefunden worden. Das möchte ich mir mit Ihnen gemeinsam anschauen. Sie sind gewiss mit dem Wagen hier und können mich mitnehmen.« Er zerrte einen grauen Blouson von einem Garderobenständer, der dabei fast umkippte, fluchte und schob Maike aus dem Büro, das er hinter sich verschloss.

Sie folgte ihm wortlos die Stufen des Treppenhauses hinunter. Als die gläserne Eingangstür hinter ihnen zuschlug, überließ er ihr den Vortritt bis hin zu ihrem Auto. Maike schnallte sich an und startete den Motor. »Ich setze Sie gerne an der Haltestelle ab, aber meine Entscheidung, ob ich in Zukunft für das KK11 arbeiten möchte, ist noch nicht gefallen.«

Endlich ließ Marschewski den Gurt einrasten. Er lehnte sich zurück, soweit ihm das in dem recht kleinen Wagen möglich war. »Seien Sie nicht bockig! Schauen wir uns den Toten am Bahnsteig gemeinsam an! Sie haben doch früher auch erfolgsorientiert an Mordfällen mitgearbeitet. Außerdem befindet sich der Fundort dicht an der Grenze zu Unna. Ist also fast Ihre Zuständigkeit!«

Maike schwieg und konzentrierte sich auf den Verkehr. Sie fühlte sich völlig verunsichert und war erleichtert, dass Marschewski nicht weiter auf das Gespräch in seinem Büro einging. Stattdessen machte er Konversation. »Immer wenn ich hier langfahre, muss ich an einen Großeinsatz denken, den wir hier im November hatten. Da war eine Demonstration angekündigt.« Er schüttelte den Kopf. »Klimaaktivisten wollten durch eine Blockade dieser wichtigen Kreuzung den Ausbau des Radschnellwegs Ruhr durchsetzen.«

Maike erinnerte sich und ging auf das Thema ein. »Ja, das kam damals durchs Radio. Der Moderator hat sich über das Großaufgebot der Beamten ziemlich lustig gemacht, weil keiner der Aktivisten erschien. Die hatten die Aktion im Netz abgesagt, aber vergessen, die Polizei zu informieren.«

»Genau. Und wir standen hier mit zig Fahrzeugen, weil wir irgendwie den Verkehrsfluss sichern wollten. Eigentlich bin ich für solche Aktionen ja gar nicht zuständig, aber die Personal knappheit hat mich dazu genötigt. An dem Tag fand auch noch die Messe Jagd und Hund statt, es war Hanse-Markt und verkaufsoffener Sonntag. Daher waren die Straßen voll.« Damit schlief das Gespräch auch schon wieder ein. Bald erreichten sie die unendliche Baustelle an der Autobahn, die von zwei auf drei Spuren verbreitert werden sollte, und kamen nur langsam voran. Sie fuhr an der Ausfahrt Holzwickede ab und lenkte den Wagen kurz darauf am Flughafen vorbei. Eine lange Umgehungsstraße führte sie Richtung Dortmund-Wickede. Zehn Minuten später parkte sie in der Nähe der S-Bahnhaltestelle am Altwickeder Hellweg. Da ihre Neugier auf den Totenfund geweckt war, schnallte sie sich doch ab und stieg aus. Dann ging sie neben Marschewski auf den Bahnsteig, den die Kollegen inzwischen zum Teil abgesperrt hatten. Maike beugte sich unter das Absperrband hinweg und folgte Marschewski bis zu einem Backsteinmauerwerk. In früheren Jahren war es als Schrankenwärterhäuschen genutzt worden, hatte heute jedoch keinerlei Funktion mehr, stand allerdings unter Denkmalschutz. Marschewski sprach kurz mit einem der Kollegen und kam anschließend auf sie zu.

»Der Tote liegt hinter dem Backsteinhaus an der Böschung. Ein S-Bahn-Fahrer hat ihn entdeckt, der seine Notdurft dort verrichten wollte. Nun kommen Sie schon!« Er drückte ihr Überzieher für die Schuhe in die Hand und streifte sich selbst welche über seine schwarzen Sneakers. Dann ging er zielstrebig an dem Häuschen vorbei und kletterte die Böschung hinab.

Maike tat es ihm gleich und folgte ihm. Der Tote lag verdeckt unter einem Busch, der recht dicht hinter dem höher gelegenen Bahnwärterhaus wuchs. Schleifspuren ließen vermuten, dass der Täter ihn dorthin gezogen hatte, um ein schnelles Auffinden der Leiche zu verhindern. Man sah Beine in verwaschenen Jeans und Füße in weißen Joggingschuhen der Marke Nike, schätzungsweise Größe 43. Der Mann lag auf dem Rücken. Als Maikes Blick zu seinem Kopf wanderte, bekam sie einen Schreck. Und das lag nicht nur am Eintrittsloch des Schusses, der ihn wie bei einer Hinrichtung mitten in die Stirn getroffen hatte. Sie erkannte den Toten, der inzwischen höchstens 25 Jahre alt gewesen sein dürfte. Sie hatte gegen ihn ermittelt. Wegen seines großkotzigen Auftretens und seines auffälligen Narzissmus war er ihr unsympathisch gewesen. Soweit sie sich erinnerte, handelte es sich um einen ihrer ersten Fälle, den sie nach ihrem Wechsel vom PP Dortmund in der Dienststelle Unna bearbeitet hatte. Damals war Achmed Tahiri etwa 17 Jahre alt gewesen.

Kapitel 3

Montag, 6. Mai, 16.35 Uhr

Die Strecke von Unna in das Dorf Fröndenberg-Frömern galt als anspruchsvoll für Fahrer, die gerne einen Tick zu schnell fuhren. Kriminalhauptkommissar Max Teubner wohnte selbst in Fröndenberg-Langschede und befuhr die Landstraßen im Umkreis häufig. Es gab ein ständiges Auf und Ab an Geschwindigkeitsbegrenzungen. Im Dorf Kessebüren wurde man durch gepflasterte Straßenerhebungen auf 30 Kilometer pro Stunde gedrosselt. Teubner trat vor dem zweiten Buckel, der besonders schmal und hoch aus der Fahrbahn stach, mit Wucht auf die Bremse. Sein Kollege Sören Reinders wurde in den Sicherheitsgurt gepresst.

»Kannst du nicht langsamer fahren?«, murrte er. »Wir sind nicht auf der Flucht und auf dieser Strecke stehen ständig mobile Blitzer.«

»Okay.« Doch nach der letzten Erhebung gab er wieder Gas. Sie ließen das Dorf hinter sich und nach einer steilen Kurve taten sich Felder auf, die Kessebüren und Frömern miteinander verbanden. »Ist schon seltsam, dass Maike heute nicht in der Dienststelle aufgetaucht ist und sich nicht gemeldet hat. Ich habe da ein ganz komisches Bauchgefühl. Meinst du, sie ist auf der Suche nach einem anderen Job?«

Reinders zuckte lapidar mit den Schultern. »Das ist mir so was von egal. Oder nein, wenn ich ehrlich bin, wäre es wohl für uns alle das Beste. Fakt ist: So geht es nicht weiter mit ihr.« Er verschränkte die Arme vor der Brust. »Versteh mich nicht falsch. Ich schätze sie sehr. Als Kollegin und als Mensch. Aber seit über einem Jahr sitzt sie jetzt in ihrer Bubble. Sie lässt niemanden an sich ran und Hilfe nimmt sie auch nicht an. Dabei ist sie zeitweise unausstehlich.«

»Sie hat einiges mitgemacht, Sören. Das darf man nicht vergessen. Sie wollte mit dem Hübner zusammenziehen und dann ...«

»Ja, ja. Aber irgendwann muss man wieder nach vorn schauen. Keine Ahnung, wieso ihr das nicht gelingen will. Die zieht uns doch alle mit runter. Seit Monaten.«

Max Teubner musste erneut auf 30 abbremsen. Als Eingangstor zu Frömern erreichten sie den im Umfeld bekannten *Hof Sümmermann*, ein historischer Backsteinbau mit zahlreichen Hofläden im Innenhof. »Ja, du hast ja Recht. Aber ich würde Maike so gerne helfen. Wir waren doch immer ein gutes Team. Ich würde sie sehr vermissen.«

»Mein Mitgefühl hält sich in Grenzen. Für Maike wäre ein Jobwechsel sicherlich nicht die schlechteste Option. Vielleicht hat sie sich in Dortmund beworben. Im KK11 hat sie immerhin früher schon gearbeitet.«

»Du meinst, weil Marschewski uns angerufen und über sie ausgefragt hat?« Teubner hatte sich schon den Kopf darüber zerbrochen, was der Grund dafür gewesen sein mochte. »Nein, ich denke nicht, dass Maike nach Dortmund zurückgehen würde.«

»Abwarten.« Sören Reinders schob sich einen Kaugummi in den Mund. Seit über einem Jahr versuchte er sich das Rauchen abzugewöhnen, was ihm immer besser gelang.

Teubner bog fast am Ende des Dorfes nach links in die verzweigte Straße Kesseborn ab und hielt kurz darauf vor einem Einfamilienhaus mit kleinem Vorgarten, in dem noch zahlreiche Tulpen in bunten Farben blühten. Er verließ den Dienstwagen schweigend. Ihm gefiel der Gedanke nicht, wie Reinders über Maike dachte. Ja, ihre Arbeit hatte gelitten in den letzten Monaten, aber dennoch ...

»Ich klingele bei den Kirchners.« Sören Reinders fuhr mit der Hand über seinen raspelkurzen Haarschnitt, den er sich vor einer

Woche selbst rasiert hatte. Er sei es leid, ständig mit Florian Silbereisen verglichen zu werden. Das sei mit dem Stoppelschnitt jetzt Geschichte. In der Tat sah er völlig anders aus. Nicht mehr Typ Schlagersänger, eher Typ Türsteher.

Max Teubner trat neben Reinders und fixierte die mit Bronze beschlagene Tür des weiß verputzten Hauses. Endlich öffnete sie sich und eine sportlich wirkende Frau, die er auf Mitte 40 schätzte, stand in engen Jeans, weißen Sneakers und blauem Kapuzensweater vor ihnen. Ihr aschblondes Haar war zu einem Pferdeschwanz gebunden, sie blickte die Beamten fragend an. Teubner hielt ihr seinen Dienstausweis entgegen. »Kerstin Kirchner?« Als sie nickte, fuhr er fort: »Bei uns hat sich eine Zeugin gemeldet, die in der vergangenen Nacht aus einem Fenster beobachtet hat, wie der auf Sie zugelassene weiße Smart mit überhöhter Geschwindigkeit von der Fahrbahn abgekommen ist und mehrere parkende Autos touchiert hat. Darunter auch den VW Golf der Zeugin. Der Fahrer habe kurz angehalten, aber anstatt auszusteigen, sei er mit quietschenden Reifen losgerast und an der nächsten Ampelkreuzung über Rot gefahren.«

Die Brauen der Kirchner schnellten in die Höhe, ihre braunen Augen blickten überrascht. »Das ... das muss ein Irrtum sein.«

Reinders sah in sein Notizbuch. »Sie fahren doch einen elektrobetriebenen weißen Smart mit dem Kennzeichen UN-KK ...«

»Ja, ja, aber heute Nacht ... ich habe im Bett gelegen und geschlafen. Da können Sie meinen Mann fragen.« Sie schob die Spitzen ihrer Finger in die knallengen Taschen ihrer Jeans.

»Wer hat denn noch Zugang zu dem Smart? Haben Sie Kinder?«, fragte nun Teubner.

Kerstin Kirchner nickte kurz und schüttelte sofort den Kopf. »Meine Tochter besitzt keinen Führerschein. Die fährt immer mit meinem Mann zur Arbeit, und wenn sie andere Arbeitszeiten hat, nimmt sie sein Pedelec. Mein Sohn hat in der Nacht geschlafen. David studiert in Bochum Medizin und muss morgens früh raus, weil der Weg zur Uni mit öffentlichen Verkehrsmitteln eine halbe Ewigkeit dauert. Ein eigenes Auto kann er sich nicht leisten, und den Smart fahre normalerweise ich, um nach Unna zu kommen.«

Reinders schob sein Notizbuch in die Jackentasche. »Dann zeigen Sie uns bitte mal das Fahrzeug. Wenn kein Kratzer dran ist, muss sich die Zeugin wohl geirrt haben.«

»Das geht nicht«, meinte Kerstin Kirchner knapp.

»Warum nicht?« Teubner sah sie erstaunt an.

»Der Wagen muss in der Nacht gestohlen worden sein. Er steht sonst immer vor der Garage.« Jetzt zwängte sie ihre Fingerspitzen in die Gesäßtaschen ihrer Jeans. Eine feine Röte durchzog ihr Gesicht.

»Ein Elektroauto lässt sich nicht so ohne Weiteres stehlen, Frau Kirchner«, erklärte Reinders. »Vielleicht war Ihr Ehemann damit unterwegs oder doch der Sohn? Sind die beiden zu Hause? Dann können wir sie befragen.«

»Nein, mein Mann fährt den Smart nie.« Sie blickte auf ihre Armbanduhr. »Der Wagen ist ihm zu klein. Er müsste aber gleich hier sein. Montags hat er keine Abendsprechstunde.«

»Er ist Arzt?«

»Orthopäde. Er hat eine Praxis in Unna. Da sollen unsere Kinder in den nächsten Jahren einsteigen.«

Sören Reinders spuckte sein Kaugummi in ein Silberpapier, das er in seiner Jackentasche verschwinden ließ. »Tja, ist gleich 17 Uhr, da muss er ja bald kommen. In der Zwischenzeit zeigen Sie uns bitte Ihre Garage.«

Kerstin Kirchner verschränkte die Arme vor der Brust. »Ich wüsste nicht, wozu das gut sein sollte. Da parkt immer der

Mercedes meines Mannes und der ist, wie gesagt, noch nicht zu Hause.«

»Davon würden wir uns gerne selbst überzeugen.« Teubner wies auf das Garagentor. »Bitte aufmachen!«

Einen Moment verharrte die Kirchner stumm vor den Beamten, endlich drehte sie sich seufzend um und griff in einer Schale, die auf einer Kommode stand, nach einem dicken Schlüsselbund. Sie schob einen Keil zwischen die Haustür und ging zur Garage. Wortlos öffnete sie das Tor und tat überrascht, als dort ein weißer Smart zum Vorschein kam. »Das verstehe ich nicht, der steht sonst nie da drin, denn die Ladesäule ist ja draußen.« Sie deutete neben die Einfahrt, wo die Ladestation aus dem Boden ragte.

Teubner zeigte auf den rechten Scheinwerfer, der zersplittert war. Die vordere Karosserie, aus einem Teil gefertigt, wies zahlreiche Dellen auf. »Da hat unsere Zeugin sich doch nicht geirrt.«

Ehe Kerstin Kirchner sich dazu äußern konnte, fuhr ein SUV in die Einfahrt und hielt knapp hinter der Garage. Fahrer- und Beifahrertür öffneten sich fast gleichzeitig und zwei Männer stiegen aus. Der Fahrer, ein drahtiger Typ Anfang 50 mit Stoppelschnitt und eckiger Brille, kam energisch auf sie zu. »Was ist hier los?«, zischte er mit Blick auf den Schaden. »Wieso ist das Auto kaputt?« Er blickte Kerstin Kirchner böse an, die automatisch einen Schritt zurückging.

»Ich habe keine Ahnung, Tobias. Ehrlich nicht.«

»Und was wollen Sie?«, blaffte Kirchner und drehte sich zu Teubner und Reinders.

Max Teubner zog erneut seinen Dienstausweis aus der Tasche und stellte sie vor. »Eine Zeugin hat sich am Vormittag bei uns gemeldet und einen Schaden angezeigt, der von einem weißen Smart verursacht worden ist, der laut Kennzeichen auf Ihre

Frau zugelassen ist. Der Fahrer oder die Fahrerin hat anschließend Fahrerflucht begangen.«

Die graublauen Augen des Hausherrn funkelten wütend. Langsam drehte er sich zu seinem Sohn, der nur ratlos die Achseln zuckte.

»Keine Ahnung, Papa, ich habe geschlafen.« David Kirchners Oberkörper sah nach regelmäßigem Hanteltraining aus. Eine breite Boxernase, die sein Gesicht dominierte, ähnelte der seines Vaters. Seine aschblonden Haare, die er von der Mutter geerbt hatte, waren seitlich gescheitelt und kurz geschnitten. Insgesamt hatte er weiche Gesichtszüge, die auf einen freundlichen Charakter deuteten.

»Dafür gibt es vermutlich keine Zeugen«, erkannte Reinders.

David Kirchner schüttelte den Kopf. »Ich habe ein eigenes Zimmer.«

Reinders zückte erneut sein Notizbuch. »Wir benötigen Ihre Mobilfunknummern, damit wir überprüfen können, wo Ihre Handys zur fraglichen Zeit eingeloggt waren.« Er blickte demonstrativ zuerst den Sohn der Familie an.

Das Gesicht des jungen Mannes lief knallrot an. »Ich ... äh, ich weiß wirklich nicht, was das soll. Ich fahre nur selten mit dem Smart. Und in der Dunkelheit kann Ihre Zeugin sich auch geirrt haben, was das Kennzeichen angeht. Richtig?«

»Falls Sie nichts zu befürchten haben«, mischte Teubner sich ein, »geben Sie meinem Kollegen doch bitte Ihre Telefonnummer. Wenn Ihr Handy in Frömern eingeloggt war, sind Sie erst mal aus dem Schneider.«

»So ein Quatsch. Von uns war niemand in der Nacht unterwegs. Schon gar nicht in Unna-Massen. Richtig?« Tobias Kirchner blickte seinen Sohn und seine Frau mit stechenden Augen an und seine Gesichtszüge entspannten sich deutlich, als beide nickten.

»Bin gespannt, ob die Lackspuren an den geschädigten Fahrzeugen zu Ihrem Auto passen. Aber vielleicht entlastet Sie ja schon die Auswertung der Handydaten.« Sören Reinders tippte mit dem Kuli auf das Blatt seines Notizbuches, während er Kerstin Kirchner anblickte. »Ihre Nummer zuerst!« Sie diktierte sie vom Display ihres Smartphones und Reinders schrieb, danach blickte er David Kirchner an. »Jetzt Sie!«

Der Sohn der Familie schob seine Hände in die Jackentaschen. »Brauchen Sie dafür nicht einen richterlichen Beschluss?«

»Gib deine Nummer raus, David«, zischte Tobias Kirchner, »oder hast du was mit dem Unfall zu tun?« Er trat drohend auf seinen Sohn zu.

David Kirchner blickte gehetzt von einem zum anderen. Plötzlich drehte er sich rasant um und rannte über die Ausfahrt auf die Straße.

Teubner, der den Unfallschaden mit Fotos dokumentiert hatte und neben der Ladesäule stand, setzte ihm sofort nach. Kirchner lief Richtung Waldstück, das nach Fröndenberg führte. Max Teubners körperliche Kondition war gut. Er hielt sich mit Rudertraining und regelmäßigem Joggen in Form. Aber auch der junge Kirchner zeigte sich überaus sportlich. Die Straße verlief leicht bergauf. Teubner holte nur knapp auf. Autos schossen aus beiden Richtungen an ihnen vorbei. Teubner fragte sich bereits, wo Sören Reinders mit dem Wagen blieb, als David Kirchner in eine Pfütze trat und wegrutschte. Er kam ins Straucheln und es gelang ihm nur mit Mühe, sich zu fangen. Ehe er wieder Fahrt aufnehmen konnte, erwischte Teubner ihn an der Kapuze seiner Jacke. »Schluss jetzt!«, keuchte er. »Und nun brav zurück zu Mama und Papa.« Er packte den jungen Mann am Arm, im selben Moment hielt endlich der Dienstwagen am Straßenrand. Teubner schob David Kirchner auf den Rücksitz und setzte sich neben ihn.

»Warum haben Sie den Unfall nicht einfach gemeldet, Herr Kirchner?« Reinders sah ihn im Rückspiegel an.

»Sie kennen meinen Vater nicht.« Der junge Mann senkte den Blick. »Der rastet komplett aus.«

»Was ist denn genau passiert?«, erkundigte sich Teubner. »Wieso waren sie so spät noch unterwegs?«

David Kirchner seufzte ergeben. »Ich musste mit 'nem Kommilitonen für 'ne Klausur lernen. Ich studiere Medizin. Da geht es um ein Thema, das mein Vater mir zig Male zu erklären versucht hat, aber der ist immer so ungeduldig, wenn man etwas nicht sofort kapiert. Mein Freund und ich haben völlig die Zeit vergessen. Auf dem Heimweg war ich in Gedanken noch ganz im Thema. Deshalb habe ich am Massener Hellweg die Katze zu spät gesehen, die über die Fahrbahn gelaufen ist. Ich habe das Lenkrad verrissen und bin an den Autos entlanggeschrammt.«

Reinders setzte den Blinker und gab Gas. »Ist ja schön und gut und kann alles passieren. Sie hätten nur die Polizei zu rufen brauchen. Für so was ist man doch versichert.«

»Sie kennen meinen Vater nicht«, wiederholte David Kirchner.

»Der kriegt sich schon wieder ein.« Doch Teubner musste kurz darauf mit Entsetzen sehen, wie Tobias Kirchner auf den Dienstwagen zustürmte, als sie vor seinem Haus ankamen.

Ehe die Beamten reagieren konnten, riss der Orthopäde die Hintertür des Wagens auf und beugte sich zu seinem Sohn. »Was hast du angestellt?«, brüllte er mit hochrotem Kopf.

»Ich habe nicht aufgepasst«, murmelte David Kirchner.

Vater Kirchner zerrte seinen Sohn aus dem Auto und hielt ihn am Arm gepackt. »Das wirst du ALLES selbst bezahlen! Jeden Cent!«

Teubner sprang aus dem Wagen. »Jetzt beruhigen Sie sich mal.«

Tobias Kirchner schnaufte, drehte sich um und verschwand wortlos im Haus. Kerstin Kirchner legte tröstend die Hand auf die Schulter ihres Sohnes. »Papa kriegt sich wieder ein.«

»Wir brauchen die schriftliche Aussage Ihres Sohnes.« Reinders wandte sich an David Kirchner. »Wenn es Ihnen recht ist, machen wir einen Termin in der Dienststelle Unna. Wir können das aber auch sofort erledigen, falls Sie einverstanden sind.«

Kerstin Kirchner deutete zum Haus. »Mein Sohn kann Ihre Fragen in unserem Wohnzimmer beantworten. Mein Mann wird sich in sein Büro zurückgezogen haben.«

Kapitel 4

Montag, 6. Mai, 17.45 Uhr

Maike Graf hatte sich von Mark-Oliver Marschewski überreden lassen, der Ermittlungskommission um den ermordeten Achmed Tahiri zuzuarbeiten. Sie hatte jedoch dabei sehr deutlich betont, dass sie diese Aufgabe nicht als Einstieg in einen Job im KK11 sah. Die Entscheidung, nach Dortmund zu wechseln, würde sie vertagen, bis die Ermittlungen abgeschlossen waren. Jetzt saß sie in ihrem Büro in der Dienststelle Unna und las in der alten Akte. Je tiefer sie in den Fall eintauchte, desto besser erinnerte sie sich. Sie sah den damals 17-jährigen Albaner noch vor sich, wie er neben seinem Vater breitbeinig im Besucherstuhl gesessen und seine gesamte Haltung eine bemerkenswerte Großspurigkeit ausgestrahlt hatte.

»Was soll isch gemacht haben? Isch klau kleinen Jungs keine Handys!« Seine aufgerissenen Augen drohten ihm dabei fast aus dem Gesicht zu springen. »Isch hab den Jungen nie gesehen. Ährlisch! Isch schwör.«

Familie Tahiri war der Kriminalpolizei damals nicht unbekannt gewesen. Achmeds Brüder machten sich als Autoknacker und Geldeintreiber einen Namen, während er in einer Art Jugendbande sein Unwesen trieb und jüngeren Schülern Wertgegenstände abzockte. Dabei hielt Vater Tahiri seine Hand schützend über die Familie, ohne sich jemals selbst die Finger zu beschmutzen. Aber dann brachte endlich eines der geschädigten Kinder den Mut auf, zur Polizei zu gehen.

Maike dachte an den zierlichen, damals 12-jährigen Björn König, wie er schüchtern erzählte, dass Achmed ihn unter Androhung von Schlägen dazu gezwungen hatte, ihm seine Playstation zu geben, ihm immer wieder Geld abgezockt hatte und schließlich sein Handy. Dieses Smartphone bimmelte bei Achmeds Befragung in seinem Rucksack. Da hatte sie ihn des Diebstahls überführen können.

»Und jetzt ist er tot!«, murmelte Maike. »Regelrecht hingerichtet mit einem Kopfschuss.« Sie schüttelte fassungslos den Kopf. Es erschien ihr recht unwahrscheinlich, dass dieser alte Fall etwas mit seiner Ermordung zu tun haben könnte. Ganz außer Acht lassen wollte sie die damaligen Ereignisse dennoch nicht.

Sie blätterte in der Akte und erinnerte sich, dass die Ermittlungen weitere Opfer ans Tageslicht gebracht hatten. Mit Geduld und viel Aufwand war es der Polizei gelungen, einige von ihnen ebenfalls dazu zu bewegen, Anzeige gegen Achmed und die anderen Mitglieder der Jugendgang zu erstatten. Letztendlich saßen beim Prozess fünf Bandenmitglieder auf der Anklagebank, zwei Mädchen und drei Jungs. An die jeweiligen Strafmaße erinnerte sich Maike nicht mehr im Detail. Achmed Tahiri hatte als Wiederholungstäter, der zuvor schon mehrfach wegen Diebstahldelikten aufgefallen war, jedenfalls in einer Jugendstrafanstalt einsitzen müssen.

Sie seufzte und blickte auf die Uhr. Gleich sechs. Sie hätte sich gerne noch mit Max Teubner über den Fall unterhalten. Denn schon vor acht Jahren hatte sie sich mit ihm das Büro geteilt und er würde sich bestimmt an die Jugendbande erinnern. Da er jedoch mit Reinders einen Außeneinsatz hatte und Maike nicht wusste, ob er überhaupt in die Dienststelle zurückkehren würde, musste das bis morgen warten. Maike hatte am Abend noch etwas vor, das ihr bereits den ganzen Tag schwer im Magen lag, und das wollte sie nicht länger aufschieben. Sie stand auf, zog ihren braunen Lederblazer von der Stuhllehne und verließ mit eiligen Schritten das Polizeigebäude.

Für Anfang Mai war es heute recht frisch draußen. Maike fröstelte. Regen war zum Glück bisher ausgeblieben, aber die Sonne vermochte nicht die dicke graue Wolkendecke zu durchdringen. Sie setzte sich hinter das Steuer ihres Renault Clios. Zum zweiten Mal an diesem Tag lenkte sie den Wagen Richtung Westen. Bis auf einen kleinen Stau auf der A1 kam sie gut durch den Verkehr und fuhr bald in den größten Vorort Herdeckes mit dem Namen *Ende*, der gänzlich im Ardeygebirge lag. Am Rande dieses bewaldeten Höhenzugs hatte Jochen im vornehmen Villenort Ahlenberg gewohnt. Maike seufzte und wischte sich über die Augen. Die Gedanken an ihn schmerzten, auch nach einem Jahr.

Sie erreichte ihr Ziel in einer knappen Dreiviertelstunde. Der Friedhof Kirchende glich einem beschaulichen kleinen Park. Auf vielen Gräbern begannen Sträucher zu blühen. Bunte Tulpen, Hornveilchen, Maiglöckchen sowie die ersten Eisbegonien schmückten die Ruhestätten. Das Grab, an dem sie stehen blieb, stach aus den anderen heraus. Schwarzer Granit rahmte schneeweißen Kies ein, darin eingelassen eine ebenfalls schwarze Marmorplatte, auf der ein frisches Gesteck mit weißen Rosen und ein großer Lilienstrauß lagen. Die Rosen als Zeichen der Reinheit und Unschuld hatte gewiss Chiara abgelegt, die Lilien als Symbol für Wiedergeburt, Erneuerung der Seele und Zeichen des Mitgefühls kamen sicherlich von seinen Eltern. In die Mitte der Grabplatte war sein Name mit goldener Schrift eingraviert:

Jochen Hübner

Maike blickte auf den winzigen Blumenstrauß, den sie heute früh besorgt hatte. Sie wusste, dass Jochen eine Vorliebe für Veilchen hatte. Die blauen zarten Blüten stünden für Unschuld, Bescheidenheit, Verschwiegenheit und vor allem für Treue, hatte er so oft gesagt. Zwischen den opulenten Lilien und dem ausladenden Rosengesteck ging der kleine Strauß eindeutig unter. Maike löste das Gebinde und verstreute die Blüten über die Grabplatte. Heute jährte sich sein Todestag zum ersten Mal. Sie konnte die Tränen nicht zurückhalten. Immer wieder stellte sie sich die Frage, ob sie seinen Tod nicht hätte verhindern können.

Kennengelernt hatte sie Jochen während ihrer polizeilichen Laufbahn im Polizeipräsidium in Dortmund vor etwa zehn Jahren. Sie verstanden sich auf Anhieb und kamen sich im Laufe der gemeinsamen Ermittlungen im Kriminalkommissariat 11 auch privat näher. Schon ein Jahr später gingen sie das Wagnis ein und zogen zusammen, besser gesagt Maike zog in die Villa von Jochen nach Herdecke-Ahlenberg. Das ging aber nicht lange gut, denn er machte ihr einen Heiratsantrag. Maike sah sich unwillkürlich als Heimchen am Herd, das zu Hause die Kinder hütete und den Haushalt schmiss. In völliger Kurzschlusspanik lehnte sie den Antrag ab, zog bei ihm aus und ließ sich in die Dienststelle Unna versetzen. Wie oft hatte sie diesen Entschluss danach bereut?

Die Tränen liefen ihr in Strömen über die Wangen. Sie war so dumm gewesen. Aber Jochen gab nicht auf. Er suchte nach wie vor bei jeder sich bietenden Gelegenheit ihre Nähe. Bei jedem Mordfall, der in Unna und der näheren Umgebung geschah, bezog er sie in die Ermittlungen mit ein. Mit der Zeit wurde ihre Beziehung erneut privater, und vor über einem Jahr, kurz vor diesem schrecklichen Tag, beschlossen sie, einen neuen Versuch zu wagen und zusammenzuziehen. Das passende Haus glaubten sie in Unna-Königsborn gefunden zu haben, als sie bei einem Spaziergang einen Schuss hörten. Jochen versuchte den mutmaßlichen Täter zu stellen und wurde angeschossen. Danach Not-OP und künstliches Koma, aus dem er nie mehr erwachte. Da sich sein Zustand über Wochen weiter verschlechterte, beschlossen seine Eltern und seine Schwester Chiara vor genau einem Jahr, die Geräte abschalten zu lassen. Maike hatte sich nicht einmal mehr von ihm verabschieden können, denn man hatte mit ihr vorher nicht darüber gesprochen. Sie war entsetzt gewesen, dass man sie übergangen hatte, und hatte sich ab da von Jochens Familie zurückgezogen.

Maike schluchzte leise. Sie erinnerte sich an die Beerdigung, bei der sie die Nähe von Familie Hübner kaum ausgehalten hatte. Jochens Schwester Chiara versuchte mehrfach, ihre Trauer mit Maike zu teilen. Aber Maike konnte das nicht zulassen. Sie war zu verletzt und in ihrer Trauer gefangen, setzte sich nach der Beisetzung sofort in ihr Auto und flüchtete regelrecht vor den Hübners. Chiara rief noch einige Male an, aber Maike drückte das Gespräch weg. Seitdem hatte sie von Familie Hübner nichts mehr gehört.

Und heute, an seinem Todestag, da kam Maike extra am Abend zum Grab, in der Hoffnung, niemandem aus der Familie über den Weg zu laufen. Sie wollte allein sein mit ihrer Trauer, mit ihrem Frust und mit ihren Schuldgefühlen. Plötzlich ließ der feste Druck einer Hand auf ihrer Schulter sie zusammenzucken. Panisch fuhr sie herum und blickte in das Gesicht eines Mannes, den sie auf Ende 40 schätzte.

»Entschuldige«, sagte er lapidar und steckte seine Hände tief die Taschen seiner verblichenen Jeans, die von einem mit Nieten besetzten Gürtel gehalten wurde. »Ich wollte dich nicht erschrecken. Die Veilchen würden ihm gefallen.«

Maike musterte den Typ stumm. Hatte sich ein Junkie auf den Friedhof verirrt? Oder vielleicht der Sänger einer Punkband? Der Kerl war blass mit dunklen Ringen unter den braunen Augen. Die Haare wirkten dunkel gefärbt und waren zu einem Zopf zusammengebunden. In den Ohrläppchen steckten kleine Brillanten oder wohl eher Imitate. Der Ausschnitt seines weißen T-Shirts ließ den Rand eines Tattoos frei. Darüber trug er eine schwarze Lederjacke, deren Ärmel er hochgeschoben hatte, sodass am linken Arm ein weiteres Tattoo sichtbar war, das dem Flügel eines großen Vogels glich. Seine Füße steckten in groben dunklen Springerstiefeln.

»Du musst seine Freundin sein. Er hat von dir gesprochen.«

Maike zog verwundert die Augenbrauen hoch. »Sagt wer?«

»Oh, sorry. Ich bin Mike. Ich war ein guter Freund von Jochen, wir kannten uns von früher.« Er stierte auf das Grab und verlor sich in seinen Gedanken.

Maike beobachtete ihn einen Moment. Zweifel hegten sich in ihr, so abgerissen, wie der Kerl aussah. Den Vornamen konnte jeder von der Grabplatte ablesen. Fragte sich nur, was er von ihr wollte? Der Friedhof war wenig besucht, vielleicht handelte es sich tatsächlich um einen Junkie und er brauchte Geld für den nächsten Schuss. Sollte er ihr nur näherkommen! Sie würde sich zu wehren wissen! Fakt war, der Typ störte sie hier. Maike hätte gerne ein inneres Zwiegespräch mit Jochen geführt, ihm erzählt, was sie belastete, was sie besser machen wollte, bekäme sie noch eine Chance. Aber Mike, oder wie auch immer er in Wirklichkeit hieß, stand stur vor der Marmorplatte und starrte in die Luft. Maike räusperte sich. »Mike«, begann sie, »würden Sie mir noch einen Moment allein hier am Grab gewähren?«

»Er hätte sich bestimmt gefreut, wenn wir beide uns gut verstehen würden. Früher oder später hätte er dich mir vorstellt.« Er grinste. »Er hat oft von dir geschwärmt. Er muss dich sehr geliebt haben.«

»Seltsam, dass ich mich nicht erinnere, dass er je Ihren Namen genannt hat. So ein Vorname wäre mir wohl im Gedächtnis geblieben. Klingt ja fast so wie meiner.«

Mike drehte sich zu ihr und brachte ein Lächeln zustande, das gequält wirkte. »Ist eine Weile her, dass wir dicke miteinander waren. Man verliert sich halt manchmal aus den Augen im Leben. Ich bin erst kurz vor seiner Schussverletzung zurück nach Dortmund gekommen.«

Maike schob ihre Hände in die Taschen des Lederblazers. Von Jochens Verletzung konnte kein fremder Junkie wissen. Vielleicht war der Typ ein Krimineller, den Jochen eingebuchtet und für den er sich im Nachhinein eingesetzt hatte. Aber würde er dann von der Verletzung wissen? Nach über einem Jahr war das immerhin möglich. »Wie dem auch sei«, sagte sie etwas ruppig. »Vielleicht gewähren Sie mir dennoch einen Moment des stummen Innehaltens, danach können Sie für sich trauern.«

Der Mann lachte verhalten. »Oha. Ich weiß genau, was du denkst. Siehst einen fremden Typ, tätowiert und nicht so in Erscheinung tretend, wie der konservative Kleingeist sich einen vertrauenswürdigen Mitbürger vorstellt. Hast du mich bereits in die Schublade Kleinkrimineller geschoben? Vielleicht glaubst du sogar, ich kenne Jochen, weil er mich mal verknackt hat. Liege ich richtig, Maike Graf?« Er grinste breit, als er ihr verdutztes Gesicht sah, und drehte sich wieder zum Grab.

Maike starrte den Mann an. Gut, er hatte sie durchschaut und kannte ihren vollen Namen. Woher, war ihr egal. Sie wollte ihre Ruhe.

»Ich kenne Jochen schon seit weit über zwanzig Jahren, also wesentlich länger als du. Wir waren gute Kumpels und haben viel Zeit miteinander verbracht.«

Maike schüttelte stumm den Kopf. »Hören Sie, das alles interessiert mich nicht. Jochen hat nie von Ihnen erzählt, also wird ihm Ihre Bekanntschaft nicht so wichtig gewesen sein.«

»Wenn du das sagst«, meinte er nur. »Ich hatte früher immer einen sehr guten Draht zu Jochen und auch zu seiner Familie. Ich stehe noch mit den Hübners in Kontakt. Seine Eltern verzehren sich vor Trauer um ihren Sohn und vermissen ihn schmerzlich. Und Chiara kann immer noch nicht fassen, dass er tot ist. Auch jetzt nicht, ein Jahr, nachdem sie die Apparate abstellen lassen haben.« Er seufzte. »Das war damals keine leichte Entscheidung. Wir haben lange über das Thema lebenserhaltende Maßnahmen diskutiert. Zunächst war ich dagegen, ihn von den Geräten nehmen zu lassen.«

Maike musste die aufkommende Wut bändigen. »Sie wollen mir nicht ernsthaft erzählen, die Hübners hätten Sie um Rat gebeten, ob man die Maschinen abstellen soll. Das glaube ich nicht. Niemals!« Maike funkelte den Kerl böse an.

»Okay, stimmt, die Familie hat mich nicht um Rat gefragt. Sie haben sich lediglich meine Meinung angehört und wir haben das Thema lange und ausführlich besprochen. Ich bin damals oft bei den Hübners gewesen. Den Mut, ins Krankenhaus zu gehen und Jochen zu besuchen, den hatte ich leider nicht. Deswegen mache ich mir heute noch Vorwürfe.«

»Oh, das brauchen Sie nicht!«, erwiderte Maike mit sarkastischem Tonfall. »Ich bin Jochen während der Zeit seines Komas kaum von der Seite gewichen. Nur wenn Chiara oder Jochens Eltern kamen, habe ich den Platz geräumt. Ich habe viel mit ihm geredet und ihm vorgelesen.« Ihre Worte klangen, als wollte sie ihm unbedingt beweisen, wie nahe sie Jochen gestanden hatte, dabei kannte sie diesen Mike gar nicht. Das machte sie umso wütender.

»Ich bin sicher, du hast getan, was du konntest. Von Familie Hübner hattest du dich jedenfalls distanziert, in der Zeit, als Jochen im Krankenhaus lag. Das haben sie mir gesagt. Vermutlich haben sie dich deshalb nicht mit in die Entscheidung einbezogen, die Geräte abzustellen. Vielleicht wollten sie dich auch nicht damit belasten, weil sie gesehen haben, wie du gelitten hast.« Er lächelte gequält.

»Das ist alles Schnee von gestern. Jochen ist tot. Zu seiner Familie habe ich den Kontakt abgebrochen, weil sie mich übergangen haben. So sehe ich das. Wie Sie das mit den Hübners handhaben, Mike, ist mir ehrlich gesagt, völlig egal.« Sie starrte ihn feindselig an.

Mike zuckte lapidar die Schultern. »Ist angekommen. Ich bin auch stets für klare Verhältnisse!« Er ging kurz vor dem Grab in die Hocke, hauchte einen Kuss auf den Zeige- und Mittelfinger seiner rechten Hand und streifte damit die Grabplatte. Danach kam er salopp in den Stand, drehte sich von Maike ab und verließ mit eiligen Schritten den Friedhof, ohne sich noch einmal umzusehen.

Kapitel 5

Etwa acht Jahre zuvor

Der Regen klatschte in Strömen vom Himmel. Eigentlich könnte es zu dieser Jahreszeit wenigstens schneien. Schnee wäre okay. Aber nein. Anfang Dezember, Weihnachtszeit und Scheißwetter. Herzlichen Dank für nichts. Alle Jahre wieder derselbe Mist. Und zum Höhepunkt des Tages durfte die ganze Klasse wegen dieser beiden Vollpfosten nachsitzen, die den Unterricht gestört hatten. Allein diesen Idioten hatten Jakob und Björn es zu verdanken, dass sie ihren Bus verpasst hatten und noch über eine halbe Stunde warten mussten. Der Busbahnhof war zwar überdacht, allerdings hatte der superschlaue Architekt das Dach so hoch gesetzt, dass der Regen vom Wind darunter getrieben wurde. Na, Hauptsache, eine geile Optik. Von Weitem sah die Überdachung aus wie ein gigantisches Skateboard, das von v-förmigen Pfosten gestützt wurde. Auf so ein Gedöns konnte man doch verzichten. Wem nützte das?

Jakob saß nun neben Björn mittig unter dem Bau auf einer der Bänke, die Hände tief in den Jackentaschen vergraben und den schweren Schulrucksack zwischen die Beine gestopft. Dabei starrte er wütend geradeaus, ohne irgendetwas von seiner Umwelt wahrzunehmen. Er war nur stinksauer und fror erbärmlich.

»Jetzt krieg dich wieder ein«, sagte Björn. »Ist sowieso nicht zu ändern. Immerhin hat uns der Heimbach keine Strafarbeit aufgebrummt.«

»Das wäre ja noch der Gipfel gewesen. Die hätte er sich in den Arsch schieben können. Hätte ich nicht gemacht. Nur weil der Idiot sich nicht durchsetzen kann, muss die ganze Klasse leiden. Tolle Aussichten für die Zukunft.«

Björn tippte auf seinem Handy herum und blickte dann auf. »Hab meiner Mam nur eben getextet, dass ich später komme. Die dreht sonst am Rad, wenn ich nicht pünktlich zum Essen da bin.«

»Scheiße, meine auch. Aber mein Handy liegt zu Hause. Nachdem ich es neulich nur haarscharf vor Achmed und seiner Bande in Sicherheit bringen konnte, traue ich mich nicht mehr, es mit in die Schule zu nehmen. Sie wissen ja jetzt, dass ich ein neues habe. Und wenn ich meinen Eltern ein zweites Mal erkläre, ich hätte es verloren, möchte ich nicht wissen, was das für einen Stress gibt.«

Björns Kopf flog zur Seite. Sein Blick schien ihn zu durchbohren. »Du hast ihnen immer noch nicht erzählt, dass die uns ständig abzocken? Warum nicht? Wie hast du deinen Eltern erklärt, dass dein Laptop weg ist?«

Jakob seufzte. »Ich habe gesagt, er ist abgestürzt wegen 'nem Virus und in Reparatur. Zum Glück habe ich ja ein Leihgerät von der Schule bekommen, weil ich da dieselbe Geschichte erzählt habe. Ich habe echt keinen Bock auf den Stress mit meinen Eltern.«

»Bist du bescheuert? Das Leihgerät musst du irgendwann zurückgeben, spätestens dann musst du mit deinen Eltern reden!« Björn stand auf und stellte sich vor ihn. Er verschränkte die Arme vor der Brust und wirkte fast ein bisschen so wie der Heimbach, wenn er einen Schüler ermahnte. »Du hast mir versprochen, du zeigst Achmed, Chantal und die anderen an. Dafür gehen die in den Knast. Aber nur, falls alle gegen sie aussagen.«

»Ja, hast du schon gesagt.« Jakob konnte es nicht mehr hören. Immer und immer wieder bedrängte Björn ihn, die BBB, also die Busbahnhofbande, wie sie die fünf Gangmitglieder insgeheim nannten, bei der Polizei anzuzeigen. Doch Jakob hatte Angst davor. Eine Scheißangst. Zunächst vor seinen Eltern, die vom Glauben abfallen würden, wenn er ihnen erzählte, was die BBB alles von ihm abgezockt hatte. Aber seine größte Panik war, dass Achmed und die anderen sich rächen könnten, an denen, die sie in den Knast gebracht oder zumindest bei der Polizei angezeigt hatten. Die würden das irgendwann rauskriegen, ganz bestimmt.

»Willst du nicht endlich in Ruhe von der Schule nach Hause gehen? Ohne diese Scheißpanik im Nacken, dass die BBB hinter uns her ist? Wir können echt von Glück sagen, dass heute so ein Mistwetter ist. Sonst bräuchten wir uns hier gar nicht blicken lassen. Oder meinst du, die würden ruhig zusehen, bis unser Bus kommt?«

Jakob schüttelte zaghaft den Kopf.

»Eben! Die hängen ständig hier ab. Da habe ich keinen Bock mehr drauf. Die Kommissarin, die mich befragt hat, die war total nett. Sie hat mir sogar ihre Visitenkarte gegeben.« Stolz, als hielte er einen wertvollen Preis in Händen, zog Björn die Karte aus seiner Jackentasche. »Kriminalhauptkommissarin Maike Graf. Ich mache jetzt ein Foto davon und schicke es dir aufs Handy. Und zu Hause, da sprichst du mit deinen Eltern, okay?«

Wieso kam dieser verdammte Bus nicht? Jakob hatte keinen Bock, sich vor Björn zu rechtfertigen, warum er nicht mit der Polizei reden wollte. War doch seine Privatsache. »Ich denke drüber nach«, versprach er, um endlich seine Ruhe zu haben.

Björn nickte und setzte sich wieder neben ihn. »Ist echt cool bei der Polizei. Zuerst meldest du dich unten an. Am besten sagst du, du willst mit Frau Graf sprechen. Die bringen dich dann in ihr Büro. Die Kommissarin hat sich viel Zeit genommen. Meine Mam war dabei. Ich glaube, sie war mächtig stolz auf mich, dass ich mich getraut habe, dort gegen die BBB auszusagen. Aber ich habe dran gedacht, wie sie dich fertiggemacht haben, als ich krank war. Die ganzen blauen Flecken, die du mir gezeigt hast. Das ist Körperverletzung, Jakob. Die müssen bestraft werden, alle fünf.«

Die nächste Windbö fegte Jakob Regen ins Gesicht. Er beobachtete einen Mann, der seinen Schäferhund missmutig hinter sich herzog, die Kapuze hielt er mit der anderen Hand fest. Der Hund bäumte sich an der Leine auf und bellte laut. Da gab der Mann dem Tier einen Tritt in den Hintern.

Björn sprang auf. »Hey«, brüllte er. »Lassen Sie den Hund in Ruhe, Sie Arsch!«

Der Mann blickte sich wütend um. »Kümmere dich um deinen eigenen Scheiß!« Er zerrte an der Leine und lief mit großen Schritten davon.

»Na? Seid ihr jetzt Tierschützer, oder was?« Unbemerkt war Chantal zu ihnen gekommen. Ihr blondes Haar hatte sie zu hohen Zöpfen geflochten, ihr Make-up war verlaufen. Sie glich der Harley Quinn aus Jakobs Comic-Heften und wirkte dabei ziemlich bedrohlich. Jetzt drückte sie Björn zurück auf die Bank und setzte sich zwischen ihn und Jakob. »Wenn ihr nicht auf die Fresse wollt, lasst mal Kohle rüberwachsen. Meine Kippen sind alle.«

Jakob sah sich um. Keine Spur von Achmed und den anderen der BBB. »Ich bin pleite«, meinte er daher und schielte automatisch auf seine Armbanduhr. Die hatte er von seiner Oma zum Geburtstag bekommen, nachdem er ihr gebeichtet hatte, dass der Chronograph vom Opa verloren gegangen war. Der Bus müsste jeden Moment eintrudeln.

»Genau, du Hornhockel.« Wütend griff Chantal an seinen Arm. »Bist voll mit Hippster-Shit, da ist Bares Nebensache. Deine Watch tut's auch. Dafür gibt's bestimmt 'nen Zwanni.« Sie krallte ihre langen, dieses Mal rot lackierten Fingernägel schmerzhaft in sein Fleisch.

Jakob riss seinen Arm mit Wucht zurück. »Verpiss dich, du Bitch!«

Chantal stand langsam auf. »Oh, der Looser geht ab! Dann muss es wohl der Babo richten, Kleiner.« Sie kicherte und deutete nach hinten. »Isso!«

Am Ende des Busbahnhofs tauchte Kevin auf. Der Kopf der Bande. Er schlenderte gemächlich auf sie zu. Jakobs Blick irrte auf die Straße. Wo blieb der verdammte Bus? Björn sprang auf, warf sich den Rucksack auf den Rücken und zerrte ihn zum Haltepunkt.

»Hey, mach mal low gas!«, flötete Chantal und kicherte lauter. »Babo!«, schrie sie dann. »Die Kniebeißer wollen 'nen Turn machen!«

Im selben Moment kam aus der Gegenrichtung ein Streifenwagen entlanggefahren. Björn winkte wild, sodass das Fahrzeug bei ihnen stehen blieb. Der Polizist auf dem Beifahrersitz ließ das Fenster herunter, da es immer noch in Strömen regnete. Er schaute sie freundlich an. »Was gibt's?«

Chantal und Kevin verschwanden im Bahnhofskiosk. »Hat sich erledigt«, sagte Björn hektisch. »Da haben uns ein paar Jugendliche blöd angemacht, aber jetzt sind sie weg.«

»Sollen wir nachschauen?«

Jakob schüttelte den Kopf. »Nicht nötig, unser Bus kommt gerade!« Er zerrte Björn zur Haltestelle. Die Türen des Busses öffneten sich zischend. Jakob zeigte seine Fahrkarte und kletterte zuerst hinein. Mit lautem Seufzen ließ Björn sich kurz darauf neben ihm auf den Sitz fallen.

»Das war knapp«, meinte er außer Atem. »Verstehst du jetzt, was ich meine? Wenn wir nichts gegen die BBB unternehmen, dann machen die uns die ganze Schulzeit zur Hölle.«

»Hast ja Recht!«, murmelte Jakob kleinlaut und überlegte

insgeheim, wie er seinen Eltern die Abzockerei der BBB am besten erklären sollte.

»Du gehst also zur Polizei?«

Jakob nickte. »Schick mir das Foto mit der Visitenkarte von der Kommissarin. Dann rede ich mit ihr.«

Kapitel 6

Dienstag, 7. Mai, 9.45 Uhr

Dieses merkwürdige Treffen auf dem Friedhof in Herdecke hatte Maike Graf noch lange beschäftigt. Mittlerweile ertappte sie sich dabei, darüber nachzugrübeln, ob Jochen den Typ doch mal mit Namen erwähnt hatte. Aber ihr fiel keine Gelegenheit ein, bei der er das gemacht haben könnte. Mike hatte behauptet, er sei kurz vor Jochens Schussverletzung nach Dortmund zurückgekehrt. Danach musste er ihn getroffen haben, denn sonst wüsste er nicht von ihr. Oder hatte Jochen ihm schon vor Jahren von ihr erzählt? Damals, als sie noch ein Paar gewesen waren? Aber warum hatte Jochen umgekehrt nicht ihr von seinem Freund erzählt? Sie würde sich doch daran erinnern. Kaum vorstellbar, dass es niemals eine Gelegenheit dafür gegeben haben sollte, oder hatte er es einfach nicht für wichtig genug gehalten? Woher kannten die beiden sich? Aus der Schulzeit? Aus einem Sportverein? Vielleicht waren sie Nachbarn gewesen. Aber nein, Jochen hatte in einem Villenviertel gewohnt und einen gut situierten Eindruck machte Mike nicht. Maike konnte Chiara nach ihm fragen, aber nachdem sie sich selbst von der gesamten Familie Hübner distanziert hatte, war es vielleicht keine gute Idee, mit solch einer banalen Frage den Kontakt wieder aufzunehmen.

»Alles gut bei dir?«, fragte Teubner in diesem Moment. Er saß ihr gegenüber und hatte sie wohl bereits mehrfach angesprochen.

»Ja, ja«, versicherte sie hastig. Seit Maike um kurz nach 9 Uhr im Büro angekommen war, hatte Teubner sie nur über den gestrigen Unfall mit Fahrerflucht in Kenntnis gesetzt. Bislang hatte Maike ihren Besuch im KK11 ihm gegenüber verschwiegen. Sie war hin- und hergerissen, ob sie ihm von einem möglichen Jobwechsel erzählen sollte. Teubner war ihr gegenüber immer loyal gewesen und hatte in den vergangenen Monaten viel Verständnis für sie aufgebracht. Sie glaubte auch nicht, dass er sie bei Marschewskis Befragung in irgendeiner Weise schlecht dargestellt hatte. Aber jetzt war die Stille im Büro beklemmend. »Wie läuft es mit deinem Bericht?«

Teubner lehnte sich zurück, seufzte ergeben und fuhr sich mit den Fingern durch die dunkelblonden Haare, die in alle Richtungen abstanden. »Fällt mir schwer, objektiv zu bleiben. Du hättest diesen Fatzke mal erleben sollen, wie er sich drohend vor seinem Sohn aufgebaut hat, als der ihm gestanden hat, mit dem Auto der Mutter andere Fahrzeuge demoliert zu haben. Er muss enorme Angst vor seinem Vater gehabt haben. Wer weiß, was da im Hintergrund alles so abläuft. Der Junior macht sonst aber einen recht vernünftigen Eindruck.«

Maike nickte. »Mag sein, aber er wird sich für das, was er da angerichtet hat, verantworten müssen.«

Teubner rollte den Stuhl zum Schreibtisch und starrte auf den Bildschirm. »Er ist voll geständig und hat gesagt, er möchte sich bei den betroffenen Haltern entschuldigen. Auf so eine Aktion kommt nicht jeder. Nur werden die Autobesitzer vielleicht nicht begeistert sein, den Verursacher der Schäden plötzlich vor sich stehen zu sehen.« Er setzte ein konzentriertes Gesicht auf und fuhr damit fort, den Bericht zu tippen.

»Ich war gestern im KK11 Dortmund zu einem Vorstellungsgespräch bei Marschewski.« Jetzt war es heraus. Maike spürte eine gewisse Erleichterung darüber.

Teubners Kopf ruckte hoch, er blickte sie verständnislos an. »Maike ...« Er räusperte sich. »Also haben wir doch richtig vermutet. Marschewski hatte sich bei uns über dich erkundigt. Ich hätte mit dir darüber reden sollen und dir beistehen müssen. Die Situation mit Reinders ... das muss für dich alles nicht leicht sein. Es tut mir so schrecklich leid, aber ich wusste einfach nicht, wie ich mich richtig verhalten soll.«

»Lass gut sein, Max.« Maike winkte ab und schluckte.

»Nein. Lass ich nicht.« Er verschränkte die Arme vor der Brust und zog die Stirn kraus. Sein Gesichtsausdruck ließ sich schwer deuten, aber man spürte sein enormes Unwohlsein. »Du sollst wissen, dass ich dich nach wie vor als Kollegin sehr schätze und gerne mit dir zusammenarbeite. Ich weiß, was du seit einem Jahr durchmachst, und ich habe volles Verständnis dafür, dass es dir schwerfällt, dich auf die Arbeit zu konzentrieren. Wenn man seine Liebe unter solchen Umständen verliert, ist das einfach nur schrecklich. Ich stehe hinter dir, Maike, und daran wird sich nichts ändern. Ich würde mich sehr freuen, wenn du über eine berufliche Veränderung noch einmal nachdenkst. Unsere Zusammenarbeit hat doch immer gut funktioniert.«

»Danke, Max. Ich weiß das sehr zu schätzen.« Sie lächelte zaghaft und war den Tränen nahe. Dabei fühlte sie eine enorme Erleichterung. Max Teubner war für sie weitaus mehr als ein Kollege. Beide verband eine solide Freundschaft. »Übrigens habe ich noch lange keine Entscheidung getroffen. Das Gespräch mit Marschewski hat mir noch einmal vor Augen geführt, mit wem ich da zusammenarbeiten würde. Ich werde erst einmal das Ende der aktuellen Ermittlungen abwarten.« Sie lächelte zaghaft.

»Das ist die richtige Einstellung, Maike«, sagte Teubner grinsend. »Und wie gesagt, ich bin immer auf deiner Seite. Egal, wie du dich entscheidest.«

»Ehe du dich in die Arbeit vertiefst«, hielt sie ihn zurück, als er sich wieder seinem Bericht zuwenden wollte. »Marschewski wurde gestern zu einem Einsatz gerufen, als ich bei ihm im Büro war. Ich habe ihn begleitet. Es gab einen Toten an der S-Bahn-Station in Dortmund-Wickede. Erinnerst du dich an den Albaner Achmed Tahiri? Vor etwa acht Jahren. Da war er 17.«

»Klar erinnere ich mich an den.« Teubner lehnte sich zurück und rieb sich sinnend das Kinn. »Das war vielleicht ein Früchtchen, durchtrieben bis zum geht nicht mehr. Aber seine Show hat der Richterin nicht imponiert. Soweit ich weiß, hat er ein Jahr eingesessen.«

Maike nickte. »Richtig. Er und der Anführer der Bande, Kevin Scheidt, sind als Einzige zu Haftstrafen verurteilt worden, weil sie als uneinsichtige Täter in mehreren Fällen eingestuft wurden. Kevin war damals über zwanzig und ist sogar nach dem Erwachsenenstrafrecht verurteilt worden.« Sie blätterte in Achmeds Akte. »Und Achmed hat ein paar Jahre später noch einmal eingesessen. Wegen wiederholten Handels mit Rauschmitteln, er hat Gras und Pillen an Minderjährige verkauft. Dafür hat er zwei Jahre bekommen und ist nach 14 Monaten auf Bewährung raus. Das war vor drei Wochen.«

Teubner rieb sich erneut übers Kinn. »Und den anderen drei Bandenmitgliedern hat die Richterin, soweit ich weiß, Sozialstunden aufgebrummt. Zwei Mädchen und ein weiterer Junge, richtig?«

Maike blickte in die Akte. »Chantal Vogt und Michelle Böttcher, die waren seinerzeit beide 16, und *last but not least* Moritz Hirsch. Der fiel aus der Gruppe etwas heraus. Kam aus guten und behüteten Verhältnissen. Während Achmed und Kevin wie typische Sozialprolls wirkten, hatte seine Familie das nötige Kleingeld für einen engagierten Rechtsbeistand. Sein Vater hat ihm einen der besten Anwälte in NRW besorgt. Der kam aus Düsseldorf, glaube ich, und Hirsch ist letztendlich straffrei davongekommen. Weder Jugendstrafe noch Sozialstunden, nichts.«

Teubner schüttelte langsam den Kopf. »Vertue dich da nicht, Maike. Hirsch senior hat zwar seinen Sohn davor bewahrt, vorbestraft zu sein, aber ich denke, das Strafmaß hat er selbst bestimmt. Ich meine gehört zu haben, wie er nach der Urteilsverkündung zu seinem Sohnemann sagte, er könne sich auf Strafarbeit im elterlichen Betrieb gefasst machen.«

»Verdient hat er es allemal. Genau wie die anderen Bandenmitglieder. Die hatten es faustdick hinter den Ohren. Außer vielleicht Michelle Böttcher. Die hat sich damals bei der Vernehmung durch mich reumütig gezeigt.«

Teubner nickte. »Und nun ist Achmed Tahiri wieder in ein Verbrechen verstrickt? Es gab einen Toten? Ich habe nie daran glauben können, dass der noch mal die Kurve kriegt.«

»Achmed Tahiri ist das Opfer. Er wurde mit einem Kopfschuss regelrecht hingerichtet. Ich frage mich, ob die einstige Jugendgang etwas mit seinem Tod zu tun hat oder weiß, worum es geht.«

»Es ist jedenfalls merkwürdig, dass Achmed kurz nach seiner Haftentlassung erschossen wurde. Da muss er sich mächtig angestrengt oder jemandem übelst auf die Füße getreten haben.«

Ehe Maike sich dazu äußern konnte, klingelte ihr Telefon. Sie nahm den Hörer ab und lauschte eine Weile. Dabei nickte sie mehrmals und seufzte, als sie das Gespräch schließlich beendete.

»Was gibt's?«

»Das war Mark-Oliver Marschewski«, erklärte Maike. »Im Dortmunder Norden hat es eine Schießerei gegeben. Der Polizeipräsident fordert rasche Aufklärung. Durch den hohen Krankenstand fehlen denen die Ermittler. Deshalb sollen vorrangig wir den Mord an Achmed Tahiri bearbeiten und zunächst seine Familie befragen.« Sie stand auf und griff nach ihrem Lederblazer. »Kommst du?«

Teubner seufzte schwer. »Würde ich wahnsinnig gerne. Aber ich muss den Bericht zu Ende schreiben. Sören freut sich bestimmt, wenn er mal an die Luft kommt.« Er grinste.

Maike nickte, schlüpfte in den Blazer und verließ das Büro. Mit Reinders war die Zusammenarbeit momentan schwierig. Er zeigte ihr deutlich, dass er keinerlei Verständnis mehr für ihre Stimmungsschwankungen hatte. In seinen Augen hatte sie sich zusammenzureißen oder war fehl am Platz bei der Polizei. Vielleicht hatte er Recht. Vielleicht sollte sie ernsthaft über einen völlig anderen Job nachdenken. Sie klopfte an seine Bürotür und schob diese auf. Seine kurz geschorenen Haare waren ein ungewohnter Anblick für sie und ließen sie kurz ihre Augenbrauen zusammenziehen. »Es gibt Arbeit, Sören«, sagte sie betont munter. »Marschewski hat uns in die Ermittlungskommission um den ermordeten Achmed Tahiri berufen. Vielleicht erinnerst du dich noch an den Albaner, wir hatten einige Male mit ihm zu tun. Jetzt liegt er jedenfalls in der Rechtsmedizin, und wir sollen herausfinden, was passiert ist. Wir zwei werden seine Familie befragen.« Sie drehte sich um, ohne auf seine Reaktion zu warten, und ging mit schnellen Schritten zu dem ihr zugewiesenen Dienstwagen.

Kapitel 7

Dienstag, 7. Mai, 10.45 Uhr

Vor acht Jahren hatte Familie Tahiri mit ihren drei Söhnen in einem der Wohnblöcke von Unna-Königsborn gewohnt. Auch heute noch war Achmed hier bei seinen albanischen Eltern Tarek und Rovena gemeldet. Maike Graf fuhr den Dienstwagen am Schulzentrum vorbei bis fast ans Ende der Platanenallee, die ihrem Namen alle Ehre machte. Die mächtigen Bäume, deren Kronen bereits ein sattes Grün zeigten, säumten die Straße. Zwischen ihnen waren Parkplätze angelegt, in einen davon zwängte Maike das Auto. Mit Wucht schlug sie die Tür zu. Reinders hatte während der Fahrt kein Wort mit ihr gesprochen. Sein stoisches Verhalten ging ihr auf den Geist. Falls dem Kollegen an ihrer Person etwas nicht passte, sollte er gefälligst den Mund aufmachen und ihr seinen Unmut ins Gesicht sagen.

»Die Tahiris wohnen in der Hamburger Straße, geradeaus in dem Wohnblock im vierten Stock.« Maike marschierte voraus, ohne Reinders eines Blickes zu würdigen. Beidseitig der Straße standen versetzt zueinander Wohnklötze in L-Form. Maike erinnerte sich noch gut an die Wohnung der Tahiris, die etwa in der Mitte der Bauten lag. Der älteste Sohn Hashim hatte ein eigenes Zimmer gehabt, Achmed und Luan mussten sich eines teilen. Die spärliche Einrichtung hatte im Wohnbereich aus einer Couch und Sitzkissen mit einem flachen Tisch dazwischen und aus einem Regal gefüllt mit Boxen aus Korbgeflecht bestanden.

Reinders schloss zu ihr auf, als Maike den Hauseingang fast erreicht hatte. »Hast du die Eltern über den Tod ihres Sohnes informiert oder haben das die Dortmunder Kollegen übernommen?« Er zog eine kleine weiße Dose aus seiner Jackentasche und schob sich daraus ein Kaugummi in den Mund.

Maike zögerte. »Ich ... war es nicht.«

Sein Kopf flog zu ihr herum. Mit dem Abscheren der Haare schien der Rest seiner Freundlichkeit ihr gegenüber verschwunden zu sein. Seine braunen Augen funkelten sie böse an. »Heißt das, wir besuchen jetzt ein albanisches Ehepaar und wissen nicht einmal genau, ob sie überhaupt vom Tod ihres Sohnes in Kenntnis gesetzt wurden?« Seine Hand fuhr über den fast kahlen Kopf. »Sag mal, hast du sie noch alle, Maike? Das muss man doch vorab checken!« Sein Gesicht näherte sich dem ihren und seine Stimme grollte lauter. »Ich kann und will so nicht mehr mit dir zusammenarbeiten! Entweder, du kriegst dich endlich in den Griff und arbeitest wieder so effektiv und sorgfältig wie vor der Geschichte mit dem Hübner oder ...«

Maike hielt seinem Blick stand. Als er seinen Satz nicht vollendete, führte sie ihn zu Ende: »... oder ich sollte besser den Dienst quittieren? Meinst du das?« Sie schob ihre Hände in die Taschen ihres Lederblazers. »Seit der *Geschichte mit dem Hübner* habe ich mehr als einmal darüber nachgedacht, den Job hinzuschmeißen. Und ob du es glaubst oder nicht, ich versuche, mich zusammenzureißen. Leider gelingt es mir nicht immer. Besonders, an Tagen wie Jochens Geburtstag, Weihnachten oder seinem Todestag, der gestern gewesen ist.«

Reinders schwieg. Sein Gesichtsausdruck zeigte keinerlei Regung, geschweige denn Verständnis. Er zog sein Smartphone aus der Brusttasche seiner olivfarbenen Schimanski-Jacke und drehte sich von Maike weg. »Wer hat das Ehepaar Tahiri über den Tod ihres Sohnes Achmed informiert?« Während er wartete, presste er das Telefon an sein Ohr. »Okay, danke.« Er verstaute das Handy wieder. Danach ging er wortlos auf die Haustür zu und drückte seinen Daumen auf einen der Klingelknöpfe.

Maike stellte sich neben ihn. »Und?«

»Schmidtke und Strodtbeck sind gestern hier gewesen.« Als der Summer ertönte, schob er eine an mehreren Stellen gesprungene Sicherheitsglastür auf und betrat ein dunkles Treppenhaus. Da ein Defekt-Schild den Fahrstuhl schmückte, steuerte er auf die Treppe zu und nahm zwei Stufen auf einmal.

Maike hatte Mühe, ihm zu folgen. Am Treppenpodest im vierten Stock wurden sie bereits von Rovena Tahiri erwartet. Die zierliche Frau hatte sich in den letzten acht Jahren kaum verändert. Sie musste inzwischen Ende 50 sein, trug ihre halblangen, in einem dunklen Mahagoni gefärbten Haare wie damals mit fransigem Pony und nach innen geföhnt. Mit ihrem blassen, zart geschminkten Gesicht, der schlanken Figur, die sie mit schwarzen Leggins und oversized Sweatshirt unterstrich, wirkte sie sehr zerbrechlich.

Sie erkannte die Polizeibeamten wieder, begrüßte sie aber nicht. »Was wollen Sie?«

Ehe Reinders den Mund aufmachen konnte, trat Maike auf sie zu. »Mein außerordentliches Mitgefühl, Frau Tahiri. Es tut mir sehr leid, dass Ihr Sohn Achmed auf so brutale Weise aus dem Leben gerissen wurde. Ich verspreche Ihnen, wir tun alles, was in unserer Macht steht, um seinen Mörder zu finden.«

»Und da kreuzen Sie zuerst bei uns auf? Glauben Sie, der Mörder meines Sohnes versteckt sich in diesem Haus? Meine älteren Söhne sind längst ausgezogen. Sie hätten ihren kleinen Bruder beschützt. Der Polizei war das ja nicht möglich.« Sie trat einen Schritt in den Flur zurück, um die Wohnungstür vor ihrer Nase zu schließen.

Reinders stellte sofort seinen Fuß zwischen Tür und Zarge. »Wir brauchen Informationen, Frau Tahiri! Wollte Achmed sich mit jemandem treffen? Hatte er Freunde? Er ist erst vor drei Wochen aus dem Gefängnis entlassen worden. Mit wem hatte er danach Kontakt?« Als er sah, dass Rovena Tahiri den Kopf schüttelte, fuhr er noch eindringlicher fort: »Es muss doch in Ihrem Sinne sein, uns zu unterstützen.«

Die Albanerin lächelte abschätzig. »Ich soll der Polizei helfen? Meine Familie hat immer nur schlechte Erfahrungen mit Ihnen gemacht. Für Sie sind wir die korrupten Ausländer, die Drogendealer, die Autoknacker, die Diebe und was weiß ich nicht noch alles. Nein. Von mir können Sie keine Hilfe erwarten.«

Maike ließ ihre Stimme sanft klingen. »Frau Tahiri, die ersten Stunden nach einem Mordfall sind oftmals die entscheidenden. Wir haben bei Achmed kein Handy gefunden. Er hatte doch bestimmt eines bei sich, als er am Wochenende unterwegs war, auch wenn er erst wieder kurz in Freiheit gewesen ist. Vielleicht liegt es in seinem Zimmer? Falls nicht, geben Sie uns wenigstens seine Mobilfunknummer, so können es die Kollegen vielleicht orten und wir kommen seinem Mörder auf die Spur.«

Rovena Tahiri lachte laut. »So einfach ist das? Sie finden sein Handy und haben den Täter? Na, dann hereinspaziert. Ich will Ihre Ermittlungen nicht behindern.« Sie trat beiseite und gab den Blick in den Wohnungsflur frei, den lediglich ein Orientteppich zierte. Vom Flur gingen fünf Türen ab. Sie öffnete die Tür rechts des Eingangs. »Bitte! Achmeds Zimmer. Sehen Sie sich um, aber fassen Sie nichts an!«

Maike betrat den Raum gefolgt von Reinders. An der Wand stand ein ordentlich gemachtes Bett gegenüber einem Kleiderschrank, daneben ein Regal mit Miniaturfahrzeugen der Formel 1. Am Fenster ein Schreibtisch, auf dem sich zwei Bildschirme und eine Tastatur befanden. »Ich würde gerne in den Schubladen nach dem Handy schauen.« Sie sah Achmeds Mutter fragend an.

Rovena Tahiri schüttelte den Kopf. »Sie fassen hier nichts an! Wenn ich sein Handy finde, gebe ich Ihnen Bescheid.«

Maike nickte. »Wir benötigen seine Nummer. Wir brauchen seine Kontakte. Hatte Achmed eine Freundin?«

Rovena Tahiri schwieg.

»Falls Sie uns nicht weiterhelfen, dürfen Sie sich nicht wundern, wenn wir den Mörder Ihres Sohnes nicht finden.« Reinders drehte sich um und ging zurück in den Wohnungsflur.

Maike unterdrückte ein Seufzen. »Frau Tahiri, Achmed hat in der JVA lediglich Besuch von Ihnen, Ihrem Mann und seinen Brüdern bekommen, aber nicht von seinen Freunden. Haben sie sich zerstritten? Und was ist mit seiner Freundin?«

Rovena Tahiri stampfte wütend mit dem Fuß auf und stemmte die Hände in ihre Hüften. »Dieses Weib hat ihn doch in den Knast gebracht! Und dann hat sie sich verpisst und ihn im Stich gelassen. Diese widerwärtige Schlampe.«

»Reden Sie von Chantal Vogt?«

»Genau die! Sie hat Achmed nur Flausen in den Kopf gesetzt. Alles wollte sie haben. Alles musste er bezahlen. Er hat sich Mühe gegeben, sein Geld auf ehrliche Weise zu verdienen, aber das war dieser Schlange nicht genug.«

»Er hat sich also von ihr getrennt?«

»Hat er. Seit seiner Haftentlassung hat er ihren Namen nicht erwähnt.«

Reinders erschien wieder in der Tür von Achmeds Zimmer. »Dann hatten die beiden wohl den letzten Kontakt vor seiner Verhaftung?«

Rovena Tahiri hob ratlos die Schultern. »Eher bei der Gerichtsverhandlung. Ich habe sie jedenfalls das letzte Mal beim Prozess gesehen, als sie jegliche Mittäterschaft abgestritten hat. Dabei war sie diejenige, die die Initiative ergriffen hat. Sie wollte das schnelle Drogengeld. Diese Bitch. Konnten Ihre Kollegen aber nicht beweisen. Deshalb ist Achmed allein verurteilt worden.«

»So unschuldig, wie Sie tun, ist Ihr Jüngster nicht. Hat Achmed seine Arbeit wieder aufgenommen? Hat er eigentlich eine Ausbildung gemacht nach seinem Aufenthalt im Jugendgefängnis?«, fragte Reinders.

»Ja, bei seinen Brüdern. Er ist Mechatroniker.«

Reinders zog überrascht die Augenbrauen hoch. »Ihre beiden älteren Söhne haben eine Autowerkstatt? Wusste ich gar nicht. Ich dachte, die sind eher bei den Muftis Geldeintreiber oder so was.«

»Sören! Jetzt halte dich mal im Zaum!« Maike hätte ihm gern einen Schienbeintritt verpasst. Das Gesicht von Rovena Tahiri verschloss sich, und Maike versuchte, sie zu besänftigen. »Mein Kollege möchte lediglich wissen, wo sich die Autowerkstatt befindet. Wenn Achmed nach seiner Haftentlassung wieder dort gearbeitet hat, ist seinen Brüdern vielleicht etwas aufgefallen oder er hat ihnen was anvertraut.«

Rovena Tahiri warf Reinders einen giftigen Blick zu. »Hashim und Luan haben keine Werkstatt mehr, sie betreiben inzwischen einen Gebrauchtwagenhandel in Dortmund. Und das völlig legitim.«

Ehe Sören Reinders etwas erwidern konnte, öffnete sich die Tür gegenüber der Eingangstür. Maike erkannte Tarek Tahiri kaum wieder. Er hatte gewiss 20 Kilogramm zugelegt in den letzten acht Jahren. Sein damals noch schwarzes Haar war nun grau durchzogen und zurückgewichen, sodass die Stirn mit inzwischen zahlreichen Falten höher wirkte. Sein gepflegter grauer Bart wies klare Konturen auf, die braunen Augen blickten stechend.

»Was ist los?«

»Die Polizei ist auf der Suche nach Achmeds Mörder.«

»Bei uns? Was wollen Sie hier?« Er trat auf Maike und Reinders zu. Seine bullige, gewiss einen Meter achtzig große Gestalt wirkte bedrohlich.

»Mein herzliches Beileid, Herr Tahiri«, begann Maike. »Da Achmed erst vor etwa drei Wochen ...«

Tahiris flache Hand schoss von links nach rechts, als wollte er einen imaginären Gegner in der Mitte zerteilen. »Seien Sie still. Hier werden Sie dem Mörder meines Sohnes keinen Schritt näher kommen.«

»Zu wem hatte Achmed in den letzten Tagen Kontakt?« Reinders gab sich unbeeindruckt. »Jetzt reden Sie schon!«

»Ich soll reden? Warum? Sie glauben Menschen wie uns doch sowieso nicht. Sie halten meine Söhne für schwere Verbrecher. Sie haben dafür gesorgt, dass Achmed zwei Mal unschuldig ins Gefängnis musste. Die deutsche Justiz hat einen Schuldigen gesucht und in meinem Sohn gefunden. Niemand hat uns geholfen! Niemand hat uns geglaubt. Niemand hat uns zugehört. Und jetzt sollen wir reden? Achmed ist tot. Keiner macht ihn wieder lebendig. Wo war die Polizei, als er Hilfe brauchte? Warum haben Sie ihn nicht beschützt?«

Maike legte ihre Hand an den Oberarm des Albaners. »Herr Tahiri, ich verstehe Ihre Wut, Ihre Trauer, Ihre Verbitterung. Aber ohne Ihre Hilfe wird es schwer, den Mörder Achmeds zu finden.«

»Sie sollten mit uns kooperieren«, meinte Reinders.

»Es ist besser, wenn Sie jetzt gehen!« Tahiri packte Reinders am Arm und schob ihn Richtung Wohnungstür. »Belästigen Sie uns nicht länger. Wir trauern um unseren jüngsten Sohn. Dafür erwarte ich Respekt.« Er stieß Reinders von sich und bedeutete Maike, ebenfalls die Wohnung zu verlassen.

Maike zog ihre Visitenkarte aus der Jacke und drückte sie Rovena Tahiri in die Hand. »Wenn Ihnen etwas einfällt, melden Sie sich. Und geben Sie mir bitte die Handynummer Ihres Sohnes.«

Die Albanerin hielt ihr einen Zettel entgegen. »Das ist sie. Und jetzt lassen Sie uns in Ruhe.« Maike hatte kaum die Wohnung verlassen, als die Tür mit einem lauten Knall ins Schloss fiel. Während Reinders bereits die Stufen ins Erdgeschoss hinablief, sah sie verwundert, dass Rovena Tahiri neben der Handynummer Achmeds auch die Privat- und Firmenadresse ihrer Söhne Hashim und Luan auf dem Blatt notiert hatte.

Kapitel 8

Dienstag, 7. Mai, 15.45 Uhr

Scharnhorst galt nicht als vornehmstes Viertel von Dortmund. Als Stadtteil des tendenziell ärmeren Nordens der Großstadt gab es hier hohe Arbeitslosenquoten und im Schnitt niedrigere Einkommen. Dies traf insbesondere auf die Großwohnsiedlung Scharnhorst-Ost zu, wo die Brüder Hashim und Luan Tahiri ihre Gebrauchtwagenhandlung betrieben und einige Straßen weiter in einem hässlichen Wohnklotz lebten. Viele Häuser glichen dem Bau in Königsborn, in dem seine Eltern wohnten, nur war hier alles höher, breiter und unübersichtlicher.

Teubner fuhr zum ersten Mal durch die Straßen von Scharnhorst-Ost. Nachdem Maike Graf ihn gebeten hatte, die Brüder Tahiri aufzusuchen und über Achmed zu befragen, hatte er sich im Internet über die Gegend informiert. Mit dem Bau der Großwohnsiedlung, in der Hashim und Luan lebten, war 1968 begonnen worden. Damals legte man ein Hektar Sumpfland im Nordosten von Dortmund trocken, um Wohnraum zu schaffen. Es entstanden in kurzer Zeit etwa 5.000 Wohnungen in schlichten Hochhäusern aus Fertigbetonteilen. Heute waren von den einstigen Sozialwohnungen nur noch 300 übrig geblieben, bei allen anderen war die Mietpreisbindung inzwischen beendet und die Mieter durften tief in die Tasche greifen, um ihr Heim bezahlen zu können.

Die Brüder Tahiri wohnten in einem achtgeschossigen Haus im Littweg. Straßen und Häuser gähnten Teubner im selben Grauton an. Grünfläche war hier Mangelware. Es gab zwar eine kleine Rasenfläche und einige Bäume, die das Umfeld aber nicht aufwerten konnten. Im Stillen dankte Teubner einmal mehr seiner Tante, dass sie ihn und seinen Sohn Raffael in ihrem Landhaus mit Garten im ländlichen Fröndenberg zur Untermiete wohnen ließ. Er stellte den Dienstwagen auf einem der nahe gelegenen Parkplätze ab, passierte stinkende Mülltonnen und trat auf die Haustür zu. Die teils handgeschriebenen Klingelschilder waren nur schwer zu entziffern. Endlich fand er den Namen Tahiri, gleich zweimal nebeneinander, und drückte wahllos eine der beiden Klingeln. Er betrat das Treppenhaus und erklomm die Stufen bis in den zweiten Stock, wo Tahiri an zwei nebeneinanderliegenden Wohnungen stand. Eine der Türen stand offen, dahinter kreischten Kleinkinder.

Teubner klopfte an die Tür und schob sie etwas weiter auf. »Hallo?« Er trat in einen Flur mit hellem Laminat, in der Mitte ein Orientteppich, auf dem unzählige Legosteine verstreut lagen. »Herr Tahiri?«

Eine rundliche Frau kam aus einem der angrenzenden Räume. Sie wirkte verschwitzt, hatte ein hochrotes Gesicht, ihr Kopftuch war verrutscht. Sie trug verwaschene Jeans, eine hochgeschlossene schwarze Bluse und an den Füßen weiße Sneakers. Auf ihrem Arm hielt sie ein quengelndes Kleinkind, das gewiss drei Jahre alt war. Sie blickte ihn fragend an. »Ja?«

Teubner zeigte ihr seinen Ausweis. Da an der Wohnungstür ein Schild mit Familie H. Tahiri gehangen hatte, nahm er an, dass er die Frau des älteren Tahiri-Bruders vor sich hatte. »Ich komme von der Polizei Unna. Könnte ich bitte mit Hashim Tahiri sprechen?«

»Ist es wegen Achmed?«, fragte sie bestürzt und hievte sich ihren kleinen Sohn auf die Hüfte. »Eine schreckliche Sache. Ich hole meinen Mann.« Sie drehte sich ab und öffnete eine der Türen. »Hashim? Ein Kommissar Teubner will mit dir wegen Achmed reden.«

Zwei weitere Kinder stürzten aus dem Zimmer. Ein etwa vierjähriges Mädchen drückte sich ans Bein der Mutter und starrte Teubner unverhohlen an. Der größere Junge mochte fast zehn sein. Er stellte sich neben seine Mutter und blieb stumm. Als Letztes trat Hashim in den Wohnungsflur. Mit blauem Anzug, weißem Oberhemd und dunkler Krawatte wirkte er, als sei er gerade von der Arbeit gekommen. Er war schlank und kleiner als Teubner, vielleicht knapp über eins siebzig. Die kurzen schwarzen Haare hatte er zur Mitte nach oben gegelt. Seine braunen Augen blickten freundlich, der dunkle Schnurrbart verzog sich dabei ebenfalls nach oben. »Guten Tag, Herr Teubner. Was ist da nur passiert mit meinem kleinen Bruder?« Sein Gesicht drückte Trauer aus. »Früher galt dieses Viertel hier als Klein-Chicago von Dortmund, aber Achmed wird im beschaulichen Ortsteil Wickede erschossen? Unfassbar. Gibt es eine Spur?« Er blickte seine Frau an. »Geh mit den Kindern ins Wohnzimmer, Jeta.«

Teubner grüßte den Mann freundlich und wartete, bis er allein mit ihm im Wohnungsflur stand. »Über laufende Ermittlungen darf ich leider keine Auskunft geben, Herr Tahiri. Ich bin hier, weil ich mir von Ihnen Informationen über Achmed erhoffe, die uns eventuell seinem Mörder näher bringen.«

Hashim Tahiri zog langsam die Schultern hoch. Sein Jackett klappte auf. »Mein kleiner Bruder ist erst vor Kurzem aus dem Gefängnis entlassen worden, wie Sie wissen. Ich hatte bislang noch nicht die Gelegenheit, mit ihm zu sprechen.«

»Er arbeitet nicht mehr für Sie? Ihre Mutter sagte meinen Kollegen, er habe seine Ausbildung in Ihrem Betrieb gemacht.«

»Ja, das stimmt.« Tahiri steckte seine Hände in die Taschen der blauen Anzughose, die an den Beinen einen perfekt gebügelten Kniff aufwies. »Seine Lehre ist längst beendet. Er hat sie gut abgeschlossen. Kurz darauf mussten mein Bruder Luan und ich die Autowerkstatt schließen. Die Halle war marode und der Vermieter wollte nicht investieren. Achmed hat sich mit Gelegenheitsjobs durchgeschlagen. Aber darüber können Ihnen meine Eltern sicher mehr sagen.«

»Sie hatten also vor seiner Gefängnisstrafe keinen regelmäßigen Kontakt zu Achmed?«

Hashim Tahiri schüttelte den Kopf. »Kommissar Teubner, haben Sie Familie? Drei Kinder und eine Ehefrau benötigen sehr viel Zeit.« Er lächelte. »Zeit, die ich gerne mit ihnen verbringe. Seit wir vor einigen Jahren nach Scharnhorst gezogen sind, sehe ich meine Eltern nur noch selten. Genauso wie Achmed.«

Teubner zog sein Notizbuch heraus und kontrollierte die Daten, die er von Maike Graf bekommen hatte. »Laut meinen Informationen sind Sie jetzt Gebrauchtwagenhändler. Hatten Sie in Ihrem Betrieb keine Verwendung für Achmed? Oder war er Ihnen vielleicht nicht zuverlässig genug? Immerhin hat er schon zwei Mal eine Haftstrafe abgesessen.«

Die Mundwinkel von Hashim Tahiri sanken nach unten. Seine Augen funkelten böse. Er riss die Hände aus den Hosentaschen und verschränkte die Arme vor der Brust, als müsse er sich bremsen. »Sie haben keine Ahnung!«, zischte er. »Achmed ist ein guter Junge. Er musste sich immer durchbeißen und hatte keinen guten Einfluss von seinen Freunden. Und mit der Selbstständigkeit ist es so eine Sache. Ehe man sich einen Namen gemacht hat, das dauert. Wir wollten Achmed mit in den Betrieb nehmen, sobald wir genug Rücklagen für eine Expansion erwirtschaftet hatten. Wir planen eine Werkstatt in den Autohandel zu integrieren, da hätten wir ihn als Mechatroniker einstellen können. Achmed war damit einverstanden.«

»Haben Sie eine Ahnung, wer hinter diesem kaltblütigen Anschlag auf Ihren Bruder stecken könnte?«

Tahiri zog die Schultern hoch. »Leider nein.«

»Keine alten Rechnungen, die er offen hatte? Achmed hat mit Drogen gehandelt, da macht man sich nicht nur Freunde.«

»Tut mir leid. Ich kann Ihnen nicht helfen.«

Teubner ließ das Notizbuch zurück in seine Jacke gleiten. »Gut. Dennoch vielen Dank. Sollten Ihnen noch etwas einfallen, melden Sie sich bitte.« Er reichte ihm seine Visitenkarte. »Ihr Bruder Luan wohnt nebenan, richtig? Vielleicht weiß er mehr.«

Hashim Tahiri schüttelte den Kopf, er wirkte leicht genervt und schob die Hände wieder in die Hosentaschen. »Was soll Luan Ihnen sagen? Er hat Achmed ebenfalls seit Monaten nicht gesehen. Wir hatten genug damit zu tun, die Firma aufzubauen. Außerdem hat Luan ebenfalls eine eigene kleine Familie. Da ist leider kaum Zeit geblieben, sich um andere Dinge zu kümmern.«

Teubner seufzte. Sehr entgegenkommend war Hashim Tahiri nicht. »Eines noch. Sowohl Sie als auch Luan haben Achmed einige Male im Gefängnis besucht. Ist Ihnen da irgendetwas aufgefallen bei Ihrem Bruder?«

»Nein. Er war wie immer. Er wollte nur endlich raus aus dem Knast und er hat mir geschworen, nichts Illegales mehr zu machen. Er brannte darauf, bei uns in die Firma einzusteigen. Da das ein oder zwei Jahre gedauert hätte, wollte er sich bis dahin einen guten Job suchen, damit er bald bei unseren Eltern ausziehen konnte.«

»Okay. Vielen Dank, Herr Tahiri. Nichts für ungut, aber Ihren Bruder muss ich dennoch befragen.« Teubner hob grüßend die Hand und wandte sich zur Wohnungstür.

»Den werden Sie nebenan allerdings nicht antreffen.« Hashim Tahiri folgte ihm bis zur Tür und legte seine rechte Hand an die Türklinke, als wolle er Teubner möglichst schnell loswerden.

»Einer von uns beiden muss sich um den Betrieb kümmern. Luan und seine Frau Laura sind im Car-Forum.«

»Ihre Schwägerin ist dort ebenfalls beschäftigt?«

»Sie hilft uns im Büro«, erklärte Hashim Tahiri und schob die Tür zu.

Teubner lief die Stufen hinab und verließ das Haus. Vor dem Eingang starrte ihn ein etwa 12-jähriger Junge an, der seinen Ball immer wieder gegen die Verkleidung der Mülltonnen schoss. Traurig, dass er keinen Spielkameraden fand. So eng besiedelt, wie dieser Block war, saßen gewiss zig Gleichaltrige in ihren Zimmern und langweilten sich oder vertrieben sich die Zeit mit Computerspielen. Teubner setzte sich hinters Steuer und lenkte den Wagen heraus aus dem Wohnblockgewimmel auf die Hauptstraße Droote. Hier reihten sich gegenüber der Wohnklötze ein Lidl, der Discounter Action, ein Orient-Grill, ein Nagelstudio, die Dortmunder Tafel, ein Möbel-Fair-Kauf, ein Getränkemarkt und ein Netto-Markt aneinander. Dazwischen, unscheinbar wie ein etwas größerer Kiosk, fand Teubner das Car-Forum Tahiri. Er stellte den Dienstwagen am Straßenrand ab und den Motor aus.

Auf dem Gebrauchtwagenplatz stand ein Mann von südländischem Aussehen, den er für Luan Tahiri hielt, im Gespräch mit einem Kunden. Tahiri trug wie sein Bruder Anzug, allerdings in einem saloppen Hellbeige und ohne Bügelfalte. Die oberen Knöpfe des weißen Hemdes hatte er geöffnet, von seinem Hals warf eine Goldkette die Sonnenstrahlen zurück. Die kurzen lockigen Haare fielen ihm in die Stirn, ein strahlendes Lächeln brachte sein Gesicht zum Leuchten. Vielleicht war das Verkaufsgespräch erfolgreich. Teubner verließ den Wagen und überquerte die Straße. Er störte das Verkaufsgespräch des Albaners nicht, ging zielstrebig auf das kioskähnliche Gebäude zu und betrat eine Art Büroraum, der von einem Schreibtisch dominiert wurde. Dahinter ein Stuhl und ein Regal mit zahlreichen Akten. Ansonsten gab es nur zwei Besucherstühle und eine Tür mit der Aufschrift WC. Diese öffnete sich jetzt und eine langhaarige Blondine mit einem Kleinkind an der Hand trat auf ihn zu.

»Oh, entschuldigen Sie bitte. Enes braucht noch Hilfe auf der Toilette. Er ist erst zweieinhalb, obwohl die meisten ihn auf vier schätzen.« Sie lächelte und reichte Teubner die Hand. »Mein Name ist Laura Tahiri. Kann ich Ihnen helfen?«

Teubner nickte sogleich und zückte seinen Ausweis. »Das hoffe ich sehr. Ich ermittle in dem Mordfall Achmed Tahiri. Ich denke, man hat Sie darüber unterrichtet?«

»Was ist Mordfall, Mama?«, brabbelte der kleine Enes.

Laura Tahiri ging neben ihrem Sohn in die Hocke und streichelte ihm übers Gesicht. In ihren Augen glitzerten Tränen. »Etwas sehr Schlimmes, mein Schatz. Ich erkläre es dir in Ruhe, wenn wir zu Hause sind, ist das in Ordnung?«

Enes nickte. »Will nach Papa!«

Laura Tahiri blickte durch ein Fenster auf den Gebrauchtwagenplatz. »Papa arbeitet noch. Magst du mit deinem Ball spielen?«

»Ja!« Erfreut rannte Enes hinter den Schreibtisch.

»Aber nur rollen, Enes. Sonst schimpft der Papa gleich.« Sie wandte sich an Teubner. »Eine schreckliche Sache, die mit Achmed passiert ist. Wer macht so etwas bloß? Ich kann es nicht fassen.«

Teubner schätzte die Blondine auf Mitte zwanzig. Also etwa auf das Alter, in dem Achmed gewesen war. »Wie war Ihr Verhältnis zu Ihrem Schwager? Mochten Sie ihn?«

Laura Tahiri seufzte. »Ehrlich gesagt kannte ich ihn nicht besonders gut. Ich habe meinen Mann erst kennengelernt, als seine

Werkstatt schon geschlossen war, in der Achmed die Ausbildung gemacht hat. Ich habe ihn nur bei Familientreffen wie Geburtstagen und so getroffen. Selbst da war er nicht immer dabei. Geredet habe ich kaum zwei Sätze mit ihm, solange ich Luan kenne. Ich glaube, Achmed war etwas schwierig und ließ sich wenig sagen.«

Endlich mal eine Tahiri, die Tacheles sprach. Vielleicht, weil sie nur angeheiratet war. Sie kleidete sich recht freizügig mit engem T-Shirt und knapper Jeans. »Wissen Sie von irgendwelchen Problemen, die Achmed gehabt haben könnte?«

»Nein. Wie gesagt, wir hatten kaum Kontakt, und Luan hält nicht mehr so viel von Achmed, seit der ihn damals best…«

Die Tür flog auf und Luan Tahiri fegte herein. Sofort baute er sich vor Teubner auf. »Wie kann ich Ihnen helfen? Haben Sie bereits einen unserer Wagen im Auge?«

Ein intensives Parfum wehte zu Teubner herüber. Er versuchte flacher zu atmen, um den Kopf nicht wegdrehen zu müssen. »Nein. Mein tiefstes Mitgefühl, Herr Tahiri. Ich bin wegen des Mordes an Ihrem Bruder Achmed hier. Wann hatten Sie zuletzt Kontakt?«

»Papa!« Enes kam um den Schreibtisch gelaufen und hielt seinen bunten Ball fest vor die Brust gepresst. »Will nach Hause. Will Spielplatz.«

Luan Tahiri streichelte dem Jungen über den Kopf und lächelte. »Wir fahren bald, Enes. Ein bisschen dauert es noch.« Er wandte sich an Teubner. »Ich habe Achmed ein- oder zweimal besucht, dort, wo er zuletzt untergebracht war.« Er warf einen Blick zu Enes, dem er wohl nichts Schlechtes über seinen Onkel erzählen wollte. »Gehen wir einen Moment vor die Tür, Herr Teubner.« Er ging vor seinem Sohn in die Hocke. »Ich bin gleich zurück. Du rollst den Ball für jeden Finger einmal zu Mama, dann bin ich fertig.« Er deutete auf die kleinen Fingerchen seines Sohnes. »Aber mach nicht zu schnell!« Er küsste Enes auf die Stirn, kam wieder in den Stand und hielt Teubner die Tür auf.

»Papa schnell machen!«, rief Enes ihnen hinterher.

»Hören Sie, Kommissar Teubner. Ich habe keine Ahnung, wer meinem Bruder so etwas antun konnte. Er war doch kaum drei Wochen aus dem Knast.« Er zog ein Päckchen Zigaretten aus seiner Hosentasche und zündete sich eine an. »Wegen guter Führung ist er vorzeitig entlassen worden. Und dann das.« Er machte einen tiefen Zug und hielt Teubner die Zigarettenschachtel hin. »Auch eine?«

Teubner lehnte ab. »Wann haben Sie ihn das letzte Mal gesprochen?«

»Im Knast habe ich ihn zwei Mal besucht, das war's.«

»Sie meinen, nach seiner Haftentlassung haben Sie ihn noch nicht getroffen?«

Luan Tahiri schüttelte den Kopf und nahm einen weiteren Zug.

»Ihre Frau hat gerade angedeutet, Achmed habe Sie einmal bestohlen und darunter habe Ihr Verhältnis gelitten. Worum ging es dabei?«

Der Kopf von Tahiri flog hoch, er blickte wütend in Richtung Büro. »Das war nichts. Laura hat das in den falschen Hals gekriegt.«

»Würden Sie mir dennoch sagen, was vorgefallen ist?«

Tahiri warf die Kippe schwungvoll auf den Boden und trat sie energisch aus. »Ist ewig her. Bestimmt zwei Jahre. Achmed war in Schwierigkeiten und brauchte Geld. Da weder Hashim noch ich erreichbar waren, hat er sich etwas aus der Kasse geliehen. Er hat es uns aber zurückgezahlt.«

»Wie konnte er sich an der Kasse bedienen? Hat er die Tür aufgebrochen?«

Hashim Tahiri blickte zur Bürotür, wo Enes hinter der Scheibe stand und klopfte. »Hören Sie, Herr Teubner, der Vorfall hat nichts mit Achmeds Tod zu tun. Ich muss mich jetzt um meine Familie kümmern.«

»Entschuldigen Sie, dass ich widerspreche. In einem Mordfall kann jedes Ereignis eine Bedeutung haben. Wer seine Angehörigen bestiehlt, baucht das Geld wohl dringend. Wissen Sie, wofür Ihr Bruder es benötigt hat?«

»Nein, weiß ich nicht. Interessierte mich auch nicht. Im Übrigen hat er alles zurückgezahlt und damit war es gut. Suchen Sie seinen Mörder nicht in unserer Familie.« Sein Blick wirkte bedrohlich. »Da werden Sie nicht fündig. Und jetzt entschuldigen Sie mich bitte.« Er drehte sich um, öffnete die Tür zum Büro und nahm seinen Sohn auf den Arm.

Teubner kehrte in Gedanken versunken zu seinem Auto zurück. Sehr innig schien das Verhältnis der Tahiris zu Achmed nicht gewesen zu sein.

Kapitel 9

Dienstag, 7. Mai, 18.45 Uhr

Maike Graf verfiel abermals darüber ins Grübeln, wie sie das gestörte Verhältnis zu Sören Reinders kitten sollte. Seit sie nach ihrer freiwilligen Pause von fast einem halben Jahr ihren Dienst wieder angetreten hatte, benahm er sich ihr gegenüber befremdlich, behandelte sie, als sei sie ein lästiges Insekt, das ihn umschwirrte. Er sprach nur das Nötigste und vermittelte ihr stets das Gefühl, das er sie für keine vollwertige Polizistin mehr hielt. Seine früher so lässige und flapsige Art hatte er Maike gegenüber abgelegt. Wenn der Dienst es erforderte, arbeitete er mit ihr zusammen, aber das freundschaftliche Arbeitsverhältnis wollte sich zwischen ihnen nicht mehr einstellen.

Gleich nach der Rückkehr von den Tahiris hatte Reinders sich auf dem Parkplatz hinter der Dienststelle in den Feierabend verabschiedet und ihr mit deutlicher Ironie in der Stimme gesagt, den Bericht über die Befragung würde sie hoffentlich allein hinbekommen. Er wolle am nächsten Tag aber sicherheitshalber noch einen Blick darauf werfen.

Maike war so perplex über diese Frechheit gewesen, dass es ihr die Stimme verschlagen hatte. Was trieb ihn zu diesem Verhalten? Immerhin stand sie als Hauptkommissarin vom Rang her über ihm, dem Kriminaloberkommissar. Sie wusste ganz genau, dass sie Reinders zur Rede stellen musste. Seine Respektlosigkeiten wurden immer dreister und das wollte sie sich nicht länger gefallen lassen. Auf dem Parkplatz fehlte ihr die Kraft für eine solche Konfrontation. Also schluckte sie ihre Wut hinunter. Beim nächsten Mal war er fällig, hatte sie sich geschworen.

Sie war in ihr Büro gegangen, hatte den Bericht getippt und fühlte sich jetzt ebenfalls bereit für den Feierabend, als Max Teubner den Kopf zur Tür hereinsteckte. »Hey, Max. Zurück aus Dortmund? Waren die Tahiri-Brüder gesprächiger als seine Eltern oder haben sie ebenfalls abgeblockt?«

»Das kann man so sagen.« Teubner blieb im Türrahmen stehen. »Ihre Kooperationsbereitschaft hielt sich in Grenzen. Jedenfalls habe ich keine relevanten Informationen bekommen, die uns weiterbringen könnten.«

Maike stand auf und warf sich ihre Jacke über. »Entweder die Familie weiß nichts oder die gehen selbst auf Mördersuche. Wäre nicht das erste Mal, dass Clans das Gesetz in die Hand nehmen. Ich mache jetzt Feierabend.«

»Tut mir leid, Maike, aber daraus wird nichts. Ich bin dem Marschewski gerade in die Arme gelaufen. Er wartet im Besprechungsraum und will sich über den aktuellen Stand der Ermittlungen informieren. Hat uns sogar jemanden zur Unterstützung mitgebracht.«

»Womit haben wir denn diese Ehre verdient? Ob Marschewski sich ein Bild von meiner Arbeitsweise machen will? So etwas hat er jedenfalls bei dem merkwürdigen Gespräch erwähnt, dass ich bei ihm hatte. Ansonsten würde er sich doch nicht mit der Dorfpolizei abgeben, oder? So hat er uns genannt, als wir gegen die Ruhrpott-Connection ermittelt haben.« Maike schulterte ihre Tasche mit einem mulmigen Gefühl im Magen. Die Zweifel an ihrer Überlegung, nach Dortmund zu wechseln , wuchsen. Sie hoffte, die Besprechung würde nicht allzu lange dauern.

»Marschewski macht einen abgespannten Eindruck. Vermutlich wächst ihm die Arbeit über den Kopf. Vielleicht hat er seine Meinung über unsere Dienststelle revidiert. Oder aber, er möchte sich tatsächlich ein Bild von seiner mutmaßlich zukünftigen Mitarbeiterin machen.« Er kniff ihr ein Auge zu. »Lassen wir ihn nicht warten.« Teubner ging vor und öffnete am Ende des Flurs die Tür zu dem kleinen Besprechungsraum.

Maike folgte ihm und blieb abrupt stehen. Zu ihrer Überraschung saß Sören Reinders bereits rechts von Marschewski am Tisch. Man hatte ihn also telefonisch zurückbeordert. Früher hätte er Maike sofort informiert und sich lauthals darüber beschwert, dass er genug Überstunden angesammelt hatte. Das kam ihm heute nicht mehr in den Sinn und das gab ihr einen Stich ins Herz. Sie musste den Konflikt mit Reinders in naher Zukunft lösen. Maikes Blick wanderte zu Marschewski, der sich angeregt mit seinem Mitarbeiter links von ihm unterhielt. Sie schluckte. Das gab es doch nicht! Auf halbem Weg zum Tisch blieb sie erneut stehen und brachte nicht einmal einen simplen Gruß heraus.

»Kriminalhauptkommissarin Graf!« Marschewski deutete ein Lächeln an und stand auf. Er trat auf sie zu und führte sie zu seinem Kollegen, der lässig sitzen blieb. »Darf ich Ihnen einen der besten Mitarbeiter des KK11 vorstellen? Das ist Kriminaloberkommissar Mike Kolbe, er ist seit vielen Jahren unter anderem als verdeckter Ermittler für das LKA Düsseldorf im Einsatz gewesen und ist jetzt seit gut einem Jahr für unsere Abteilung tätig. Mike wird Sie bei den Ermittlungen im Fall Tahiri unterstützen.«

Kolbe grinste, bemühte seinen Astralkörper nun doch in die Senkrechte und hielt ihr die Hand hin. »Freut mich, Maike.«

Maike schlug zögernd ein und spürte einen festen Griff. »Dito«, brachte sie knapp hervor. Am liebsten hätte sie ihm seine Hinterhältigkeit an den Kopf geworfen. Warum hatte er sich auf dem Friedhof an Jochens Grab nicht als Polizist zu erkennen gegeben? Natürlich hätte sie ihm die alte Freundschaft zu Jochen dann sofort abgekauft. Seit gut einem Jahr, überlegte Maike weiter. Das hieß, er war vor Jochens Schussverletzung bereits in Dortmund gewesen. Warum hatte Jochen ...

»Setzen wir uns doch«, unterbrach Marschewski ihre Gedanken und rückte seinen Stuhl zurecht. »Was haben die Befragungen bei den Tahiris ergeben?«

Reinders startete wie aus der Pistole geschossen, einen detaillierten Bericht über ihr gemeinsames Gespräch mit den Eltern, ehe Maike sich hingesetzt hatte. Strebsam, als sei er auf eine Beförderung aus. Vielleicht war er das tatsächlich und lechzte danach, selbst ins KK11 zu wechseln. Seine Ambitionen, die Karriereleiter als Polizist nach oben zu klettern, waren in den letzten Jahren allerdings eher verhalten gewesen.

»Okay«, war alles, was Marschewski herausbrachte, bevor er sich an Teubner wandte. »Haben die Tahiri-Brüder uns bei der Suche nach einem Mordmotiv weiterhelfen können?«

»Weder Hashim noch Luan Tahiri wollen ihren jüngeren Bruder nach dessen Haftentlassung persönlich getroffen haben. Mag sein, dass es stimmt, aber vielleicht halten sie Hinweise zurück, um sich selbst auf Mördersuche zu machen.«

»Die Befürchtung habe ich auch«, bestätigte Marschewski. »Auf keinen Fall will ich aber in meinem Revier eine Vendetta oder wie sonst die Blutrache bei den Albanern genannt wird. Irgendwelche Ideen, wo wir ansetzen können?«

Maike räusperte sich, rutschte mit dem Stuhl näher an den Tisch und legte ihre Unterarme darauf ab. »Ich weiß nicht, ob die Vergangenheit von Achmed Tahiri in diesem Fall eine Rolle spielt, aber wie Sie meinem Bericht von gestern entnommen haben, ist er den Behörden hier kein Unbekannter. Er war in Unna vor Jahren Mitglied einer fünfköpfigen Jugendbande. Nach mehreren Anzeigen wurde er bereits als 17-Jähriger wegen Diebstahls und anderer Delikte verurteilt und ging in den Jugendknast. Das Oberhaupt der Bande, ein Kevin Scheidt, ebenfalls. Zwei Mädchen und ein weiterer Junge kamen glimpflicher davon. Sie waren damals erst 16. Diese alte Geschichte mag keine Rolle im Mordfall spielen, aber man sollte doch überprüfen, ob die einstigen Mitglieder der Jugendgang noch Kontakt miteinander hatten.« Sie blickte in die Runde.

»Soweit ich weiß, wurde bereits überprüft, von wem Achmed Tahiri während seiner letzten Haftstrafe Besuch bekam.« Teubner blätterte in einer Mappe, die er mitgebracht hatte, und studierte eine Liste. »Nur seine Brüder und seine Eltern.«

»Aber nach seinem ersten Gefängnisaufenthalt war er noch mit einem der Mädchen aus der Gang zusammen, oder?«, wandte Maike sich an Teubner.

»Da bin ich überfragt.«

Marschewski verschränkte die Arme vor der Brust. »Das scheint mir ein vernünftiger Ermittlungsansatz. Die ehemaligen Mitglieder dieser Jugendgang sollten umgehend befragt werden. Was haben sie nach dem Prozess gemacht? Wer hatte miteinander Kontakt? Beginnen Sie mit dem Kopf der Bande, diesem Kevin Scheidt.«

»Der hat vor acht Jahren im selben Haus direkt neben den Tahiris gewohnt. Wenn das heute noch so ist, ist er Achmed Tahiri bestimmt öfter über den Weg gelaufen.« Maike schüttelte ein wenig verärgert den Kopf. »Wir hätten das überprüfen können, nachdem wir die Tahiris befragt haben.« Sie blickte zu Reinders, der sie sofort genervt ansah. Vermutlich passte dieses Versäumnis genau in das Bild, das er sich momentan von Maike machte. Unkonzentriert, hektisch, unzuverlässig.

»Auch wenn das Ganze schon acht Jahre zurückliegt«, sagte

er prompt. »Da hättest du dran denken müssen. Immerhin hast du den Fall damals vorrangig bearbeitet.«

»Du bist nach der Befragung so schnell aus dem Haus gerast, da hatte ich überhaupt keine Chance, darauf zu kommen. Außerdem kennst du die Akten und warst beim Prozess ...«

Marschewski schlug mit der flachen Hand leicht auf den Tisch. »Leute! Schuldzuweisungen helfen uns hier nicht weiter. Aber Kevin Scheidt sollte am besten heute noch befragt werden.«

Reinders verschränkte sofort die Arme vor der Brust. Sein Gesicht sprach Bände. Er würde das Versäumnis, für das Maike in seinen Augen verantwortlich war, sicherlich nicht ausbügeln.

Marschewski blickte seinen Mitarbeiter an. »Mike, das ist eine gute Gelegenheit, dich in die Arbeitsweise der Unnaer Kollegen zu integrieren. Es wäre schön, wenn du Maike Graf begleiten würdest. Teubner und Reinders, Sie können sich ab morgen die anderen Bandenmitglieder vorknöpfen. Sobald es interessante Neuigkeiten gibt, möchte ich informiert werden. Ist das klar?« Er schien keine Antwort zu erwarten, schob seine Papiere in einen Aktenkoffer und stand auf. »Bei Problemen oder Schwierigkeiten bin ich übers Handy erreichbar.« Er nickte Maike zu.

Kolbe erhob sich ebenfalls. Dasselbe Outfit wie am Tag zuvor. Lederjacke, bleiche Schlabberjeans, Boots sowie T-Shirt. Haare zum Zopf gebunden und dunkle Augenringe. »Na, dann los!« Er ging auf die Tür zu und hielt sie ihr auf. »Auf gute Zusammenarbeit, Maike.«

Maike rauschte stumm an ihm vorbei. Der Typ hatte ihr noch gefehlt. Sie mochte den Kerl nicht und das lag nicht an seinem Äußeren. Hoffentlich verkniff er sich den Small Talk über Jochen. Sie ahnte inzwischen, dass die beiden zusammengearbeitet hatten, und das reichte ihr an Information. »Ich kann das durchaus allein erledigen«, sagte sie und öffnete die Fahrertür ihres

Dienstwagens. »Sie werden sonst Schwierigkeiten haben, nach Hause zu kommen, denn Sie sind ja bestimmt mit Marschewski im Wagen hergekommen.«

Kolbe stellte sich an die Beifahrertür und wartete, dass sie öffnete. »Mach dir darüber mal keine Sorgen, ich komm klar.«

Maike setzte sich seufzend hinters Steuer und startete sofort den Motor. Als Kolbe sich auf den Beifahrersitz fallen ließ, schien seine Aura den gesamten Wagen einzunehmen. Trotz seines abgerissen wirkenden Äußeren strahlte er eine selbstbewusste Überlegenheit aus, ohne dabei arrogant zu wirken. Er schwieg während der Fahrt und tippte geschäftig auf seinem Smartphone herum. Verblüfft stellte sie fest, dass sie seine Anwesenheit besser ertrug als die von Reinders mit seiner Schroffheit und offensichtlichen Ablehnung.

Zehn Minuten nach Abfahrt erreichten sie die Platanenallee, ohne ein weiteres Wort gewechselt zu haben. Maike parkte den Dienstwagen zwischen zwei der Baumgiganten. »Kevin Scheidt hat dort hinten im Wohnblock der Hamburger Straße im vierten Stock gewohnt«, fühlte sie sich genötigt zu sagen.

Kolbe trat zuerst auf den Hauseingang zu und zeigte Maike eine Klingel mit dem Namen Scheidt, auf ihr Nicken hin betätigte er sie. Die Sprechanlage knackte, dann krächzte daraus ein fragendes Ja hervor, auf das er mit der Stimme dicht am Lautsprecher antwortete: »Die Kommissare Graf und Kolbe von der Dienststelle Unna, wir möchten mit Kevin sprechen.«

»Ist nicht zu Hause!«

Maike schob Kolbe etwas zur Seite. »Hauptkommissarin Maike Graf hier. Frau Scheidt, bitte lassen Sie uns einen Moment herein. Es geht um Achmed Tahiri. Wir haben nur einige Fragen, die Sie uns vermutlich ebenfalls beantworten können.« Tatsächlich summte augenblicklich der Türöffner.

Kolbe drückte sich gegen die kaputte Glastür und hielt sie ihr auf. Da ein Schild immer noch auf den defekten Fahrstuhl deutete, lief er hinter ihr die Treppe hinauf.

»Du bist ja doch zu Hause, du elendes Miststück!«, schallte da plötzlich von oben eine Stimme durch das Treppenhaus. »Wo ist dein Bastard? Was hat er mit Achmed gemacht?«

Maike erkannte Rovena Tahiri und nahm zwei Stufen auf einmal. Die zweite Treppenwendung hatte sie bereits umrundet.

»Kevin ist nicht da. Er hat mit Achmeds Tod nichts zu tun.«

»Ich lach mich schlapp, du blöde Kuh. Wer hat meinen Jungen denn immer mit Stoff versorgt?«

»Brüll noch lauter, du dumme Zicke. Die Bullen sind da. Kevin hatte jedenfalls nichts mit Drogen am Hut. Aber kaum ist der Achmed aus dem Knast, da gibt es Stress. Er ist für ein paar Tage weggefahren, der Kevin. Vermutlich wollte er seine Ruhe haben, vor deinem missratenen Sohn.« Ein Schrei folgte einem lauten Klatschen.

Maike nahm bereits die vorletzte Biegung und blickte nach oben. Kolbe war dicht hinter ihr.

»Bist du bescheuert? Du hast mir Haare ausgerissen!«, keifte Rovena Tahiri.

»Irgendwie muss ich mich ja wehren. Du bist ja völlig durchgeknallt!«

»Mein Sohn ist tot, du Schlampe! Kapierst du das? Tot! Ermordet!«

Maike lief die letzten Stufen hinauf und sah, dass Rovena Tahiri ihrer Nachbarin durchs Gesicht kratzte. Die griff sofort wieder in die halblangen Haare der Albanerin und trat ihr kräftig vors Schienbein. Die beiden rangelten, traten und bespuckten sich gleichzeitig. Maike war mit einem Satz bei ihnen und packte Rovena Tahiri von hinten an den Oberarmen. Mike Kolbe stürzte zu Silke Scheidt und zerrte sie zurück. Mit Mühe gelang es ihnen, die Kampfhennen zu trennen. Maike schob Rovena Tahiri zu ihrer Wohnungstür. »Möchte eine von Ihnen Anzeige erstatten? Dann nehmen wir Ihren Disput in unserer Dienststelle auf.«

»Anzeige erstatten?« Rovena Tahiri lachte gellend, befreite sich mit einem Ruck aus Maikes Griff und strich sich die Haare nach hinten. »Nach meinen Erfahrungen mit Ihrer Behörde bringt das rein gar nichts! Die Zeit und Mühe werde ich mir sparen.«

»Ich verstehe Ihre Situation durchaus, Frau Tahiri. Es muss furchtbar sein, seinen Sohn unter so schrecklichen Umständen zu verlieren, aber Selbstjustiz bringt Sie nicht weiter.«

»Wollen Sie mich jetzt verhaften, weil ich mich gegen diese Schlampe gewehrt habe?« Ihre Augen funkelten wütend.

»Du hast doch angefangen, du Miststück!«, kreischte Silke Scheidt. Ihre kurzen, graublonden Haare standen wirr vom Kopf. Ihr Gesicht wies rote Striemen auf. Sie wollte sich aus Kolbes Griff befreien. Er hielt sie jedoch unter Kontrolle.

»Wollen Sie Anzeige gegen Frau Tahiri erstatten?«, fragte er. »Immerhin hat sie Ihnen das Gesicht zerkratzt.«

Silke Scheidt blickte wütend zu Rovena Tahiri. Ihre dunkelblaue Strickjacke war verrutscht und enthüllte ein knittriges weißes T-Shirt mit unschönen Flecken. »Sollte ich eigentlich machen. Die hat sie doch nicht mehr alle! Die terrorisiert mich schon den ganzen Tag. Sie klingelt Sturm, bullert gegen meine Wohnungstür und keift das Haus zusammen.«

Kolbe schob Silke Scheidt zur Treppe. »Dann nehmen wir Ihre Anzeige jetzt bei uns im Büro auf. Da können Sie uns erzählen, wo genau Ihr Sohn Kevin sich momentan aufhält.«

»Das ist mal wieder typisch deutsche Polizei«, rief Rovena Tahiri wütend. »Anstatt dass Sie nach Achmeds Mörder suchen, verschwenden Sie Ihre Zeit mit solchem Abschaum!« Sie zog das Oberteil ihres schwarzen Nicki-Hausanzuges nach unten und blickte zu Maike, die sich vor sie stellte, um zu vermeiden, dass die beiden Frauen erneut aneinandergerieten. »Ich pfeife auf Ihre Ermittlungen, Frau Graf! Keiner von Ihren feinen Kollegen wird sich ein Bein ausreißen, um Achmeds Tod aufzuklären. Ein Ausländer weniger, was soll's. So denken Sie doch. Ich sage Ihnen was, Frau Graf. Sie und Ihre Kollegen, Sie sind genauso ein Abschaum wie die da!« Sie deutete auf Silke Scheidt, trat in ihre Wohnung und knallte die Tür zu.

Kolbe ließ Silke Scheidt los. »Dann kommen Sie mal mit.«

»Ich werde die Rovena nicht anzeigen.« Sie zog den Bund ihrer verwaschenen Jeans in die Höhe, danach raffte sie die Strickjacke vor der Brust zusammen. »Also können wir uns den Weg zur Polizeidienststelle sparen. Ich brauche jetzt einen Kaffee und meine Ruhe.«

Maike seufzte. »In Ordnung, Frau Scheidt. Lassen Sie uns einen kurzen Blick in Ihre Wohnung werfen und Sie sind uns schnell wieder los.«

Die Scheidt zog ein zerknülltes Papiertaschentuch aus der ausgebeulten Tasche der Strickjacke und tupfte sich damit die Kratzer ab. »Das muss ich kühlen. Brennt wie Hölle. Wer weiß, welche Keime die blöde Kuh an den Nägeln hatte.« Sie schlich in ihre Wohnung und ließ die Tür hinter sich offen.

Maike und Kolbe folgten ihr und warteten im Wohnungsflur. Man hörte Wasser rauschen, kurz darauf kam Silke Scheidt mit einem Kühl-Pad zurück, das sie sich an ihre rechte Wange drückte. »Kevin ist für ein paar Tage verreist. Er muss mir keine Rechenschaft ablegen, wohin. Er ist alt genug.«

»Welches ist sein Zimmer?« Mike Kolbe legte bereits die Hand an den ersten Türgriff.

»Das geht sie einen Scheiß an! Wenn Sie hier was durchsuchen wollen, dann kommen Sie mit einem Beschluss wieder. Und jetzt verschwinden Sie!« Sie deutete zum Hausflur. »Sobald Kevin zurück ist, sage ich ihm, dass er sich melden soll.«

Maike trat auf Silke Scheidt zu und legte ihr eine Hand an den Oberarm. »Frau Scheidt. Wir wollen Ihnen nichts Böses. Wir möchten Kevin nur einige Fragen stellen. Hatte Ihr Sohn Kontakt zu Achmed Tahiri nach dessen Haftentlassung? Waren die beiden befreundet? Gab es Streit?«

Silke Scheidt drehte das Pad um und drückte es nun mit der linken Hand an ihre linke Wange. »Selbst wenn ich es wüsste, würde ich meinen Sohn wohl kaum in die Pfanne hauen. Ich bin seine Mutter und muss gar nichts sagen. Und jetzt gehen Sie endlich!«

Maike folgte Kolbe in den Hausflur. Er lief die Treppen ebenso flott hinunter wie Reinders, fast als müsse er vor ihr flüchten. Als sie kurz darauf ins Freie trat, hatte er bereits das Ende der Hamburger Straße erreicht, drehte sich jedoch noch einmal zu ihr um. »Die S-Bahn-Haltestelle ist nicht weit von hier. Habe ich auf der Hinfahrt gegoogelt. Wir sehen uns morgen.« Damit verschwand er um die Ecke und Maike ging verblüfft zu ihrem Dienstwagen.

Kapitel 10

Sieben Jahre zuvor

Langsam dämmerte der Tag. Jakob starrte auf das Fenster seines Zimmers. Am Rand des Verdunklungsrollos schoben sich matte Lichtstreifen vorbei. Er hatte in dieser Nacht kaum in den Schlaf gefunden. Seine Gedanken drehten sich um den Prozess gegen Achmed, der heute stattfinden sollte. Wie hatte er sich nur darauf einlassen können? Vor ein paar Monaten hatte er seinen Eltern die Sache mit der Gang gebeichtet, nachdem Björn ihn dazu gedrängt hatte. Mama war aus allen Wolken gefallen und entsetzt darüber, dass sie nichts bemerkt hatte. Am Abend hatte sie Papa die Geschichte erzählt. Der war daraufhin richtig wütend geworden. So hatte Jakob seinen Vater noch nie erlebt, sonst war er immer still und besonnen.

»Die teure Playstation schleppst du heimlich aus dem Haus und wirfst sie diesem Pack in den Hals. Dann zocken sie dir den Laptop ab, ganz zu schweigen von Opas kostbarer Armbanduhr und dem vielen Bargeld! Das wirfst du alles diesem Pack in den Rachen und kommst nicht auf die Idee, mit uns zu reden? Dir bei uns Hilfe zu holen?«

Jakob sah noch die wütend funkelnden Augen seines Vaters. Sein Gesicht tiefrot, auf seiner Stirn Schweißtropfen. Mit dieser Reaktion hatte Jakob nicht gerechnet. Er war zutiefst beschämt gewesen und hatte sich schuldig gefühlt. Irgendwie hatte er den Abend hinter sich gebracht und versprochen, seine Mutter am nächsten Tag zur Polizei zu begleiten, um dort Anzeige gegen Achmed zu erstatten.

Die Kommissarin war sehr nett gewesen. Jakob erinnerte sich sogar noch an ihren Namen. Maike Graf hieß sie. Sie fragte behutsam und wartete geduldig auf seine Antworten, die er vor lauter Aufregung zu Beginn des Gesprächs nur holprig und stotternd herausbrachte. Aber bald fasste Jakob Vertrauen zu der freundlichen Polizistin und dann sprudelte alles aus ihm heraus, was Achmed und seine Bande ihm jemals angetan hatten. Das wiederholte Auflauern am Busbahnhof nach der Schule, die Abzockerei, die Tritte und Schläge, sobald er nicht parierte oder weil die Gang einfach Spaß daran hatte. Kommissarin Maike Graf hatte ein Band mitlaufen lassen. Das ließ sie später protokollieren und seine Mutter und er selbst mussten sich seine Aussage durchlesen und danach unterschreiben.

Wenn es damit doch erledigt gewesen wäre! Jakob seufzte und zog sich die Bettdecke bis zum Hals. Sein Magen krampfte sich zusammen. Schweiß trat ihm auf die Stirn, er fühlte sich hundsmiserabel. »Wieso muss ich bei diesem verdammten Prozess persönlich aussagen?«, schluchzte er leise und spürte Tränen aufsteigen. Er blinzelte sie weg und dachte an den Brief vom Gericht, den sein Vater ihm vor einigen Wochen gezeigt hatte.

»Jetzt kriegt dieses Pack, was es verdient«, hatte er beim Abendbrot gesagt und das offizielle Schreiben vor sich auf den Tisch gelegt. »Die Bande wandert in den Knast. Dazu kannst du beitragen, Jakob.« Sein Blick war wohlwollend und voller Genugtuung gewesen.

Seit diesem Abend fürchtete Jakob sich vor dem Gerichtstermin. Achmed und die anderen Bandenmitglieder wären ebenfalls bei der Verhandlung dabei. Er säße mit ihnen in einem Raum. Sie würden jedes seiner Worte hören. Und sie würden sich dafür rächen!

Sein Magen rebellierte. Jakob schlug die Bettdecke beiseite und hastete über den Flur ins Bad. Er schaffte es noch gerade zur Kloschüssel, in die er sich mehrfach übergab. Kraftlos kniete er auf den kalten Fliesen. Er konnte heute unmöglich zum Gericht gehen. Das würde er nicht überleben. Jakob stützte sich auf der Klobrille ab und stemmte sich mühevoll in den Stand. Bevor er zurück in sein Zimmer schlich, spülte er sich den Mund gründlich aus und trank ein Glas Cola. Die Kohlensäure kratzte in seinem Rachen und er zitterte am ganzen Körper, als er sich wieder hinlegte.

»Ich kann das nicht. Ich kann das einfach nicht!« Jakob schielte zum Wecker auf seinem Nachttisch: 4.48 Uhr zeigten die roten Leuchtziffern an. In zwei Stunden würde seine Mutter ihn wecken. Vielleicht bekam sie Mitleid, wenn sie sah, wie elend er sich fühlte. Aber nein, Papa hatte sich heute extra freigenommen. Seine Eltern wollten ihn gemeinsam ins Gericht begleiten. Und da wartete Björn mit seinen Eltern. Jakob schloss verzweifelt die Augen. Aus der Sache kam er mit einer simplen Ausrede nicht raus.

Eine halbe Stunde später übergab er sich erneut. Die Cola schoss in einem Schwall in die Toilette, er würgte und keuchte. Gut, dass das Schlafzimmer seiner Eltern am anderen Ende der Wohnung lag. Jakob drückte ab, senkte den Klodeckel ab und setzte sich darauf. Er musste erst Kraft sammeln, um sich zurück in sein Zimmer zu schleppen. Er schloss die Augen. Achmed schob sich in seine Gedanken. Er saß mit verschränkten Armen auf der Anklagebank und beteuerte um Mitleid heischend seine Unschuld. Chantal weinte und behauptete, Björn und Jakob würden lügen. Sie und Achmed und die anderen hätten nie etwas Unrechtes getan.

Die Richterin schlug ihren Hammer auf das Pult und schrie Jakob an. »Die Bande ist unschuldig! Warum hast du gelogen? Dafür musst du dich verantworten, Bürschchen!«

Jakob sprang vom Klo auf, riss den Deckel hoch und würgte erneut. Für nichts in der Welt würde er heute einen Fuß in dieses Gericht setzen. Er drückte die Spülung und rannte in sein Zimmer, wo er die Tür von innen verschloss. Dann sprang er in sein Bett und zog sich die Decke über den Kopf. Wie ein Embryo krümmte er sich, schluchzte und weinte, bis er entkräftet in den Schlaf fiel.

Lautes Klopfen weckte ihn. Jakob blinzelte zum Fenster. Am Rand des Rollos schoben sich nun helle Sonnenstrahlen vorbei. Die Leuchtziffern seines Weckers zeigten 7.00 Uhr an.

»Jakob?« Die Stimme seiner Mutter klang erregt. Als würde sie Panik schieben, wegen des Prozesses. »Frühstück ist fertig. Heute ist dein großer Tag, da musst du bei Kräften sein. Ich habe dir einen Kakao gemacht.«

»Mir geht's nicht so gut.« Jakob brauchte die Schwäche in seiner Stimme nicht vorzutäuschen.

»Das ist die Nervosität, das legt sich gleich, mein Schatz! Papa sitzt schon am Tisch. Beeil dich! Der Prozess beginnt um neun Uhr und wir müssen etwas zeitiger dort sein.«

»Komme sofort«, beteuerte Jakob, um erst einmal seine Ruhe zu haben. Erleichtert vernahm er, wie die Schritte seiner Mutter sich entfernten. Das Ziehen im Unterleib war unerträglich. Sein Magen verkrampfte sich. Als er sich auf den Bauch legte, hörte er sein Smartphone auf dem Nachttisch vibrieren. Björn rief an. Der würde in genau dieselbe Kerbe schlagen wie Jakobs Eltern. In den letzten Tagen war er regelrecht euphorisch gewesen, endlich gegen die Asis aussagen zu können. Jakob wartete, bis das Bimmeln aufhörte, dann stellte er sein Handy aus. Er hatte wenig Lust, sich vor Björn zu rechtfertigen. Denn inzwischen stand sein Entschluss fest. Für keinen Preis der Welt würde er mit seinen Eltern zum Gericht fahren.

Es klopfte erneut. »Kommst du, Jakob? Es wird Zeit. Du solltest nach dem Frühstück noch duschen, damit du dich frisch fühlst.« Die Stimme seiner Mutter klang besorgt. Sie besaß stets so etwas wie einen siebten Sinn für sein Gefühlsleben. Vermutlich ahnte sie bereits, dass er kneifen wollte.

Jakob antwortete nicht. Er sah, wie sich die Türklinke nach unten bewegte. Als seine Mutter erneut klopfte, zog er sich das Kissen über den Kopf. Dennoch hörte er, dass sie nicht aufgab und immer wieder seinen Namen rief. »Lass mich doch einfach in Ruhe!«, brüllte er da und schmiss sein Kopfkissen durchs Zimmer. »Mir geht's nicht gut! Ich hab Bauchschmerzen und schon mehrmals gekotzt!«

»Jakob.« An der Art, wie sie seinen Namen aussprach, erkannte man bereits, was sie dachte. »Wir sind bei dir. Dieser Achmed wird dir nie wieder etwas antun. Und seine Freunde auch nicht. Aber damit sie ihre gerechte Strafe bekommen, musst du gegen sie aussagen.«

Jakob schüttelte stumm den Kopf. Er stand auf, aber nur, um sich gleich darauf entkräftet auf den Drehstuhl vor seinem Schreibtisch fallen zu lassen, und starrte auf die Tischplatte. Da lag noch sein Matheheft. Gestern hatte er versucht seine Aufgaben zu lösen, sich aber nicht konzentrieren können, weil er immer an seinen Auftritt bei Gericht denken musste. Er hatte anstatt die Hausaufgaben zu erledigen den ganzen Nachmittag mit dem Schweizer Taschenmesser gespielt, dass sein Opa ihm zum 10. Geburtstag geschenkt hatte. Vor weit über einem Jahr.

Erneut klopfte es an der Zimmertür. »Jakob?« Das war jetzt sein Vater mit seiner ruhigen und geduldigen Stimme. »Machst du bitte die Tür auf? Dann können wir uns über deine Bedenken unterhalten.«

Jakob drehte sich auf dem Stuhl und starrte auf die Tür, blieb aber stumm. Was gab es da zu bereden? Seine Eltern würden ihn nicht umstimmen. Und er hatte keinen Bock auf so ein Gelaber.

Er drehte sich wieder zum Schreibtisch und nahm das Taschenmesser in die Hand. Sein Opa war ein toller Typ gewesen. Er hatte immer gewusst, womit er Jakob eine Freude machen konnte. Und er hätte Verständnis für ihn gehabt und ihn niemals ins Gericht gezwungen. Jakob drückte den linken Daumennagel in die Kerbe einer der Klingen und schob sie heraus. Er hatte das Messer wie einen Schatz gehütet und bislang kaum benutzt. Langsam fuhr er mit dem Zeigefinger an der Klinge entlang. Sie war gut geschliffen und scharf.

»Jetzt mach bitte die Tür auf, Jakob!«, forderte sein Vater nun etwas lauter.

Jakob blickte nicht auf. Er starrte auf das Taschenmesser. Der Griff lag gut in seiner rechten Hand. Behutsam führte er die Klinge an sein linkes Handgelenk und streifte von innen über die blauen Adern, die sich deutlich hervorhoben. Ein fester Schnitt und er bräuchte nicht ins Gericht. Nie mehr würde er Achmeds Schikanen ertragen müssen oder die seiner Freunde. Jakob überlegte nicht und ritzte die Klinge mit Druck über sein inneres Handgelenk. Sofort sprudelte das Blut aus der Ader wie ein kleiner Springbrunnen. Fasziniert sah er dabei zu.

»Jakob! Mach die Tür auf!«, schrie sein Vater.

Jakobs Herz raste. Er legte das Messer zurück auf den Tisch. Mit wackeligen Knien stand er auf, taumelte zur Tür und drehte den Schlüssel um. Noch ehe die Tür aufgerissen wurde, sackte er zusammen. Er fühlte keinen Schmerz, nur eine endlose Erleichterung.

Kapitel 11

Mittwoch, 8. Mai, 15.15 Uhr

Chantal Vogt war noch an der Adresse gemeldet, die in den alten Akten stand. Der Wohnblock gehörte zu demselben Ensemble, in dem auch die Familien von Achmed und von Kevin lebten, lag aber in der Magdeburger Straße. Nur war hier der Plattenbau nicht eintönig grau, da die Balkone in einem dunklen Rot gestrichen waren, aber architektonisch ebenso trist und lieblos gestaltet. Teubner versuchte mit Reinders Schritt zu halten, der voranstürmte, als wollte er den Termin möglichst schnell hinter sich bringen. Der Kollege verhielt sich in letzter Zeit merkwürdig, nicht nur Maike gegenüber, die sich von ihm bereits gemobbt fühlte.

»Bist du auf der Flucht, Sören? Oder hast du heute Abend noch ein Date?«, keuchte er und wich einen Ball aus, der auf den Gehweg gerollt war. Auf der Rasenfläche links von ihm kickten Jugendliche verschiedenen Alters, wobei sie sich lauthals Kommandos zuriefen.

»Haltet die Fresse, da unten!«, brüllte ein Nachbar von einem der oberen Balkone. »Sonst ruf ich die Bullen!«

»Nette Wohngegend«, meinte Teubner sarkastisch.

Reinders drückte bereits einen der Klingelknöpfe. »Kann ja nicht jeder in einem vornehmen Landhaus wohnen«, brummte er missmutig.

»Du weißt genau, dass Raffael und ich dort nur zur Untermiete leben und das Haus meiner Tante gehört«, verteidigte sich Teubner.

»Ja, ja.« Reinders legte seinen Daumen auf die Klingel mit den Namen Leibold/Vogt und drückte anhaltend. »Gleich kommen mir die Tränen. Deinem Sohn und dir geht's da doch fantastisch. Eine ganze Etage für euch allein, ein riesiger Garten und bekocht werdet ihr auch noch.«

»Bist du neidisch? Ich dachte immer, du fühlst dich wohl, in deiner Wohnung in Königsborn.«

»Was weißt *du* schon? *Du* hast keinerlei Verpflichtungen. *Du* musst nicht für ein Kind zahlen, das du kaum zu Gesicht bekommst. Raffael verdient längst sein eigenes Geld. Und deine Tante wird dir keine Mieterhöhung von 30 Prozent für eine Bude von 70 Quadratmetern aufbrummen. Hast du eine Ahnung, was ich bezahle? 950 kalt. Jetzt bist du dran.« Er drückte auf verschiedene Klingeln und augenblicklich summte der Türöffner.

Teubner folgte Reinders ins Treppenhaus. »Ich konnte ja nicht wissen, dass du in finanziellen Problemen steckst.« Er blieb neben Reinders stehen und blickte auf das Graffiti an der Fahrstuhltür. »Wenn ich irgendwie helfen kann ...«

»Ich komme klar«, fauchte Reinders und hämmerte seine Faust auf den Fahrstuhlknopf. »Ich kann nur keine großen Sprünge machen wie manch anderer.« Er sah Teubner vielsagend an.

Teubner schwieg. Ob Reinders auf sein neues Auto anspielte? Von seinem schwarzen Scirocco hatte er sich wegen eines Motorschadens trennen müssen. Nun hatte er sich für einen Jahreswagen entschieden, einen Audi A3 Sportback, den er mit Anzahlung auf drei Jahre finanziert hatte. Kurz zog er in Erwägung, die Treppe zu nehmen, um der düsteren Ausstrahlung des Kollegen zu entkommen. Die Wohnung Leibold/Vogt lag im zweiten Stock, das war machbar. Im selben Moment öffneten sich jedoch die Schiebetüren und er folgte Reinders in die Kabine.

Der verschränkte die Arme vor der Brust und starrte auf das Graffiti an der Wand, als könnten die bunten, durcheinandergesprühten Buchstaben, Zeichen und Kritzeleien ihm die Lösung seiner Probleme näherbringen.

»Du meinst also, nur weil ich ein neues Auto fahre, ist bei mir der Reichtum ausgebrochen«, meinte Teubner, als die Schiebetüren sich schlossen.

»Lass gut sein, Max.«

»Ist dein brauner Nissan verreckt? Ich habe dich lange nicht mehr drüber fluchen hören. An der Dienststelle ist er mir auch nicht aufgefallen.«

Im Fahrstuhl machte es »Bing« und die Türen öffneten sich. »Der ist bereits seit Anfang letzten Jahres Geschichte. Ich komme seit Monaten mit dem Pedelec zur Arbeit.« Er trat auf die Wohnungstür Leibold/Vogt zu und klingelte erneut, da die Tür verschlossen war.

»Wieso sagst du denn nichts? Ich hätte dich doch abholen können. Zumindest im Winter oder bei schlechtem Wetter.«

»Lass gut sein, Max«, wiederholte Reinders. In der Wohnung hustete jemand laut. Sofort hämmerte er seine Faust gegen die Tür. »Aufmachen! Polizei!«, brüllte er.

»Jetzt komm mal runter, Sören!«, murrte Teubner und konzentrierte sich auf das Klingelschild mit den Namen Ralf und Anne Leibold sowie Jason, Tyson und Lilli. Ganz klein darunter gekritzelt stand Chantal Vogt. Vermutlich hatte deren Mutter neu geheiratet.

Das Husten hinter der Tür wurde lauter. Reinders hämmerte erneut seine Faust dagegen.

Augenblicke später wurde sie aufgerissen und eine schmächtige Frau mit rotgelockten Haaren und giftgrünen Augen starrte sie feindselig an. »Was wollen Sie? Hören Sie nicht, dass es meinem Mann schlechtgeht? Er hat eine schwere chronische Lungenerkrankung und bekommt heute kaum Luft.«

»Anne Leibold?« Teubner taxierte sein Gegenüber. Sie war höchstens 1,65 Meter groß. Ihre dünnen Beine wirkten in den schwarzen Leggins wie schmale Zaunpfosten, darüber flatterte eine XXL-Bluse im Tigerprint. Auffallend waren ihre designten Fingernägel und das sorgfältig geschminkte Gesicht. Ihre Füße mit grellrot lackierten Nägeln steckten in offenen Clogs mit Absatz. »Wir möchten mit Chantal Vogt sprechen. Ihre Tochter, nehme ich an?«

Das Husten im Hintergrund schwoll an und die Frau sah sich hektisch um. »Ich bin sofort bei dir, Ralf!« Ihr Kopf flog zurück. »Chantal wohnt seit Monaten nicht mehr hier. Sie holt nur noch einmal die Woche ihre Post ab, weil sie zu faul ist, sich umzumelden. Die ist bei ihrem Freund eingezogen. Arzt soll er sein, aber ich hab ihn nie zu Gesicht bekommen.« Das Husten klang bedrohlich, als sei ihr Ehemann kurz davor, das Zeitliche zu segnen.

»Dürfen wir vielleicht einen Moment hereinkommen?«, bat Teubner. »Dann können Sie sich um Ihren Mann kümmern, während wir Ihnen ein paar Fragen stellen.«

Anne Leibold schüttelte energisch den Kopf. »Auf gar keinen Fall. Wenn Ralf sich aufregt, wird's noch schlimmer mit dem Husten. Außerdem kann ich Ihnen über Chantal nicht viel sagen. Sie lebt ihr eigenes Leben.«

Reinders trat einen Schritt vor und schnüffelte. »Rieche ich etwa Nikotin? Ist das nicht unverantwortlich bei einem Ehemann mit einer kranken Lunge?« Seit er sich selbst das Rauchen abgewöhnt hatte, war sein Geruchsinn für Zigarettenqualm sehr empfindlich geworden.

»Ich rauche nicht, aber Ralf kann es nicht lassen. Er pfeift aus dem letzten Loch, doch die Kippen sind immer in der Nähe. Aber wehe, Lilli macht ihre Duftkerzen an, dann ist das Theater groß. Oder wenn Tyson mal seine Pizza zu lange im Ofen lässt.«

»Geben Sie uns bitte die neue Adresse Ihrer Tochter und Sie sind uns sofort los.« Reinders versuchte erst gar nicht, seine schlechte Laune darüber zu verbergen, dass er hier seine Zeit verschwendet hatte.

Das Gesicht von Anne Leibold verfinsterte sich. »Was ist mit Datenschutz? Ich geb doch nicht einfach Chantals Adresse raus. Warum überhaupt? Was wollen Sie von ihr?«

Teubner schob Reinders leicht zur Seite und lächelte. »Es geht um einen ehemaligen Freund Ihrer Tochter. Sagt Ihnen der Name Achmed Tahiri etwas? Die beiden sollen eine Zeit lang fest zusammen gewesen sein.«

»Achmed? Und ob ich den kenne!« Die Stimme von Anne Leibold hallte laut durchs Treppenhaus. »Dieser großkotzige, scheinheilige Verbrecher. Der soll sich hier bloß nie mehr blicken lassen. Nichts als Dummheiten hat der im Kopf. Ist zweimal verknackt worden. Der hat meine Chantal verdorben. Nur gut, dass sie endlich von ihm losgekommen ist.«

»Keine Angst«, mischte sich Reinders ungeduldig ein und drückte sich zwei Finger an den Unterkiefer, als habe er Zahnschmerzen. »Achmed wird Sie nie mehr behelligen. Er wurde ermordet. Und deshalb müssen wir dringend mit Ihrer Tochter sprechen. Also? Wie lautet die aktuelle Adresse von Chantal?«

Anne Leibold war sichtlich schockiert. »Ermordet? Oh, mein Gott, und ich rede hier Dreck über ihn.« Sie schlug sich die Hand vor den Mund.

»Die Adresse?«, wiederholte Reinders.

»Ich schreibe sie auf«, versprach Anne Leibold, rührte sich jedoch nicht vom Fleck. »Da werden Sie Chantal jedoch momentan nicht antreffen. Sie macht Urlaub mit ihrem Neuen auf Mallorca. Er zahlt alles. Aber den Hund, den wollten sie mir an die Backe binden. Nicht mit mir, sag ich Ihnen. Ich habe genug mit

Ralfs Krankheit und den drei Blagen zu tun. Jason ist erst acht. Wo bleibt er überhaupt? Er sollte längst zum Essen hier sein.« Sie zuckte die Schultern. »Sicher pöhlt er wieder mit seinem Bruder Tyson und den anderen Jungs vor der Haustür.«

»Da haben tatsächlich einige Jugendliche Fußball gespielt. Auch ein kleinerer Junge mit den gleichen rötlichen Locken, wie Sie sie haben, war dabei.«

Anne Leibold nickte. »Das ist Jason.« Sie drehte sich um. »Ich schreibe Ihnen die Adresse eben auf.« Kurz darauf kam sie und reichte Teubner einen Zettel. Sie dämpfte die Stimme. »Ralf ist auf der Couch eingeschlafen. Jetzt hat er ein paar Minuten Ruhe. Grüßen Sie Chantal von mir, wenn Sie sie sehen. Ich glaube, sie kommt am Wochenende zurück.«

Teubner nickte und warf einen Blick auf das Papier mit der akkuraten Schrift. Chantal wohnte bei Benjamin Fuchs in der Paul-Verhoeven-Straße. Teubner wurde nicht so recht schlau aus dem Verhalten von Anne Leibold. Mal gab sie sich derb und laut, dann mit einer bedachten Wortwahl und äußerst zuvorkommend, als sei sie bemüht, keinen schlechten Eindruck zu vermitteln. »Zu Achmed hatte Chantal nach Ihrer Kenntnis also keinen Kontakt mehr, habe ich das richtig verstanden? Aber vielleicht zu anderen Freunden, die sie hier aus dem Block von früher kannte?«

»Nein, Achmed war für Chantal tabu. Ich glaube auch nicht, dass sie sich noch mit den anderen Jungs aus ihrer damaligen Clique getroffen hat. Sie wissen von dem Prozess, richtig? Natürlich. Sie sind ja die Polizei. Nun, das war eine kleine Gang damals. Kevin Scheidt war der Anführer und ein Verbrecher, wie er im Buche steht, aber da erzähle ich Ihnen wohl nichts Neues. Ich glaube, der wohnt noch in der Hamburger, gleich nebenan die Straße.«

»Und die anderen Mitglieder der Gruppe?«, fragte Teubner.

»Solange Chantal bei uns gewohnt hat, habe ich bemerkt, dass sie sich ab und zu mit Michelle getroffen hat. Die zwei Mädels haben sich immer gut verstanden, obwohl Michelle viel ruhiger war.« Sie zwirbelte eine Locke um ihren Finger. »Und da gab's ja nur noch Moritz. Zu dem hat sie aber keinen Kontakt mehr gehabt, glaube ich. Der kam aus gutem Haus und war was Besseres.«

»Hat Ihre Tochter sich so ausgedrückt, Frau Leibold?«, fragte Reinders. »Hat sie Moritz vielleicht als Glücksgriff angesehen? Sie ist nicht zufällig mit ihm nach Mallorca geflogen?«

»Aber nein«, winkte die Rothaarige ab. »Mit dem ist sie nicht zusammen. Wie gesagt, ich glaube nicht, dass sie sich mit ihm getroffen hat. Ich selbst habe ihn jedenfalls seit dem Prozess damals nicht gesehen. Ich denke sein Alter, der wird ihm die Leviten gelesen haben. Er hat dann wohl noch studiert. Chemie, glaube ich.«

»Dann wissen Sie vermutlich auch nicht, wo Moritz heute wohnt?«

»Leider nein.« Ein röchelndes Husten erklang im Hintergrund, das langsam anschwoll und nicht enden zu wollen schien. »Ich muss nach Ralf sehen.« Anne Leibold schob ohne Abschiedsgruß die Wohnungstür zu. Doch selbst jetzt noch konnte man den quälenden Hustenanfall hören.

»Gut, dass du vom Nikotin los bist. Auch wenn das wahrscheinlich zu deiner miesen Laune beiträgt.« Er folgte Reinders, der auf die Treppe zusteuerte.

»Ja, sorry«, entschuldigte der sich, als sie aus dem Haus traten. Die Kicker waren verschwunden. Der Fußball lag einsam auf dem Rasen. »Ich weiß selbst, dass ich in letzter Zeit manchmal unausstehlich bin.«

»Wenn ich dich irgendwie unterstützen kann? Brauchst du ...«

Reinders blieb stehen und hob die Hand. »Stopp!«, sagte er energisch. »Ehe du mir jetzt deine Almosen anbietest. Ich habe keine finanziellen Sorgen. Wie gesagt, große Sprünge sind nicht drin, aber ich komme klar. Allerdings könntest du mir tatsächlich helfen.«

»Lass hören.«

»Ich habe in zehn Minuten einen Zahnarzttermin am anderen Ende der Stadt. Würdest du mich bringen? Wurzelbehandlung. Ich habe Schiss hoch drei, aber ich schwöre dir, dieses Mal nehme ich den Termin wahr. Die Schmerzen sind unerträglich und ich kann seit Tagen nicht schlafen.«

Kapitel 12

Mittwoch, 8. Mai, 17.57 Uhr

Dieser Mike Kolbe ging Maike nicht mehr aus dem Kopf. Je länger sie darüber nachdachte, desto mehr bohrte die Frage in ihr, wieso Jochen den Mann ihr gegenüber nicht erwähnt hatte. Da sogar Jochens Eltern und seine Schwester Chiara den Typ kannten, musste es sich in der Vergangenheit um eine dicke Männer-Freundschaft gehandelt haben. Dies war aber vor der Zeit gewesen, in der Maike Jochen kennengelernt hatte, und vielleicht hatte er dem später keine große Bedeutung mehr beigemessen und ihr deshalb nichts davon erzählt. Andererseits hatten die beiden kurz vor Jochens Schussverletzung zusammen im KK11 gearbeitet! Wahrscheinlich hatten sie sich auch nach Feierabend getroffen und Jochen hatte ihm von seiner Beziehung zu Maike erzählt. Woher sonst hätte Kolbe davon wissen können? Aber wieso hatte Jochen dann nicht irgendwann zu ihr gesagt: »Mensch Maike, weißt du, wen ich wiedergetroffen habe?« Oder: »Du glaubst nicht, wer neu in meiner Abteilung arbeitet.« Oder war Jochen tatsächlich gar nicht so begeistert über Mike Kolbes Wechsel nach Dortmund gewesen und hatte erst einmal für sich selbst eine Einstellung dazu finden wollen, bevor er darüber sprechen konnte?

Maike seufzte erleichtert, als sie den Nettomarkt an der Massener Straße erreichte und ihr Gedankenkarussell anhalten konnte. Sie ging auf den Eingang des Discounters zu. Die anstehende Befragung würde sie ohne den neuen Kollegen durchführen. Sie hatte Kolbe bereits gegen 15 Uhr nach Hause geschickt, da für heute keine Ermittlungen in der Sache Tahiri mehr vorgesehen waren. Erst über eine Stunde später hatte

Teubner sie gebeten, ob sie sich mit dem ehemaligen Mitglied der Jugendbande Michelle Böttcher treffen könne. Reinders müsse zum Zahnarzt und er selbst einen Zeugen zu einem Ladendiebstahl befragen. Maike hatte zugesagt und schnell herausgefunden, dass die Böttcher noch bei ihren Eltern lebte. Da sie laut deren Auskunft tagsüber im Netto an der Kasse saß, hatte sie dort angerufen und erfahren, dass Michelle Böttcher nur bis 18 Uhr arbeiten musste. Nun wartete Maike etwas abseits des Eingangs.

Kurz nach sechs kam eine junge Frau mit kastanienrotem Pferdeschwanz aus dem Laden. Maike war sich nicht sicher, Michelle Böttcher war ja noch sehr jung, als man ihr den Prozess gemacht hatte, da aber über ihrem Arm ein Kittel mit Netto-Logo hing, trat Maike auf sie zu. »Michelle Böttcher?« Sie registrierte ein knappes Nicken und fuhr fort: »Schön, dass Sie sich Zeit nehmen. Sollen wir ein Stück gehen oder wird Ihnen das zu viel?« Sie deutete auf den stark gewölbten Bauch der jungen Frau, worüber sich ein schwarzes T-Shirt spannte, und schätzte, dass sie sich mindestens im siebten Schwangerschaftsmonat befand. Vielleicht war sie aus dem Grund so blass und machte einen sehr abgespannten Eindruck.

»Noch zwei Wochen«, seufzte sie und schulterte eine Handtasche. »Dann bin ich im Mutterschutz. So langsam wird es unerträglich, das Sitzen an der Kasse. Schauen Sie sich nur meine Beine an. Wassereinlagerungen wie bei einer alten, übergewichtigen Oma.« Sie streckte einen Fuß vor und zog die weite Pluderhose etwas hoch. Ihre Unterschenkel quollen aus den weißen Sneakers wie die eines Sumoringers. Dabei war Michelle Böttcher nicht übermäßig dick, aber bestimmt auch ohne Schwangerschaft an die 75 Kilo schwer, bei einer Größe von etwa einem Meter siebzig.

»Da haben Sie es ja bald geschafft und dürfen sich und Ihren Nachwuchs schonen.« Maike lächelte und stand etwas unschlüssig neben der Frau.

»Ich bin mit dem Fahrrad hier. Ich kann es nach Hause schieben, dann können wir unterwegs reden, falls Sie mich begleiten möchten.« Michelle Böttcher drehte sich um, als Maike nickte, und ging hinter den Netto-Markt, wo sie ihr Rad abgestellt hatte, obwohl es vor dem Discounter genügend ungenutzte Fahrradständer gab. Sie schob ihr Fahrrad auf den Bürgersteig und wartete auf Maike. »Ich wohne bei meinen Eltern in der Grabengasse. Dort wird es allerdings bald zu eng, wenn Nils erst einmal da ist. – Es geht um Achmed, nicht wahr? Ich habe gehört, was mit ihm passiert ist. Schrecklich.«

»Wie kommen Sie darauf, dass ich wegen Herrn Tahiri hier bin?«, fragte Maike verblüfft. Sie hatte am Telefon keinen konkreten Grund erwähnt, nur gesagt, sie habe Fragen zu der einstigen Jugendbande. In der Presse war der Name des Mordopfers ebenfalls nicht erschienen.

»Kevin hat mir getextet und mir ein Foto von dem Zeitungsartikel geschickt, wo über den Mord berichtet wurde und den ihm seine Mutter übermittelt hatte. Er ist in Amsterdam. Genau wie seiner Mutter war ihm sofort klar, dass es sich um Achmed handelt. Warum, weiß ich nicht«, erwiderte Michelle. Sie ging mit dem Rad neben Maike her und schaute dabei stur auf den Gehweg, als müsse sie aufpassen, nicht zu fallen. Plötzlich riss sie den Kopf hoch und blickte Maike an. »Es stimmt doch, oder? Sie sind wegen ihm hier. Was ist eigentlich genau passiert?«

Maike passte sich ihren langsamen Schritten an. Der Verkehr an der stark befahrenen Hauptstraße rauschte vorbei. »Ja, Herr Tahiri wurde ermordet. Wann haben Sie ihn das letzte Mal gesehen?«

Michelle Böttcher stierte weiter auf den Bürgersteig und hob ratlos die Schultern. Dabei krallte sie ihre Finger so fest um die Griffe des Lenkers, dass die Knöchel weiß hervortraten. »Das ist ewig her.«

»Lassen Sie uns noch mal zum Anfang zurückkommen, ja? Wie sind Sie damals in Achmeds Gang geraten?« Maike war seinerzeit nicht für die Befragung von Michelle Böttcher zuständig gewesen und hatte an deren Aussagen vor Gericht keine genaue Erinnerung. Auch wollte sie wissen, ob sich ihre Einstellung zu den Ereignissen damals geändert hatte und sich daraus Rückschlüsse über ihre Beziehung zu Achmed Tahiri heute ziehen ließen. Ein E-Scooter sauste ihnen auf dem Radweg mit rasanter Geschwindigkeit entgegen, Maike sprang einen Schritt zur Seite.

Sie erreichten die Fußgängerampel, die über den Verkehrsring in Richtung Innenstadt führte, als Michelle Böttcher endlich antwortete. »Sie kennen das Viertel in Königsborn ja vermutlich. Es lebten viele Sozialhilfeempfänger in der Siedlung. Chantal war meine beste Freundin. Sie wohnte im selben Haus wie wir, nur zwei Etagen unter uns. Wir hockten fast immer zusammen, sind beide zur GeK gegangen.«

»Sie meinen die Gesamtschule Königsborn?«

Michelle Böttcher nickte und schob das Rad auf die Straße, als das Ampelmännchen auf Grün wechselte. »Werner-von-Siemens-Gesamtschule Königsborn heißt sie. War keine schöne Zeit da.«

»Lassen Sie mich raten. Die Jugendbande hat sich in der Schule gegründet. Achmed und Kevin müssen aber in einer höheren Klasse gewesen sein.«

»Mit der Schule hatte das nichts zu tun.« Michelle Böttcher hievte das Rad auf den Bürgersteig und schob es an der Ampel vorbei. »Achmed gehörte am Anfang nicht dazu. Chantal hat oft mit Kevin abgehangen. Sie hat damals geraucht, hatte jedoch kein Geld für Zigaretten und hat bei ihm geschnorrt. Manchmal waren wir zu dritt. Wir haben uns gelangweilt. Wir hatten kaum Kohle und jede Menge Wünsche.« Das Pedal des Rads schlug ihr in die Hacken und sie fluchte. »Verdammt, tut das weh!« Sie blieb stehen und rieb sich die Wade.

»Soll ich das Rad schieben?«, bot Maike an, Michelle verneinte jedoch und ging weiter. »Sie waren also zunächst nur zu dritt? Wer kam auf die Idee, eine Jugendgang zu gründen. War das Kevin?«

»Ja, er war der Älteste. Er hat gesagt, wo's langgeht. Aber als Gang würde ich uns nicht bezeichnen.«

Maike übte sich in Geduld. Das Gespräch verlief zäh. Michelle schien über diese Zeit, in der sie selbst zur Kriminellen geworden war, nicht gerne reden zu wollen. »War es Kevin, der den Vorschlag machte, die Schüler aus den unteren Jahrgängen abzuzocken?«

»Nee. Das war Chantal. Kevin ist nicht der Hellste. Sie hat ihm ein bisschen auf die Sprünge geholfen. Ich fand die Idee damals nicht so famos, wollte aber kein Spielverderber sein.« Michelle blieb erneut stehen und blickte sie an. Sie hatten inzwischen das Parkhaus erreicht, das an den alten Westfriedhof grenzte. Dahinter schloss sich das Gelände der alten Lindenbrauerei an, das heute als Kulturzentrum genutzt wurde. Maike hatte hier im April noch eine Lesung der Diplom-Psychologin und Autorin Lydia Benecke besucht. Ihr Vortrag über Sadisten und deren oft tödlichen Liebschaften war sehr unter die Haut gegangen.

»Also haben Sie mitgemacht. Und gemerkt, wie einfach es ist, den jüngeren Schülern Geld und Wertgegenstände abzunehmen. Sie konnten sich plötzlich etwas leisten.«

Michelle nickte und wirkte dabei nicht glücklich. Sie schob das Rad weiter, übersah ein Auto, das aus der Ausfahrt fahren wollte, und schrak zusammen, als ein lang anhaltendes Hupen ertönte. Sie ließ zu, dass Maike ihr das Rad abnahm und es weiterschob. »Ich bin nicht stolz auf das, was ich getan habe«, hauchte Michelle leise. »Meist habe ich zwar nur zugesehen, war Mitläuferin. Ob Sie es glauben oder nicht, aber ich habe mich schon damals mies gefühlt, war nur zu feige, mich gegen die anderen aufzulehnen. Das Abzocken selbst fand ich gar nicht so schlimm. Den Kindern von diesen Yuppie-Eltern tat der Verlust ihrer Handys, und was wir denen sonst noch abgenommen haben, doch nicht weh. Nur wenn die zugetreten haben, dann wäre ich am liebsten dazwischengegangen.«

»Wie und wann stießen Achmed Tahiri und Moritz Hirsch in Ihre Gruppe?« Sie passierten das Kino, vor deren Schaukästen sich einige Passanten für das aktuelle Programm interessierten.

»Zu Moritz möchte ich nicht mehr sagen, als dass er als Letzter zu uns gestoßen ist.« Ihr Gesicht verschloss sich. »Doch das noch: Er ist ein verwöhntes Muttersöhnchen, das immer seinen Willen durchsetzen muss.« Sie wischte sich mit dem Handrücken über die Stirn. »Achmed dagegen hat sich bei Kevin profiliert. Außerdem hatte er damals schon ein Auge auf Chantal geworfen.«

»Würden Sie mir das bitte näher erklären?«

»Na, er stand auf blonde Mädchen. Chantal war voll sein Beuteschema. Er hat ebenfalls bei uns im Block gewohnt und man ist sich ständig über den Weg gelaufen. Er wollte unbedingt bei uns mitmachen.« Michelle Böttcher vergrub ihre Hände tief in den Jackentaschen ihres beigefarbenen Kurzmantels und seufzte. »Und dann kam seine Chance. Kevin hatte es an dem Tag auf einen Schüler abgesehen, der immer mit dem Bus gefahren ist. Wir haben oft am Busbahnhof abgehangen, weil die Zeit da schneller rumgegangen ist. Leute beobachten und so.«

»Was hatte der Junge mit Achmed zu tun?«

»Direkt nichts. Kevin hatte ihn bedrängt, ihm was Wertvolles mitzubringen, sonst würde er ihn verprügeln. Und tatsächlich hat der ihm am nächsten Tag seine X-Box mitgebracht.« Sie erreichten das Eiscafé Venezia, dessen Tische bei den heutigen, recht kühlen Temperaturen um die 10 Grad verwaist waren. »Aber der Kleine hat vielleicht mit seinen Eltern geredet oder selbst die Polizei gerufen. Oder Kevin hatte nur Pech, dass eine Streife die Straße runtergefahren ist. Jedenfalls bekam er Panik, als sie neben ihm anhielten, er mit der X-Box im Rucksack, und ist losgerannt. Die Bullen, oh Entschuldigung, die Polizisten hinter ihm her. Bei ihm zu Hause hat er es gerade noch vor denen in den Aufzug geschafft.«

»Okay. Aber was hat das mit Achmed zu tun?« Allmählich wurde Maike ungeduldig. Sie fröstelte in ihrer leichten Lederjacke, der Wind fegte ihr durchs Gesicht und das langsame Gehen machte sie müde.

»Der war im Lift. Wollte gerade raus. Ist dann mit Kevin wieder raufgefahren und hat die X-Box in seine Tasche gepackt. Kevin ist im vierten Stock ausgestiegen, wo die Polizei schon übers Treppenhaus angekommen war. Sie haben ihn durchsucht und nichts gefunden. Achmed hat ihm den Arsch gerettet. Er hat die X-Box oben im Haus im Wirtschaftsraum versteckt. Von da an hat er bei uns mitgemacht.«

Der Marktplatz tat sich vor ihnen auf. Man sah kaum noch Menschen. Nur wenige Tische von der Brasserie und dem Café Extrablatt waren besetzt. »Womit er doppelt am Ziel war. Er durfte bei der Bande mitmachen und er konnte sich an Chantal heranmachen. Richtig?«

»Ja. Chantal ist total auf ihn abgefahren. Ein paar Monate später waren sie fest zusammen. Die beiden passten eigentlich gut zueinander. Sie hatten den gleichen miesen Charakter«, meinte Michelle etwas verkniffen.

Maike stutzte. Das Verhältnis der Freundinnen musste damals gelitten haben. »Soviel ich weiß, hat Chantal nach dem Prozess vor acht Jahren zu Achmed gehalten?«

Michelle Böttcher nickte. »Ja. Liebe macht blind. Unsere Gruppe hatte sich aufgelöst. Kevin und Achmed landeten im Knast. Der Kontakt von mir zu Chantal ist aber nie ganz abgerissen. Obwohl meine Eltern kurz darauf in die Grabengasse gezogen sind. Papa hatte wieder einen festen Job und wir konnten uns eine Wohnung in der Stadtmitte leisten. So einmal die Woche habe ich mit Chantal telefoniert oder wir haben uns getroffen. Deshalb weiß ich, dass sie Achmed erst in den Wind geschossen hat, als er vor etwa einem Jahr erneut verknackt worden ist.«

»Hatten Sie seit dem Prozess außer zu Chantal noch zu anderen der Gruppe Kontakt? Haben Sie Achmed, Kevin und Moritz seitdem wiedergesehen?«

Michelle Böttcher reagierte nicht, stierte sinnend auf den *Eselsbrunnen*, als beobachte sie die Tauben.

»Was ist mit Moritz?«, fragte Maike. »Ihn haben Sie bislang kaum erwähnt. Wie ist es ihm gelungen, in die Gang aufgenommen zu werden? Hatte er ähnliches Glück wie Achmed oder musste er eine Mutprobe absolvieren?«

Michelle Böttcher blieb abrupt stehen, zog sich den Mantel vor dem Bauch zusammen und verschränkte die Arme vor der Brust. »Keine Ahnung. Fragen Sie ihn doch selbst!«, sagte sie ruppig. Dann trat sie an ihr Rad und riss Maike den Lenker aus der Hand. »Ich muss nach Hause, meine Eltern sorgen sich gewiss schon.« Sie setzte den Fuß aufs Pedal und wollte losfahren, rutschte jedoch ab und kippte wie in Zeitlupe seitlich mit dem Fahrrad um. Obwohl es nicht danach aussah, als habe sie sich ernsthaft verletzt, schlug sie die Hände vors Gesicht und weinte.

Maike half ihr sofort auf. Eine Ahnung keimte in ihr auf. »Wissen Sie, wo Moritz Hirsch heute lebt?«, fragte sie vorsichtig.

»Ja. Das weiß ich leider nur zu gut.«

Kapitel 13

Mittwoch, 8. Mai, 19.12 Uhr

Teubner schaltete seinen Computer aus. Ab in den Feierabend! Das Läuten seines Telefons hielt ihn jedoch zurück. »Maike! Was gibt's?«

»Hey, Max! Gut, dass du noch in der Dienststelle bist. Ich weiß, deine Überstunden häufen sich, aber könntest du nach Dortmund fahren? Ich habe von Michelle Böttcher die Adresse von Moritz Hirsch bekommen. So wie es aussieht, wäre es sinnvoll, ihn so sofort zu befragen. Tagsüber ist er in der TU, jetzt solltest du ihn zu Hause erreichen.«

»Pffff…« Teubner stieß langsam die Luft aus. Er hatte sich bereits auf den leckeren Pfefferpotthast seiner Tante Belinda gefreut.

»Ich würde selbst fahren. Aber Michelle Böttcher ist mit ihren Nerven völlig am Ende. Die kann ich unmöglich allein lassen. Nach Hause zu ihren Eltern will sie nicht. Ich mache mich jetzt mit ihr auf den Weg in die Dienststelle.«

»Worum geht es denn bei der Befragung von Moritz Hirsch konkret? Um sein Alibi? Um die Mitgliedschaft in der Jugendbande vor acht Jahren?«

»Ich fürchte, da steckt mehr dahinter, Max. Dazu kann ich allerdings noch nichts Genaues sagen. Ich sehe nur eine völlig verzweifelte, resignierte Frau. Ich denke, sie wird mir ihre Geschichte gleich erzählen. Und so wie es aussieht, spielt Moritz Hirsch darin eine Hauptrolle.«

»Okay. Ich soll ihn aber zunächst nur nach den Geschehnissen von vor acht Jahren befragen, richtig?«

»Genau. Und ob er danach weiterhin Kontakt zu seinen Freunden aus der Jugendgang hatte oder heute noch welche hat.

Sobald ich von Michelle Böttcher etwas Relevantes erfahre, melde ich mich noch einmal.«

Teubner seufzte, ließ sich die Adresse geben und versprach, sich sofort auf den Weg zu machen. Laut Maike wohnte Moritz Hirsch in einer Studenten-WG in Lütgendortmund, nicht allzu weit von der Technischen Universität entfernt, wo er Chemie studierte. Teubner wählte den Weg über die B1 und erkannte erleichtert, dass die ewige Baustelle, die bereits kurz nach der Auffahrt begann, um diese Zeit nur wenig befahren war. Er stellte den Tempomat seines Audis auf die vorgeschriebenen 80 Stundenkilometer. Dabei fragte er sich, ob der Ausbau der B1 hinter dem Autobahnkreuz Dortmund-Unna von zwei auf drei Spuren pro Richtung während des laufenden Verkehrs tatsächlich bis zum Jahr 2026 abgeschlossen sein würde. Dafür sollten Brücken erneuert oder erweitert werden, zudem neue Lärmschutzwände entstehen.

Endlich ließ er die Baustelle hinter sich. Die Route führte weiter geradeaus, vorbei an der Bundeszentralbank und dem neu gebauten Audi-Zentrum Dortmund, wo Teubner seinen A3 Sportback erstanden hatte. Er klopfte unwillkürlich aufs Lenkrad. Bislang war er mit dem Auto überaus zufrieden. Die folgenden Ampelanlangen meinten es gut mit ihm und gönnten ihm eine Grünphase. Er passierte die Westfalenhallen und das Stadion des BVB, erreichte schließlich nach knapp 30-minütiger Fahrt den Lütgendortmunder Hellweg. Das Haus, in dem Moritz Hirsch wohnte, wirkte unscheinbar zwischen zwei pompöseren Bauten aus der Gründerzeit. Studenten konnten bekanntlich keine großen finanziellen Sprünge machen.

Nach seinem Klingeln summte der Türöffner, als habe Hirsch ihn erwartet. Teubner nahm zwei Stufen auf einmal und erreichte kurz darauf das Dachgeschoss des vierstöckigen Hauses. Die

Wohnungstür war angelehnt. Am Klingelschild stand lediglich der Name Moritz Hirsch. Das sah nicht nach WG aus. Teubner klopfte und wartete.

»Bin in der Küche, Süße«, erklang eine dunkle Stimme hinter einer Glastür rechts vom Eingang. »Magst du Champagner?«

Champagner! Teubner zog die Augenbrauen hoch und trat ein. Sein Blick fiel vom Eingangsbereich in ein offenes Wohnzimmer mit Schreibecke, von der eine Wendeltreppe in die Mansarde führte. Rechts von ihm zwei Glastüren, hinter der einen brannte Licht. Er schob sie auf und sah einen schlanken Mann Mitte 20, der in diesem Moment den Korken knallen ließ. Teubner zückte seinen Ausweis. »Guten Abend, Herr Hirsch. Entschuldigen Sie die späte Störung, aber ich habe ein paar Fragen an Sie.«

Das freudige Gesicht des Mannes verschloss sich. Seine blasse Gesichtshaut hob sich stark von seinem schwarzen Pulli mit V-Ausschnitt ab, den ein Logo von Marco Polo zierte. Die dichten Brauen schoben sich zusammen, er senkte den Kopf wie ein Torero, der den Angriff des Stiers abwehren wollte. Dabei fiel ihm eine seiner dunklen Locken in die Stirn. »Was wollen Sie?«, brummte er und stellte die Champagnerflasche in einen Sektkühler. »Wie Sie sich denken können, erwarte ich Besuch. Sie hätten sich anmelden sollen.«

»Die Arbeit in einer Mordermittlung lässt leider nicht immer eine Terminvergabe zu, Herr Hirsch. Da zählen oft Minuten. Beantworten Sie einfach meine Fragen und schon sind Sie mich los.« Teubner schob seinen Dienstausweis zurück in die Innentasche seiner Jacke.

Moritz Hirsch seufzte. Als sein Smartphone brummte, warf er einen Blick darauf. »Sie haben Glück. Meine Verabredung verspätet sich. Setzen wir uns einen Moment ins Wohnzimmer.«

Teubner folgte ihm zu einer riesigen Wohnlandschaft aus weißem Cord. Davor stand ein flacher Mahagoni-Tisch, die gegenüberliegende Wand dominierte ein Flachbildfernseher von knapp zwei Quadratmetern. Neben der Couch führte eine Glasschiebetür auf eine Dachterrasse. »Sie leben allein?« Teubner schätzte die Warmmiete dieser luxuriösen Wohnung auf sein halbes Gehalt. Er überlegte, wie ein Student sich das leisten konnte.

»Mein Mitbewohner ist Anfang des Jahres ausgezogen. Da die Mansarde meinem Vater gehört, tangiert mich das allerdings nur insofern, als ich die Nebenkosten nun allein tragen muss.« Er ließ sich auf das Polster fallen und legte die Füße auf den Tisch.

»Mit einem kleinen Nebenjob müsste das zu stemmen sein. – Weswegen ich hier bin ...«, begann Teubner, während er sich auf die Kante des Cord-Sofas setzte, unterbrach sich aber, da er so tief einsackte, dass er sich nur mit Mühe halten konnte. Also rutschte er ein Stück vor.

»Ich jobbe am Wochenende bei meinem Vater im Baustoffhandel. Das ist echte Knochenarbeit.« Hirsch deutete auf die Schwielen an seinen Händen, die man ihm aufgrund seines Auftretens nicht zugetraut hätte. »Mein alter Herr zeigt da keine Gnade«, grinste er. »Aber ich bin froh, dass die Wohnung recht nah an der Uni liegt und er sie mir zum Selbstkostenpreis überlässt. Mit dem Rad bin ich in zwanzig Minuten an der TU. Ein Auto ist noch nicht drin. Vielleicht gibt's eins zu meinem 25. Den feiere ich Anfang August.« Er lachte selbstgefällig, als wisse er, das Auto stehe bereits in Vaters Garage.

»Wann haben Sie Achmed Tahiri zuletzt gesehen?«, kam Teubner zum Punkt.

Mit einem Ruck zog Hirsch die Füße vom Tisch und setzte sich aufrecht. »Achmed?« Er kreuzte die Hände im Nacken und stierte ins Leere. »Keine Ahnung ... Ist Jahre her. Ich habe keine guten Erinnerungen an die Zeit mit ihm. Achmed hat mich tief in die Scheiße geritten, wie Sie wissen.«

»Sie wollen mir sagen, Sie haben ihn seit dem Prozess nicht mehr gesehen? Die Verhandlung vor acht Jahren, bei der Sie wegen bandenmäßigen Auftretens, Körperverletzung und schweren Diebstahls angeklagt wurden.« Teubner rutschte noch etwas vor. Die niedrige Couch war Gift für seinen Rücken.

Moritz Hirsch nickte langsam. »Das war ein düsteres Kapitel in meiner Vergangenheit, mit dem ich längst abgeschlossen habe und an das ich möglichst nicht mehr erinnert werden möchte. Warum rühren Sie an dieser alten Geschichte?«

»Achmed Tahiri wurde ermordet!« Teubner beobachtete Hirschs Reaktion genau. Der Unschuldsengel, den er vorgab zu sein, war er gewiss nicht. Teubner hatte in den Protokollen gelesen, wie brutal auch er gegen die jüngeren Schüler vorgegangen war. Schwere Fußtritte in den Bauch, Fausthiebe ins Gesicht und Würgegriffe am Hals.

Hirsch schien allerdings tatsächlich überrascht zu sein. Seine Gesichtsfarbe hob sich kaum mehr vom weißen Cord ab. »Achmed ist tot? Aber das kann doch nicht sein ...« Er stand auf, ging zu einem mahagonifarbigen Sideboard mit hellen Lacktüren, das quer im Raum zwischen dem Wohn- und Arbeitsbereich stand, öffnete ein Fach und holte eine Flasche Whiskey heraus. Er schraubte sie auf, nahm einen tiefen Schluck daraus, schüttelte sich und stellte den Jack Daniels unverschlossen auf dem Raumteiler ab. »Wie ist das passiert?« Er wanderte nervös auf und ab.

Teubner ignorierte die Frage. »Kann nicht sein, weil Sie ihn vor Kurzem noch gesehen haben? Wann war das?«

Moritz Hirsch brachte sich erstaunlich schnell wieder unter Kontrolle. Er zupfte seinen Pulli zurecht und sah Teubner mit durchdringend grünen Augen an, während er mit fester Stimme behauptete: »Ich habe Achmed nach dem Prozess nicht wiedergesehen. Meine Eltern haben mir damals die Hölle heißgemacht. Sie glauben nicht, was ich für einen Stress mit denen hatte. Ich musste schwören, den Kontakt zu allen aus der Bande abzubrechen. Nur ein Regelverstoß und mein Vater hätte mich zu meinem Onkel ins tiefste Bayern abgeschoben. Da hätte ich mein Abi in einem Internat für schwer erziehbare Jugendliche machen müssen.«

»Verstehe«, behauptete Teubner, glaubte Hirsch jedoch nicht, dass er sich all die Jahre an die Vorgabe gehalten hatte. »Mag ja sein, dass Sie sich damals auf diese Regel eingelassen haben. Aber Sie können mir nicht sagen, dass Ihnen keiner Ihrer ehemaligen Freunde in den letzten acht Jahren über den Weg gelaufen ist.«

»Ist aber so.« Hirsch verschloss die Whiskey-Flasche und stellte sie zurück in das Getränkefach. »Ich möchte auch gar nicht schlecht von den anderen reden.« Er setzte sich wieder. Diesmal auf die Sofakante, wobei er die Arme um die Knie schlang. »Ich will ehrlich zu Ihnen sein. Achmed, Kevin, Chantal und Michelle kamen aus sehr einfachen Verhältnissen. Die haben mit ihren Familien in Sozialwohnungen gelebt. Keine schöne Gegend. Die Wohnblöcke lagen in der Nähe des Schulzentrums in Königsborn. Meine Eltern haben dagegen Eigentum in der Gartenvorstadt und zudem einen eigenen Baustoffhandel im Industriegebiet. Ich passte allein aus diesem Grund nicht zu den anderen.«

Teubner nickte. »Helfen Sie mir mal auf die Sprünge. Ich erinnere mich nicht mehr so bis ins Detail an den Prozess, ist ja schon Jahre her. Wie kam es, dass ein Moritz Hirsch aus gutem Mittelstand Mitglied in einer Jugendgang war, die sich in einem ganz anderen Milieu gegründet hatte? Wieso haben die anderen Sie mitmachen lassen? Im Grunde gehörten Sie doch genau der Personengruppe an, die von Ihren Freunden als potenzielle Opfer ausgewählt wurden. Oder sehe ich das falsch?«

Moritz Hirsch brachte ein Grinsen zustande, das mehr über seinen wahren Charakter aussagte als viele Worte. »Das hätten die mal versuchen sollen. Ich war im Taekwondo-Verein und wusste mich zu wehren. Meine damalige Freundin Nina hat mich auf die aufmerksam gemacht. Wir haben die Bande nach Schulschluss mal beobachtet, wie sie 'nen kleinen Knirps am Busbahnhof abgezogen haben. Wir hatten denselben Schulweg. Nina und ich gingen ins GSG und die Bande in die GeK. Meine Freundin meinte jedenfalls, man müsse dem Jungen helfen und wollte die Polizei rufen.«

»Sie beide waren am Geschwister-Scholl-Gymnasium, während Achmed und Gang zur Gesamtschule Königsborn gingen?«

»Richtig. Für die Oberstufe hat's bei denen nicht gereicht. Die haben alle nur Hauptschulabschluss oder Fachoberschulreife. Achmed hat seinen Abschluss noch mit Ach und Krach machen können, während er auf den Prozess gewartet hat. Er hat noch geprahlt, dass er deshalb nicht in U-Haft müsse und weil auch keine Fluchtgefahr bestehe.«

»Nina wollte also die Polizei benachrichtigen«, nahm Teubner den Faden wieder auf. »Und davon haben Sie sie abgehalten?« Er reckte seinen Rücken. »Zum Dank durften Sie in der Gang mitmischen?«

»Nicht ganz. Ich habe dem Knirps zunächst geholfen. Allein, weil Nina dabei war. Sie ist aber zum Glück etwas abseits stehen geblieben. So hat sie nicht gesehen, dass ich Kevin, dem Boss der Bande, einen Zwanziger in die Hand gedrückt habe. *Lass gut sein, mit dem Kleinen*, habe ich gesagt. *Ich konnte meine Freun-*

din gerade noch davon abhalten, die Bullen zu rufen. Ihr solltet sehen, dass ihr Land gewinnt.«

»Für 20 Euro hat er sich darauf eingelassen? Das kann ich kaum glauben!« Teubner drückte sich in den Stand. Er und die Cord-Couch, das passte nicht zusammen.

Moritz Hirsch legte erneut die Füße auf den Tisch. »Ich habe an jenem Tag überhaupt nicht gewartet, bis die reagiert haben. Für den Moment waren sie überrascht. Ich habe den Knirps an die Hand genommen und bin mit ihm zu Nina gegangen. Die Bande ist uns nicht gefolgt.«

»Und wie ging es weiter?«

»Mir ging dieser Vorfall nicht mehr aus dem Kopf.« Er grinste etwas verschämt. »Es lässt sich schwierig in Worte fassen, aber irgendwie hat mir die Gruppe imponiert. Ich war früher immer eher ein Einzelgänger und fand es toll, wie die zusammen aufgetreten sind. Das war cool. Es hat einen Reiz auf mich ausgeübt.«

»Wollen Sie mir sagen, Sie waren so fasziniert von der Skrupellosigkeit der Bande, dass sie unbedingt mitmachen wollten?«

»So würde ich das nicht formulieren. Auf den Gedanken bin ich auch erst gekommen, als ich die vier wiedergesehen habe.«

»Erzählen Sie!«

»Einige Tage später kam mir die Gang entgegen. Chantal hat mich sofort wiedererkannt und gekeift: *Guck mal Kevin, da ist der Samariter.*« Das Smartphone von Hirsch summte, er warf einen Blick darauf und stand nun ebenfalls auf. »Mein Besuch ist gleich da. Wäre nett, wenn wir dann fertig sind. Um es also kurz zu machen: Kevin wollte mich nötigen, ihm mehr Geld zu geben. Ich glaube, er sprach von 100 Euro für den Anfang. Ich habe nicht lange gefackelt und ihn mit einigen Fußtechniken vom Taekwondo außer Gefecht gesetzt.« Die Türglocke ertönte, aber Hirsch ignorierte sie. »Das war schon ein geiles Gefühl, den Boss der Bande niedergestreckt zu haben. Seine Freunde standen sprachlos daneben. Ehe die eingreifen konnten, habe ich Kevin gefragt, ob ich in seiner Gang mitmachen kann.«

Teubner verschränkte die Arme vor der Brust. »Kevin Scheidt liegt am Boden, und in der Situation fragen Sie ihn, ob er Sie in seiner Bande aufnimmt? Da wird er wohl kaum zugesagt haben.« Teubner hatte Kevin Scheidt als kräftigen und muskulösen Burschen in Erinnerung. Der ließ sich von einem Hänfling wie Moritz Hirsch nicht vorführen.

»Ich habe ihm aufgeholfen und mich entschuldigt. Erst dann habe ich ihn gefragt, ob ich mitmachen darf.« Hirsch blickte auf seine Smartwatch, wirkte aber entspannt.

»Ehrlich gesagt, kann ich Ihren Wunsch, dieser Gruppe anzugehören, nicht so ganz nachvollziehen. Was hat denn Ihre Freundin dazu gesagt?«

Moritz Hirsch seufzte. »Nina hat mit mir Schluss gemacht, als sie erfahren hat, dass ich Kevin 20 Euro gegeben habe. Sie meinte, ich hätte keine Eier in der Hose. Ich wollte ihr das Gegenteil beweisen. Das war der Hauptgrund, warum ich unbedingt bei der Bande dabei sein wollte.«

»Verstehe. Aber so einfach wird das nicht gewesen sein, oder?«

Der Tür-Gong ertönte erneut. Hirsch blieb gelassen. Vermutlich lebte er die Devise: Wer zu spät kommt, den bestraft das Leben. »Ich musste eine Mutprobe bestehen, aber damit hatte ich gerechnet.«

»Ein bisschen genauer, bitte!«

»Der kleine Knirps, dem ich geholfen hatte. Den sollte ich vermöbeln und ihm das Handy abnehmen.«

»Darauf haben Sie sich eingelassen?« Es war eine rhetorische Frage, denn sonst wäre Moritz Hirsch nicht aufgenommen worden. Er nickte dennoch und versuchte ein zerknirschtes Gesicht zu machen, das Teubner ihm nicht abnahm.

»Ob Sie es glauben oder nicht. Ich war der weitaus erfolgreichste Abzocker in der Bande. Kann ich Ihnen jetzt ja sagen. Das Urteil über die Straftaten wurde bereits gefällt.« Er lachte fies. »Hat eine Zeit lang echt Spaß gemacht mit denen. Ich durfte mich austoben, den Schulstress loswerden. Aber nach dem Richterspruch habe ich kapiert, dass ich mit so einem Umgang im Leben nicht weit komme.« Er fuhr sich mit den Fingerspitzen durch die Haare. »Heute bin ich ein ehrenwerter Mann.«

Den letzten Satz ließ Teubner unkommentiert. »Nur der Ordnung halber, Herr Hirsch: Wo waren Sie in der Nacht von Sonntag auf Montag. Genauer gesagt so zwischen elf und drei Uhr in der Früh?«

Der Student hob ratlos die Schultern. »Im Bett vermutlich. Ich habe montags um neun eine Vorlesung. Da muss ich spätestens um halb acht aufstehen.«

»Gibt es dafür Zeugen? War Ihre Freundin hier?«

»Ich war allein, ich bin nicht fest liiert.«

Während Hirsch nach dem dritten Gong endlich zur Wohnungstür ging, um den Türöffner zu betätigen, vibrierte Teubners Handy. »Was ist, Maike?«

»Bist du noch bei Moritz Hirsch? Er spielt in Michelle Böttchers Geschichte eine zentrale Rolle, auf die er nicht besonders stolz sein dürfte. Bestell ihn für morgen früh um 9 Uhr in die Dienststelle Unna. Sag ihm einfach, er soll das Protokoll zu deiner Befragung unterschreiben.«

Kapitel 14

Mittwoch, 8. Mai, 21.05 Uhr

Durch das gekippte Fenster wehte ein heftiger Windstoß in Maikes Büro. Michelle Böttcher saß ihr gegenüber auf dem Besucherstuhl und knetete die Finger ineinander. In ihren Augenwinkeln sammelten sich erneut Tränen, die langsam an ihren Wangen hinabrannen. Sie wischte sie mit dem Handrücken ab und stand plötzlich auf. »Ich kann nicht!«, schluchzte sie. »Ist lieb gemeint von Ihnen, aber ich will nicht darüber reden.« Sie wandte sich zur Tür und zog sie hastig auf.

»Warten Sie!« Maike sprang auf und lief um den Schreibtisch herum. »Sie werden sich nie verzeihen, wenn Sie Moritz einfach so davonkommen lassen. Sagen Sie mir, was passiert ist, Michelle! Ich werde das Gespräch weder aufnehmen noch protokollieren. Später können Sie entscheiden, was mit Ihrer Aussage passiert.« Sie legte der jungen Frau, die sie aus verquollenen Augen ansah, eine Hand an den Oberarm. »Glauben Sie mir, es wird Ihnen guttun, sich den Kummer von der Seele zu reden. Denken Sie doch an Ihr Baby. Das spürt gewiss, dass Sie sich schlecht fühlen.«

Erneut schossen Tränen in ihre Augen. »Sie haben ja keine Ahnung«, flüsterte sie und stierte an Maike vorbei auf das Fenster. Sie schien mit sich zu ringen. Einen Augenblick später reckte sie den Kopf in die Höhe. »Also gut. Ich erzähle es Ihnen.« Sie ging zurück zu ihrem Platz, setzte sich und legte die Handflächen auf ihren Bauch. »Ich hatte Moritz nach dem Urteil bei Gericht lange nicht wiedergesehen. Vor ungefähr eineinhalb Jahren, da kam er zufällig in unsere Netto-Filiale. Er war überrascht, mich an der Kasse zu sehen, und freute sich, als er mich erkannte. Zumindest gab er das vor.«

Maike nahm wieder Platz und legte die Unterarme auf die Tischplatte. »Das muss zu Beginn der Adventszeit gewesen sein. Da gab es für Sie gewiss viel zu tun.«

Sie nickte heftig. »Ich glaube, es war ein Freitagabend. Hinter Moritz hatte sich eine lange Schlange gebildet. Ich war allein an der Kasse, weil der Kollege die Regale füllen musste. Krankheitsbedingt gab es einige Ausfälle. Moritz bemerkte meinen hektischen Blick in die Warteschlange und fragte, ob ich nicht Lust hätte, nach Feierabend etwas mit ihm trinken zu gehen. Ich habe spontan zugesagt.« Sie lehnte sich zurück und rieb sich die Stirn. »Nicht dass ich Moritz besonders mochte. Ich fand sein Verhalten früher schlimmer als das von Achmed oder Kevin. Bei ihm hatte man oft das Gefühl, es macht ihm regelrecht Spaß, den Kindern wehzutun.«

»Und dennoch haben Sie sich mit ihm verabredet? Warum?«

»Ich kann leider schlecht Nein sagen. Das liegt mir nicht. Außerdem wollte ich keine lange Diskussion an der Kasse. Ich hatte seine Hartnäckigkeit noch gut in Erinnerung. Wir wollten uns um 21.15 Uhr im *Extrablatt* treffen, ich kam aber nicht ganz pünktlich aus dem Laden und war erst so um halb zehn dort. Er saß bereits an einem Tisch am Fenster und hatte zwei Cocktails bestellt.« Sie räusperte sich, als falle es ihr schwer, zu sprechen.

»Möchten Sie etwas trinken? Ein Wasser? Oder einen Tee?«

»Tee wäre super«, meinte Michelle Böttcher dankbar. »Wenn es geht, einen fruchtigen. Nur keinen Schwarztee, den vertrage ich in der Schwangerschaft nicht mehr.«

Maike stand auf und verließ das Büro. Vielleicht tat es der jungen Frau gut, einen Moment ihre Gedanken sortieren zu können. Sie ging ans Ende des langen Flurs in die kleine Etagenküche und betätigte den Wasserkocher. Im Schrank befand sich eine Dose mit verschiedenen Teebeuteln, die sie selbst schon oft aufgefüllt hatte. Sie wählte die Sorte Waldbeere, warf den Beutel in eine Jumbotasse und goss heißes Wasser auf. Im Hängeschrank lag noch eine Packung Butterkekse, wovon sie einige auf einen Dessertteller gab. Nach etwa fünf Minuten ging sie zurück ins Büro und fand es leer vor.

»Verdammt!«, fluchte Maike, stellte Tee und Kekse auf den Schreibtisch und lief den Flur entlang zum Treppenhaus und raste hinunter ins Erdgeschoss. Gerold Schmidtke saß hinter dem Tresen und blickte verwundert auf. »Ist hier gerade eine junge Frau raus?« Ihr Puls beruhigte sich, als er den Kopf schüttelte. Sie machte kehrt, nahm dabei zwei Stufen auf einmal und riss die Tür zu ihrem Büro erneut auf.

Michelle Böttcher saß im Besucherstuhl, hielt die Teetasse mit beiden Händen umschlungen und blickte sie verlegen an. »Ich habe eben die Toilette im Flur benutzt. Die war mir aufgefallen, als sie mich hergebracht hatten. Seitdem mein Bauch dicker wird, drückt die Blase öfter.«

»Kein Problem. Bitte, bedienen Sie sich.« Sie deutete lächelnd auf das Gebäck, setzte sich und nahm die Befragung wieder auf. »Wie ist jener Abend mit Moritz im *Extrablatt* verlaufen?«

»Danke.« Michelle Böttcher schob einen Butterkeks in den Mund und nippte vorsichtig am dampfenden Früchtetee. »Wir haben uns gut unterhalten. Moritz machte einen erwachsenen und vernünftigen Eindruck. Ich war positiv überrascht von seiner Entwicklung nach all den Jahren.« Sie griff nach einem zweiten Keks und kaute geräuschvoll.

»Worüber haben Sie sich unterhalten, auch über Ihre gemeinsame Zeit in der Jugendbande?«

»Zunächst nicht, das war mir nur recht, mir war es peinlich, wozu ich mich als Jugendliche habe hinreißen lassen. Moritz hat von seinen Eltern erzählt, dass er gerne sein Chemie-Studium schmeißen und in den Baustoffhandel seines Vaters einsteigen würde. Als Teilhaber könne er richtig Kohle machen. Aber sein Vater bestehe darauf, dass er das Studium zunächst beende. Ich fand das Gespräch mit ihm unterhaltsam und kurzweilig. Er war ein guter Zuhörer und meinte, als ich von meiner Arbeit erzählt habe, der Job einer Kassiererin sei doch viel zu eintönig für mich. Ich solle mich fortbilden, dann könne ich gewiss Filialleiterin werden. So was hört man natürlich gerne.« Sie lächelte gequält.

»Hat Herr Hirsch denn im weiteren Verlauf des Abends jemanden aus der Jugendbande erwähnt? Hat er gesagt, ob er Kontakt zu den anderen hat?«

Der Dessertteller war leer. Die Teetasse hielt Michelle Böttcher wie haltsuchend weiter mit beiden Händen umschlungen. »Er behauptet, die anderen seit dem Urteil nicht mehr gesehen zu haben. Aber er war sehr daran interessiert, was aus ihnen geworden ist. Da ich mich noch regelmäßig mit Chantal treffe, konnte ich ihm den Werdegang der anderen ziemlich genau schildern. Zum Beispiel, dass Achmed mit Drogen dealte, die Kevin über Amsterdam besorgte. Chantal war zwar angeblich nicht begeistert, hat aber doch mitgemischt, wegen der Kohle. Die hatten sich einen ordentlichen Kundenstamm aufgebaut und gut damit verdient.«

»Ihr Treffen im *Extrablatt* hat aber stattgefunden, bevor Achmed erwischt worden ist, richtig?«

»Genau.« Sie trank den Rest des Tees aus und stellte die Tasse auf den Dessertteller. »Vielen Dank, das hat gutgetan.« Sie reckte ihren Rücken und legte die Handflächen wieder auf den Bauch, als müsste sie Nils beschützen oder als ob sie ihn spüren wollte. »Na ja, zurück zu Moritz. Er hat mich zu Fuß nach Hause begleitet und sich für den schönen Abend bedankt. Er druckste vor unserer Haustür noch herum und bat mich schließlich um meine

Handynummer. Wäre doch nett, meinte er, das Treffen zu wiederholen.« Sie lachte abschätzig.

Maike befürchtete, dass die folgenden Kontakte der beiden nicht mehr so harmonisch verlaufen waren, denn Michelle Böttcher rang erneut mit ihrer Fassung. Sie schluckte mehrfach, ehe sie fortfahren konnte.

»Er rief bereits am nächsten Tag an«, sagte sie endlich und schwieg.

»Sie haben ein weiteres Treffen vereinbart?«

»Nicht direkt. Die Stimme von Moritz klang gestresst, fast weinerlich. Er machte einen unsicheren Eindruck, ganz das Gegenteil von seinem Verhalten am Vortag. Nach einer Weile rückte er mit seinem Problem heraus. Er könne sich nicht konzentrieren, müsse sich aber auf eine Klausur vorbereiten, die dürfe er auf keinen Fall versemmeln, sonst würde sein Vater ihm den Geldhahn zudrehen.«

Maike wunderte sich. Klausuren vor Weihnachten, mitten im Semester? Da hatte sie sich wohl einen Bären aufbinden lassen.

Michelle Böttcher drehte den übergeschlagenen Fuß und starrte auf die Spitze des weißen Sneakers. Ihr geschwollenes Bein lugte unter der Pluderhose hervor. »Nach einer Weile rückte er endlich mit der Sprache heraus. Ich sollte ihm über Chantal und Achmed was zum Aufputschen besorgen.«

»Darauf haben Sie sich doch gewiss nicht eingelassen?«

»Zunächst nicht. Aber ich habe mich sehr geärgert, dass ich ihm überhaupt davon erzählt habe.« Sie schluckte, hatte Mühe, ihrer Stimme weiterhin einen festen Klang zu geben. »Denn er stand dann jeden Tag vorm Netto und hat mir aufgelauert. Ich habe ihm gesagt, er soll sich seine Tabletten selbst besorgen. Das wollte er nicht. Er meinte, er habe nie so einen engen Draht zu den beiden gehabt. Er hat mich schließlich mit Geld geködert.

100 Euro pro Lieferung. Wissen Sie, wie lange ich an der Kasse sitzen muss, um 100 Euro auf dem Konto zu haben?« Sie stand mit der Gewissheit auf, ein Verbrechen gestanden zu haben. »Ich gehe jetzt wohl besser, bevor Sie mich gleich hierbehalten.«

Maike hob beschwichtigend die Hände und blieb gelassen. »Wir reden im Vertrauen, Frau Böttcher. Ich werde Ihnen kein Vergehen anlasten. Das Gespräch heute bleibt erst einmal unter uns. Wir ermitteln in einem Mordfall. Achmed Tahiri wurde in der Nacht von Sonntag auf Montag regelrecht hingerichtet. Die Aufklärung dieser Straftat gilt als Priorität. Und dabei können Sie helfen.« Maike fragte sich, ob Moritz Hirsch als Mörder infrage käme. Hatte er Achmed nach dessen Entlassung wegen der Beschaffung von Aufputschmitteln kontaktiert und es war zum Streit gekommen, der eskalierte? »Sie haben ihm also die Drogen besorgt.«

»Ja, ich habe Chantal angerufen.« Ihre Pluderhose war beim Aufspringen unter den Bauch gerutscht. Sie zog sie hoch, zupfte das T-Shirt zurecht und setzte sich wieder. »Die hat mir das Zeug gegeben. Moritz wollte, dass ich ihm die Pillen bringe. Ich war genervt und habe mir gewünscht, er hätte den Netto nie betreten. Er wohnt in Lütgendortmund, bis dahin fährt die S-Bahn über 'ne halbe Stunde. Von der Haltestelle bis zu seiner Wohnung sind es noch mal zehn Minuten. Und das nach meiner Schicht.«

»Aber für den versprochenen Hunderter haben Sie die Strapazen auf sich genommen? Hat er Ihnen das Geld gegeben?«

»Hat er.« Michelle Böttcher nickte und ihr Zopf wippte. Sie zog das Haarband heraus und fuhr sich durch die langen Haare, die bis über ihre Schulter fielen. »Sogar etwas mehr, er hat das Geld für die Pillen großzügig aufgerundet. Der Rückweg hat mir kaum noch was ausgemacht. Ich habe mich gefreut, meinen Eltern etwas Teureres zu Weihnachten schenken zu können.«

»Bei diesem einen Deal ist es nicht geblieben, oder?«

»Nein. Jeden Monat brauchte er Nachschub.«

»Das lief immer über Chantal und Achmed?«

»Ja. Die beiden haben mir die Menge gegeben, die Moritz wollte.«

»Sie haben ihm die Pillen jedes Mal in seine Wohnung gebracht und dafür denselben Betrag kassiert?«

»Ja. Er hatte scheinbar genug Kohle und wollte das Risiko vermeiden, erwischt zu werden.«

»Sind Sie sich bei diesen Treffen nähergekommen?«

Michelle Böttcher schüttelte langsam den Kopf. »Er hat nie irgendwelche Anstalten in dieser Richtung gemacht. Außerdem ist Moritz nicht mein Typ. Ich habe mich telefonisch angemeldet, sobald ich aus der Bahn gestiegen bin. Der Türsummer hat bereits gesurrt, wenn ich am Haus ankam. Treppe rauf, Tütchen gegen Bares und weg war ich. So konnte ich mit der nächsten S-Bahn wieder zurückfahren.«

»Und dennoch ist es irgendwann zu einem Übergriff gekommen, richtig?« Maike kam nun endlich auf das zu sprechen, was Michelle auf dem Marktplatz angedeutet hatte.

Michelle Böttcher kniff die Augen zu, um die aufkommenden Tränen wegzudrücken. Ihr Blick wirkte nun verschleiert. »Das war Monate später«, sagte sie leise. »Es begann damit, dass Achmed verknackt wurde. Chantal wollte mit dem Drogenscheiß nichts mehr zu tun haben. Sie war heilfroh, dass man ihr nichts anhängen konnte.«

»Ihr lukratives Geschäft drohte also zu versiegen?«

Eine leichte Röte stieg Michelle Böttcher ins Gesicht und sie senkte den Blick. »Ich war erleichtert, als Chantal mir gesagt hat, dass jetzt Schluss ist. Endlich bin ich Moritz los, habe ich gedacht. Das Geld war zwar ein schönes Zubrot, doch ich hatte jedes Mal bei der Bahnfahrt einen Bammel, dass ich mit den Pillen erwischt werde. Das hätte mich den Job kosten können. Ich habe Moritz zwischendurch immer wieder gefragt, ob er sich das Zeug nicht auf anderem Weg besorgen kann.« Sie stand auf, schob die Hände in die Taschen der Pluderhose und ging unruhig auf und ab. »Er wollte das nicht und hat nicht lockergelassen, als Achmed nicht mehr liefern konnte.«

»Sie sollten sich um eine Alternative kümmern?«

»Genau! Dieser Arsch! Er hat mir gesagt, ich soll zu Kevin direkt gehen. Der könne mir den Stoff entweder geben oder mir einen anderen Dealer vermitteln. Ich habe geantwortet, das kann er gefälligst selbst machen. Da hat er mir gedroht, mich anonym wegen Handel mit Drogen anzuzeigen. Er habe Beweismaterial. Irgendwelche Fotos.« Sie wischte sich mit dem Handrücken über die Stirn und stoppte in der Bewegung. »Ich weiß nicht, ob das stimmt, aber zutrauen würde ich es ihm.« Sie blickte auf die Uhr. »Ich muss jetzt nach Hause. Meine Eltern machen sich Sorgen. Auch wenn ich geschrieben habe, dass es später wird.«

Maike war klar, dass die junge Frau sich um den schwierigen Teil ihrer Aussage drücken wollte. Sie hatte durchblicken lassen, Moritz habe sich an ihr vergangen. Darauf war sie bislang nicht einmal im Ansatz eingegangen. Teubner würde Moritz Hirsch für morgen früh in die Dienststelle beordern. Dafür, dass er Aufputschmittel geschluckt hatte, konnten sie ihn kaum belangen. »Setzen Sie sich doch bitte noch einmal, Frau Böttcher. Ich kann mir vorstellen, dass es schwierig ist, darüber zu sprechen. Aber wenn Herr Hirsch eine Straftat zu Ihrem Schaden begangen hat, dann muss er belangt werden. Dazu benötige ich Ihre Aussage.«

Die Kraft wich aus ihr wie der Wind aus den Segeln eines Schiffes bei einer plötzlich auftretenden Flaute. Michelle Böttcher sackte in sich zusammen, ließ sich völlig erschöpft auf den

Stuhl fallen und schlug die Hände vors Gesicht. »Es ist mir so peinlich«, sagte sie unter Schluchzern. »Ich bin zu Kevin gegangen, wollte ihm die Pillen abkaufen. Aber er hat sie mir nicht gegeben. *Für Moritz willst du sie haben?* Seine Stimme klang total ätzend und herablassend. *So ein Geschäft lasse ich mir nicht entgehen, Schätzchen. Das verwöhnte Muttersöhnchen aus reichem Hause. Bring mich zu ihm.* Na gut, habe ich gedacht. Sollen die beiden ihre Deals doch ohne mich machen. Ich wollte Kevin die Adresse von Moritz geben, aber er hat darauf bestanden, dass ich mitkomme.« Ihre Stimme brach. Sie beugte den Kopf und schluchzte in sich hinein, wobei ihr gesamter Körper zuckte.

Maike stand auf und lief um den Schreibtisch herum. Sie ging neben dem Besucherstuhl in die Hocke und legte der Frau behutsam ihren Arm auf die Schulter. »Ist gut. Weinen Sie ruhig. Lassen Sie den Schmerz heraus.«

Nach einer Weile hob Michelle Böttcher den Kopf. Ihre Haare klebten an der von Tränen nassen Stirn, ihre Augen waren gerötet. »Unterwegs hat er mir, er hat mir Löcher in den Bauch gefragt. Wie ausgerechnet ich zum Dealen komme. Ich, die früher so brave, brave Michelle, die die kleinen Kids doch immer beschützen wollte. Dabei hat er so richtig fies gelacht.«

Maike stand langsam auf, ging um den Schreibtisch herum und zog aus einer der Schubladen ein Päckchen Papiertaschentücher, das sie Michelle Böttcher reichte. »Lassen Sie sich Zeit.«

Sie tupfte vorsichtig ihre Augen damit trocken, verschmierte dabei dennoch die stark aufgetragene Wimperntusche und schniefte sich danach die Nase. »Wir sind zu Moritz in die Wohnung. Der war richtig nervös, als er gesehen hat, dass Kevin bei mir ist.« Sie zog die Nase kräftig hoch und holte tief Luft. Die Erinnerung schien sie zu übermannen. Sie starrte blicklos geradeaus. Ihre Stimme nahm einen monotonen Klang an. »Wir haben uns auf seine Cord-Couch gesetzt. Eigentlich eher gelegt. Ist so eine Wohnlandschaft mit breitem Sitz. Ein riesiges Monstrum. Plötzlich hatte Kevin bunte Pillen in der Hand. Er hat sie uns hingehalten. Wir sollten probieren. Das würde uns einen geilen Trip verschaffen.« Sie schloss die Augen.

Maike ließ ihr Zeit. Obwohl es inzwischen nach 22 Uhr war. Das Erlebnis jenes Tages hatte Michelle Böttchers Leben verändert, und sie wusste offensichtlich immer noch nicht, wie sie damit umgehen sollte.

»Ich wollte das nicht!« Sie schüttelte langsam den Kopf.

»Hat Kevin Sie gezwungen, eine der Pillen zu schlucken?«

Sie hob ratlos die Schultern, ohne ihren Blick zu schärfen. »Ich erinnere mich nicht genau. Ich weiß nur, ich wollte das nicht.« Kevin und Moritz haben eine Pille eingeworfen und Bier hinterhergekippt, eine ganze Flasche. »Ich hatte plötzlich schrecklichen Durst. War so stickig in der Wohnung. Kevin hat mir was zu trinken geholt. Ich habe das Glas mit einem Zug leer gemacht. Kurz darauf war ich high.«

»Er hat Ihnen heimlich etwas ins Getränk gemixt?«

Ihr Kopf flog in Maikes Richtung. Der Blick war nun glasklar. »Was sonst soll passiert sein?« Ihre Stimme klang empört. Sie lehnte sich zurück und verschränkte die Arme über ihrem Bauch.

»Wollen Sie mir erzählen, woran Sie sich danach noch erinnern?«

Ein leichtes Nicken, kaum wahrnehmbar. Die Worte leise, fast geflüstert. »Ich war abgehoben. So, als würde mein Geist an der Decke schweben und nur beobachten, was da im Wohnzimmer auf dieser verdammten weißen Cord-Couch passiert. Ich möchte nicht ins Detail gehen. Die Sache ist mir so unendlich peinlich.« Sie schloss die Augen, vielleicht wollte sie sich dadurch schützen oder vor Maike abschirmen. Aus dem Flur drang kein Laut ins Büro. Nur vom Verkehrsring hörte man ab und zu das Motorengeräusch vorbeifahrender Autos durchs gekippte Fenster.

»Sie haben mich ausgezogen und ich habe es geschehen lassen. Dann sind sie nacheinander auf mich gestiegen und hatten ihren Spaß. Ich habe es einfach zugelassen. Ich weiß nicht einmal, wer zuerst … Ich war völlig fertig und nicht dazu in der Lage, mich zu wehren. Irgendwann bin ich eingeschlafen. Als ich wieder zu mir kam, lag Kevin am Boden und schnarchte, Moritz lag nackt neben mir. Ich bin aufgestanden, ins Bad getaumelt, habe mich übergeben und Wasser aus dem Hahn getrunken. Dann habe ich mich angezogen und bin aus der Wohnung geflüchtet. Es war inzwischen bereits sechs Uhr früh. Ich bin mit der S-Bahn nach Hause gefahren, habe geduscht, mich umgezogen und auf den Weg zur Arbeit gemacht. Meine Eltern haben zum Glück nichts mitbekommen.« Sie öffnete die Augen, und Maike erkannte in ihrem Gesicht die Erleichterung darüber, endlich dieses Geheimnis, diese Last mit jemandem geteilt zu haben. Sie wirkte regelrecht befreit.

»Sie haben es niemandem erzählt? Nicht einmal Ihrem Freund?« Sie deutete auf Michelles Bauch.

»Es gibt keinen Freund«, erklärte sie mit klarer Stimme. »Das Baby ist das Ergebnis dieses Abends. Ich habe es zunächst verflucht, als ich gemerkt habe, dass ich schwanger bin. Inzwischen akzeptiere ich das kleine Wesen in mir. Ja, ich liebe es, besonders, sobald ich spüre, wie es mich tritt, wie es sich bewegt. Nils kann nichts dafür. Meine Eltern denken, er ist die Folge eines One-Night-Stands.«

Maike beugte sich etwas vor. »Falls Sie die beiden anzeigen, wird das vor Ihren Eltern nicht verborgen bleiben. Ich rate Ihnen dennoch dringend, diesen Schritt gegen Moritz und Kevin zu gehen. Lassen Sie die nicht ungeschoren davonkommen. Wenn sich herausstellt, dass Moritz der Vater ist, haben Sie bei seinen Lebensumständen sogar die Aussicht auf eine höhere Unterhaltszahlung und ihr Kind wäre erbberechtigt.«

Michelle Böttcher blickte sie überrascht an, als habe sie diese Möglichkeit noch nicht bedacht. »Ich mache die Anzeige.«

»Ich werde das in die Wege leiten und vorbereiten. Sie müssten dann nur unterschreiben.« Maike lächelte sie aufmunternd an. »Aber das hat Zeit bis morgen.«

»Vielen Dank. Ich bin jetzt doch ziemlich am Ende. Allerdings habe ich eine Entscheidung getroffen. Ich ziehe das durch. Und ich werde noch heute mit meinen Eltern darüber reden. Ich hoffe, Sie unterstützen mich. Würden Sie mich nach Hause begleiten? Dann fällt mir das Gespräch leichter.«

Kapitel 15

Drei Jahre zuvor

Seine Finger beackerten die Tastatur. Sie hackten, als hinge sein Leben davon ab, sollte er das Gemetzel auf dem Bildschirm nicht unter Kontrolle bringen. Er war mental mittendrin im *Battlefield.* Aber in der Realität saß da nur ein einzelner, armseliger Zocker mitten in der Nacht in der Dunkelheit seines Zimmers vor seinem Computer. Allein gegen die Übermacht klebte er in seinem Gaming-Stuhl, mit blassem Gesicht, das gespenstig wirkte in der Symbiose des fahlen Lichts von Bildschirm und indirekter Tastaturbeleuchtung. Das Maschinengewehr ratterte beim Hämmern auf die Tastatur, spuckte eine grelle Feuerzunge über das Schlachtfeld und tötete feindliche Soldaten. Doch er selbst wurde ebenfalls getroffen. Einmal, zweimal, dann wurde der Screen schwarz. *Game Over.* Scheiße. Dieses verdammte Level führte ihn noch zum Wahnsinn. Lag es an der Müdigkeit? Oder an mangelnder Konzentration? Oder war er einfach nur ein miserabler Gamer? So untalentiert wie ein Newbie oder Noob, wie man die Anfänger oder die erfahrenen Spieler mit Anfängerfehlern nannte.

Jakob starrte auf die acht Buchstaben, die ihn zur Verzweiflung brachten. Sollte er einen weiteren Versuch starten? Er blickte auf die Zeitanzeige am Rande des Bildschirms. Gleich halb drei. Um sechs ging der Wecker. Er durfte sich auf keinen Fall heute erneut beim Chef wegen Bauchschmerzen krankmelden. Der hatte ihm letztes Mal schon deutlich gemacht, dass er das nicht länger dulden wollte. Noch einmal zu spät kommen oder infolge irgendeiner Kleinigkeit ausfallen, dann wär's das mit der Ausbildung. Das konnte Jakob nicht aufs Spiel setzen.

Widerstrebend schaltete er den Computer aus, stand auf, reckte sich und ließ sich auf sein Bett fallen. Sekunden danach schlief er ein und träumte von einer Schlacht, die er als Elitesoldat erfolgreich zum Sieg führte. Bis ein Kanonenschlag in seinem Kopf knallte. Plötzlich gewannen die feindlichen Soldaten an Übermacht. Er sah eine Panzerhaubitze, hörte den nächsten Donnerschlag des schweren Geschützes.

»Jakob! Jakob!« Ein weiterer Kracher. Wieso wurde er mit Jakob gerufen? Sein Soldatenname war Ryan. So wie Matt Damon in dem Kultfilm *Der Soldat James Ryan* hieß.

»Jakob!« Mit dem folgenden Schlag schob seine Mutter sich in seine Gedanken. Es war ihre Stimme, die durch die geschlossene Zimmertür rauschte. »Du kommst zu spät, wenn du jetzt nicht aufstehst. Warum schließt du nur immer die Tür ab? Es ist zwanzig vor sieben und ich muss gleich los zur Arbeit.«

Jakob schlug die Augen auf. Sein Kopf glich einer Kokosnuss, die seine Mutter mit dem Hammer spalten wollte. Er blinzelte auf das Display seines Smartphones. Wieso hatte er den Handy-Wecker nicht gehört?

»Jakob! Jetzt mach endlich die Tür auf!«

Mühsam trat er die Bettdecke beiseite und ließ die Beine seitlich aus dem Bett baumeln. Sein Kopf drohte zu zerplatzen. Übelkeit kroch in ihm hoch wie eine tückische Würgeschlange.

Die Tür vibrierte erneut unter den Faustschlägen seiner Mutter. »JAKOB!«

»Ich komme gleich!«, brummte er laut und stellte erleichtert fest, dass ihre Schritte sich entfernten. Er stand mühsam auf, wankte zum Schreibtisch und holte aus der obersten Schublade ein Päckchen Kopfschmerztabletten. Mit zitternden Fingern drückte er zwei davon aus dem Blister. Den Rest des Energydrinks von heute Nacht nutzte er zum Herunterspülen der Pillen.

Dann ließ er sich wieder aufs Bett fallen. Seine Narbe am Handgelenk schmerzte. Er massierte sie mit der rechten Hand. Das half manchmal. Fast fünf Jahre war es nun her, dass er den Versuch unternommen hatte, sich das Leben zu nehmen. Nur, um nicht an dem beschissenen Prozess gegen den Idioten Achmed und seinen Mitläufern teilnehmen zu müssen. Wie oft hatte er sich seither gefragt, warum er damals nach dem Schnitt seine Zimmertür aufgeschlossen hatte? Er wollte gerettet werden. Klar. Aber vieles wäre einfacher gelaufen, wenn sie ihn in seinem Zimmer hätten ausbluten lassen.

Jakob nahm die Hände an den Kopf und massierte sich nun die Stirn. Der pochende Schmerz ließ nicht nach. Falls sich das in den kommenden Minuten nicht ändern sollte, müsste er dem Chef doch absagen. So konnte er nicht arbeiten. Dabei machte ihm die Ausbildung als Schreiner sogar Spaß. Er mochte das Hantieren mit Holz, liebte den Geruch von frischen Sägespänen. Es war ein Glücksfall gewesen, dass sein Vater ihm den Job besorgt hatte. Er kannte den Meister von seinem Job in dem Architekturbüro, in dem er angestellt war. Die beiden waren schon auf einigen Baustellen zusammengetroffen. Frank Breuer war ein sehr netter Vorgesetzter. Ruhig, gelassen und geduldig. Mit dem hatte Jakob tatsächlich Glück gehabt. Dass er ihm bei seinem mäßigen Realschulabschluss eine Chance gegeben hatte. Jakob hatte die dreimonatige Probezeit mit Bravour bestanden. Der Breuer war regelrecht begeistert von ihm gewesen. Aber jetzt, fast ein Jahr später, da begann der Stress. Jakob würde sich zusammenreißen müssen, um seinen Job zu behalten. Er wünschte sich einen neuen Computer. Einen mit besserer Speicherkarte, einen, mit dem er das nächste Level leichter schaffen konnte.

Die Kopfschmerzen ließen nach. Jakob stand auf und ging ins Bad. Der Blick in den Spiegel jagte ihm einen Schauer über den

Rücken. *Rocky Horror Picture Show*, dachte er. Dunkle Ringe unter den Augen, die Pickel am Kinn leuchteten wie Johannisbeeren auf seiner weißen Haut. Er hielt den Kopf in den Wasserstrahl, wusch sich das kurz geschnittene Haar und rubbelte es mit dem Handtuch trocken. Danach ging er zurück in sein Zimmer und zog sich an.

»Wenn ich dich zur Arbeit bringen soll, müssen wir in fünf Minuten los«, rief seine Mutter aus der Küche. »Deine Brote sind fertig. Kannst ja unterwegs eins davon essen.«

Als ob das fehlende Frühstück sein größtes Problem wäre. Seine Gedanken drehten sich um das verpasste Level von *Battlefield*. Er war so kurz davor gewesen! Er musste in der kommenden Nacht einfach weiterkommen. Dann noch ein Level und er hatte sich qualifiziert für die Challenge, die Herausforderung mit 50 Spielern, die nächstes Wochenende lief. Es waren noch acht Plätze frei. Aber die großen Zocker, die saßen natürlich auch tagsüber am PC, während er arbeiten musste.

»Bist du fertig? Ich bin spät dran, Jakob. Wenn du jetzt nicht voranmachst, fährst du mit dem Rad.« Die Hektik in ihrer sich überschlagenden Stimme war nicht zu überhören.

»Komme«, murrte er, während er seine Arbeitsschuhe zuschnürte. Sollte er es unter die 50 schaffen und am Wochenende die Challenge gewinnen, wäre er qualifiziert für die Vorrunde der Meisterschaft, an deren Ende eine Million Euro lockte. Damit würde er dem Breuer die Schreinerei abkaufen, ihn als Angestellten behalten und bräuchte selbst nicht mehr pünktlich sein. Er könnte arbeiten, wann und wie er Lust hätte.

»JAKOB!« Seine Mutter stand bereits in der geöffneten Haustür.

Er nahm seine Arbeitsjacke, den Rucksack und ging schweigend an ihr vorbei auf den grün-schwarzen Mini-Cooper zu.

Sein Zeug flog achtlos auf die Rückbank, er setzte sich, legte den Gurt an und zog sofort sein Smartphone aus der Hosentasche. Während seine Mutter sich ebenfalls anschnallte und den Motor startete, war er schon im Team-Speak von *Battlefield.* Einige User der Community waren echt super drauf. Sie gaben hilfreiche Tipps und die Schlachten ließen sich im Multiplayer-Modus besser gewinnen. Jakob checkte die kleinen grünen Punkte am Rand des Chats. *Hero 1111* und *S.W.A.T.* kannte er, mit ihnen hatte er bereits Seite an Seite gekämpft. *S.W.A.T.* wohnte angeblich sogar in Unna. Mit fliegenden Fingern schickte er den beiden seinen Hilferuf.

»GO Level 9. Need Speed. Ne Idee?«

»Sixpack Energy«, schrieb Hero1111.

»Damit penn ich ein«, textete Jakob zurück.

»Try Lolita!«, schlug S.W.A.T. vor.

»What?«

»Rosa Pille. Pusht dich in Level 9 und 10!«

»OK. Wo?«

»Stadtgarten, Büsche hinter Sparkasse. BRB!«

Jakob starrte aufs Display. *Hero 1111* hatte sich ausgeloggt. *S.W.A.T.* versprach *be right back*, vielleicht wollte er einen Kontakt zum Dealer herstellen

»Wo bist du nur mit deinen Gedanken, Jakob?«, rief seine Mutter genervt. »Ich sollte dir das Smartphone abnehmen.«

Jakobs Kopf schnellte hoch. Sie hatten die Werkstatt seines Chefs bereits erreicht. »Hab Bauchschmerzen und hatte heute Morgen Durchfall«, murrte er. »Wollte deswegen aber nicht zu Hause bleiben.«

»Wie löblich!« Die Stimme seiner Mutter triefte vor Sarkasmus. »Hör auf, diese verdammten Energydrinks zu trinken, und hock nicht die halbe Nacht am Computer. Glaub mir, das wirkt

Wunder gegen Bauchschmerzen.« Sie warf ihm einen durchdringenden Blick zu. »Du ziehst den Arbeitstag durch. Sonst kannst du heute Abend was erleben. Dein Chef hat mich gestern am Handy angerufen. Du wärest in den letzten Tagen unkonzentriert und würdest einen Fehler nach dem anderen machen.«

Jakob verdrehte die Augen, nahm Rucksack und Jacke und schlug die Autotür zu. Er wartete, bis seine Mutter abfuhr, dann warf er einen Blick auf sein Smartphone. *S.W.A.T.* hatte geantwortet.

»17 Uhr. 10 für 30. GG.«

Jakob hätte am liebsten einen Luftsprung gemacht. Auf *S.W.A.T.* war eben Verlass und er wünschte ihm sogar ein *Good Game*. Er hatte ihm 10 Pillen für 30 Euro ausgehandelt. Bis 17 Uhr konnte Jakob locker hinter der Sparkasse sein, denn seine Schicht lief nur bis um 16 Uhr. Und da er mit dem Gesellen und dem Chef gerade an der Sanierung eines Altbaus in Unna arbeitete, würde er pünktlich sein. Er warf sich seinen Rucksack über die Schulter und ging freudestrahlend zur Werkstatt.

Um 17 Uhr fühlte er sich weit weniger euphorisch. Bis auf die 45 Minuten Mittagspause hatte er den Tag mit Michael, dem Gesellen, Rigips-Wände gezogen. Jakob spürte jeden Knochen, jeder Muskel schmerzte, außerdem hatte er sich den Daumen verletzt, als er mit dem Akkubohrer abgerutscht war. Und um dem Ganzen die Krone aufzusetzen, konnte er nicht einmal pünktlich Feierabend machen. Das Badezimmer musste mit den Feuchtraumplatten fertiggestellt werden, da Anfang der Woche der Fliesenleger kommen würde. Am nächsten Tag sollten die Übergänge verspachtelt werden, damit alles bis Montag getrocknet war. Der Chef hatte Jakob erst um kurz vor fünf gehen lassen. Den Weg von dem alten Fachwerkhaus in der Wagenfeldstraße nahe des Südfriedhofs bis in die Innenstadt bewältigte er im Laufschritt.

Der schwere Rucksack drückte auf dem Rücken, die Arbeitsjacke war beim heute sonnigen Wetter um die 25 Grad viel zu warm. Abgehetzt blieb er an der roten Fußgängerampel stehen, die über die B1 führte. Lkws rasten an ihm vorbei und wirbelten ihm den heißen Staub der Straße entgegen. Endlich zeigte sich das grüne Ampelmännchen. Jakob lief weiter. In der Ferne hörte er die Glocken der Stadtkirche zur vollen Stunde schlagen. Er rannte schneller. Vorbei an der Peter-Weiß-Gesamtschule, vor der in einem Holzpavillon einige Jugendliche abhingen und rauchten.

Minuten später erreichte er den Stadtgarten. Die dichten Baumkronen der hohen Bäume mit ihrem Blattwerk spendeten angenehm kühlen Schatten. Ein Hund bellte und zerrte an seiner Leine, als Jakob an ihm vorbeilief. Vor den Bänken am Kriegerdenkmal saßen junge schwarze Asylanten, hörten Musik und rauchten. Der süßliche Geruch von Marihuana stieg ihm in die Nase. Weiter oben auf einem der Mauerabsätze saß eine Gruppe Männer mit Bierflaschen in der Hand. Jakob hetzte über die Wiese an ihnen vorbei und stand im nächsten Moment an der Buschreihe hinter der Sparkasse. Von einem Dealer weit und breit keine Spur. Langsam kam er wieder zu Atem. Ob er zu spät war?

»Bist du Ryan?«, fragte eine weibliche Stimme in seinem Rücken.

Er schrak zusammen und fuhr herum. Überrascht starrte er die blonde Frau an. Sie trug enge Jeans, weiße Sneakers und ein weißes Top mit Spaghetti-Trägern. Unter Tausenden hätte er die Schlampe erkannt. Chantal hieß sie. Die Bitch hatte ihn früher nach der Schule fertiggemacht. Wegen ihr, Achmed und ihren anderen Asi-Freunden hatte er vor fünf Jahren versucht sich das

Leben zu nehmen. Er hatte sich mit aller Macht um den Prozess drücken wollen. Seine Aussage hätte das Strafmaß vielleicht erhöht. Aber so war Chantal mit einem blauen Auge davongekommen. Sie hatte nicht in den Knast gemusst. Und jetzt stand sie vor ihm und erkannte ihn nicht einmal. Sie dealte mit Drogen, wollte sein Geld kassieren. Für einen Moment überlegte er, ob er ihr ohne Vorwarnung die Faust ins Gesicht rammen oder sich vorher zu erkennen geben sollte.

»Bist du taub, Junge?« Sie blickte ihn genervt an und schüttelte den Kopf, sodass ihr blonder Pferdeschwanz hin und her wehte wie eine fransige Fahne. »Ist dein Name Ryan?« Sie betonte jedes Wort.

Jakob nickte. Er dachte an *S.W.A.T.*, an Level 9 und an die Chance auf eine Million. Die blöde Kuh war es nicht wert, das alles aufs Spiel zu setzen. Er griff in seine Hosentasche und zog dreißig Euro heraus. Zusammengeknüllt hielt er sie ihr entgegen. »Grüße von *S.W.A.T.*«, sagte er.

Chantal nickte und drückte ihm ein kleines Tütchen in die Hand. »Wenn du mehr brauchst, ruf mich an. Die Nummer steht auf der Tüte. Ist ’n Prepaid. Also solltest du daran denken, mich zu verpfeifen, vergiss es. Ansonsten einfach aufs Band sprechen, ich melde mich schnell zurück. Kapiert?«

Jakob nickte ebenfalls und schob die rosa Lolitas in seine Hosentasche. Er brauchte seine ganze Körperbeherrschung, um sich nicht auf sie zu stürzen. Fast spürte er noch ihre Tritte, die ihn als Schüler in den Bauch getroffen hatten, die Schläge ins Gesicht, hörte das Gelächter der Gruppe. Damals war er ihnen hilflos unterlegen gewesen, aber heute war er ein kräftiger junger Mann, der zupacken und zuschlagen konnte. Er stellte sie sich mit geschwollenen Augen, verkrusteten Lippen und herausgerissenen Haaren vor. Ihr großes Maul, das würde sie schnell halten. Aber vielleicht sollte Jakob sich zunächst auf Achmed konzentrieren. Bestimmt war sie noch mit ihm zusammen und könnte ihn zu ihm führen, wenn er sie verfolgte.

»Ob du das kapiert hast?«, zischte sie.

Jakob deutete ein Nicken an. Dann drehte er sich wortlos um und ging zur Ampel, die vor dem Tunnel über den Verkehrsring führte. Die Rache hatte Zeit und sollte gut vorbereitet sein. Er durfte sich jetzt nicht ablenken lassen. Sein Ziel war die Million. Damit könnte er sogar einen Killer auf die beiden ansetzen. Er grinste. Aber jetzt galt es erst mal, das nächste Level zu erreichen. Mit etwas Glück erwischte er den Bus nach Fröndenberg noch. Ein, zwei Stunden Schlaf, danach würde sich zeigen, ob er mit Hilfe der rosafarbenen Lolitas Level 9 und 10 bezwingen konnte.

Kapitel 16

Donnerstag, 9. Mai, 9.25 Uhr

Die Bahnhofsuhr an der Wand tickte so laut, als mahnte sie jede einzelne Sekunde an, die Moritz Hirsch zu spät in die Dienststelle Unna kam. Gerade hatte Teubner bei den Kollegen an der Eingangskontrolle nachgefragt, aber Hirsch hatte sich weder blicken lassen noch den Termin abgesagt. Teubner saß allein im Büro, Maike Graf hatte sich für den Vormittag abgemeldet. Sie hatte Michelle Böttcher nach deren Befragung gestern Abend nach Hause begleitet und war auf ihren Wunsch hin dabeigeblieben, als die junge Frau ihren Eltern von dem Missbrauch erzählt hatte. Heute wollte sie noch einmal nach der Böttcher sehen. Welch tiefe Abgründe taten sich bei ihren Ermittlungen nur auf?

Teubner seufzte und betätigte die Druckfunktion für den Bericht, den er von der Rechtsmedizin zu dem Mordfall Achmed Tahiri angefordert hatte. Augenblicklich ratterte der Drucker und spuckte mehrere Blätter aus. Unwillkürlich fragte er sich, ob Moritz Hirsch diesen kaltblütigen Mord verübt haben könnte. Hatte Achmed von dem Missbrauch erfahren und ihn damit erpresst? Achmed war Kevins direkter Flurnachbar gewesen. Vielleicht hatte Kevin ihm gegenüber sogar mit dem erzwungenen Sex an Michelle Böttcher geprahlt. Und irgendwann hatte Achmed geglaubt, aus diesem Wissen Profit ziehen zu können. Er könnte geblufft und behauptet haben, Kevin habe die Tat gefilmt. So zugedröhnt, wie die drei an dem Abend gewesen waren, würde Moritz sich nicht an Details erinnern.

Teubner las sich in den Bericht der Rechtsmedizin ein. Achmed Tahiri war in der Nacht von Sonntag auf Montag zwischen 0.30 Uhr und 1.45 Uhr zu Tode gekommen. Gestorben war er durch einen aufgesetzten Schuss, der mit einer noch nicht identifizierten 9-Milimeter-Waffe vermutlich mit Schalldämpfer ausgeführt worden war. Das würde erklären, warum die Befragungen in den umliegenden Häusern der S-Bahn-Haltestelle zu keinem Erfolg geführt hatten. Niemand hatte etwas gehört oder gesehen. Teubner blickte kurz auf. Ob Hirsch im Besitz einer Waffe war? Die finanziellen Mittel, an eine zu gelangen, selbst an eine mit Schalldämpfer, hatte er gewiss. Besaßen er oder sein Vater vielleicht sogar einen Waffenschein?

Er kramte den ersten Bericht der Kriminaltechnik hervor. Die Patronenhülse war im Wartehäuschen der Haltestelle gefunden worden. Ebenso Blutspritzer von Achmed Tahiri, was darauf hindeutete, dass er auf der Sitzbank hingerichtet worden war.

Teubner wechselte wieder zum Obduktionsbericht. An Achmeds Leichnam konnte Fremd-DNA sichergestellt werden. Der oder die Täter hatten also vermutlich keine Handschuhe getragen. Ein kurzes, festes Klopfen an der Tür ließ ihn aufblicken.

Polizeioberkommissar Strodtbeck schob sich zur Tür herein. »Hier ist ein Moritz Hirsch für dich, Max.«

»Danke dir, Frank. Wird auch langsam Zeit.« Er blickte zur Bahnhofsuhr. »Über eine halbe Stunde zu spät, der Typ.«

Strodtbeck bat den Mann ins Büro und verabschiedete sich, indem er Teubner mit einem Lächeln zunickte.

»Grüß Jana ganz herzlich«, rief Teubner ihm hinterher. Erinnerungen kamen in ihm hoch. Er dachte an die rasanten und gefährlichen Ermittlungen gegen die Ruhrpott-Connection vor über einem Jahr, bei der nicht nur der Kollege Jochen Hübner, Maikes Freund, sondern ebenfalls die Tante und der Onkel von Jana Helmes brutal ermordet worden waren. Die Untersuchungen konzentrierten sich bald auf eine Bande, die im großen Stil illegal mit Antiken handelte. Bei den Recherchen kam Strodtbeck seiner Jana, die er von früher kannte, so nah, dass die beiden inzwischen geheiratet hatten.

»Mach ich gerne«, rief er vom Flur aus. »Komm mit Maike und Sören mal zum Grillen vorbei. Wir freuen uns.« Er grinste und schloss die Tür.

»Nett, dass Sie doch noch hergefunden haben«, wandte Teubner sich an Moritz Hirsch und deutete auf den Besucherstuhl. »Setzen Sie sich.«

Dieser kam der Aufforderung nur zögernd nach, nahm dabei auf der vorderen Kante des Stuhls Platz, als wollte er nicht zu viel Zeit mit der Einnahme einer bequemeren Sitzposition verschwenden. »Ich habe es eilig. Ich dachte, ich muss nur ein paar Fragen beantworten, meine Aussage unterschreiben und kann wieder gehen.« Er zog den Ärmel seines olivfarbenen Blousons hoch und blickte auf eine teuer aussehende Armbanduhr.

»Da haben Sie sich getäuscht. Unser Gespräch wird etwas länger dauern. Es geht nicht mehr allein um den Mord an Achmed Tahiri. Gegen Sie wurde heute früh Anzeige erstattet.«

Moritz Hirsch riss seine Augen auf. »Wie bitte? Das muss ein Irrtum sein. Ich bin weder zu schnell gefahren, noch habe ich irgendein Fahrzeug beim Parken gerammt. Ich fahre selten Auto, da ich kein eigenes besitze.«

Teubner fixierte den jungen Mann. Entweder war er ein guter Schauspieler oder er ahnte tatsächlich nicht, was ihm vorgeworfen werden könnte. »Es geht nicht um ein kleines Verkehrsdelikt, Herr Hirsch. Aber bevor wir uns mit der Anzeige beschäftigen, möchte ich Ihnen noch einige Fragen zum Mordfall Tahiri stellen.«

Hirsch zog den Reißverschluss seines Blousons auf. Das schwarze T-Shirt darunter verdeckte seinen Hals bis zum Kinnansatz. »Ich habe bereits gesagt, dass ich Achmed nach dem Prozess vor acht Jahren nicht mehr gesehen habe.« Er verschränkte die Arme vor der Brust und presste die Lippen zusammen, die sich kaum vom blassen Gesicht abhoben. »Kann ich das jetzt unterschreiben und gehen?«

»Behaupten kann man viel, Herr Hirsch. Wir wissen, dass Sie zumindest Michelle Böttcher und Kevin Scheidt in den vergangenen Monaten getroffen haben, obwohl Sie angeblich keinen aus der ehemaligen Clique gesehen haben wollen. Da stellt sich die Frage: War es mit Achmed Tahiri genauso? Hatten Sie in Wirklichkeit doch weiter Kontakt zu ihm? Da Sie zur Tatzeit allein zu Hause in Ihrem Bett gewesen sein wollen, haben Sie jedenfalls kein Alibi.«

Hirsch ballte seine rechte Hand zur Faust und umschloss sie mit der linken. Die Fingerknöchel traten weiß hervor. Die Knie hielt er zusammengepresst. Er schien bis in die Fingerspitzen unter Strom zu stehen und musste seine ganze Kraft aufbringen, um sich zu beherrschen. »Ich habe Achmed nach dem Prozess nicht mehr gesehen«, zischte er.

»Ist das so?«, fragte Teubner zynisch und blickte Hirsch provozierend an. »Ich schätze Sie als durchaus gewaltbereit ein. Die Videos von damals, die für das Gerichtsverfahren nicht zugelassen wurden, sprechen eine andere Sprache. Sie haben die jüngeren Schüler mit Freude gequält, obwohl Sie wussten, dass jemand aus der Clique die Tortur filmt. War das der Ausgleich zu dem eher langweiligen Leben als Sohn aus dem Hause wohlhabender Eltern?«

»Sie haben keine Ahnung!« Sein Blick senkte sich, die Fingernägel der Linken gruben sich tief in die rechte Faust.

»Sind Sie im Besitz einer Schusswaffe, Herr Hirsch?«

Er schüttelte stumm den Kopf.

»Haben Sie Zugang zu einer Waffe? Wir finden heraus, ob vielleicht Ihr Vater eine Waffenbesitzkarte hat und ob auf ihn oder jemand anderen in Ihrem Umfeld eine Schusswaffe eingetragen ist.«

Hirschs Kopf schnellte hoch, er schlug seine Handflächen mit solcher Wucht auf die Schreibtischplatte, dass Maus und Tastatur vibrierten, ein Kuli sogar einen kleinen Hüpfer machte. »Ich habe Achmed nicht getroffen und ich habe ihn nicht erschossen. Machen Sie doch einen Schmauchtest! Nach meinem Kenntnisstand kann man Schmauchspuren auch Tage nach Abgabe eines Schusses nachweisen.« Er hielt ihm seine Hände hin. Dabei funkelten seine Augen wütend. »Sonst noch Fragen? Ich muss zur Uni!«

Teubner blieb unbeeindruckt. »Sie haben kein eigenes Auto«, stellte er fest. »Sie wohnen in Lütgendortmund nahe der S-Bahn-Haltestelle. Achmed am anderen Ende der Linie in Unna-Königsborn. Haben Sie sich auf halbem Weg getroffen, vielleicht um etwas verspätet Achmeds Freilassung zu feiern? Endlich konnte er Ihnen die Pillen besorgen, die Sie so dringend benötigen. Warum ist das Treffen eskaliert? Hat Achmed die Waffe mitgebracht? Wollte er Sie unter Druck setzen oder nur damit angeben?«

»Welche Pillen? Sind Sie jetzt völlig durchgeknallt?« Moritz Hirsch sprang auf, sein Stuhl kippte scheppernd um. Er stützte die Hände auf den Schreibtisch, beugte sich drohend darüber, in seinem Blick lag unkontrollierte Aggressivität. »Sie wollen mir unbedingt etwas anhängen, ja?« Seine Stimme schwoll zu einem Brüllen an. »Ich habe Achmed nicht umgebracht! Ich habe ihn in den letzten acht Jahren nicht gesehen! Kein einziges Mal! Kapieren Sie das endlich, Sie elender Scheißbulle!« Mit einer zackigen Handbewegung fegte er Teubners Unterlagen vom Tisch und trat vor den umgekippten Stuhl.

Teubner sprang auf und stürzte sich auf Hirsch. Mit einem Griff drehte er ihm die Arme auf den Rücken. »Jetzt beruhigen wir uns mal ganz schnell, junger Mann. Ansonsten landen Sie ruckzuck in U-Haft!« Er lockerte seinen Griff etwas, als er merkte, dass der Widerstand nachließ. »Ich lasse Sie nun los und Sie setzen sich brav, kapiert?«

»Von mir aus«, murmelte Hirsch und hob den Stuhl auf, als Teubner von ihm abließ. Dann sammelte er die Akten auf und legte sie zurück auf den Schreibtisch. »Ich habe Achmed tatsächlich nicht getroffen«, fuhr er mit beherrschter Stimme fort. »Erst recht nicht in jener Nacht, in der er ermordet worden ist. Es gibt eine Zeugin.« Er nahm wieder Platz und schlug die Beine übereinander. »Sie heißt Maren Engberg.«

»Ach? Das fällt Ihnen nun auf einmal ein?« Teubner setzte sich ebenfalls. »Es handelt sich nicht zufällig um die Dame, die gestern Abend zu Ihnen gekommen ist?« Die Besucherin, der er an der Wohnungstür begegnet war, hatte ihn überrascht: dunkelblauer Hosenanzug, Handtasche mit dem Logo von Gucci, hochhackige Pumps. Blondierte Kurzhaarfrisur, stark geschminkt, goldene Ohrringe, Collier um den leicht faltigen Hals, am Handgelenk ein breiter Goldreif. Vor der Haustür hatte ein schwarzer Porsche mit Wittener Kennzeichen gestanden, den Teubner ihr sofort zugeordnet hatte. Er hatte sich gewundert, dass Moritz Hirsch eine Affäre mit einer deutlichen älteren Frau zu haben schien.

»Nein. Gestern, das war eine andere Kundin.« Er fuhr sich mit den Fingern durch die kurzen Locken und starrte auf seine Schuhspitzen. »Sie haben einen völlig falschen Eindruck von mir. Ich bin nicht der verwöhnte Sohn reicher Eltern. Als ich Ihnen sagte, ich bräuchte meinem Vater nur die Nebenkosten der Wohnung zu zahlen, habe ich gelogen. Ich drücke die volle Miete ab und das ist nicht gerade wenig.«

»So?«, fragte Teubner überrascht. »Wozu die Lüge? Sie mussten doch damit rechnen, dass ich Ihre Angaben überprüfe.«

»Mein Vater ist selbst davon überzeugt, dass ich nur die Nebenkosten bezahle. Er hat mir die Wohnung als Studentenbude überlassen und denkt, ich wohne mit drei Kommilitonen zusammen, die mir jeden Monat ihren Anteil an den Mietkosten geben, damit ich sie ihm überweisen kann. Ich hasse es aber, meine Wohnung mit irgendwelchen fremden Leuten zu teilen. Ich brauche mein Reich für mich, verstehen Sie? Da meine Eltern mich nie besuchen, fällt der Schwindel nicht auf. Es sei denn, Sie hauen mich in die Pfanne.« Ein unsicheres Grinsen zog sich durch sein Gesicht.

»Wieso dieses Theater?«, wunderte sich Teubner und fragte sich, ob Hirsch heute die Wahrheit sagte. »Wieso belügen Sie Ihre Eltern? Wie finanzieren Sie die Wohnung allein? Warum bitten Sie Ihre Eltern nicht um Unterstützung?«

Eine deutliche Röte zog sich von Hirschs Hals hoch in sein Gesicht. »Sie lassen nicht locker, wie? Na ja, ist wohl Ihr Job.« Er faltete seine Beine auseinander und krallte seine Finger in die Oberschenkel. Dabei beugte er den Oberkörper vor und sprach leise, als wollte er Teubner ein Geheimnis anvertrauen. »Ich arbeite als Callboy, um mir mein Leben zu finanzieren. Meine Eltern unterstützen mich mit keinem Cent. Sie glauben, allein das hat Wert, was man mit den eigenen Händen schafft. Wenn ich am Wochenende bei denen in der Firma aushelfe, bekomme ich 15 Euro die Stunde. Damit kann man keine großen Sprünge machen.« Er lächelte. So langsam schien er seine Selbstsicherheit zurückzuerlangen. »Da ist es deutlich lukrativer, ein paar alte Schachteln zu verwöhnen. Maren Engberg beispielsweise bleibt immer über Nacht. Das ist ihr tausend Euro wert.«

Teubner sah Moritz Hirsch schweigend an. Ob diese Angabe der Wahrheit entsprach, würde sich überprüfen lassen. Auf ihn machte der Mann nicht den Eindruck, als wäre er der Typ, dem reifere Frauen massenhaft zu Füßen liegen. »Tausend Euro sind in der Tat viel Geld für eine Nacht.« Fast hätte er noch nach den besonderen Qualitäten gefragt, die diesen aus seiner Sicht hohen Preis rechtfertigten.

Hirsch schien die Frage aber unausgesprochen zu verstehen, denn er zog den Ausschnitt seines T-Shirts nach unten. Dunkelblaue Würgemale wurden sichtbar. »Dafür lasse ich einiges über mich ergehen, Herr Teubner. Viele der Damen mögen aussehen wie erfolgreiche Geschäftsfrauen, bei mir benehmen sie sich teilweise wie wilde Tiere.« Er zog den Kragen wieder hoch. »Und dafür müssen sie halt bezahlen.«

»Verstehe.« Teubner mochte gar nicht tiefer ins Detail gehen. »Ich benötige Adresse und Telefonnummer von Maren Engberg. Sollte sie Ihre Aussage bestätigen, wären Sie aus dem Kreis der Verdächtigen im Mordfall Tahiri heraus.«

»Na, dann.« Moritz Hirsch lächelte selbstgefällig und wollte aufstehen.

»Bleiben Sie bitte noch sitzen, Herr Hirsch. Wir kommen jetzt zu der Strafanzeige. Sie werden beschuldigt, sich gemeinsam mit Kevin Scheidt gegen deren Willen sexuell an Michelle Böttcher vergangen zu haben. Gegen Sie und Herrn Scheidt wird ein Verfahren eingeleitet. Es steht Ihnen zu, sich einen Rechtsbeistand zu holen. Sie können sich zur Tat äußern, aber ich muss Sie darauf hinweisen, dass alles, was Sie aussagen, vor Gericht gegen Sie verwandt werden kann.«

Moritz Hirsch sackte in sich zusammen. Hatte sein Ausbruch eben noch eine Röte in sein Gesicht gebracht, die an einen reifen Pfirsich erinnerte, glich es nun einem kalkweißen Krankenhauslaken. »Rufen Sie meinen Vater an«, sagte er kaum hörbar. »Ohne seinen Anwalt werde ich keine Aussage machen.«

Kapitel 17

Donnerstag, 9. Mai, 10.15 Uhr

Familie Böttcher bewohnte das Erdgeschoss eines der schmalen mehrgeschossigen Häuser in der Grabengasse, vorne heraus mit Blick auf den stark befahrenen Verkehrsring, der durch eine Grünfläche von den Grundstücken getrennt war. Die Häuser waren leicht versetzt und hatten farblich aufeinander abgestimmte Fassaden in warmen Naturtönen. Maike nahm an, dass die Wohnungen darin alle einen ähnlichen Grundriss besaßen. Jede einzelne verlief über die gesamte Etage mit einer Größe von etwa 60 Quadratmetern. Vom Wohnungsflur gelangte man in Schlafzimmer, Bad, Küche und ein L-förmiges Wohnzimmer, an das Essecke und Balkon grenzten. Michelle nutzte hier seit Jahren die Ausziehcouch als Schlafplatz. Die Eltern zogen sich früh in ihren Schlafbereich zurück, wo Vater Peter seinen Tag mit dem Heute-Journal abschloss und seine Frau Martina noch in einem Roman las. Das hatten sie Maike gestern Abend während des langen Gesprächs erzählt.

Beide waren bestürzt gewesen, als Michelle ihnen von dem Missbrauch durch Kevin und Moritz erzählt hatte. Aber sie hatten sich sofort an die Seite ihrer Tochter gestellt und versprochen, ihr bei allen Schwierigkeiten beizustehen, die eine Anzeige gegen Moritz Hirsch und Kevin Scheidt nach sich ziehen könnte.

Das Heim der Böttchers befand sich im zweiten Stock eines der mittleren Häuser. Als Maike Graf gegen zehn Uhr morgens dort geklingelt hatte, musste sie eine Weile warten, ehe der Türöffner schnarrte. Martina Böttcher ging bereits ihrer Arbeit als Altenpflegerin bei einem Pflegedienst nach, ihr Ehemann hatte die Frühschicht als Zerspannungsmechaniker im Alu-Werk Unna übernommen. Während Michelle sich im Bad frisch machte, wartete Maike in einem Sessel neben der zerwühlten Schlafcouch.

»Eigentlich bin ich Frühaufsteherin«, sagte sie nun und setzte auf dem Couchtisch zwei Jumbotassen Cappuccino ab. »Ich hoffe, Sie trinken ihn mit Zucker, ich habe aber nur einen Löffel reingegeben.«

Maike nickte und bedankte sich. »Die Aussprache gestern hat sie sicher mitgenommen. Da hätte ich in der Nacht vermutlich kein Auge zugetan.« Sie dachte an die aufgewühlte Stimmung in der Familie am Vorabend. Michelle hatte viel geweint. Die Betroffenheit der Eltern spiegelte sich in deren Gesichtern. In dem rundlichen der fülligen Martina Böttcher waren augenblicklich hektische Flecken erschienen, während ihr Mann aschfahl geworden war.

»Diese Beichte hat mich völlig fertiggemacht. Wir haben noch lange geredet, als Sie gegangen sind. Am wenigsten können die beiden begreifen, wieso ich mich allein mit diesem Problem herumgeschlagen habe.«

»Ehrlich gesagt, verstehe ich das auch nicht. Ihre Eltern machen einen weltoffenen Eindruck und Sie scheinen ein sehr gutes Verhältnis zueinander zu haben. War das nicht immer so? Oder warum diese Verschwiegenheit?«

Michelle schüttelte die Bettdecke auf, legte sie ordentlich auf den Boden, das Laken ebenfalls und das Kopfkissen obendrauf. »Ich habe mich geschämt«, sagte sie leise, ohne Maike anzusehen. Dann hob sie das Seitenteil der Schlafcouch hoch, verstaute das Bettzeug darunter und klappte es wieder zu. »Ich weiß nicht, ob Sie das verstehen können, aber meine Eltern sind immer für mich da gewesen. Damals bei dem Prozess haben sie sofort gewusst, dass ich nur eine Mitläuferin war. Ich bin leider ein Mensch, der sich schnell beeinflussen lässt.«

Maike nahm einen Schluck Cappuccino und stellte die Tasse vorsichtig zurück auf den Tisch. »Aber da hätte es Ihnen ja eigentlich umso leichter fallen müssen, mit den beiden zu reden.«

Michelle holte hinter der Couch Zierkissen hervor und verteilte sie, danach setzte sie sich Maike gegenüber und nippte an ihrem Getränk. »Ich wollte sie nicht damit belasten. Meinem Vater geht es gesundheitlich nicht so besonders, er schlägt sich bei seinem Job mehr oder weniger durch und zählt die Monate bis zu seiner Rente. Dabei ist er erst 60 geworden und kann mit Glück frühestens mit 63 aufhören. Würde er regelmäßig zum Arzt gehen und sich seine Krankheit attestieren lassen, ginge es bestimmt früher, allerdings ...« Sie schüttelte den Kopf und schluckte die aufkommenden Tränen herunter. »Wir sprechen in der Familie nicht offen davon, aber er ist psychisch labil.«

»Verstehe.« Das war für Michelle sicherlich nicht immer leicht. Maike wollte nicht tiefer in diese Problematik eindringen, da es Michelle deutlich schwerfiel, darüber zu reden. »Ich muss Sie noch nach Ihrem Alibi für die Zeit fragen, zu der Achmed Tahiri ermordet worden ist«, wechselte sie deshalb rasch das Thema. »Reine Routine«, fügte sie hinzu, als Michelle sie überrascht anblickte. »Wo waren Sie in der Nacht auf Montag?«

»Hier«, erwiderte Michelle einen Hauch zu schnell. Eine leichte Röte zog sich durch ihr Gesicht. »Meine Eltern werden das jedoch kaum bezeugen können. Sobald die sich ins Schlafzimmer zurückgezogen haben, bekommen die nicht mehr mit, ob ich die Wohnung verlasse.«

In Maike kam der leise Verdacht auf, dass Michelle nicht die ganze Wahrheit sagte. Warum? Hatte sie etwas zu verheimlichen oder hatte sie Achmed womöglich doch getroffen? »Wir werden

Ihre Handydaten überprüfen lassen. Sollte es hier eingeloggt gewesen sein, wird das Ihre Aussage unterstützen. Würden Sie mir bitte die Nummer aufschreiben?«

Die Röte in ihrem Gesicht vertiefte sich. Sie stand auf, riss die Balkontür auf, als brauchte sie dringend frische Luft, um sich abzukühlen. Verkehrslärm vom Ring rauschte laut wie eine bedrohliche Woge herein.

Maike erhob sich ebenfalls und trat neben die junge Frau. »Haben Sie sich mit Achmed getroffen? War Ihr Handy in Wickede eingeloggt?«

Michelle Böttcher drehte sich abrupt um, schloss die Glastür und setzte sich zurück auf die Couch. Mit einem tiefen Zug trank sie ihre Tasse leer und stellte sie geräuschvoll auf den Tisch. »Nein, war es nicht. Aber ich habe die Wohnung gegen Mitternacht noch einmal verlassen. Ich konnte nicht schlafen. Zu viele Dinge schwirrten mir durch den Kopf. Plötzlich war ich mir nicht mehr sicher, ob ich die richtige Entscheidung getroffen hatte, das Baby auszutragen. Es würde ein Leben lang an mir kleben wie eine Klette. Die Verantwortung liegt allein bei mir. Niemand kann mir garantieren, dass ich dieses kleine Würmchen wirklich und immer lieben werde. Immerhin ist es das Resultat einer Vergewaltigung. Ich konnte und wollte das nicht allein durchstehen. Ich weiß, dass meine Eltern mir nur begrenzt helfen können. Diese Wohnung wird für mich und das Baby zu klein sein, aber wie soll ich eine eigene finanzieren? Ich bin raus und wahllos durch die Innenstadt gelaufen, in der Hoffnung, dass mir die Lösung meiner Probleme einfällt.«

»Dann dürften Ihre Handydaten das bestätigen, Michelle.« Maike setzte sich neben die verunsichert wirkende Frau. Sie legte ihr beruhigend eine Hand auf den Unterarm. »Wo liegt das Problem?«

Ein lautes Seufzen entfuhr ihr. »Wenn Sie die Daten überprüfen, stellen Sie fest, dass ich mit Moritz telefoniert habe. Er hat mich doch erst in diese Situation gebracht. Egal ob er nun der Vater des Babys ist oder nicht. Er sollte endlich Verantwortung übernehmen.«

»Er hat Sie abgewimmelt?«, wagte Maike eine Prognose. »Oder hat er das Telefonat gar nicht entgegengenommen?«

»Doch. Hat er. Aber als er kapiert hat, um was es mir ging, hat er gesagt, er könne nicht reden, er sei nicht allein. Außerdem sei er genauso Opfer der Situation gewesen wie ich.« Sie legte die Hände auf ihren Bauch. »Ich muss einfach wissen, wer der Vater ist.«

Maike nickte. »Wir werden eine gerichtliche Verfügung für einen Bluttest bekommen, da bin ich ganz sicher.« Sie drückte den Arm der Frau und zog ihre Hand dann zurück. »Mit diesem Telefonat können wir Sie und Moritz als Mörder von Achmed Tahiri vermutlich ausschließen. Haben Sie eine Idee, wer sonst als Täter infrage kommen könnte? Hatte Achmed Feinde? Sie haben sich doch ab und zu mit seiner Freundin Chantal getroffen. Hat sie mal von irgendwelchem Ärger gesprochen, den er hatte?«

Michelle Böttcher hob zaghaft die Schultern. »Nein, das hat sie nicht erwähnt. Aber vor seiner zweiten Haftstrafe, da haben die beiden regelmäßig Drogen vertickt. Das Zeug hat schnell süchtig gemacht. Chantal fand es besonders lustig, dass Achmed auf die Idee gekommen ist, die Opfer von damals – also die einstigen Fünft- oder Sechstklässler, erneut abzuzocken, indem die beiden sie an die Drogen gebracht haben. Schließlich waren die immer noch Kids reicher Eltern und konnten sich den Stoff leisten. Er sah das als Rache dafür, dass die Knirpse im Prozess gegen uns ausgesagt hatten.«

»Wie soll ich mir das konkret vorstellen?«, fragte Maike skeptisch. »Achmed wird doch nicht auf die Jungs zugegangen sein und sie gefragt haben: Hey, brauchst du ein bisschen Marihuana? Du bekommst von mir einen Freundschaftspreis.« Sie schüttelte den Kopf. »Die einstigen Kinder waren ja inzwischen fast erwachsen und haben sich vermutlich nicht mehr so leicht einschüchtern und manipulieren lassen.«

»Ich glaube, das lief über irgendwelche Internetforen. Genau weiß ich es aber nicht. Das kann Ihnen Chantal bestimmt beantworten. – Vielleicht hat ja einer von ihnen deswegen Rache genommen?« Michelle Böttcher blickte auf ihre Armbanduhr. »Ich müsste mich jetzt langsam für die Arbeit fertigmachen. Oder haben Sie weitere Fragen?«

Maike stand auf. »Das war es fürs Erste. Vorrangig bin ich gekommen, um zu sehen, wie es Ihnen heute geht.« Sie lächelte und zog einen gefalteten Zettel aus ihrer Tasche. »Es gibt Hilfsangebote für Betroffene von sexualisierter Gewalt. Ich habe Ihnen mal einige Telefonnummern und Internetseiten herausgesucht.« Sie reichte ihr das Blatt, ging zur Wohnungstür und zog sie auf, drehte sich aber noch einmal um. »Ich bin fest davon überzeugt, dass Sie es schaffen werden. Wir hören voneinander.«

Als Maike auf die Grabengasse hinaustrat, zeigte sich der Himmel in einem kräftigen Azurblau, und sie freute sich, bis zur Dienststelle zu Fuß gehen zu können. Den überfüllten Marktplatz mied sie, nutzte lieber die Schleichwege, die ihr als eingefleischter Unnaerin bekannt waren. Dabei passierte sie die Kultkneipe »Spatz und Wal«, wo eher unbekannte Musiker ihr Talent zum Besten gaben. Kurz darauf querte sie die Fußgängerzone beim Kunstatelier »Arthaus Nowodworski«, das Skulpturen in Kinetic Art und interaktive Objekte im zweitältesten Fachwerkhaus Unnas ausstellte.

Als Maike wenig später die Kreuzung zur Kreispolizeibehörde erreichte, raste ein Einsatzwagen von dort auf den Verkehrsring. Sie betrat die Dienststelle erst gar nicht, sondern steuerte auf dem Parkplatz dahinter ihren zivilen Dienstwagen an. Den Verdacht, den Michelle Böttcher geäußert hatte, die ehemaligen Opfer der Jugendbande könnten hinter dem Mord an Achmed stecken, konnte Maike gut nachvollziehen. Sollte einer der Jungs erneut von dem Albaner unter Druck gesetzt oder sogar abhängig gemacht worden sein, lag das Motiv der Rache nah. Deshalb wollte Maike einen der damaligen Geschädigten aufsuchen, an den sie sich besonders gut erinnerte.

Sie öffnete das Auto per Fernbedienung, als jemand ihren Namen rief.

»Hey, Maike! Wohin so eilig?«

Sie wandte den Kopf und erblickte Mike Kolbe, der mit langen Schritten auf sie zulief. »Was gibt's?«

»Das frage ich dich.« Er grinste. »Schon vergessen? Ich soll euch bei den Ermittlungen unterstützen. Max schreibt das Protokoll von der Befragung Moritz Hirschs, da kann ich kaum helfen. Sören hat 'ne dicke Backe vom Zahnarzt gestern und ist zu Hause geblieben.«

Maike seufzte innerlich und fragte sich, wie sie den *neuen Kollegen* am besten loswerden könnte. Da ihr auf Anhieb keine passende und glaubwürdige Ausrede einfiel, versuchte sie es mit der Wahrheit. »Ich bin auf dem Weg zu einem der ehemaligen Opfer der Jugendbande von Achmed Tahiri. Björn König hatte mit seiner Aussage vor acht Jahren einen großen Anteil daran, dass er und Kevin Scheidt zu Haftstrafen verurteilt wurden. Ich hatte damals einen guten Draht zu Björn.«

»Und deshalb denkst du, es ist besser, du sprichst allein mit ihm?« Kolbe vergrub seine Hände in den Tiefen seiner Schlabberjeans. Seine braunen Augen wirkten im Schatten der Dienststelle fast schwarz und schienen bis ins Innerste ihrer Gedanken vordringen zu wollen.

»Ich ... äh«, stotterte Maike. »Nein, aber ...«

»Na dann ist ja gut«, grinste er und öffnete die Beifahrertür. »Schauen wir uns mal an, was aus dem Jungen geworden ist.« Er setzte sich und knallte die Tür zu. »Wohin geht's?«

»Nach Unna-Massen.« Maike klemmte sich hinters Steuer. Sie fühlte sich überrumpelt und unwohl in Kolbes Nähe. Sie kniff die Lippen zusammen und lenkte den Wagen an der ersten Ampel vom Beethovenring ab. Als sie das Seniorenheim am Ende der Straße passierten, fragte sie sich unwillkürlich, wie es Alma Teufel inzwischen ergangen war. Ihr Ehemann, ein unangenehmer Patriarch, war vor etwa zwei Jahren ermordet worden. Nach Aufklärung des Falls sollte sie trotz Demenz vom Altenheim zu ihrem Bauernhof zurückkehren. Die Familie wollte sich um sie kümmern. Ob das gelungen war? »Ich muss sie mal besuchen«, murmelte sie leise.

»Wen konkret?« Kolbe wartete einen Moment vergeblich auf Antwort und fuhr fort: »Bist du sauer, weil Jochen dir nicht von mir erzählt hat?« Er zog sein Smartphone aus der Hose und tippte flink eine Nachricht. »Vielleicht hatte er keine Gelegenheit mehr dazu. Wie gesagt, ich bin kurz vor seinem Unfall zurückgekehrt. Da haben wir ein- oder zweimal ein Bierchen nach der Arbeit getrunken. Wir kennen uns von der Polizeischule, die wir gemeinsam gemeistert haben. Ist 'ne Weile her, aber ich habe selten jemanden kennengelernt, mit dem ich mich so gut verstanden habe. War echt schade, dass wir danach unterschiedliche Laufbahnen eingeschlagen haben. Da verliert man sich schnell aus den Augen. Etwa zwei Monate vor seinem Unfall bin ich vom LKA ins KK11 nach Dortmund gewechselt. Und ob du 's glaubst oder nicht, die alte Vertrautheit zwischen Jochen und mir war sofort wieder da.«

»Verstehe«, meinte Maike einsilbig und fragte sich erneut, warum Jochen ihr nie von Mike Kolbe erzählt hatte. Vielleicht hatte er sich nicht in der gleichen Weise über das Wiedersehen gefreut wie sein Freund?

Kolbe drehte sich mit dem Oberkörper zu ihr, während sie vor der Ampel an der Bahnunterführung Mühlenstraße warten mussten. Die Fahrbahn war dort nur einspurig und Fußgänger bekamen eine Extragrünphase. »Weshalb bist du so abweisend zu mir? Was habe ich dir getan? Passt dir mein äußeres Erscheinungsbild nicht?«

Maike trommelte mit den Fingern nervös aufs Lenkrad. Wieso sprang die Ampel nicht auf Grün? »Ich habe nichts gegen Sie persönlich«, presste sie endlich heraus und meinte genau das Gegenteil.

»Du bist also immer so mies drauf?« Er lehnte sich zurück und seufzte. »Okay, kann ich akzeptieren. Hätte Jochen eine aufgeschlossenere Freundin gewünscht.« Er tippte erneut eine Kurznachricht.

Maike schluckte eine bissige Erwiderung herunter. Sie würde sich nicht von diesem Kerl provozieren lassen. Endlich wurde die Ampel grün. Maike gab Gas und schwieg. Jochens Vergangenheit sollte sie nicht mehr interessieren. Er war tot und konnte ihr nicht mehr erklären, wieso er ihr niemals von Kolbe erzählt hatte. Aber sie vertraute darauf, dass es dafür einen simplen Grund gab. Und der hatte bestimmt nichts damit zu tun, dass er sie für wenig aufgeschlossen hielt. Sie vermisste ihn so sehr. Tränen wollten aufkommen und sie hätte Kolbe am liebsten aus dem Wagen geschmissen, auch wenn sie sich vorgenommen hatte, sich nicht von seinen unverschämten Bemerkungen über sie provozieren zu lassen. Aber es schmerzte sie, dass er vielleicht wertvolle Erinnerungen an Jochen besaß, die ihr verwehrt waren. Maikes Finger krampften sich ums Lenkrad. Sie drückte das Gas durch und schoss an der nächsten Ampel mit überhöhter Geschwindigkeit um die Kurve in Richtung Massen. Nur um kurz darauf im Stau vor der Baustelle warten zu müssen, die für die Umbauarbeiten an der Brücke unter der B1 nötig waren.

»Es tut mir leid, dass meine Freundschaft zu Jochen dich zu belasten scheint. Wir haben uns tatsächlich viele Jahre nicht gesehen. Als ich dann ins KK11 wechselte und ihn wieder traf, hatte ich das Gefühl, dass er die Zeit richtig genossen hat, die wir zusammen verbracht haben. Bei den Bierchen hat er mir übrigens erzählt, dass er mit dir zusammenziehen will, er wollte mich zur Einweihungsparty einladen. Da hätten wir uns wohl spätestens kennengelernt.«

Maike kniff nur die Lippen zusammen. Wieso wusste der Kerl Details aus ihrem Privatleben? Und wieso musste dieser Kerl in dieser offenen Wunde bohren? Das gemeinsame Haus war ein Traum geblieben. Kurz nach der Besichtigung war Jochen angeschossen worden. Sie starrte stumm auf die Straße. Nur schleppend kamen sie der Baustellenampel näher.

Erneut drehte Kolbe den Oberkörper zu ihr. »Mensch, Maike«, sagte er eindringlich, »im Grunde teilen wir doch den gleichen Schmerz. Wir haben beide jemanden verloren, der uns viel bedeutet hat. Kein Plan, warum du so abweisend bist und mich augenscheinlich ablehnst.«

Maike fühlte sich in die Enge getrieben. Die stickige Luft im Wagen erschwerte ihr das Atmen. Sie betätigte den Fensterheber und ließ die Scheibe halb herunterfahren. »Ich will einfach meine Ruhe, Herr Kolbe. Ist doch nicht so schwer zu verstehen, oder?« Sie drehte ihren Kopf in seine Richtung und blickte ihn wütend an.

»Es geht weiter.« Er deutete auf die Straße. »Kapier ich trotzdem nicht. Den Kummer in sich hineinfressen ist keine Lösung. Wieso teilst du dein Leid nicht?«

»Ausgerechnet mit Ihnen?«, blaffte Maike und ignorierte das Hupen hinter sich, da sie keine Anstalten machte weiterzufahren. »Ich kenne Sie nicht, Herr Kolbe! Sie sind ein Fremder für mich. Also lassen Sie mich in Ruhe. Zumindest, was meine Privatangelegenheiten angeht. Ich benötige keinen Kummerkasten und komme gut allein klar. Konzentrieren Sie sich lieber auf die anstehende Befragung. Es ist nicht mehr weit.« Sie lenkte den Wagen bis zur Ampel, die wieder auf Rot gesprungen war.

»Okay, habe ich kapiert!«, erwiderte Kolbe knapp und starrte aus seinem Seitenfenster.

Die Stille im Wagen fühlte sich erdrückend an. Endlich sprang die Ampel wieder auf Grün und sie passierten die Autobahnbrücke. Maike lenkte den Dienstwagen an Massens Friedhof vorbei und bog kurz darauf in die Thomas-Mann-Straße ein, wo sie vor einem Flachbau auf einem gepflegten Grundstück hielt. Sie staunte. Das Haus der Familie König leuchtete in weißer Fassade, die Fenster bestanden aus entspiegeltem Glas. Da hatten sie sich eine hübsche Idylle geschaffen. Vor acht Jahren wohnten sie noch in einer Etagenwohnung in Fröndenberg-Frömern.

Maike verließ den Wagen, ging durch einen akkuraten Vorgarten auf die anthrazitfarbene Haustür zu, in die satiniertes Glas in Form einer Mondsichel eingearbeitet war. Maike drückte den Klingelknopf und zuckte zusammen, als sie Kolbes Hand auf ihrer Schulter und seinen Kopf dicht neben ihrem spürte.

»Ich möchte bestimmt kein Kummerkasten sein, Maike. Aber geteiltes Leid ist halbes Leid, schon mal gehört?« Er zog seine Hand zurück, als die Tür sich öffnete.

Eva Wilms-König hatte sich in den letzten acht Jahren kaum verändert. Noch immer repräsentierte sie die perfekte Geschäftsfrau mit hellblauem Hosenanzug, weißer Bluse und hochhackigen Pumps. Ihre schlanke Figur stand im Gegensatz zu ihrem runden, dezent geschminkten Gesicht, das von einem blonden Kurzhaarschnitt umrahmt wurde. An ihren Ohren baumelten goldene Kreolen. »Kommissarin Graf?«, fragte sie verwundert. »Was führt Sie zu mir? Sie erwischen mich in einem äußerst ungünstigen Moment. Ich wollte mich gerade auf den Weg nach Dortmund machen. Mein Mann und ich haben ein wichtiges Gespräch mit einem Reiseunternehmer.«

»Ich will Sie nicht lange aufhalten, Frau Wilms-König. Eigentlich möchte ich mit Björn sprechen. Ist er zu Hause?«

»Nein.« Sie schulterte eine Ledertasche und zog die Haustür hinter sich zu. »Donnerstags hat er immer bis zum späten Nachmittag Uni. Er studiert Journalismus an der TU. Ich denke, vor halb sechs wird er nicht hier sein.« Sie betätigte die Fernbedienung der angrenzenden Garage und ließ das Tor hochfahren. Ein orangefarbener Dacia Duster kam zum Vorschein. Nicht gerade ein Auto, das man mit dem Besitz einer Reisebürokette assoziierte.

»Sie leiten die Geschäfte Ihrer Eltern?«, fragte Maike, die sich noch an fast jede Einzelheit des Gesprächs mit Eva Wilms-König und ihrem Sohn vor acht Jahren erinnerte.

»Schön wäre es. Das Unternehmen haben meine Eltern verkauft, um sich ihr Rentnerdasein auf Mallorca zu finanzieren. Meinem Mann und mir ist nur der Filialbetrieb in Wickede geblieben, der jetzt auf unseren Namen läuft. Und da muss ich nun schnell hin.« Sie ging auf die Garage zu.

»Einen Moment, junge Frau«, mischte Mike Kolbe sich ein, obwohl die König sicherlich einige Jahre älter als er selbst war.

»Wir ermitteln in einem Mordfall und haben Fragen. Zu Achmed Tahiri.«

Die Frau stockte in der Bewegung und starrte Kolbe an. »Was ist mit diesem miesen Abzocker, der meinem Sohn vor vielen Jahren das Leben schwer gemacht hat?«

»Er wurde ermordet«, erwiderte Maike.

Sie schien einen Moment zu brauchen, um diese Information zu verarbeiten. »Er ist tot? Und was wollen Sie jetzt von uns? Stehen wir etwa unter Verdacht?« Ihre Stimme nahm eine etwas höhere Tonlage an. Sie öffnete den Kofferraum und warf ihre Ledertasche hinein. Dann knallte sie den Deckel schwungvoll zu und drehte sich wieder um. »Meinen Sie, nach all den Jahren würden wir noch auf Rache aus sein? Der Kerl hat seine Strafe bekommen. Er ist zu einer Haftstrafe verurteilt worden.«

Kolbe trat einen Schritt auf Eva Wilms-König zu. Seine Hände schienen in den Hosentaschen angewachsen zu sein. »Möglicherweise hatte Ihr Sohn in letzter Zeit wieder Kontakt zu ihm.«

»Unmöglich!« Eva Wilms-König schüttelte den Kopf. Ihre Finger krampften sich um den Autoschlüssel und zitterten, sodass der Anhänger in Form einer Weltkugel hin und her wippte. »Der wollte mit diesem Pack gewiss nichts mehr zu tun haben.«

»Wir müssen dennoch mit Björn reden«, sagte Maike und zog ihre Visitenkarte aus der Jacke. »Bitte rufen Sie ihn an oder schreiben Sie ihm eine SMS, dass er sich noch heute mit uns in Verbindung setzen soll. Ich bin bis 19 Uhr im Büro zu erreichen und würde mich freuen, wenn er persönlich vorbeikommt. Er kann sich einfach unten bei den diensthabenden Beamten melden und sagen, dass ich auf ihn warte.«

Eva Wilms-König nahm die Karte zögernd entgegen. »Versprechen kann ich nichts. Manchmal geht er nach der Uni noch ins Fitness-Studio.«

»Haben Sie Achmed Tahiri nach seiner Haftentlassung noch mal gesehen?«, fragte Kolbe. »Ist er Ihnen eventuell zufällig über den Weg gelaufen?«

»Nein!« Eva Wilms-Königs Stimme klang resolut. »Ich muss jetzt los!«

»Wo waren Sie in der Nacht von Sonntag auf Montag?« Kolbe ließ nicht locker und trat hinter den Kofferraum, als wollte er demonstrieren, dass der Duster die Garage nur mit seiner Zustimmung verlassen würde.

»Hier. Wo sonst? Wir alle drei im Übrigen. Björn ist gegen 21 Uhr von einem Freund nach Hause gekommen.« Sie ging in die Garage und zog die Autotür auf.

Kolbe folgte ihr. »Sie werden Ihrem Sohn ja nicht die ganze Nacht die Hand gehalten haben, oder? Sorgen Sie dafür, dass er pünktlich um 18 Uhr in der Dienststelle ist! Das bekommt er bestimmt hin mit dem Pedelec, das neben der Garage abgestellt ist. Vielleicht ist er ja doch zu Hause?«

Maike hielt die Luft an. Kolbe behandelte Eva Wilms-König wie eine potenzielle Verdächtige. Das war sie nicht. »Wie ich Björn einschätze, wird er pünktlich sein. Bis spätestens 18.30 Uhr wird er es schaffen, nicht wahr, Frau Wilms-König?« Sie sah mit Erleichterung, dass Kolbe die Garage verließ.

Eva Wilms-König setzte sich wortlos ins Auto und startete den Motor. Beim Rückwärtssetzen drehten die Reifen quietschend durch. Sie raste bis zur Straße, wendete und entschwand ihrem Sichtfeld, ohne das Garagentor wieder geschlossen zu haben.

»Musste das sein?« Maike war erbost. »Was hat die Frau Ihnen getan?«

Kolbe hob gleichgültig die Schultern. »Nur so ein Gefühl. Die weiß was. Hast du ihre Augen gesehen, als der Name Achmed Tahiri fiel? Die haben ängstlich geflackert. Ganz sicher!«

Kapitel 18

Donnerstag, 9. Mai, 15.47 Uhr

Teubner seufzte und starrte auf eine Liste mit etwa zwölf Namen. Alles ehemalige Opfer der Jugendbande um Achmed Tahiri, die während des Prozesses gegen die fünf Bandenmitglieder ausgesagt hatten. Knapp die Hälfte der Personen hatte Teubner bereits abgehakt, allesamt Studenten, die nachweislich an ihrem weit von Unna entfernten Studienort anwesend waren.

Die Jugendbande hatte sich seinerzeit häufig die Crème de la Crème als Opfer ausgesucht. Kinder aus besonders gutem Hause, denen der Verlust eines Handys oder Laptops kaum wehtat. Zum wiederholten Male fiel ihm auf, dass es sich bei den damaligen Geschädigten nur um männliche Schüler gehandelt hatte. Ob die Bande kreischende Mädchen befürchtete, zu auffällig zum Abzocken?

Teubner griff erneut zum Telefon. Bei Familie Schramm meldete sich Jonas persönlich. Er sei angeschlagen, könne deshalb nicht zur Arbeit gehen. Das mit Achmed habe er schon gehört. Schrecklich, was ihm zugestoßen sei, aber aus verständlichen Gründen halte sich sein Mitleid in Grenzen. »Wo waren Sie in der Nacht von Sonntag auf Montag?«

»Sie wollen ein Alibi von mir?« Ein verhaltener Lacher kam durch die Leitung. Teubner hörte sein schweres Atmen. »Da habe ich wohl Glück im Unglück gehabt. Ich wollte Samstag meine Freundin in Venlo besuchen. Kurz vor dem Ziel ist mir ein Holländer mit seinem SUV in die Seite geknallt. Die Rettung hat mich mit mehreren Rippenbrüchen und einem Schädelhirntrauma ins *VieCurie Medisch Centrum* gebracht. Das liegt am Rande des Stadtzentrums von Venlo direkt an der Maas.«

Teubner machte bereits einen Haken hinter Schramms Namen. »Haben Sie dort eine Bescheinigung erhalten, aus der hervorgeht, wie lange Sie in dem Krankenhaus waren? Ja? Dann mailen Sie mir die bitte.«

»Klar.« Jonas Schramm hustete und stöhnte danach vor Schmerz. »Am Dienstag durfte ich raus. Meine Freundin hat mich abends nach Haus gefahren. Ich wohne noch bei meinen Eltern, die sich jetzt ein wenig um mich kümmern.«

Teubner bedankte sich für die Auskunft, nannte ihm seine E-Mail-Adresse und wünschte ihm gute Besserung. Er lehnte sich zurück und reckte seinen Rücken. Seine Zweifel wuchsen, dass die Befragung der Opfer zielführend sein würde. Aus welchem Grund sollte sich einer der jungen Männer nach so langer Zeit bei Achmed Tahiri rächen? Und dann auch noch in Form einer Hinrichtung mit Kopfschuss? Aus einer Waffe mit Schalldämpfer? Er schüttelte unwillig den Kopf. Das konnte und wollte er nicht glauben. Klar kam es vor, dass Opfer zum Täter wurden, aber in diesem Fall fehlte ihm einfach ein ausreichendes Motiv. Eine acht Jahre zurückliegende Straftat war ihm da zu wenig.

Ihm blieben jetzt noch Finn Rehberg, Maurice Geiger, Lasse Kuhn und Jakob Stratmann, um Björn König wollte Maike sich kümmern. Teubner rief die erste Akte auf und las sich ein. Bei der Geschichte von Finn Rehberg musste er schlucken. Dem Jungen hatte die Bande besonders schlimm zugesetzt.

Der damals 13 Jährige war zur Gesamtschule Königsborn gegangen und wie die anderen Opfer mehrfach von der Jugendbande drangsaliert worden. Als Höhepunkt der Schikane lauerten ihm Achmed und Co. einmal vor der eigenen Haustür auf. Finn sollte für seine Mutter, der es gesundheitlich nicht gutging, zum Einkaufen in den Rewe-Markt am Ring gehen. Chantal riss ihm jedoch den Einkaufsbeutel aus der Hand, Kevin forderte das Einkaufsgeld. Aber der 50-Euro-Schein steckte sicher und klein gefaltet in Finns Hosentasche. Um keinen Preis wollte er ihn herausrücken. Daraufhin zerrten ihn Kevin und Moritz in eine Einfahrt und nahmen ihn in die Zange. Achmed und Chantal traten zu und schlugen ihm ins Gesicht. Michelle stand Schmiere.

Finn schrie vor Schmerz, aber in dem Mehrfamilienhaus wurden lediglich die Fenster zugeknallt. Nur Finns 9-jährige Schwester besaß den Mut, ihm zu helfen, und lief aus dem Haus. Allerdings hatte das zierliche Mädchen gegen die viel älteren Jugendlichen der Bande keine Chance. Während Finn weiterhin von Kevin und Moritz festgehalten wurde, kümmerten sich Achmed und Chantal nun um die kleine Hannah. Sie trug schwere Verletzungen davon, ein Bein war mehrfach gebrochen und musste operiert werden. Der Arzt diagnostizierte außerdem zahlreiche Hämatome am gesamten Körper. Zum Zeitpunkt des Prozesses stand fest, dass Hannah einen bleibenden Gehfehler behalten würde.

Für Teubner war sofort klar, die Geschwister besaßen ein deutlich größeres Motiv, sich an Achmed zu rächen, als die übrigen Opfer. Er würde Familie Rehberg persönlich aufsuchen und ihnen auf den Zahn fühlen. Manchmal war es wichtig, die Reaktionen der Befragten zu beobachten. Er warf einen Blick auf die Bahnhofsuhr. Gleich halb fünf, früh genug, um nach dem Gespräch mit den Rehbergs gleich den Bericht darüber zu schreiben. Er schaltete seinen Computer dennoch aus, griff sich sein Jackett und lief durch die Flure der Dienststelle hinaus zum Parkplatz.

Kurz darauf lenkte er den zivilen Dienstwagen über den Verkehrsring, von dem er noch vor dem Verkehrstunnel in die Bergische Straße abbog. Eine Fahrt von kaum fünf Minuten. Familie

Rehberg bewohnte eines der Mehrfamilienhäuser auf der linken Seite. Hellgrüne Fassade, vier Geschosse, Balkone vorneraus, davor Parkplätze für die Anwohner. Teubner parkte auf der gegenüberliegenden Straßenseite halb auf dem Bordstein und ging auf eine Haustür mit undurchsichtigem Sicherheitsglas zu.

Die Rehbergs wohnten im zweiten Stock. Bereits kurz nach seinem Klingeln schnarrte der Türöffner, als habe man ihn erwartet. Er lief zwei Stufen auf einmal nehmend durch ein helles Treppenhaus mit weißem Feinsteinzeug in Terrazzo-Optik. Die Etagentür der Rehbergs stand einen Spalt offen. Der Duft von Bratkartoffeln mit Speck zog in seine Nase und brachte seinen Magen augenblicklich zum Knurren. Er klopfte und schob die Tür langsam auf. Vom Wohnungsflur gingen mehrere Türen ab. Da niemand antwortete, folgte er dem Geruch in eine chaotische Küche, wo ein junges Mädchen mit langen kupferroten Haaren am Herd stand und mit einem Pfannenwender in der Pfanne stocherte. Von der Arbeitsplatte war kaum ein freies Fleckchen zu sehen. Überall standen Töpfe, schmutziges Geschirr, Gewürze, auf Zeitungspapier lagen Kartoffelschalen bereit für die Bio-Tonne. Er klopfte an den Türrahmen. »Hannah Rehberg? Bitte nicht erschrecken, mein Name ist Max Teubner, Kriminalhauptkommissar, Dienststelle Unna.« Er hielt ihr seinen Ausweis entgegen, als sie sich kurz zu ihm umdrehte.

»Guten Abend«, grüßte sie freundlich. »Wie kann ich Ihnen helfen?« Sie legte einen Glasdeckel auf die Pfanne und reduzierte die Hitze. Dann putzte sie ihre schmalen, weißen Hände an einem fleckigen Geschirrtuch ab und hielt ihm die Rechte hin.

Teubner wagte kaum, danach zu greifen, so zerbrechlich wirkte die Person vor ihm. Sie musste jetzt siebzehn sein, sah jedoch höchstens wie fünfzehn aus. Ihre schlanke Hüfte steckte in einer Mom-Jeans, das ärmellose Ringel-T-Shirt gab dünne Ärmchen mit zahlreichen Sommersprossen preis, die sich auch in ihrem Gesicht wiederfanden. Aber ihre grünen Augen blickten selbstbewusst, und ihr Mund verzog sich zu einem Lächeln, als er sie schweigend anstarrte.

»Sie dürfen ruhig fester zudrücken. Ich bin nicht so zart besaitet, wie ich aussehe. Worum geht es denn?«

Teubner ließ ihre Hand los und räusperte sich. »Sind Sie allein zu Hause?« Immerhin war Hannah nicht volljährig, er durfte sie nicht befragen, ohne dass ein Erziehungsberechtigter anwesend war.

»Finn hat donnerstags bis um vier Schule. Er macht jetzt am Hansa doch noch sein Wirtschafts-Abi. Manchmal hängt er danach mit seinen Freunden ab, aber er müsste gleich hier sein, weil es gegen fünf Essen gibt, wenn Papa Frühdienst hat. Er arbeitet als Küchenfachverkäufer in einem Möbelhaus. Sein Dienst geht von neun bis um vier. Sechs Tage die Woche.« Sie nahm den Deckel eines der Töpfe hoch und rührte darin. Ein leicht verbrannter Geruch waberte durch die Küche. »Scheiß Spinat«, fluchte sie.

»Der brennt mir auch öfters an. Ich vergesse immer, ihn aufzutauen, und dann soll es schnell gehen und zack ist er angebrannt.«

Hannah lachte. »Willkommen im Club. Ich sehe mal, ob ich meinen Vater wach bekomme. Der schläft nach der Arbeit oft noch vor dem Essen im Wohnzimmersessel ein.« Sie verließ mit langsamen und kleinen Schritten die Küche, als versuche sie zu verbergen, dass sie hinkte. Vielleicht hatte sie Schmerzen im Bein. »Papa?«, hörte man ihre Stimme nun leicht gedämpft. »Da ist jemand von der Polizei. Keine Ahnung, was er will.«

»Schick ihn einfach zu mir, Hannah. Wann ist das Essen fertig?«

»Sobald Finn da ist, brate ich die Spiegeleier.« Sie kam langsam zurück in die Küche, drückte ihren Rücken dabei gerade durch. »Gehen Sie zu ihm. Die Tür direkt gegenüber.«

Teubner nickte und bedankte sich. Das Wohnzimmer sah so chaotisch aus wie die Küche. Mittig stand ein Wäscheständer, auf dem zwar keine Wäsche hing, auf dem sich die ungefalteten Wäschestücke jedoch stapelten. Auf dem niedrigen Couchtisch, einem quadratischen Modell aus schwerem Granit, standen zahllose Gläser, als habe hier eine Party stattgefunden.

Was Teubner aber bezweifelte, denn der Mann im Sessel machte einen völlig apathischen und resignierten Eindruck. Ihm war gewiss nicht zum Feiern zumute. Das Gesicht aschfahl, die Wangen eingefallen, obwohl er von kräftiger Statur war. Das weiße Oberhemd und die dunkelgraue Anzughose saßen locker. Vermutlich hatte er in letzter Zeit an Gewicht verloren. Vielleicht war er krank? Sein kurzes, lichtes rotblondes Haar trug er mit Gel nach hinten gekämmt. Auf der etwas knolligen Nase war eine kantige Hornbrille bis zur Spitze gerutscht.

Er stand jetzt mit einem Ächzen auf und reichte Teubner die Hand. »Robert Rehberg. Nehmen Sie doch Platz, Herr Kommissar«, forderte er ihn mit einem müden Lächeln auf und deutete auf die Couch ihm gegenüber. Er selbst ließ sich wieder in den Sessel fallen. »Was führt Sie zu uns?«

Teubner setzte sich auf eine abgewetzte schwarze Ledercouch, die vor vielen Jahren gewiss nicht billig gewesen war. »Es geht um Achmed Tahiri, einem der Mitglieder der Jugendbande, die Ihren Kindern vor langer Zeit zugesetzt haben. Tahiri wurde ermordet.«

Rehberg beugte den Oberkörper vor. Er wirkte überrascht. »Mein Bedauern hält sich in Grenzen. Obwohl ich niemandem den Tod wünsche. Nicht einmal solchem Abschaum.«

»Achmed Tahiri hat seine Strafe abgesessen.«

»Pfff, unter einem Jahr ist er davongekommen, dafür, dass er meine Tochter zum Krüppel geschlagen hat. Und dieses Weibsstück, das ihm geholfen hat, hat nur Bewährung gekriegt.«

»Ich habe in Ihrer Akte nicht gelesen, dass Sie in Revision gegangen sind. Sie hätten bestimmt eine erneute Klage erwirken können, wegen schwerer Körperverletzung. Der Prozess damals drehte sich um die bandenmäßige Abzocke der Gruppe.« Teubner fragte sich, ob die Rehbergs überhaupt einen eigenen Anwalt eingeschaltet hatten.

Rehberg schien in sich zusammenzusinken. »Uns ging es damals schlecht. Besser gesagt, meine Frau war gesundheitlich ein Wrack, sie war an Brustkrebs erkrankt. Sie wissen nicht, wie das ist. Immer wieder Chemo. Und meine einst so vor Energie und Lebensfreude sprühende Katja war plötzlich nur noch ein Häufchen Elend. Die Kinder und ich haben mit ihr gelitten.«

»Das tut mir leid.« Teubner meinte es ehrlich. Wieso bestrafte das Schicksal so oft die falschen Menschen?

»Kurz vor dem Gerichtsverfahren damals hatte Katja einen Rückfall. Der Prozess rückte plötzlich in den Hintergrund. Die Kinder haben ihre Aussage gemacht und fertig. Bei der Urteilsverkündung sind wir gar nicht dort gewesen.« Er seufzte. »War besser so. Ich hätte vermutlich getobt wie ein Tiger, der seine Jungen verteidigt.« Er schüttelte stumm den Kopf und kniff die Augen zu, als verdrückte er sich die Tränen. »Die Strafe war jedenfalls viel zu mild.«

Teubner konnte die Verbitterung des Mannes durchaus verstehen, aber er war nicht für das Strafmaß verantwortlich. »Haben Sie Achmed Tahiri oder die anderen Bandenmitglieder nach dem Prozess noch einmal gesehen? Gab es vielleicht erneut Belästigungen?«

»Das hätten die mal versuchen sollen. Dann hätte ich mir die Bande persönlich vorgeknöpft.« Er verschränkte die Arme vor der Brust. »Habe ich aber nicht. Ich hatte keine Veranlassung dazu und ehrlich gesagt, hatten und haben wir andere Probleme.«

Teubner wagte nicht, zu fragen, wie es seiner Frau inzwischen ging. Da sie offensichtlich nicht anwesend war und Hannah fürs Essen sorgte, lag Katja Rehberg vielleicht wieder im Krankenhaus. Dennoch musste er sich nach dem Alibi der einzelnen Familienmitglieder erkundigen. »Ich will Sie gar nicht länger aufhalten. Nur eine Frage noch: Wo waren Sie und Ihre Familie in der Nacht von Sonntag auf Montag?«

Robert Rehberg drückte sich aus dem Sessel hoch. »Da kann ich leider nur für meine Wenigkeit sprechen. Ich habe geschlafen. Tief und traumlos, dank einer Tablette. Seit meine Frau vor zwei Monaten den Kampf gegen den Krebs verloren hat, gelingt es mir nicht, anders abzuschalten. Und ganz hängen lassen darf ich mich wegen der Kinder nicht.«

»Mein Beileid«, murmelte Teubner betroffen und hörte gleichzeitig die Wohnungstür ins Schloss fallen. »Das scheint Ihr Sohn zu sein. Ich mache es kurz, damit Ihr Essen nicht kalt wird.« Er nahm das Nicken Rehbergs wahr und ging in den Flur.

Finn Rehberg schmiss seinen Rucksack unter die Garderobe und schoss die Sneakers von den Füßen. Als er Teubner erblickte, hob er Schuhe und Tasche auf. »Hallo«, murrte er und wollte in sein Zimmer flüchten.

»Einen Moment, Herr Rehberg«, bremste Teubner ihn.

Hannah trat aus der Küche. »Essen ist fertig, Bruderherz, also gar nicht erst an den PC setzen.« Sie hielt ein Geschirrtuch in der Hand und blieb abwartend im Türrahmen stehen.

»Kriminalhauptkommissar Max Teubner«, stellte er sich dem jungen Mann vor, den dasselbe kupferrote Haar schmückte wie seine Schwester. Erst jetzt sah Teubner auf einem Foto, das neben der Garderobe hing, dass die Geschwister die Haarpracht der Mutter geerbt hatten. Katja Rehberg lächelte von einem Urlaubsbild mit Sonnenbrille und langen Haaren freundlich in die Kamera, im Hintergrund ein Bergmassiv mit Wasserfall.

»Das war vor zwei Jahren in Kroatien«, erklärte Hannah, die Teubners Blick gefolgt war. »Da ging es Mama richtig gut.«

»Was wollen Sie?«, fragte Finn recht mürrisch. Sein Gesicht war übersät mit Sommersprossen und er besaß die gleiche blasse Hautfarbe wie seine Schwester. Er hatte die Tür zu seinem Zimmer bereits geöffnet und Rucksack und Schuhe hineingeworfen. Nun stand er abwartend im Türrahmen, die Hand an der Klinke.

»Es geht um Achmed Tahiri. Haben Sie nach dem Prozess vor acht Jahren noch mal Kontakt zu ihm gehabt? Hat er Sie erneut belästigt? Oder sind Sie ihm vielleicht einmal zufällig begegnet?«

Finn Rehberg schüttelte unwirsch den Kopf. »Bin ich nicht. Und wenn ich ihn gesehen hätte, hätte ich einen Bogen um ihn gemacht.«

»Achmed Tahiri ist Ihnen in den vergangenen Jahren nie wieder über den Weg gelaufen?« Das konnte Teubner kaum glauben. In Unna befand man sich schließlich nicht in einer Großstadt.

»Wenn ich's doch sage.« Er verschwand in seinem Zimmer und knallte die Tür hinter sich zu.

Teubner folgte ihm und klopfte. »Eine Frage noch«, rief er durch die geschlossene Tür. »Wo waren Sie in der Nacht von Sonntag auf Montag?«

Finn erschien mit hochrotem Kopf im Türrahmen. Er musste sich blitzschnell umgezogen haben, denn anstelle von Jeans und kariertem Oberhemd trug er nun einen Jogginganzug. »Ich war hier und habe geschlafen.« An Teubner vorbei schob er sich in die Küche, wo seine Schwester bereits für drei Personen Teller an einem erhöhten Tisch mit Barhockern gedeckt hatte.

»Stimmt«, bestätigte Hannah sofort hektisch. »Ich habe ihn schnarchen gehört, als ich in der Nacht ins Bad musste.« Eine leichte Röte zog sich durch ihr Gesicht, und Teubner fragte sich, warum sie Finns Aussage so rasch bestätigen wollte. »Möchten Sie mitessen?« Sie grinste. »Falls Ihnen der Geschmack von angebranntem Spinat nichts ausmacht?«

»Äh ... gern!« Solch ein verlockendes Angebot hatte er schon lange nicht mehr bekommen.

Kapitel 19

Donnerstag, 9. Mai, 18.10 Uhr

Björn König hatte sich um Punkt 17.45 Uhr in der Polizeidienststelle gemeldet. Er musste fast eine halbe Stunde warten, da Maike noch damit beschäftigt gewesen war, ihren Kollegen Mike Kolbe davon zu überzeugen, zunächst allein mit König zu reden. Jetzt saß er Maike gegenüber in ihrem Büro. Falls er verärgert über die Verzögerung sein sollte, zeigte er es mit keiner Regung.

Auf der Straße hätte Maike den inzwischen 20-Jährigen nicht erkannt. Natürlich veränderte sich ein junger Mensch im Laufe von acht Jahren. Aber die Wandlung von Björn König war enorm. Aus dem schüchternen, schmalen Kind im Justin-Bieber-Look war ein kräftiger Mann geworden. Gestählte Muskeln am gesamten Körper, die auf mindestens fünf Tage Hantelbank die Woche schließen ließen. Der harte Gesichtsausdruck passte nicht mehr zu dem lieben Jungen, der sein halbes Gesicht hinter einem langen Pony versteckt hatte. Heute trug König einen rasanten Kurzhaarschnitt und seine Kleidung betonte ebenfalls sein gewachsenes Selbstbewusstsein. Enge Jeans, teure Turnschuhe, knappes T-Shirt.

»Schon krass, dass fast acht Jahre vergangen sind, seit ich Ihnen das letzte Mal hier gegenübergesessen habe«, meinte er nun. Er saß vornübergebeugt und stützte seine Arme auf den Oberschenkeln ab. »Ich hatte mächtig Respekt vor Ihnen, Frau Graf. Eine Hauptkommissarin! Und ich durfte eine Aussage machen. Ich kam mir extrem wichtig vor, damals.«

»Sie waren wichtig, Herr König! Ihre Zeugenaussage hat maßgeblich dazu beigetragen, dass Achmed Tahiri und der Rest der Bande bestraft worden sind.« Sie wedelte einen Kuli zwischen Daumen und Zeigefinger, legte ihn schließlich neben die Computermaus.

Björn König winkte ab und richtete den Oberkörper auf. »Im Nachhinein würde ich sagen, der Aufwand hat sich nicht gelohnt. Die meisten Gangmitglieder sind straffrei davongekommen und Achmed Tahiri und Kevin Scheidt hat der Knast wohl tiefer in die Kriminalität gerissen als ohne Verurteilung.« Er senkte den Kopf, stützte die Unterarme erneut auf den Oberschenkeln ab, kreuzte die Finger ineinander und drehte die Daumen umeinander.

Maike ging nicht weiter darauf ein, das waren grundsätzliche Diskussionen, die in einer Befragung keinen Platz hatten. Sie tippte bereits die Personaldaten von König in ihren Bericht, während sie das Gespräch auf den Punkt zu bringen versuchte. »Warum ich Sie hergebeten habe, Herr König ...«

»Sagen Sie doch bitte Björn zu mir!«

»Gerne. Also, Björn, hatten Sie nach dem Prozess noch einmal Kontakt zu den Mitgliedern der Jugendbande?«

Er lehnte sich zurück. »Ja. Tatsächlich. Der dritte Junge aus der Bande, ich weiß seinen Namen nicht mehr, der ging auf meine Schule. Der war drei oder vier Jahrgänge über mir. Manchmal habe ich ihn auf dem Schulhof gesehen. Er ist mir immer ausgewichen, darüber war ich froh. Wie Sie sich vorstellen können, hatte ich richtig Panik, dass der sich rächen will. Aber der hat mich nicht weiter beachtet.«

Maike tippte die Antwort in ihren Computer. »Sie meinen Moritz Hirsch?«

»Ja. Genau. So hieß er. War vielleicht noch zwei oder drei Jahre mit mir am GSG, gesprochen haben wir jedoch nie miteinander. Der hat niemanden mehr belästigt, glaube ich. Ich habe ihn auch nie wieder mit jemandem aus der Gang gesehen. Der war wohl geheilt.«

»Die anderen Bandenmitglieder sind Ihnen nicht noch einmal begegnet? Auf dem Pausenhof vom Geschwister-Scholl-Gymnasium vielleicht?«

Björn König schüttelte den Kopf. »Nee. Chantal und Michelle waren auf der Gesamtschule. Und die erste Zeit nach dem Prozess hat meine Mutter mich immer zur Schule gefahren und abgeholt, weil sie Angst hatte, dass die nicht eingebuchteten Gang-Mitglieder sich für ihre Kumpel rächen wollen. Ist aber nie was in der Art vorgefallen.« Er verschränkte die Arme vor der Brust und schielte auf seine Smartwatch.

»Sie hatten also niemals ...« Maike unterbrach sich, als heftig an die Bürotür geklopft wurde und diese im nächsten Moment mit Wucht gegen die Wand knallte. Ehe sie reagieren konnte, stürmte Tarek Tahiri mit seinen Söhnen Hashim und Luan ins Büro.

Der Senior warf einen Blick auf Björn, dann stützte er seine Hände auf den Schreibtisch und funkelte Maike böse an. »Wie weit sind Sie mit der Suche nach Achmeds Mörder?«, blaffte er grußlos. Das zerfurchte Gesicht des Albaners wirkte aschfahl, lediglich seine braunen Augen blickten wach und voller Energie.

Maike stand auf. »Warten Sie doch bitte draußen, bis ich mir Zeit für Sie nehmen kann. Die Ermittlungen laufen. Wir verfolgen verschiedene Spuren.«

Seine Söhne hatten sich an der geöffneten Tür aufgebaut, als wollten sie vermeiden, dass jemand in das Büro trat. Der Senior machte keine Anstalten, den Raum zu verlassen, schob nun die Ärmel seiner braunen Lederjacke samt dem darunter sitzenden schwarzen Rolli hoch und beugte sich in Richtung Björn. »Dich kenne ich! Du bist einer der kleinen Scheißer, die damals gegen

Achmed ausgesagt haben! Was machst du hier?« Er winkte seine Söhne heran. »Der hat euren Bruder ermordet, Jungs! Ich sag's euch! Vermutlich wird er deswegen befragt.«

»Das ist völliger Quatsch!«, rief Maike, die die Situation bereits eskalieren sah, obwohl Björn König ruhig auf dem Besucherstuhl sitzen blieb.

Hashim schloss die Bürotür und kam mit Luan auf Björn zu. Dann ging alles sehr schnell. Sie packten ihn an den Armen und zerrten ihn in den Stand. Tarek schlug ihm ohne Vorwarnung ins Gesicht und spuckte vor ihm auf den Boden. »Mörder!«

»Herr Tahiri!« Maike lief um den Schreibtisch herum. »Björn König wird hier nur als Zeuge befragt. Er hat nichts mit dem Mord an Achmed zu tun.« Sie versuchte Überzeugung in ihre Stimme zu legen, obwohl sie zu diesem Zeitpunkt natürlich noch gar nicht wusste, ob das überhaupt zutraf.

Björn mühte sich, aus dem Haltegriff der Tahiri-Brüder freizukommen. »Ich habe Ihren Sohn nicht ermordet!«

Ehe Tarek Tahiri erneut zuschlagen konnte, war Maike bei ihm und nahm ihn mit einer geschulten Bewegung in den Polizeigriff. »Bei uns ist jemand erst schuldig, wenn seine Schuld bewiesen ist. Selbstjustiz führt zu gar nichts, Herr Tahiri.«

»Ich sehe dem Bengel an, dass er Achmed getötet hat!«, brüllte Tahiri.

Maike war in der Zwickmühle. Sie musste den alten Tahiri bändigen, schaffte es aber allein kaum. Doch loslassen, um übers Telefon Kollegen zu Hilfe zu holen, konnte sie ihn auch nicht. Sie verfluchte sich dafür, Mike Kolbe nach Hause geschickt zu haben. Und Teubner hatte gewiss längst Feierabend gemacht.

»Warum bist du hier? Sprich!«, schrie nun auch Luan Tahiri. »Was hast du mit Achmeds Tod zu tun?«

»Beantworte die Frage!« Luan Tahiri packte König am Arm.

»Verdammt! Ich habe Achmed seit damals nicht mehr gesehen!« Er riss sich mit einem Ruck aus Luans Griff frei und schmetterte ihm sogleich die Faust ins Gesicht.

Luan taumelte rückwärts, direkt in Teubners Arme, der in diesem Moment die Bürotür öffnete.

»Was ist denn hier los?«

»Familie Tahiri wollte gerade gehen«, sagte Maike eindringlich. »Sie haben sich nach dem aktuellen Ermittlungsstand erkundigt.« Sie ließ den Alten los.

Der zupfte seine Kleidung zurecht und zog sich die Ärmel von Pulli und Jacke wieder herunter. »Sie treten auf der Stelle mit Ihren Ermittlungen«, brummte er böse und warf Björn einen vernichtenden Blick zu. »Wir werden nicht dulden, dass der Mörder Achmeds frei herumläuft.« Er nickte seinen Söhnen zu, die sich sofort zur Tür wandten, dann verließ er hinter ihnen das Büro und schlug die Tür mit einem lauten Knall zu.

Teubner folgte ihnen. »Ich begleite die Herren mal lieber nach unten!«

»Alles gut?« Maike sah Björn an und atmete tief durch. Das war gerade noch einmal gutgegangen. »Es steht Ihnen natürlich frei, Anzeige gegen die die drei zu erstatten.«

Björn König rührte sich nicht von der Stelle. »Ich weiß mich selbst zu wehren.« Er schob seine Hände in die engen Taschen seiner Jeans.

Maike stellte sich vor Björn, der sie nur um etwa fünf Zentimeter überragte, und wählte ihre Worte sorgsam. »Sie sollten die Familie Tahiri nicht unterschätzen. Sie müssten am besten wissen, wozu sie in der Lage sind.«

Björn König hielt ihrem Blick stand. »Ich bin kein kleiner Junge mehr. Wie gesagt, ich kann sehr gut selbst auf mich aufpassen.«

»Ich muss Sie noch fragen, wo Sie in der Nacht von Sonntag auf Montag waren, als Achmed Tahiri zu Tode kam.«

Björn König seufzte ergeben. »Ich habe mit Achmeds Tod nichts zu tun. Und da ich montags früh zur Uni fahre, bin ich den Abend zuvor schon gegen zehn im Bett gewesen. Meine Eltern können das bestätigen.« Er machte einen Schritt auf die Bürotür zu. »War es das? Ich muss dringend für eine Klausur lernen.«

»Für heute war das alles, Björn. Es kann sein, dass wir zu einem späteren Zeitpunkt weitere Fragen haben. Soll ich Sie nach Hause bringen? Herr Tahiri und seine Söhne haben Sie nun auf dem Kieker.«

Er schüttelte lächelnd den Kopf. »Ich bin mit dem Pedelec hier. Damit bin ich schneller in Massen, als würden Sie mich mit dem Auto fahren.« Er verabschiedete sich und verließ das Büro.

Maike seufzte, setzte sich wieder an den Schreibtisch, um den Bericht zu Ende zu schreiben, griff jedoch zunächst nach dem Telefonhörer. Sie fragte sich, wie die drei Männer es bis zu ihrem Büro geschafft hatten. Normalerweise wurde niemand so leicht zu den Diensträumen der Polizeibehörde gelassen. Der Kollege, der die Tahiris durchgewunken hatte, konnte sich auf was gefasst machen. Da das Gespräch nicht angenommen wurde, verschob sie den Rüffel auf später. Der Posteingang meldete eine Nachricht an. Maike klickte auf das Symbol. Die Verkehrsbetriebe hatten die Überwachungsbänder des Bahnsteigs Wickede von der Tatnacht geschickt. Neugierig sah sie sich die Aufnahmen von der fraglichen Zeit an. Viel war nicht los gewesen. Nur vereinzelt ließ sich jemand am Bahnsteig blicken. Soweit Maike wusste, fuhr die S-Bahn gegen halb eins in der Nacht das letzte Mal, ehe sie frühmorgens um sechs Uhr den Betrieb erneut aufnahm. Maike wunderte sich, dass es keine Fotos vom direkten

Tatort gab und druckte die Gesichter der wenigen Personen aus, die ab 23 Uhr auf dem Bahnsteig erfasst worden waren. Sie beschloss, bei den Verkehrsbetrieben noch einmal nachzuhaken, ob es nicht auch Aufnahmen vom Wartehäuschen gab. Dann setzte sie sich wieder an ihren Bericht.

Die Bürotür öffnete sich und Teubner trat ein. »Ich habe den jungen König noch bis zum Parkplatz begleitet, wo er sein Rad abgestellt hatte. Nicht, dass der den Tahiris noch mal in die Arme läuft. Was war eigentlich los?«

»Die denken, Björn könnte der Mörder von Achmed sein.« Maike winkte ab und hämmerte danach auf ihre Tastatur ein.

Teubner griff nach den Ausdrucken vom Bahnsteig und blätterte sie durch. »Wir sollten das Verhalten der albanischen Familie nicht auf die leichte Schulter nehmen, Maike. Nicht, dass sie ihren Sohn rächen wollen.«

»Personenschutz für die Königs bekommen wir nie durch«, murmelte Maike und beendete den Bericht. Einen Moment beobachtete sie Teubner, der sich jede Person auf den Ausdrucken vom Bahnsteig genau ansah.

»Den kenne ich!«, rief er plötzlich und tippte mit dem Finger auf einen jungen Mann. »Das ist ja ein Hammer!« Er ließ sich auf seinen Bürostuhl fallen und zeigte Maike das Foto. »Das ist Finn Rehberg! Den habe ich vor nicht einmal einer Stunde nach seinem Alibi befragt. Angeblich war er zu Hause!«

Kapitel 20

Etwa zwei Jahre zuvor

Die Vibration seines Smartphones lenkte ihn ab. Am liebsten hätte er das Gerät von seinem Schreibtisch gefegt, aber er brauchte beide Hände zum Zocken. Jakob hatte sein Zimmer verdunkelt und stierte konzentriert auf den 37,5-Zoll Curved Monitor mit bester Auflösung, was ihm dem Sieg im Spiel jedoch keinen Schritt weiterbrachte. Die Runde war vorüber. »Scheiße«, brüllte er und donnerte seine Faust auf die Tischplatte. Die Energy-Dose konnte er gerade noch vor dem Umkippen bewahren, dennoch schwappte ein Schwall der süßen, klebrigen Flüssigkeit auf sein Mousepad.

»Verfluchter Mist!« Er pfefferte das Pad auf den Boden, damit die klebrige Brühe nicht über den gesamten Schreibtisch lief. Dann stand er auf und wischte den Siff mit einem T-Shirt trocken. Erneut vibrierte sein Smartphone. Seine Freundin. Jakob verdrehte die Augen. Die nervte in letzter Zeit nur. Dennoch nahm er das Gespräch entgegen. »Was geht, Lea?«

»Du zockst.« Keine Frage. Keine Feststellung. Ein Vorwurf.

»Nein! Wie kommst du darauf?«

»Kapierst du eigentlich noch irgendwas? Du gehst nie ans Telefon, bist ständig genervt und hast kaum Kontakt zu anderen Menschen. Wenn du keinen Krankenschein hast, wie gerade mal wieder, gehst du zur Arbeit, und sobald du zu Hause bist, hockst du vor diesem dämlichen Bildschirm. Das nervt, Jakob! Es ist Sommer! Ich möchte mit dir zusammen etwas unternehmen!«

Jakob schmiss sich auf sein ungemachtes Bett. Das Gespräch konnte langer dauern. »Ja. Können wir machen.«

»Früher sind wir auf der Ruhr gepaddelt. Jede Woche. Egal, bei welchem Wetter. Jakob, ich mache mir Sorgen. Wir hatten das doch bereits.«

Jakob schwieg. Gleich würde sie wieder mit Gaming Disorder oder Computerspielsucht kommen. Damit hatte sie ihn vor einigen Monaten schon vollgelabert und ihn sogar zu einer Gruppentherapie geschleppt. *Ich bin die Jasmin und zocke seit meinem 13. Lebensjahr, manchmal bis zu 16 Stunden am Tag.* Solche Sprüche kamen da und alle in der Runde hatten betreten genickt und insgeheim gedacht: *Ja und? What the fuck? Ist doch scheißegal. Hauptsache, wir haben unseren Spaß.* Der Dozent hatte das Problem erläutert und auch Schulen, Medien und Wissenschaftler würden vor den Konsequenzen von Computerspielen warnen.

»Wir sind beim Arzt gewesen, Jakob.« Lea sprach zaghaft, wie mit einem kleinen Kind, das man nicht verstören möchte. »Und er hat dir gesagt, dass bei dir eine Depression oder soziale Angststörung zugrunde liegen könnte, vor der du womöglich mit dem Zocken zu entfliehen versuchst.«

»Und seither fragst du dich, ob ich ein Psycho bin?« Er schaltete mit der Fernbedienung den Fernseher ein. Irgendeine Scheiß-Serie würde auf Netflix schon zu finden sein.

»Jakob, du hast ganze Nächte durchgezockt. Du hast den Kontakt zu Björn fast abgebrochen, der einzige Freund, der immer zu dir gehalten hat. Möchtest du Björns und meine Freundschaft wirklich aufs Spiel setzen?«

Er schaltete den Fernseher wieder aus und sprang auf. »Machst du mit mir Schluss, oder was?«, rief er teils genervt, teils beängstigt. »Lea, ich zocke nur aus Langeweile, weil ich krank bin. Magen-Darm, schon vergessen? Björn treffe ich nicht mehr so oft, ja. Der wohnt jetzt in Massen. Das ist nicht mal eben um die Ecke.«

»Ich möchte Zeit mit dir verbringen, Jakob. Nicht nur eine Stunde am Wochenende. Nimmst du wieder die rosa Pillen?«

Jakob ließ sich in den Gaming-Stuhl plumpsen und starrte auf den eingefrorenen Bildschirm. Wie einfach das Leben in der virtuellen Welt doch war. Keine Vorhaltungen, keine Verpflichtungen, kein Stress.

»Jakob?«

»Äh, was ist? Ach so. Nein. Keine Pillen.«

»Du nimmst *safe* die Lolitas. Sag mir die Wahrheit, Jakob!«

Er schwieg. Lea konnte man so leicht nichts vormachen. Sie kannte ihn besser als er sich selbst.

»Verdammt Jakob! Du hast es mir versprochen! Du lässt jetzt die Finger von dem Zeug und mit Zocken ist ein für alle Mal Schluss, sonst ist es mit uns aus. Ich hole dich in einer Stunde ab. Es ist herrliches Wetter draußen. Wir paddeln über die Ruhr.« Leas Stimme klang resolut und ihr Vorschlag kam eher als Befehl rüber.

Jakob fühlte sich in die Enge getrieben. »Ich bin krank, Lea. Ich kann nichts mit dir unternehmen. Wenn mein Chef mich sieht, schmeißt er mich raus.«

»Dann komme ich in einer Stunde zu dir nach Hause. Ich bringe Pizza mit und wir schauen irgendeine Serie.«

Warum musste die Alte ihn so nerven? Wieso konnte sie ihn nicht in Ruhe lassen? »Ich habe Magen-Darm. Da ist Pizza keine gute Idee. Ich hau mich jetzt wieder aufs Ohr, Lea. Nicht böse sein.« Er bemühte sich um einen freundlichen Tonfall.

»Dann komme ich einfach so zu dir. Bis gleich.« Sie beendete das Telefonat, ohne auf seine Antwort zu warten.

»Scheiße«, murrte Jakob und starrte weiterhin teilnahmslos auf den Bildschirm. Die virtuelle Welt eines bekannten Online-Spiels tat sich vor ihm auf und wartete darauf, weiter von ihm erforscht zu werden. Als Jakob das Game vor einigen Monaten für sich entdeckt hatte – nach der ominösen Gruppentherapie – war er sofort total geflasht gewesen von all den Möglichkeiten, die es in dem riesigen Imperium zu entdecken gab. Er hatte aus seinem Avatar eine besondere Persönlichkeit gemacht: einen Muskelmann mit fantastischem Aussehen, voller Kraft und Mut, ein unbesiegbarer und unbeirrbarer Kämpfer.

Zu Beginn hatte Jakob nur gelegentlich eine Stunde gezockt, aber dann hatte ihn der Ehrgeiz gepackt. Es wollte besser sein als alle anderen. Das gab ihm das Gefühl, der Geilste zu sein.

Trotzdem hatte er immer wieder versucht, der virtuellen Welt nicht komplett zu verfallen und von seiner Gaming-Sucht wegzukommen. Aber was wussten die anderen schon darüber, wie es ihm ging? Ohne das Zocken fühlte er sich leer und unnütz, die Alltagsprobleme türmten sich vor ihm auf wie eine unüberwindbare Mauer, ein Berg voller Müll. Das Spiel war wie ein Zufluchtsort für Jakob.

Er zog die oberste Schublade seines Schreibtischs auf und kramte von hinten eine Kaugummidose hervor. Langsam ließ er den Deckel aufspringen und nahm eine rosa Lolita heraus. Er drehte sie zwischen Daumen und Zeigefinger. Diese Pillen gehörten zu seinem Problem. Sie waren hoch dosiert und machten rasend schnell süchtig. Er erinnerte sich noch an den Tipp von *S.W.A.T.* damals. Und an seinen ersten Deal mit Chantal. Wie blöd er gewesen war, nicht zu bemerken, dass Achmed sich hinter dem Nicknamen *S.W.A.T.* verbarg. Das hatte er erst geahnt, als Chantal ihm die Pillen brachte. Der Scheißkerl hatte ihn abhängig gemacht. Nur mit Mühe war er mit Leas Hilfe wieder von dem Zeug losgekommen, genau wie von seiner Gaming-Sucht. Lea hatte es nicht verdient, noch einmal durch diese Scheiße zu waten. Das durfte und wollte er ihr nicht antun.

Jakob steckte die rosa Pille zurück in die Kaugummidose und warf sie in seinen Mülleimer. Wieso nur war er erneut schwach geworden? Er kannte die Antwort. Das neue Spiel hatte eine Faszination in ihm ausgelöst, der er sich nur schwer entziehen konnte. Immer wieder hatte er daran denken müssen, wie leicht es mit den Lolitas wäre, ein oder zwei Stunden länger zu zocken. Bis er es irgendwann nicht ausgehalten hatte. Achmed und Chantal waren seine einzigen Kontakte, um an die Pillen zu kommen. Also hatte er *S.W.A.T.* erneut kontaktiert. Fazit der ganzen Scheiße war jedenfalls, dass er wieder die Lolitas schluckte. Er seufzte, schaltete den PC aus und stand auf. Zuerst raffte er die dreckige Wäsche zusammen, dann schloss er seine Zimmertür auf und brachte die Klamotten in den Wäschekorb im Badezimmer.

Eine Stunde später sah sein Zimmer tipptopp aus: aufgeräumt, entstaubt und gewischt, trotz mutmaßlicher Magen-Darm-Probleme. Jakob saß auf seinem Bett und wartete, aber Lea kam nicht. Er rief sie an, erreichte nur die Mailbox. Mit jeder Minute, in der sie sich nicht meldete, wuchs seine Unruhe. Hatte sie es sich anders überlegt? Wollte sie den langweiligen Nerd endgültig in den Wind schießen? Eigentlich konnte man sich auf Lea verlassen. Sie war die Pünktlichkeit in Person. Sie würde ihn nicht hängenlassen. Niemals.

Jakob lief hektisch im Zimmer umher, rief Lea erneut an, aber ihr Telefon blieb ausgeschaltet. Was sollte er machen? Er würde noch 15 Minuten warten, danach musste er sie suchen.

Endlich klingelte es. Er raste zur Haustür. Mit über einer Stunde Verspätung stand Lea vor ihm. Er wollte sie impulsiv umarmen, stockte jedoch in der Bewegung, als er sie vor sich sah. »Lea! Was ist passiert?« Immer schon hatte sie ihn an die Schauspielerin der Hermine Granger aus den Harry-Potter-Filmen erinnert. Sie besaß die gleiche lange Lockenpracht, die sie meist zu einem Zopf zusammenband. Jetzt standen einzelne Strähnen wirr vom Kopf ab. Ihre enge Jeans, die weiße Bluse und die hellen Sneakers waren blutverschmiert, das Gesicht verkratzt, ebenso die Arme.

»Lässt du mich bitte ins Haus?«, stammelte sie, wobei sie die Tränen kaum zurückhalten konnte.

Jakob trat sofort beiseite, ließ sie vorbeigehen in sein Zimmer. Dort setzte sie sich auf sein gemachtes Bett und begann zu weinen. »Lea! Was ist denn passiert?« Er hockte sich neben sie, legte einen Arm um ihre Schulter und zog sie an sich.

Sie schluchzte, wischte sich die Tränen aus den Augen und verschmierte den Schmutz in ihrem Gesicht mit den blutigen Kratzern.

Jakob stand sofort auf. »Warte! Ich hole was zum Säubern der Wunden und Jod.« Er eilte ins Bad, griff nach Arzneikoffer und Handtuch und füllte eine kleine Schüssel mit Wasser. Zurück in seinem Zimmer kniete er sich vor seine Freundin und tupfte ihr mit feuchtem Mull durch die Kratzer im Gesicht. »Bist du mit dem Rad gefallen?«

Sie schüttelte den Kopf. »Bin mit dem Bus gekommen.«

Das Gesicht war sauber. Er sah jetzt, dass ihr linkes Auge zuschwoll, als sei sie geschlagen geworden. Vorsichtig behandelte er die Wunden mit etwas Jod und wiederholte den Vorgang an ihren Armen. »Was ist passiert?«

»Nicht so wichtig!« Sie wischte sich erneut die Tränen ab.

Jakob stand auf, warf den dreckigen Mull in seinen Abfalleimer, brachte den Arzneikoffer zurück ins Bad und die Schüssel in die Küche, wo er ein Glas mit Wasser füllte, das er Lea reichte. »Du siehst aus, als hätte dich jemand verprügelt.«

»Lass gut sein!« Sie lächelte gequält. »Ich bin dumm gewesen und habe dafür bezahlt.«

»Wer hat dir das angetan?«, ließ Jakob nicht locker. Er setzte sich wieder zu ihr, zog sie an sich und streichelte ihr sanft über den Rücken. »Bitte, Lea, sag es mir.«

Mittlerweile hatte sie ihre Fassung zurückerlangt. Ihre Stimme klang fest und klar. »Ich habe Achmed auf dem Weg zum Busbahnhof gesehen. Ich bin zu ihm gegangen und habe ihm mit der Polizei gedroht, wenn er dir noch einmal die rosa Pillen verkauft.«

»Achmed hat dich so zugerichtet?« Wut kroch in ihm hoch, als sie nickte.

Stockend erzählte Lea, dass der Albaner sie in eine Hauseinfahrt gezerrt hätte und sich dort auf sie gestürzt habe. Er habe sie immer wieder in die Seite geboxt, vors Schienbein getreten, an den Armen gekratzt und eben auch im Gesicht. Er habe ihr gedroht, sie totzuschlagen, wenn sie nur einen Schritt Richtung Polizei gehe. Sie habe zu schreien versucht, ihr sei aber aus Todesangst kein Ton über die Lippen gekommen.

Jakob sah die Szene vor sich. Er fühlte sich mitschuldig. Nur weil er seine Finger nicht von den Scheißpillen lassen konnte, war Lea in eine lebensbedrohliche Situation geraten. Seine Wut ließ sich kaum noch bändigen, am liebsten wäre er sofort losgerannt, um Lea zu rächen. »Es tut mir so leid«, sagte er mitfühlend. »Ich werde dieses Arschloch fertigmachen! Für den lasse ich mir etwas ganz Besonderes einfallen, Lea. Darauf kannst du dich verlassen. Es braucht nur die richtige Vorbereitung. Egal, wie lange es dauert, Achmed ist fällig.«

Kapitel 21

Freitag, 10. Mai, 16.10 Uhr

Finn Rehberg saß in sich gekehrt im Besucherstuhl, seitlich von Teubners Schreibtisch, und stierte Löcher in die Luft. Sein Rucksack, den er mit zur Berufsschule nahm, stand neben seinem Stuhl. Das Material bestand aus verwaschenem, schwarzblauem Jeansstoff mit braunem Lederboden und passenden Riemen. Teubner hatte ihn bewusst in die Dienststelle bestellt. Erstens würde er ohne Beisein seines Vaters und seiner Schwester freier sprechen, zweitens konnte er ihm die Aufnahme der Überwachungskamera vom Bahnsteig Wickede hier besser präsentieren.

Teubner ließ den jungen Mann warten, während er einen Bericht über eine Schlägerei im Stadtgarten zu Ende schrieb. Das gab ihm die Gelegenheit, ihn unbemerkt zu beobachten. Rehberg machte einen nervösen Eindruck. Er rutschte im Sitz hin und her, schaute wiederholt auf sein Handy und wippte mit den Füßen. »Dann kommen wir mal zur Sache.« Endlich drehte Teubner den Bildschirm seines Computers so, dass Finn Rehberg die Bilder der Überwachungskamera sehen konnte. »Sie sind eindeutig zu erkennen, Herr Rehberg. Das war um 23.10 Uhr in der Nacht von Sonntag auf Montag. Wenig später wurde in der Nähe Achmed Tahiri ermordet.«

Rehberg hob seinen Blick, zeigte jedoch keine merkliche Reaktion. Er verschränkte die Arme vor der Brust und schwieg.

»Sie und Ihre Schwester haben eine Falschaussage gemacht. Ihnen ist klar, dass wir Sie beide dafür belangen können?«

»Hannah hat nichts damit zu tun. Sie wollte mir nur helfen.«

»Das ist mir durchaus bewusst. Aber vielleicht verraten Sie mir mal, was Sie in der Tatnacht am Wickeder S-Bahnsteig gemacht haben.« Teubner fixierte Rehberg, der äußerlich unbewegt blieb.

»Ich habe einen Freund in Wickede besucht und hab da«, er deutete auf das Foto der Überwachungskamera, »auf die Bahn nach Hause gewartet. Dabei ist mir nichts Ungewöhnliches aufgefallen. Habe weder Achmed noch sonst jemanden gesehen, den ich kenne.«

Teubner seufzte innerlich. Er glaubte dem Mann kein Wort. »Nennen Sie mir bitte den Namen und die Adresse Ihres Freundes, bei dem Sie gewesen sind!«

Rehberg lehnte sich zurück und verschränkte erneut die Arme vor der Brust. »Den will ich in die Sache nicht hineinziehen!«

»Versuchen Sie es mal mit der Wahrheit! Ansonsten befrage ich Ihre Schwester, vielleicht fällt der etwas ein, das uns weiterhilft.«

Finn Rehberg sprang wütend auf. Die Sommersprossen in seinem Gesicht schienen zu glühen. »Nein, Hannah halten Sie da raus!«

»Setzen Sie sich!«, befahl Teubner resolut. »Haben Sie sich mit Achmed Tahiri getroffen? Besitzen Sie eine Waffe?«

Finn Rehberg ließ sich auf den Besucherstuhl fallen. Er wirkte überrascht. »Nein und noch mal nein. Wie sollte ich an eine Waffe gelangen?«

»Das ist heute kein großes Kunststück, wenn man ein bisschen im Netz recherchiert. Also?«

Rehberg schien mit sich zu kämpfen. Schließlich seufzte er und blickte Teubner an. »Okay. Ich sage Ihnen, was ich weiß. Ich hatte ein Problem mit Achmed, aber mit dem Mord an ihm habe ich nichts zu tun. Achmed hat Hannah vor etwas mehr als einem Jahr angesprochen und ihr gewisse Pillen angeboten. Die würden gegen die Schmerzen im Bein helfen.« Er ballte die Hände zu Fäusten. »Kapieren Sie das? Erst schlägt er sie als Kind zum Krüppel und dann will er Profit aus ihrer Behinderung ziehen, indem er sie süchtig nach Drogen macht. Dieses Arschloch!«

Teubner registrierte, dass Rehberg sich soeben ein Mordmotiv gegeben hatte. »Wusste Herr Tahiri zu dem Zeitpunkt, wen er da vor sich hatte? Hat er bewusst Ihre Schwester kontaktiert?«

Rehberg hob ratlos die Schultern. »Keine Ahnung. Jedenfalls war Hannah damals völlig fertig. Sie hatte Todesangst. Sie war zum Glück nicht allein. Eine Schulfreundin war bei ihr und hat Achmed eine patzige Antwort gegeben. Da hat er die Biege gemacht.«

»Wo hat Herr Tahiri Ihre Schwester angesprochen?«

Das Gesicht von Finn Rehberg lief leicht rot an und zeigte, dass er seine Wut kaum kontrollieren konnte. »In der Morgenstraße. Nicht weit vom PGU entfernt. Hannah hatte gerade Schulschluss.«

»Meinen Sie, er hat sich dort absichtlich aufgebaut, um Schülern seine Pillen anzubieten?«

»Das liegt doch auf der Hand.«

»Hat Hannah Herrn Tahiri zuvor schon einmal in der Nähe des Pestalozzi-Gymnasiums gesehen?«

»Nein«, erklärte Rehberg und vergrub seine Hände in der Bauchtasche seines Hoodys. »Aber seine Freundin Chantal, die ist öfters vorm PGU gewesen. Um die hat Hannah einfach einen großen Bogen gemacht. Chantal hat sie auch nicht angesprochen.«

Teubner tippte die letzte Aussage Rehbergs zu Ende, bevor er aufblickte. »Meinen Sie, sie hat sich was dazuverdienen wollen und dort Drogen verkauft?«

»Ist das nicht Ihr Job, das herauszufinden?«, blaffte Finn Rehberg aufgebracht. »Im Übrigen: Falls Sie Ihren Job besser erledigen würden, müsste Hannah nicht so eine Scheißangst haben.«

»Hatten wir denn eine Chance? Ihre Schwester ist nicht zu uns gekommen, um das zu melden.«

»Hannah hatte Panik!«, brüllte Rehberg und ballte die Hände zu Fäusten. »Sie hat geweint! Aber sie wollte nicht zur Polizei! Diese ganze Prozedur mit Zeugenaussage und Gericht, das hatten wir damals nach dem Überfall auf uns schon mal. Das wollte sie nicht erneut durchmachen. Kurz drauf ist Achmed in den Knast gegangen. Da konnten wir uns entspannen.«

»Und jetzt? Hat Herr Tahiri sie wieder angesprochen?«

»Nein. Aber ich wollte verhindern, dass er es wieder tat.«

Teubner tippte Wort für Wort mit. Danach lächelte er sein Gegenüber an. »Da Sie sich von der Polizei so offensichtlich im Stich gelassen fühlten, wäre es doch durchaus nachvollziehbar, wenn Sie sich eine Waffe besorgt hätten, um Herrn Tahiri damit selbst ein wenig einzuschüchtern. Zu dumm, dass die Sache dann eskaliert ist.«

»Nein, verdammt! Ich habe Achmed nur im Auge behalten, nachdem ich erfahren hatte, dass er aus dem Knast raus ist.« Er entspannte sich etwas, lehnte sich wieder zurück und legte die Handflächen auf seinen Oberschenkeln ab.

»So auch am Sonntag?«

»Ja. Genau genommen, seit etwa drei Wochen. Da hatte er seine Strafe abgesessen.«

Teubner blickte auf seinen Bildschirm, wo Rehbergs Aussage bereits mehr als zwei Seiten einnahm. »Wie sind Sie auf den Bahnsteig nach Dortmund-Wickede gekommen?«

Die Füße von Rehberg wippten, als habe er ein Aufputschmittel genommen und wisse nicht, wohin mit seiner Energie.

»Hannah hat mich angerufen, da war ich noch mit einem Freund unterwegs. Wir haben Tischtennis gespielt, auf der Platte an der Peter-Weiß-Gesamtschule. Hannah war mit den Nerven völlig fertig. Sie hatte Achmed vor unserem Haus gesehen.«

»Wie haben Sie reagiert?«

»Na, wie wohl? Ich bin sofort losgelaufen. Und tatsächlich stand der Typ noch immer an einem Auto gelehnt auf der gegenüberliegenden Straßenseite und hat auf sein Telefon gestarrt.«

»Was hat Herr Tahiri Ihrer Meinung nach vor Ihrem Haus gewollt? Haben Sie ihn darauf angesprochen?«

»Nein! Ich wollte auf keinen Fall seine Aufmerksamkeit erregen. Vielleicht war er rein zufällig bei uns in der Straße. Keine Ahnung. Jedenfalls haben bei mir die Alarmglocken geklingelt.«

»Das müssen Sie mir näher erläutern. Dass er wieder dealt? Oder wegen des Überfalls auf Sie und Ihre Schwester? Der lag doch bereits Jahre zurück.«

»Ja, schon ...« Er starrte auf seine Füße, die nun nicht mehr wippten. Er drehte die Fußspitzen krampfhaft von innen nach außen.

»Aus welchem Grund waren Sie alarmiert, als Ihre Schwester Herrn Tahiri vor Ihrem Haus gesehen hat?«

Rehberg stellte die Fußsohlen auf den Boden und hielt die Füße still, dann sah er auf. »Ich war es, der ihn verpfiffen hat«, sagte er leise. »Wegen mir hat Ihr Verein ihn in flagranti beim Dealen vor den Schulen erwischt.«

Teubner schwieg und rief mit wenigen Klicks die Akte von Achmed Tahiri auf. Eine Weile las er sich durch die verschiedenen Straftaten des Albaners, bis er auf den Grund seiner Festnahme kam, die schließlich zu 14 Monaten Haft geführt hatte. »Sie waren also der anonyme Anrufer, der uns den entscheidenden Tipp gegeben hat, wo und wann er seine Pillen verkauft. Wir haben den Anrufer tatsächlich nie ermitteln können. Mit Ihrer Aussage oder der Ihrer Schwester wäre sein Strafmaß vermutlich viel höher ausgefallen.«

»Seien Sie froh, dass ich den Mut hatte, überhaupt bei der Polizei anzurufen. Ich habe mir dafür extra so eine Prepaid-Karte gekauft und sie danach entsorgt. Ich hatte Angst vor Achmed. Nicht so sehr um mich, aber um Hannah.«

Teubner nickte. Finn Rehberg fühlte sich für seine jüngere Schwester verantwortlich, die ihm vor Jahren zur Hilfe gekommen war und dabei eine Behinderung davongetragen hatte. »Wie kommen Sie darauf, Herr Tahiri könnte erfahren haben, wer der Polizei damals den Tipp gegeben hat?«

Rehberg seufzte. »Hannah hat Chantal noch vor der Urteilsverkündung in der Innenstadt getroffen. Sie hätte ihr so einen feindseligen Blick zugeworfen, als wisse sie genau, wer ihren Freund verpetzt habe.«

»Sie sind also lediglich auf Nummer sicher gegangen? Sie hatten keinen konkreten Hinweis darauf, dass Herr Tahiri und Frau Vogt Sie als Verräter identifiziert haben? Wer hätte ihnen das stecken können?«

Finn Rehberg setzte sich aufrecht in den Stuhl. »Ich wollte jedes Risiko vermeiden. Deshalb habe ich Achmed beobachtet.« Rehberg lehnte sich zurück und schloss kurz die Augen. Dann erzählte er, er habe Achmed seit seiner Freilassung verfolgt, so oft es ihm möglich war, um sich darüber zu vergewissern, ob durch ihn eine Gefahr für Hannah oder ihn bestünde. »Hannah geht immer noch zur Schule. Auch wenn der Weg nicht weit ist, mache ich mir Sorgen. Mein Vater bringt sie sogar das kurze Stück mit dem Wagen, wenn er es einrichten kann. Ich wollte wissen, was Achmed nach seiner Haftentlassung treibt. Deshalb habe ich ihn beobachtet, mir Notizen gemacht und ihn bei allen möglichen Gelegenheiten fotografiert.«

»Auch am vergangenen Sonntag?«

»Zunächst nicht. In den drei Wochen war er völlig unauffällig gewesen und hat sich weder Hannah noch mir in irgendeiner Form genähert. Am Sonntag habe ich ausgeschlafen, bis mittags, danach habe ich für eine Klausur gelernt, um 18 Uhr war ich mit meinem Freund zum Tischtennis verabredet. Gegen halb neun hat Hannah mich angerufen, weil sie Achmed gesehen hat.«

»Sie sagten, Sie haben ihn nicht angesprochen. Was haben Sie stattdessen gemacht?«

»Ich bin zunächst ins Haus gegangen, ohne ihn groß zu beachten. Hannah und ich haben ihn beobachtet. Er stand gewiss noch eine halbe Stunde da unten am Auto und war mit seinem Smartphone beschäftigt.«

Teubner tippte den Satz zu Ende und blickte auf. Dann warf er einen kurzen Blick in die Ermittlungsakte zum Mordfall Achmed Tahiri. Er erinnerte sich richtig, man hatte bei ihm kein Smartphone gefunden. Der oder die Täter mussten es also mitgenommen haben. »Wie verlief Ihre Beobachtung weiter?«

Finn Rehberg druckste einen Moment herum, als fehlte ihm die Erklärung. »Achmed sah plötzlich aufgebracht aus. Als würde ihn etwas nerven. Er steckte sein Handy in die Gesäßtasche seiner Jeans und ging mit großen Schritten Richtung Verkehrsring. Obwohl es inzwischen schon fast zehn war, bin ich ihm gefolgt.«

Finn erzählte weiter, dass Achmed auf direktem Weg zum Busbahnhof gegangen sei. Dort habe er sich auf eine der Bänke gesetzt und auf sein Handy gestarrt. Ununterbrochen. Deshalb habe Rehberg das Risiko, von ihm entdeckt zu werden, als gering eingeschätzt.

»Etwa um elf Uhr in der Nacht müssen Sie schließlich am Bahnsteig in Wickede eingetroffen sein. Das Überwachungsfoto von Ihnen wurde um 23.10 Uhr aufgenommen.«

Rehberg nickte. »Ich wollte schon nach Hause gehen, als Achmed so gegen halb elf plötzlich aufgesprungen ist und wie von der Tarantel gestochen rüber zum Bahnsteig der S-Bahn gelaufen ist. Der hat nicht einmal mitbekommen, dass ich hinter ihm her bin. Immer wieder hat er auf sein Handy gestarrt. Fast so, als wenn ihm da jemand Nachrichten zukommen lassen würde, wo er hinkommen soll.«

»Den Eindruck hatten Sie? Sie meinen, Herr Tahiri wurde nach Wickede gelotst? Wie kommen Sie darauf?«

Rehberg zuckte etwas ratlos die Schultern. »Sein Verhalten halt. Warten, aufs Handy starren, losrennen. So benimmt man sich nicht, wenn man ein Date hat, von dem man schon länger weiß.«

Teubner nickte. »Sie sind ihm also in die S-Bahn gefolgt?«

»Ja. Ich war neugierig, was da abläuft. Ich habe die S-Bahn um kurz vor elf gerade noch erwischt, bevor die Türen zugingen.«

»Und Herr Tahiri hat Sie nicht entdeckt?«

Finn Rehberg schüttelte langsam den Kopf. »Ich habe die Mütze meines Hoodys tief ins Gesicht gezogen und mich in ein anderes Abteil gesetzt. Er hatte die Kapuze seiner Jacke auch weit runtergezogen. Als er in Wickede ausgestiegen ist, bin ich ebenfalls raus und habe den Bahnsteig verlassen, damit er mich nicht bemerkt. Ich bin an der Straße stehen geblieben, etwas versteckt, aber er ist nicht gekommen. Ich habe noch eine Weile gewartet und bin dann wieder zurück auf den Bahnsteig. Er saß am Fahrkartenautomaten und stierte auf sein Smartphone.«

»Wer wartete sonst noch an der Haltestelle?«

Rehberg zuckte gleichgültig mit den Schultern. »Niemand. Die Bahn fährt am späten Abend nur alle halbe Stunde.«

»Was haben Sie danach gemacht?«

»Ich konnte da nicht bleiben. Irgendwann wäre er auf mich aufmerksam geworden. Also bin wieder runter vom Steig und die Straße entlanggelaufen bis zur Unterführung, um auf die andere Seite der Gleise zu kommen. Da habe ich mich ins Wartehäuschen gesetzt und Achmed im Auge behalten.«

»Was konkret konnten Sie beobachten?«

»Nichts.« Rehberg brachte ein genervtes Lachen zustande. »Der saß da und starrte auf sein Handy, als würde ihm dadurch gleich die Erleuchtung kommen. Ich habe mir das angesehen, bis die letzte Bahn nach Unna kam. Das war ziemlich genau um Mitternacht.«

Teubners Recherchen über die Abfahrtzeiten der S-Bahn deckten sich mit dieser Aussage. Um 0.03 fuhr die letzte Bahn von der Haltestelle Wickede in Richtung Unna. »Herr Tahiri saß zu dem Zeitpunkt weiterhin allein auf dieser Bank im Wartehäuschen?«

»Nein. Als ich aus dem Fenster geschaut habe, sah ich zwei Typen bei ihm stehen. Er war aufgestanden, als würde er sie kennen.«

Teubner zog die Brauen hoch. Auf den Bildern der Überwachungskamera war ihm nichts aufgefallen. Allerdings hatte er sie nur flüchtig durchblättert, und zur Seite gelegt, als er Finn Rehberg darauf erkannt hatte. Er würde sich die Fotos noch einmal anschauen müssen. Vielleicht hatte Maike ja auch beim Ausdrucken etwas versäumt. »Können Sie die beiden beschreiben?«, fragte Teubner mit wenig Hoffnung. Schließlich hatte Rehberg die Personen mitten in der Nacht aus einiger Entfernung und nur durch eine Fensterscheibe gesehen.

»Ich kann sogar mehr als das«, sagte er jedoch und zog sein Handy aus der Gesäßtasche. Er öffnete eine App und zeigte ihm ein Foto. »Das habe ich in der Bahn gemacht. Ist nicht sonderlich deutlich, aber vielleicht hilft es Ihnen.« Dann bückte er sich und griff nach seinem Rucksack. Er löste die braunen Lederriemen und holte ein Notizbuch mit schwarzem Einband hervor. »Ich habe meine Beobachtungen im Übrigen aufgeschrieben. Mit Datum und Uhrzeit.« Er schob ihm das Buch zu. »Und ich habe jede Menge weitere Fotos von Achmed gemacht. Mir ist dabei nichts Ungewöhnliches aufgefallen, aber Sie haben bestimmt einen anderen Blick dafür. Wenn Sie wollen, kann ich Ihnen die ebenfalls schicken.«

Teubner nickte erfreut über die überraschende Wendung der Befragung. »Das wird uns sicherlich sehr helfen. Vielen Dank, Herr Rehberg. Eine letzte Frage: Als Sie im Zug saßen, konnten Sie da sehen, ob Herr Tahiri sein Smartphone noch in der Hand hatte?«

Rehberg schüttelte den Kopf. »Darauf habe ich nicht geachtet.«

Kapitel 22

Freitag, 10. Mai, 17.35 Uhr

Maike hatte sich am Nachmittag in das Büro von Reinders zurückgezogen. Hier hatte sie die nötige Ruhe, um den Bericht zu schreiben. Reinders nahm derweil einen Kontrolltermin beim Zahnarzt wahr und wollte danach bei den Scheidts in Königsborn nachfragen, ob Kevin inzwischen von seinem Amsterdam-Trip zurückgekehrt war. Die Zusammenarbeit mit Reinders war heute zu ihrer großen Erleichterung nicht belastend gewesen. Keine miese Stimmung, keine Sticheleien. Hoffentlich lag es nicht nur daran, dass der Zahn ihm weiterhin Probleme bereitete.

Der Bericht war inzwischen fertiggetippt. Ihre Gedanken schweiften erneut zu Björn König und dem unschönen Ausgang seiner gestrigen Befragung. Am Vormittag hatte sie deswegen die Akten der Tahiris geprüft. Achmeds ältere Brüder Luan und Hashim galten vor acht Jahren als Autoknacker und Geldeintreiber, schienen aber heute saubere Geschäfte zu machen, die in dem legalen Verkauf von Gebrauchtwagen bestanden.

Sie seufzte. Immer noch lief es ihr kalt den Rücken runter, sobald sie an den wilden Blick dachte, den der alte Tahiri Björn König zugeworfen hatte. Voller Hass und Feindseligkeit. Sie traute den Tahiris zu, das Gesetz selbst in die Hand zu nehmen. Sollten sie glauben, König habe mit dem Tod von Achmed zu tun, bestünde für die Familie König eine konkrete Gefahr. Maike hatte Marschewski noch gestern Abend von ihrer Befürchtung unterrichtet und der hatte das Problem sofort ernst genommen. Sogar für Polizeischutz wollte er sich einsetzen. Maike hatte daraufhin mit Björns Vater, Thorsten König, gesprochen.

»Wir können sehr gut auf uns selbst aufpassen, Frau Graf. Machen Sie sich keine Gedanken«, hatte er grimmig erwidert, als Maike ihm den Sachverhalt erklärte. »Wenn wir Hilfe benötigen, melden wir uns. Aber vielen Dank für Ihre Warnung.«

Auch wenn sie es gerne getan hätte, es machte wohl keinen Sinn, noch einmal bei Familie König nach dem Rechten zu sehen. Sie zuckte zusammen, als die Bürotür aufflog.

»Reinders ist zusammengeschlagen worden und wurde schwer verletzt«, rief Mike Kolbe aufgebracht. »Ein RTW ist bereits unterwegs. Komm!«

Maike sprang erschrocken auf und zog ihren Lederblazer von der Stuhllehne. Sie rannte hinter Kolbe den langen Flur entlang, die Treppe hinunter, hinaus auf den Parkplatz und auf ihren Dienstwagen zu. »Wohin?«

»Hamburger Straße in Königsborn. Vierter Stock, da wo die Scheidts und die alten Tahiris wohnen«, erklärte er, während er sich anschnallte.

Maike startete bereits den Motor, setzte den Wagen zurück. Wie hatte Reinders das passieren können? Er gab sich zwar oft recht kaltschnäuzig, aber er war doch niemand, der eine Schlägerei provozierte. »Wie ist es dazu gekommen, weiß man das schon?«

»Nicht im Detail. Ich habe nur von einer schweren Auseinandersetzung gehört, bei der er verletzt worden ist.«

Der Dienstwagen schoss mit Blaulicht über den Verkehrsring. Erneut verfluchte Maike die Verkehrsführung in Unna. Um nach Königsborn zu kommen, musste man stets einmal um den gesamten Ring oder einen noch größeren Umweg fahren. Zum Glück waren die Autofahrer heute in der Lage, eine halbwegs ordentliche Gasse zu bilden. Hinter dem Ostring-Tunnel stauten sich die Autos jedoch am Kreisel. Maike nutzte die Spur des Gegenverkehrs. Entgegenkommende Autos wichen auf den Bürgersteig aus. Endlich erreichten sie die Platanenallee. Sie trieb den Wagen voran, bremste nur an der nächsten Kreuzung kurz ab, um keinen Unfall zu riskieren. Minuten später gelangte sie in die Hamburger Straße, wo sie den Dienstwagen direkt neben dem Einsatzwagen der Kollegen abstellte.

Sie verließ das Auto und eilte auf das Heck des Rettungswagens zu, der vorm Hauseingang stand. Mike Kolbe folgte ihr. Reinders lag auf einer Liege im Fahrzeug. Sein Gesicht sah furchterregend aus. Die Augen schwollen zu. Seine Wangen waren blutig, die Lippen aufgeplatzt. An seinen Arm war eine Infusion befestigt. Der Notarzt beugte sich über ihn und kontrollierte die Herztöne. Ein kräftiger Mann mit dunklem Haar, das ihm am Hinterkopf bereits ausging. Durch eine randlose Brille blickte er Maike fragend an, als er sie bemerkte.

»Wie geht es meinem Kollegen?«, fragte sie leise.

»Er hat ganz schön was abgekriegt. Mehrere Hämatome, mutmaßlich zwei Rippen gebrochen. Ziemlich schmerzhaft, aber wohl nichts Lebensgefährliches. Er ist im Übrigen ansprechbar. Wenn Sie sich kurzfassen, können Sie zu ihm.«

Maike nickte und kletterte in den Wagen. Vorsichtig griff sie nach Reinders Hand und drückte sie sanft. »Hey, Sören«, flüsterte sie. »Was machst du bloß für Sachen?«

Reinders versuchte die Augen zu öffnen, was ihm nur bedingt gelang. »Diese ... Scheißkerle«, zischte er kaum hörbar, »waren ... maskiert. Ich wollte dazwischengehen, als sie Kevin Scheidt angegriffen haben.« Er schnaufte. »Scheiße! Habe keinen erkannt.« Er brachte ein Lächeln zustande. »Na, wenigstens tut der Zahn nicht mehr weh.«

Maike knuffte ihn sanft in den Arm. »Immer einen Scherz auf den Lippen, der Kollege.« Sie drückte ihm erneut die Hand. »Irgendwas, das dir aufgefallen ist?«

Er schüttelte kaum merklich den Kopf. »Nichts.« Plötzlich riss er die Augen auf, soweit das in seinem Zustand möglich war. »Doch! Einer der beiden trug ein Goldkettchen mit einem Anhänger. Sah aus wie ein Skorpion.«

»Hab ich's mir doch gedacht. Luan Tahiri trägt solch eine Kette.« Es sah ganz danach aus, als wollten die Tahiris die Aufklärung vom Tod ihres Bruders und Sohns tatsächlich selbst in die Hand nehmen. »Kannst du mir Größe und Statur der Täter beschreiben?«

Reinders wollte sich aufrichten und stöhnte. Er schien höllische Schmerzen zu haben. »Der mit dem Kettchen war so groß wie ich, der andere zehn Zentimeter kleiner. Beide schlank und durchtrainiert.«

»Danke dir, Sören. Das könnte auf Luan und Hashim Tahiri passen. Wir befragen sie dazu. Und wenn diese Scheißkerle dich so zugerichtet haben, Gnade ihnen Gott.« Sie lächelte aufmunternd. »Sieh du zu, dass du schnell wieder auf die Beine kommst! Ich werde dich besuchen! Natürlich nur, wenn du mich dahaben willst.«

Seine Hand suchte ihre Fingerspitzen. »Klar«, hauchte er schwach. »Sorry, dass ich in letzter Zeit so ekelhaft zu dir war.«

»So, das reicht jetzt«, ging der Notarzt forsch dazwischen. »Wir bringen ihn ins Klinikum Mitte.« Er schob Maike aus dem Wagen.

Mike Kolbe wartete bereits an der Haustür, die weit offenstand. »Kevin Scheidt ist oben in seiner Wohnung. Den hat es nicht so schlimm erwischt. Er will jedenfalls nicht ins Krankenhaus. Ein Glück, dass der Fahrstuhl funktioniert.« Sein Portemonnaie klemmte zwischen den Fahrstuhltüren, er hielt es fest, während er den Anforderungsknopf drückte, die Türen schoben auseinander. »Bitte schön, Kollegin«, forderte er sie auf.

Maike trat an ihm vorbei in die Kabine. Die Schiebetüren schlossen sich.

»Die Kollegen von der Streife sind von Silke Scheidt, der Mutter von Kevin gerufen worden. Das muss alles sehr schnell gegangen sein«, meinte Kolbe.

»Sie hat den Notruf gewählt? Reinders hat keine Verstärkung angefordert?«

»Dazu scheint er nicht mehr gekommen zu sein. Als er die vierte Etage erreicht hat, haben die unbekannten Täter gerade auf Scheidt eingeschlagen. Er ist wohl sofort eingeschritten.«

Die Fahrstuhltüren öffneten sich. Beide Etagentüren waren verschlossen. Alles wirkte friedlich. Von den Folgen einer wilden Schlägerei keine Spur. Maike überlegte, ob sie zunächst Ehepaar Tahiri befragen sollte, um deren Reaktion auf das Geschehen festzuhalten. Sie entschied sich jedoch dagegen und trat auf die Wohnungstür der Scheidts zu. Bereits kurz nach ihrem Klingeln öffnete sich die Tür und Silke Scheidt blickte ihnen aus einem mit hektischen Flecken übersäten Gesicht entgegen.

»Kommen Sie!« Sie trug dieselbe braune Strickjacke wie bei der Befragung am Dienstag. Das fleckig weiße T-Shirt hatte sie gegen ein dunkelblaues getauscht. Sie führte Maike und Kolbe ins Wohnzimmer, wo Kevin mit einem Kühl-Akku auf der Stirn auf einer ranzigen Ledercouch lag. Auch eines seiner Augen war zugeschwollen. Ansonsten sah er unversehrt aus und hatte deutlich weniger Blessuren abbekommen als Sören Reinders.

»Guten Tag, Herr Scheidt. Wie geht es Ihnen?« Sie sah, dass Kolbe sich ungefragt in einen Sessel setzte, während Silke Scheidt unschlüssig im Türrahmen stehen blieb.

Scheidt versuchte sich aufzurichten, ließ seinen Kopf unter lautem Stöhnen aber sofort wieder ins Kissen fallen. »Na ja, wie man sich so fühlt, wenn man eins auf die Fresse bekommen hat.«

»Kevin!«, ermahnte ihn seine Mutter.

»Hätten Sie vielleicht einen Kaffee oder ein Glas Wasser für uns?«, fragte Kolbe, wohl um die Scheidt für einen Moment zu beschäftigen.

»Natürlich. Entschuldigen Sie, aber ich bin völlig durch den Wind. Das war ein ziemlicher Schreck eben.« Sie zog ihre Strickjacke vorm Bauch zusammen und ging über den Wohnungsflur zur Küche.

»Was ist nun genau passiert?«, fragte Kolbe sofort und stand wieder auf. Er sah auf Kevin hinab, was etwas bedrohlich wirkte.

Kevin rappelte sich jetzt doch auf, hielt das Kühl-Pad mit der Hand an der Stirn fest und lehnte sich an die Rücklehne der Couch, die Füße schwangen auf den Boden. »Ich bin gegen vier nach Hause gekommen von meinem Amsterdam-Trip. Da hatte ich sofort Stress mit meiner Mutter. Wieso ich nicht ans Telefon gehe und nicht auf ihre Nachrichten reagiere. Sie meinte das mit Achmed und dass die Polizei mich sprechen will. Ist ja 'n Hammer, dass der ermordet worden ist.« Er legte den Kühl-Akku auf einen Glastisch vor der Couch.

»Wie ist es zu der Schlägerei gekommen?«, fragte Maike. »Haben Sie die Täter erkannt? Ich weiß, sie trugen Masken, aber gab es vielleicht auffallende Merkmale, die davon nicht bedeckt waren? Eine Narbe, eine Tätowierung, eine Behinderung?«

»Nee, wie gesagt, ging alles sehr schnell. Es hat geklingelt. Meine Mutter hat die Tür aufgemacht. Da standen die schon in der Wohnung. Sie hat geschrien, ich bin aus meinem Zimmer. Die Typen haben sich sofort auf mich gestürzt. Einer hat mich festgehalten, der andere hat mir mehrere Schläge an den Kopf verpasst und in den Bauch.«

»Gesagt haben die nichts?«, fragte Kolbe verwundert. »Vielleicht, wofür Sie die Abreibung verdient haben?«

Kevin Scheidt verneinte, vollzog dabei eine schmerzhafte Grimasse und fasste sich an die Stirn. »Habe 'nen Brummschädel, als hätte ich gestern durchgesoffen.« Er griff nach dem Kühl-Pad und hielt es sich an die Schläfe. »Die haben jedenfalls sofort zugeschlagen. Vermutlich hätten die noch was gesagt, aber da war ja schon Ihr Kollege da.«

Die Tür öffnete sich und Silke Scheidt balancierte zwei Kaffeetassen ins Zimmer. »Milch ist drin, Zucker habe ich nicht mehr.« Sie stellte die Tassen mit zitternden Händen auf die Glasplatte. »Setzen Sie sich doch«, sagte sie dann und richtete sich wieder auf. »Mich brauchen Sie ja nicht, oder? Ich muss jetzt zum Putzen in die Kirche.«

Maike bedankte sich für den Kaffee. »Kein Problem, gehen Sie nur.« Sie setzte sich und wandte sich an Kevin Scheidt. »Verstehe ich das richtig? Mein Kollege hatte zuvor nicht bei Ihnen geklingelt, sondern war plötzlich in der Wohnung?«

»Genau«, bestätigte Scheidt, während seine Mutter das Wohnzimmer leise verließ. »Die Haustür unten schließt manchmal nicht ganz und die Wohnungstür stand hier oben noch offen.«

»Unser Kollege hat sich also als Kriminalbeamter zu erkennen gegeben und wollte Ihnen beistehen?«, fragte Kolbe.

»Der kam reingeplatzt und meinte wohl, mir helfen zu müssen. Von Polizei habe ich nix gehört, war aber auch nicht so aufmerksam, wie Sie sich denken können. Die Typen ließen jedenfalls von mir ab und zerrten den Bullen in den Hausflur. Da habe ich die Wohnungstür zugeschlagen.«

»Sie haben den Kollegen im Stich gelassen?«, fragte Maike entsetzt. »Zu zweit hätten Sie die Maskierten doch vielleicht überwältigt.«

Kevin Scheidt winkte ab. »Nee. Mir gings total dreckig, und ich war froh, mit 'nem blauen Auge davongekommen zu sein.«

Mike Kolbe setzte sich und schlug die Beine übereinander. »Könnte es sich bei den Angreifern um die älteren Söhne der Tahiris gehandelt haben?«

Scheidt nickte vage. »Habe ich selbst schon drüber nachgedacht. Wenn Achmed ermordet worden ist und die Tahiris glauben, ich hab da irgendwas mit zu tun ... klar, dass die dann ausflippen.«

»Von der Körpergröße und der Statur her könnte es sich bei den Tätern also um Luan und Hashim Tahiri handeln?«, vergewisserte sich Maike.

»Ja, habe ich doch gerade gesagt.«

»Sicher sind Sie aber nicht«, stellte Kolbe fest, nippte an seinem Kaffee, verzog angewidert das Gesicht und stellte die Tasse zurück. »Was könnten die Tahiri-Brüder für einen Grund haben, zu glauben, Sie hätten mit dem Tod von Achmed zu tun?«

Kevin Scheidt schob den Kühl-Akku an seiner Stirn von links nach rechts und senkte die Augenlider. Er schien Schmerzen zu haben. »Vermutlich haben die Alten da drüben was in den falschen Hals gekriegt.«

»Genauer bitte, Herr Scheidt«, forderte Maike.

»Oh, Mann«, stöhnte der und riss das nicht zugeschwollene Auge auf. Sein Oberkörper ruckte vor, gleichzeitig warf er das Pad zum Kühlen auf den Tisch. »Können Sie mich nicht einfach in Ruhe lassen?«

»Wir ermitteln in einem Mordfall«, meinte Kolbe lakonisch. »Sie wurden von unbekannten Tätern zusammengeschlagen, glauben, es handelte sich um die Brüder des Mordopfers. Wie ist da wohl unsere logische Schlussfolgerung?« Er ließ Scheidt keine Chance, zu antworten, und fuhr fort: »Die Tahiris sind der Meinung, Sie könnten mit der Tat zu tun haben, richtig?«

»Ich war in Amsterdam«, rechtfertigte sich Scheidt. »Wenn

es sein muss, gibt's dafür Zeugen. Die Alte da drüben spinnt doch!« Er blickte in Richtung der Wohnung Tahiri und wedelte die flache Hand vor seinem Gesicht hin und her. »Nur weil es bei Achmed und mir manchmal ein bisschen laut geworden ist, heißt das lange nicht, dass wir Stress hatten.«

»Frau Tahiri hat Sie also beschuldigt?«, fragte Kolbe.

»Ja. So was in der Art hat meine Mutter gesagt.«

»Sie haben Geschäfte gemacht«, stellte Maike fest. »Wir wissen, dass Sie mit Drogen handeln und dass Achmed eine Art Geschäftspartner für Sie war. Da kann ein Streit schon mal eskalieren.«

Scheidt lehnte sich seufzend wieder zurück. »Achmed und ich sind meist gut klargekommen.«

»Warum wurde es dann manchmal ein bisschen laut?«, fragte Maike und griff nun zu ihrer Kaffeetasse. Sie nahm einen Schluck und hätte die Brühe fast über den Tisch gespuckt. Die Milch musste einen Stich gehabt haben. Der Kaffee schmeckte jedenfalls säuerlich und war nur lauwarm. Sie stellte die Tasse zurück und sah, dass Kolbe sie mitleidig angrinste.

»Achmed hat mir Geld geschuldet«, erklärte Scheidt endlich.

»Drogengeld vermutlich«, resümierte Kolbe. »Sie besorgen ihm das Zeug aus Amsterdam, er soll es verticken, aber die Kohle lässt er nicht rüberwachsen. So oder ähnlich war es doch, richtig?«

»Von Drogen habe ich nichts gesagt«, erwiderte Scheidt nur.

»Wegen Ihrer Dealerei sind wir nicht hier«, meinte Maike und stand auf. »Ein Kollege von uns ist brutal zusammengeschlagen worden. Wir werden sehen, ob wir Sie wegen unterlassener Hilfeleistung drankriegen. Möglicherweise haben Sie sogar ein Motiv, sich an Achmed Tahiri zu rächen. Sie sagten selbst, zwischen Ihnen sei es oft laut geworden. So laut, dass Frau Tahiri annimmt, sie könnten mit dem Mord an ihrem Sohn zu tun haben.« Sie zog ihre Visitenkarte aus der Jackentasche. »Wir werden Sie in jedem Fall noch einmal ausführlich dazu befragen. Kommen Sie bitte morgen im Laufe des Vormittags zu uns in die Dienststelle.«

Scheidt sprang erstaunlich flink auf die Füße. »Mit dieser Visage?« Er deutete auf lädiertes Gesicht. »Niemals!«

Mike Kolbe erhob sich ebenfalls gemächlich aus seinem Sessel. »Ihr Aussehen interessiert uns nicht. Wenn Sie nicht pünktlich sind, gibt's eine Vorladung mit der Aussicht auf U-Haft.« Er wandte sich Richtung Tür. »Richten Sie Ihrer Mutter einen herzlichen Dank für den Kaffee aus. Beim nächsten Mal aber bitte schwarz.« Er verließ die Wohnung und lief im Treppenhaus die Stufen hinab, ohne auf Maike zu warten.

Kapitel 23

Achtzehn Monate zuvor

Jakob Stratmann hatte sich gründlich vorbereitet. Das verzweifelte Gesicht seiner Freundin Lea, die so brutal von Achmed Tahiri geschlagen worden war, trieb ihn an. Mit jedem Fausthieb hatte Achmed nicht nur Leas Körper verletzt, sondern auch ihre Psyche beschädigt. Sie war schreckhaft und unkonzentriert geworden, hatte nach dem Überfall tagelang nicht arbeiten können. Und um allem die Krone aufzusetzen, hatte ihr Vater sie zum Psychologen gezerrt und ihr eingebläut, falls sie sich nicht helfen lasse, könne sie den Job in seiner Praxis vergessen.

»Dieser Wichser«, schimpfte Jakob leise, »den mach ich irgendwann fertig. Aber erst ist Achmed dran.« Er grinste und zog eine Waffe aus der Schublade seines Schreibtischs. Übers Darknet war es eine Kleinigkeit gewesen, sie zu besorgen. Die Sig Sauer P226 lag sehr gut in der Hand. Es handelte sich um eine Selbstladepistole mit einer Kapazität von 15 Schuss. Daher war das Griffstück etwas breiter. Ein passendes Stangenmagazin mit 9-Millimeter-Munition hatte er gleich mitbestellt.

Jakob hatte den Karton an die Packstation in Langschede liefern lassen. Das Risiko, dass seine Eltern Wind von dem Inhalt bekamen, ließ sich somit minimieren. Er verstaute das Päckchen in seinem Rucksack und fuhr mit dem Rad in ein kleines Waldstück im nahe gelegenen Ostholzbachtal, das zwischen Fröndenberg und Frömern an den dortigen Golfplatz grenzte.

Jakob brauchte nicht lange zu suchen, ehe er den geeigneten Platz für seine Schießübungen fand. Er heftete eine Zielscheibe aus Pappe an einen Baum und holte die Waffe aus dem Rucksack. Er schraubte zunächst einen Adapter an den Lauf, dann den

Schalldämpfer selbst. Beides hatte er ebenfalls im Darknet erstanden. Aus etwa 30 Metern zielte er zwischen Kimme und Korn auf das Zentrum der Kreise und berücksichtigte dabei den Rechtsdrall. Seine ausgiebige Recherche in diversen Internetforen über Erfahrungen mit der Sig Sauer P226 bewährte sich. Bereits sein erster Schuss hatte ins Schwarze getroffen.

Jakob lächelte. Noch einmal überprüfte er das Magazin. Heute würde die Waffe zu ihrem eigentlichen Einsatz kommen. Er war gut vorbereitet. Langsam stand er auf, griff nach seinem Rucksack und verstaute die Pistole darin. Um sie hinter seinen Hosenbund zu stecken, war sie zu groß, in seine Jackentasche passte sie ebenfalls nicht. Aber er brauchte sie nur ungesehen aus dem Haus zu schaffen.

Den Treffpunkt mit Achmed hatte er sorgfältig ausgewählt. Da er ihn nicht nach Fröndenberg locken wollte und konnte, musste ein abgelegener Platz in Unna her, der sowohl für ihn selbst als auch für den Albaner gut erreichbar war. Da war Jakob der parkähnliche Südfriedhof eingefallen, den er von der Beerdigung seiner Großmutter kannte. Das Gelände war riesig und jetzt im Spätherbst mit Einbruch der Dämmerung einsamer als die Wüste Gobi. Wenn sich jemand dort herumtrieb, dann höchstens Jugendliche, die am Rande der Nordostgrenze eine Parkbank nutzten, um in Ruhe Alkohol oder Marihuana zu konsumieren. Für Jakobs Zwecke war diese Bank ohnehin unbrauchbar, da sie zu nah an einer dicht bebauten Siedlung lag.

Nach längerem Suchen hatte er sich für einen Treffpunkt hinter der Leichenhalle entschieden. Das Gebäude lag recht zentral, nicht zu nah am Eingang, aber doch gut erreichbar und die Umgebung war am Abend noch beleuchtet. Dennoch gab es für Jakob genügend Möglichkeiten, um sich zwischen Büschen oder

Bäumen zu verstecken. So konnte er Achmed beobachten, ohne selbst von ihm gesehen zu werden.

Jakob nickte zufrieden, zog seine schwarze Steppjacke über und schulterte den Rucksack. »Ich treffe mich noch mit Björn«, rief er seiner Mutter zu, die in der Küche werkelte, »ich fahre mit dem Pedelec.«

»Alles klar. Sei vorsichtig!«, kam es zurück. »Aber willst du nicht erst essen? Ist gleich fertig. Papa muss jeden Moment kommen.«

»Björn und ich wollen uns Pizza bestellen«, log Jakob. »Vielleicht nehme ich mir noch eine Kleinigkeit, wenn ich zurückkomme.« Er zog seine Zimmertür zu, verließ das Haus und holte das Pedelec aus der angrenzenden Garage. Damit würde er bis zum Südfriedhof eine gute Viertelstunde benötigen und etwa eine knappe halbe Stunde vor der mit Achmed vereinbarten Zeit dort eintreffen. Er schwang sich aufs Rad, schaltete das Licht ein und wählte den direkten Weg über die Unnaer Straße. Normalerweise fuhr er einen Umweg über Feldwege, um dem Autoverkehr auszuweichen, aber heute wollte er die Strecke möglichst schnell bewältigen. Bald ließ er das Dorf Strickherdicke rechts der Hauptstraße hinter sich. Vor ihm löste ein Autofahrer das Blitzgerät aus und bremste sofort scharf ab. Das nutzte dem Idioten jetzt nichts mehr. Jakob trat fest in die Pedale. Die Straße führte hier steil bergauf – er musste fast 80 Höhenmeter bezwingen – bis hin zum Bismarckturm.

Gleich hinter dem denkmalgeschützten Bauwerk ging es wieder bergab. Mittlerweile war es kurz vor 19 Uhr und jetzt, Mitte November, stockdunkel. Rechts und links am Fahrbahnrand tauchten vereinzelt Bauernhöfe auf. Die wenigen Autos, die Jakob entgegenkamen, hatten allesamt das Abblendlicht eingeschaltet. Endlich kam er zu dem Feldweg, der auf das Friedhofsgelände zuführte. Um nicht unnötig aufzufallen, stellte er das Rad gegenüber der Einfahrt zur Leichenhalle ab. Dann zog er die Kapuze seiner Jacke über den Kopf und machte sich zu Fuß auf den Weg.

Da er noch reichlich Zeit hatte, wählte er den seitlichen Eingang, der ihn nahe einer Siedlung aufs Gelände des Friedhofs brachte. Er nahm einen Rundweg, auf dem er die Leichenhalle von hinten erreichen konnte und stutzte. Schon von Weitem sah er Achmed mit weißer Bomberjacke, der gegenüber von Kevin, den man an seinem falsch aufgesetzten Basecap erkannte, an einem vorgebauten Erker der Halle lehnte. Beide zogen gleichzeitig an ihren Zigaretten, die in der Dämmerung wie schwebende Glühwürmchen leuchteten. Hastig versteckte sich Jakob hinter einem Baum. Sein Herz klopfte wild. Warum war Achmed so früh gekommen? Wieso war Kevin bei ihm? Ob der Albaner ihn aus Angst mitgenommen hatte?

Jakobs Plan drohte zu scheitern, bevor er überhaupt in Fahrt kam. Er ging ihn noch einmal in Gedanken durch. Als Computerfreak war es ihm schnell gelungen, mit einem Fake-Account Achmed alias *S.W.A.T.* als vermeintlichen Kleindealer zu kontaktieren. Er schlug ihm ein Geschäft vor, dass der Albaner unmöglich ablehnen konnte. 10 Kilogramm Cannabis für 1000 Euro pro Kilo. Natürlich war Achmed erst skeptisch wegen des äußerst niedrigen Preises gewesen. Aber Jakob konnte seine Zweifel zerstreuen.

»Das Zeug ist von einem Kumpel, der in den Knast wandert. Er braucht dringend Kohle für seine Else, die sonst mit dem gemeinsamen Balg allein dasteht. Ist echt ein Superschnäppchen.«

Achmed hatte den Köder geschluckt. Oder vielleicht doch nicht? Denn jetzt stand er mit Kevin als Verstärkung hier. Niemals hätte Jakob gedacht, dass er dieses lukrative Geschäft mit jemandem teilen würde. Er hätte Achmed für gierig genug gehalten, das Risiko allein zu tragen. »Scheiße«, murmelte er leise und ließ den Rucksack von seinem Rücken gleiten. Ein Rückzieher kam für ihn nicht infrage. Immer noch sah er Lea vor sich, wie sie mit blutverschmiertem Gesicht an seiner Wohnungstür stand, der ganze Körper übersäht mit blauen Flecken. Entschlossen und lautlos öffnete er den Reißverschluss und zog die Sig Sauer heraus. Achmed und Kevin behielt er dabei im Auge. Sie unterhielten sich und lachten. Keiner von beiden hatte eine Tasche oder Ähnliches bei sich. 10.000 Euro konnte man aber gut in einem Umschlag unter der Jacke verbergen. Oder wollten sie den vermeintlichen Drogendealer abzocken? Die würden sich wundern.

Jakob entsicherte die Waffe, dann nahm er Achmed ins Visier. Eigentlich hatte er sich zuerst zu erkennen geben wollen, um den Arsch aus kurzer Distanz abzuknallen. Da Kevin nun aber bei ihm war, musste er diesen Plan begraben und ihn von seinem Versteck aus erledigen. Er stellte sich die Zielscheibe aus dem Wald direkt vor Achmeds Brust vor. Seine Hände zitterten ein wenig. Achmed blickte auf seine Armbanduhr und steckte sich eine weitere Zigarette an. Er inhalierte den Rauch und blies ihn an seinem Freund vorbei. Die verabredete Zeit rückte näher. Die beiden blieben jedoch locker. Jakob atmete tief ein, visierte zwischen Kimme und Korn die in der Dämmerung hell leuchtende Jacke von Achmed an. Er hielt die Luft an. Dann drückte er ab. Der Schuss knallte laut über den einsamen Friedhof. Vögel flogen aufgescheucht aus den Bäumen. Scheiße! Er hatte vergessen, den Schalldämpfer aufzuschrauben! Jakob starrte zu Achmed, der zwar erschrocken zusammenfuhr, aber nicht getroffen schien.

»Da hat wer geschossen, Alter!«, brüllte er.

»Ich habe gleich gesagt, wer so ’nen bekloppten Treffpunkt auswählt, der ist nicht ganz dicht in der Birne«, erwiderte Kevin lauthals, dann stürmten die beiden in entgegengesetzten Richtungen davon.

Jakob zielte ein zweites Mal und drückte ab. Achmed schmiss sich auf den Boden, sprang sofort wieder auf und lief nun genau auf ihn zu.

»Da hinter dem Busch muss das Schwein sein«, brüllte er.

Jakob fluchte und schoss erneut. Diesmal schien die Kugel getroffen zu haben, denn Achmed schrie laut auf, rannte dennoch weiter, war höchstens noch dreißig Meter von ihm entfernt. Jakob schnappte sich den Rucksack und lief zurück auf den Rundweg. Auf den Gräbern rechts und links von ihm brannten vereinzelt Kerzen. Ansonsten lag der Friedhof inzwischen in tiefer Dunkelheit. Die hohen Bäume wirkten plötzlich wie bedrohliche Wächter der Toten.

»Hier entlang, Kevin«, brüllte Achmed.

Jakob hörte seine Schritte kurz darauf dicht hinter sich. Er hielt noch die Waffe in der Hand, wagte aber nicht, sich im Laufen umzudrehen, um erneut zu feuern. Der Rucksack behinderte ihn, also schleuderte er ihn an den Wegesrand und bündelte den Rest seiner Kräfte. Sobald er das Friedhofsgelände verlassen hatte, würden die beiden nicht mehr wagen, ihm zu nahe zu kommen. Denn dort standen die Häuser dicht nebeneinander. Er sah den Ausgang bereits, hinter dem die Straße von Laternen beleuchtet auftauchte, als eine Hand sich in seine Schulter krallte und ihn zurückriss. Jakob verlor das Gleichgewicht und knallte auf den Boden. Er versuchte sich aufzurappeln, doch schon war Achmed über ihm.

»Ich habe das Schwein«, schrie er. Seine Rechte krachte in sein Gesicht.

Ein höllischer Schmerz raubte Jakob fast die Sinne. Er richtete die Sig Sauer auf Achmed und wollte erneut schießen, aber der

Abzug klemmte. Im nächsten Moment tauchte Kevin auf, ging blitzschnell neben ihm in die Hocke und riss ihm die Waffe aus der Hand.

»Du mieser Wichser!«, brüllte er. »Glaubst du wirklich, du kannst uns verarschen?« Er hielt Jakob den Lauf seitlich an die Stirn.

Achmed stand auf. Er klopfte sich den Staub von seinen Klamotten, dann zog er gemächlich sein Smartphone aus der Hose und schaltete die Taschenlampenfunktion ein. »Wen haben wir denn da? Das ist doch der Nerd mit den Lolitas.«

Jakob blinzelte in das grelle Licht und wagte nicht, sich zu bewegen oder etwas zu sagen. Die beiden würden ihn fertigmachen, das stand fest. Schon spürte er Achmeds Sneakers in seiner Seite.

»Du wolltest mich abknallen? Du kleines Arschloch!« Der nächste Tritt traf wieder dieselbe Stelle. »Vielleicht sollten wir dir jetzt hier eine Kugel verpassen! Los Kevin, schieß ihm ins Knie. Einer der Schüsse hat mich gestreift. Das brennt höllisch.« Er ließ einen Moment von Jakob ab und beleuchtete sein Bein. Seine Jeans war am Oberschenkel zerfetzt, darunter sah man eine blutige Schürfwunde. Langsam befühlte er die Stelle und zuckte zusammen. »Scheiße, tut das weh!« Sein Blick irrte zu Kevin. »Knall den Typ ab, habe ich gesagt!«

Kevin drückte den Lauf kräftiger an Jakobs Stirn. Sein Finger spannte sich über dem Abzug. Im letzten Moment riss er die Waffe in die Luft und ein Schuss knallte durch die Nacht. »Lässt sich leicht bedienen, das Baby«, schwärmte er mit glänzenden Augen und setzte die Sig Sauer wieder an Jakobs Kopf. »Das war's dann für dich, du Spinner!«

Jakob schloss die Lider. Das Gesicht von Lea tauchte auf. Es war ihm nicht gelungen, die Schmerzen und die Schande, die sie erleiden musste, zu rächen, und so wie es aussah, sollte er keinen weiteren Versuch bekommen. Doch ehe Kevin den nächsten Schuss abfeuern konnte, wurde das Geheul einer Polizeisirene lauter. Vielleicht waren die Anwohner der Siedlung auf die Ballerei aufmerksam geworden. Jakob öffnete die Augen und sah bereits das blinkende Blaulicht. Kevin sprang auf und wollte die Waffe ins Gebüsch schleudern, aber Achmed nahm sie ihm ab und steckte sie hinter den Bund seiner Hose.

»Komm, wir machen die Biege. Den Nerd schnappen wir uns ein anderes Mal«, meinte er. Schon rannten beide in Richtung Leichenhalle davon.

Jakob rappelte sich mühsam auf. Auf keinen Fall wollte er den Bullen in die Arme laufen. Er humpelte den Rundweg zurück, fand kurz darauf seinen Rucksack und bückte sich danach. In gebeugter Haltung schlug er sich kreuz und quer zwischen den Gräbern über den Friedhof. Mehrmals sah er sich um und erkannte in der Ferne das Licht zweier Taschenlampen aufblinken. Die Polizisten waren weit genug entfernt. Deshalb nahm er den direkten Weg zum Ausgang an der Leichenhalle. Als er sein Fahrrad erreichte, sah er Kevin und Achmed etwa fünfzig Meter vor sich auf der Straße. Sie hatten eine Pforte weiter hinten zum Verlassen des Geländes gewählt. Mit letzter Kraft schwang Jakob sich auf den Sattel, presste die Zähne aufeinander und trat in die Pedale. Um den beiden auszuweichen, musste er einen Umweg fahren. Die Alternative hieß, entweder sterben oder den Schmerz bis zu Hause aushalten. Er würde es schaffen. Für Lea. Und für den nächsten Versuch, sich an Achmed zu rächen.

Kapitel 24

Samstag, 11. Mai, 9.15 Uhr

Teubner lenkte den Dienstwagen an den Straßenrand mitten in der Wohnsiedlung im Osten des Unnaer Ortsteils Massen mit ihren hübschen Einfamilienhäusern. Er betrachtete den gepflegten Vorgarten mit einigen Hortensienbüschen. Im Haus waren die Jalousien heruntergelassen, die Königs schienen den Samstag langsam anzugehen. Teubner beschloss, noch ein Viertelstündchen zu warten. Eigentlich hatte er sich nur vorgenommen, nach dem Vorfall mit den Tahiris in der Dienststelle am Wochenende nur mal nach dem Rechten zu schauen, ohne anzuklingeln. Aber dann war ihm in den Aufzeichnungen von Finn Rehberg etwas aufgefallen. Und damit sollte Björn König nun konfrontiert werden.

Da Maike von früher her einen besseren Draht zu den Königs hatte, hätte er diese Befragung gerne mit ihr zusammen durchgeführt. Sie wollte aber zunächst Sören Reinders im Krankenhaus besuchen. Teubner hoffte, dass er bald wieder auf dem Damm war. Er seufzte und dachte an Hashim und Luan Tahiri, die laut den Dortmunder Kollegen den Angriff auf Kevin Scheidt und Reinders vehement abstritten. Die Auswertung der Überwachungskameras in der näheren Umgebung der Hamburger Straße hatte bislang nichts ergeben. Weder eines der Autos der Brüder noch sie selbst waren darauf zu erkennen. Allerdings auch keine anderen maskierten Täter. Wer sich in dem Viertel auskannte, fand bestimmt Zugang zum Haus, ohne von Kameras erfasst zu werden, da war Teubner sicher. Mit dem Alibi ihrer Ehefrauen in der Tasche konnte man den Tatverdächtigen also bislang nichts nachweisen. Man würde die Recherchen in diese Richtung aber intensivieren.

Die Jalousien surrten langsam nach oben. Teubner verließ den Dienstwagen und steuerte auf den Hauseingang zu. Nach einmaligem Klingeln blieb im Haus alles still. Natürlich musste die Familie nicht zeitgleich mit den ferngesteuerten oder programmierten Verdunklungs-Rollläden aufstehen. Vielleicht waren sie auch gar nicht daheim. Teubner ging an den Hortensien vorbei und einen schmalen Plattenweg entlang zur Rückseite des Grundstücks. Auf der überdachten Terrasse standen ein runder Teakholztisch und vier passende Stühle. Durch eine Glastür, über der eine eingefahrene Markise befestigt war, konnte man ins Wohnzimmer des Hauses blicken. Niemand war zu sehen. Er umrundete das Gebäude und erreichte wieder den Eingang. Diesmal ließ er den Daumen etwa eine halbe Minute auf der Klingel ruhen. Tatsächlich öffnete sich kurz danach die Tür.

Eva Wilms-König trug einen hellbeigefarbenen Frottee-Bademantel, den sie mit dem passenden Gürtel eng verschnürt hatte. Sie war ungeschminkt und hatte tiefe Ringe unter den Augen. Sie schien ihn von dem Prozess vor acht Jahren nicht wiederzuerkennen, denn sie blickte ihn fragend an. »Ja, bitte?«

Teubner zeigte seinen Ausweis und brachte seine Befürchtung vor, die Königs könnten sich in akuter Gefahr befinden. Dann fragte er nach Björn.

Eva Wilms König seufzte und bat ihn ins Haus. Sie führte ihn in ein modern gestaltetes Wohnzimmer, das eine Kombination aus Sofa mit Chaiselongue und Sesseln dominierte. Ein kleiner runder Glastisch, helle Vitrinen und Kommoden, hölzerne Deko-Leisten an den Wänden und ein langfloriger brauner Teppich vervollständigten die Einrichtung. »Setzen Sie sich doch und entschuldigen Sie bitte meinen Aufzug. Aber ich habe heute Nacht kaum geschlafen. Björn ist nicht nach Hause gekommen. Das ist sonst nicht seine Art, einfach wegzubleiben, ohne Bescheid zu geben.«

Teubner wurde hellhörig und blieb stehen. »Ihr Sohn hat sich nicht gemeldet?« Im Geiste sah er Björn bereits in der Gewalt der Tahiris. »Ich könnte versuchen, eine Handyortung zu veranlassen.«

»Nein. Das ist nicht nötig, denke ich. Ich habe ihn eben, als ich wach geworden bin, angeschrieben. Er hat kurz darauf geantwortet. Sie kennen die knappen Nachrichten der jüngeren Generation bestimmt. *Hab bei einem Freund gepennt, bin unterwegs*, hat er geschrieben.« Sie lächelte gequält.

»Ich kann Ihre Sorge heute Nacht gut verstehen. Ihr Sohn hat Ihnen gewiss den Zwischenfall in der Dienststelle geschildert?«

»Ja. Und da kam bei mir sofort die Erinnerung an diese Schikanen hoch, denen Björn durch Achmed und seine Bande ausgesetzt war. Wenn die Brüder ebenso handeln, weil sie glauben, er hätte was mit dem Mord zu tun ...«

»Könnten die Tahiris einen Grund für diese Annahme haben?«

Das Gesicht von Eva Wilms-König verschloss sich. »Ich wüsste keinen«, meinte sie knapp und verschränkte die Arme vor der Brust. »Wie unhöflich von mir«, fuhr sie mit einem aufgesetzten Lächeln fort, »möchten Sie einen Kaffee oder etwas anderes zu trinken?«

Ehe Teubner antworten konnte, platzte Thorsten König ins Wohnzimmer. »Ist er zurück? Hat er seinen Schlü...?« Er stockte, als er sah, dass seine Frau nicht allein war.

»Kriminalhauptkommissar Teubner möchte mit Björn sprechen«, erklärte Eva Wilms-König. »Es geht um den Tod von Achmed Tahiri.«

Thorsten König drehte den Kopf langsam in Teubners Richtung. Sein Gesicht wirkte eingefallen. Der Kragen seines kleinkarierten Oberhemdes umschloss seinen faltigen Hals, als hielte er die Haut zusammen. Zur Bluejeans trug er braune Lederschuhe.

War er im Begriff, das Haus zu verlassen? »Hört das denn nie auf? Wir wollen mit diesem P...«, er bremste sich und presste einen Moment die Lippen aufeinander, »...mit den Leuten aus dieser Bande nichts zu tun haben. Unser Sohn wurde damals aufs Übelste drangsaliert.«

Teubner nickte. »Ich verstehe Ihren Unmut. Allerdings ermitteln wir in einem Mordfall. Achmed Tahiri wurde brutal erschossen und wir sind auf der Suche nach dem Täter.« Er zog ein Foto aus seiner Tasche. Nachdem Finn Rehberg ihm die Bilder seiner Verfolgung übermittelt hatte, hatte er die Fotos mit den Aufnahmen der Überwachungskameras verglichen. Tatsächlich gab es am Bahnsteig ein Paar, das dem auf den Fotos von Finn ähnelte. Leider waren auf keinem davon ihre Gesichter zu sehen. Nach seiner Rückfrage bei der Bahn, ob es keine Überwachungskamera gab, die den Fahrkartenautomaten einfing, musste man ihm mitteilen, dass diese defekt war. Deshalb konnte er jetzt nur ein Foto vorzeigen, das die zwei von hinten zeigte. »Bei den Ermittlungen sind wir auf diese Aufnahme gestoßen. Sie wurde in der Tatnacht von einer Überwachungskamera aufgezeichnet.« Er reichte den Ausdruck an Ehepaar König weiter und fuhr fort: »Die beiden Personen bekommt man leider nicht von vorn zu sehen.« Er stellte sich seitlich von Thorsten König und deutete auf eine der beiden Personen. »Ich meine aber, dieser junge Mann hat verdammte Ähnlichkeit mit Ihrem Sohn, oder? Hat er nicht diese Jacke getragen, als er zur Befragung bei uns war?«

»Das ist nicht Björn«, widersprach Eva Wilms-König sofort und schüttelte energisch den Kopf.

Thorsten König gab Teubner das Foto zurück. »Meine Frau hat Recht. Solche Kapuzenjacken tragen die jungen Männer doch heutzutage alle. Das Gesicht ist nicht zu erkennen. Das kann jeder sein.«

»Außerdem haben wir Ihnen doch bereits gesagt, dass Björn an dem Abend zu Hause gewesen ist«, fügte seine Ehefrau hinzu. »Er steckt mitten im Studium. Der hat keine Zeit, sich mitten in der Nacht draußen herumzutreiben. Ich wüsste auch nicht mit wem.«

Teubner nahm die Aussagen wortlos hin, registrierte jedoch eine gewisse Unruhe bei den Eheleuten. Er wandte sich um, da im Hausflur gerade die Haustür geöffnet wurde.

»Bin wieder zu Hause«, schallte die Stimme von Björn König herüber, der sogleich in einem der angrenzenden Zimmer verschwinden wollte.

Teubner lief zu ihm. »Einen Moment, bitte, Herr König. Ich hätte da einige Fragen. Dauert nicht lange.« Er registrierte, dass Björn König die Kapuze seiner Jacke, die der auf der Aufnahme der Überwachungskamera auffallend glich, auf dem Kopf und diesen gesenkt trug.

»Was wollen Sie?«, kam die mürrische Antwort. Da der Eingangsbereich bis auf einen kleinen Einlass in der Haustür fensterlos war, lag sein Gesicht im Dunkeln.

»Wie gesagt, ich möchte kurz mit Ihnen reden. Entweder im Wohnzimmer bei Ihren Eltern oder in Ihrem Zimmer unter vier Augen.«

»Nun lassen Sie den Jungen doch in Ruhe! Können Sie ihm Ihre Fragen nicht am Montag stellen, wenn er ausgeschlafen ist?« Eva Wilms-König wollte auf Björn zugehen, aber der drehte sich abrupt um und verschwand in seinem Zimmer.

»Schon gut, Mama. Ich rede mit dem Kommissar, dann habe ich es hinter mir.« Seine Stimme klang rau und erschöpft. Er winkte Teubner herein und schloss die Tür von innen ab. »Meine Mutter neigt dazu, einfach hereinzuplatzen«, erklärte er mit gesenktem Kopf. »Das kann ich jetzt nicht gebrauchen.« Er stöhnte, zog sich die Kapuze herunter und sah Teubner mit blutverschmiertem Gesicht an.

Teubner erschrak. König sah so aus, wie er sich nach Maikes Beschreibung Sören Reinders und Kevin Scheidt vorstellte. Schürfwunden, fast zugeschwollene Augen, Hämatome. Der Rand des rechten Ohres war blutverkrustet, sogar in den dunklen Haaren konnte man Blut erkennen. »Das sollte sich in jedem Fall ein Arzt ansehen. Wie ist das passiert?«

Björn König setzte sich mit schmerzverzerrtem Gesicht auf sein breites Boxspringbett, beugte sich vornüber und hielt sich den Bauch. »Sieht vermutlich schlimmer aus, als es ist«, murmelte er, »ist etwas zu viel Alkohol geflossen gestern. Bin blöd gefallen.«

Teubner verdrehte innerlich die Augen. Der junge Mann wirkte kein bisschen alkoholisiert. Für ihn lag da ein völlig anderer Verdacht auf der Hand. »Klar«, seine Stimme triefte nur so vor Ironie, »Sie sind in die Fäuste der Tahiri-Brüder gerannt. Stimmt's?«

Björn König ließ sich aufs Bett fallen und zog die Beine hoch, obwohl er noch Schuhe trug. Er blieb gekrümmt auf der Seite liegen.

»Wo haben sie Ihnen aufgelauert, Herr König? Jetzt sagen Sie endlich, was passiert ist! Ist Ihnen eigentlich klar, in welcher Gefahr Sie sich befinden?«

Björn König seufzte. »Ja, ist mir durchaus bewusst.«

»Was ist passiert?«, wiederholte Teubner eindringlich. Er setzte sich auf einen Drehstuhl, der vor einem ungewöhnlich aufgeräumten Schreibtisch stand, rollte damit ans Bett und blickte dem jungen Mann direkt in die Augen.

Der zog sich zunächst eine dunkelgraue Decke über den Körper, als wollte er sich damit schützen. »Ich war tatsächlich bei …

einem Freund. Wir haben lange diskutiert, hatten etwas Wichtiges zu besprechen. Gegen zwölf bin ich mit dem Pedelec nach Hause gefahren. Hashim und Luan waren bereits da.«

»Hier? Konnten Sie nicht schreien oder anders auf sich aufmerksam machen? Die Gebäude in der Siedlung stehen doch recht dicht. Irgendjemand hätte Sie hören müssen.«

»Nein, das ging alles viel zu schnell. Die haben mir heimlich aufgelauert und mich von hinten angegriffen, als ich vom Rad gestiegen bin. Danach bin ich sofort in ein Auto gezerrt worden und einer der beiden hat seine Hand auf meinen Mund gepresst.« Er atmete schwer und musste eine Pause machen. »Vermutlich, weil das Nachbarhaus hell erleuchtet war und sie befürchten mussten, gestört zu werden. Die Nachbarn hatten wohl eine Feier, man hat jedenfalls noch Musik gehört. Leider hat von denen aber niemand bemerkt, dass ich überfallen worden bin.«

»Die Tahiris haben Sie also entführt? Wo hat man Sie hingebracht?«

Björn König stieß einen Lacher aus, hielt sich dabei sofort den Bauch und begann zu husten. »Kennen Sie den Friedhof in Massen?«

»Flüchtig.«

»Ist nicht weit von hier. Wenn man den Büddenberg hoch und dort am Friedhofsgelände vorbeifährt, gelangt man an eine Brückenunterführung nur für Fußgänger und Radfahrer. Oben braust der Verkehr der A1, unten ist tote Hose, also in der Nacht eine ziemlich düstere Ecke.«

»Stimmt. Ich bin da selbst mal mit dem Rad hergefahren. Der Weg führt in das Gewerbegebiet Büddenberg.«

»Genau. Aber die Brücke liegt ja noch ziemlich entfernt davon. Jedenfalls konnten die Tahiris mich dort ungestört in die Zange nehmen. Sie hatten mir im Auto bereits einen Knebel vor den

Mund gebunden, damit ich ruhiggestellt war. Sie haben mich weit unter die Brücke gezerrt, einer hat mich gepackt, der andere hat zugeschlagen. Solange, bis ich kraftlos zusammengebrochen bin.«

»Das tut mir sehr leid. Haben die Tahiris dabei irgendetwas gesagt?«

Björn schüttelte kraftlos den Kopf und senkte die Lider.

»Kein Wort? Sie haben Sie nicht des Mordes beschuldigt oder Sie beschimpft?«

»Nichts dergleichen. Sie waren sich ihrer Sache wohl sehr sicher. Als ich am Boden lag, haben sie noch mehrfach zugetreten, bis ich mich gar nicht mehr gewehrt habe. Ich habe einfach nur dagelegen und gehofft, dass es bald vorbei ist. Das Letzte, an das ich mich erinnere, ist ein Tritt an den Kopf. Da muss ich die Besinnung verloren haben.«

»Wissen Sie, wie viel Zeit vergangen ist, bis Sie wieder zu sich gekommen sind?«

»Nicht wirklich. Ich habe mich ziemlich lange in einem Dämmerzustand befunden, ehe ich überhaupt realisiert habe, was passiert ist. Wach geworden bin etwas abseits der Brücke im Gebüsch. Ich war an Händen und Füßen gefesselt und an einen Baum festgebunden. Vermutlich sollte ich dort elendig verrecken. Es hat mich unendlich viel Zeit und Energie gekostet, mich zu befreien.« Er hob seine Arme unter der Decke hervor und schob die Ärmel seines Hoodies hoch. An den Handgelenken waren blutige Striemen zu sehen, wo das Seil oder womit Björn König auch immer gefesselt war, sich tief ins Fleisch geschnitten hatte.

»Konnten Sie nicht um Hilfe rufen? Hatten Sie Ihr Handy nicht dabei? Oder haben die Tahiris Ihnen das abgenommen?«

»Ich war ja zunächst noch geknebelt. Und als ich mich endlich befreit hatte, wollte ich in meinem Zustand von niemandem gesehen werden und habe mich mühsam nach Hause geschleppt.«

»Sie müssen Anzeige gegen die Tahiri-Brüder erstatten und die Verletzungen von einem Arzt dokumentieren und behandeln lassen, Herr König. Vermutlich sind Ihre Rippen gebrochen. Auch wenn es nicht danach aussieht, Ihre inneren Organe könnten in Mitleidenschaft gezogen worden sein, das sollte geprüft werden. Damit ist nicht zu spaßen.«

»Das ist halb so schlimm«, erwiderte Björn König und schlug die Decke zurück. »Auf keinen Fall eine Anzeige. Das Theater mach ich nicht noch einmal mit. Das hat mir vor acht Jahren gereicht. Man bezweckt sowieso kaum etwas und schadet sich nur selbst.« Er schwang die Beine aus dem Bett und wollte schwungvoll aufstehen, was ihm nicht gelang. Er krümmte sich und stöhnte. »Verdammt!«

»So geht das nicht, Herr König«, meinte Teubner, »der Schock hat Ihre Schmerzen zunächst verdrängt. Sie müssen sich untersuchen lassen!«

König drückte sich in den Stand. Sein Gesicht war unter der blutigen Maske aschfahl. »Mir ist kotzübel«, ächzte er plötzlich, wankte auf die Tür zu, schloss sie auf und stürzte über den Flur zum Bad. Er würgte und keuchte.

»Björn, was ist los?«, rief seine Mutter und lief zu ihm, um ihn schließlich ins Wohnzimmer zu geleiten.

Teubner alarmierte einen Krankenwagen. Der junge Mann musste dringend ärztlich untersucht werden. Dann schaute er sich im Zimmer um. Es war überschaubar eingerichtet. Einen Großteil nahm das Bett in Anspruch. Direkt gegenüber stand ein schwarzer Schrank mit Schiebetüren, daneben ein Regal mit Büchern. Der Schreibtisch unterm Fenster passte genau zwischen die beiden Möbel und war mit einem Bildschirm und Tastatur ausgestattet.

Die Wände des Zimmers wirkten trist und waren grau gestrichen. Über dem Bett hing ein einzelnes Foto. Teubner trat näher heran und erkannte Björn König im jungen Teenageralter mit zwei Gleichaltrigen. Er zog sein Handy aus der Gesäßtasche und fotografierte das Bild. Im selben Moment kam Eva Wilms-König durch die Tür. »Wer sind die Freunde Ihres Sohnes? Hat er noch Kontakt zu ihnen?«

»Nein«, antwortete Björns Mutter verkniffen. »Das war eine flüchtige Urlaubsbekanntschaft.« Sie hielt die Zimmertür auf und trat beiseite. »Und jetzt bitte ich Sie, zu gehen. Björn steht für keine weitere Befragung zur Verfügung. Sie hätten sehen müssen, wie schlecht er sich fühlt. Es ist unverantwortlich, dass Sie nicht sofort einen Krankenwagen gerufen und ihn erst mit Ihren Fragen malträtiert haben.«

Teubner nickte und ging zur Haustür. »Alles Gute, Herr König!«, rief er in Richtung Wohnzimmer. »Sobald es Ihnen besser geht, müssen wir uns noch einmal unterhalten.«

Kapitel 25

Samstag, 11. Mai, 15.32 Uhr

Der Himmel hatte sich weiter zugezogen und wirkte bedrohlich wie vor einem Gewitter. Der böige Wind zerrte an Maikes Haaren und riss einzelne Strähnen aus ihrem Zopf, als sie sich auf dem Parkplatz der Dienststelle neben Teubner zu ihrem Einsatzwagen kämpfte. »Marschewski hat schon Recht, wenn er sagt, dass die alten Tahiris wissen müssen, wo sich Luan und Hashim aufhalten. Aber glaubst du, sie werden uns das aufs Butterbrot schmieren? Die verpfeifen ihre Söhne nicht. Jede Wette.« Sie betätigte den Knopf der Fernbedienung für die Zentralverriegelung und ließ sich hinters Steuer fallen.

Teubner setzte sich neben sie und schlug die Beifahrertür zu. Seine blonden Haare waren vom Wind völlig zerzaust und gaben ihm ein verwegenes Aussehen. »Sieht ganz nach einem privaten Rachefeldzug der Brüder aus. Allzu viele Möglichkeiten, wo die beiden sich aufhalten können, gibt es ja nicht mehr. Die Dortmunder Kollegen haben ihre Wohnungen durchsucht. Darin befanden sich nur die Ehefrauen mit den Kindern. Der Gebrauchtwagenhandel war bereits vor dem offiziellen Geschäftsschluss um 13 Uhr geschlossen. Was bleibt denn da noch?«

Maike knallte die Fahrertür mit einem Ruck ebenfalls zu und strich sich die Haarsträhnen nach hinten. »Du meinst, sie sind bei ihren Eltern? Vielleicht wollen sie dort in Ruhe weitere Rachepläne schmieden, nachdem sie Kevin Scheidt, Sören Reinders und Björn König verprügelt haben.« Sie startete den Motor.

»Den Überfall auf Sören und Kevin Scheidt können wir ihnen noch nicht nachweisen«, wandte Teubner ein. »Aber wer sollte es sonst gewesen sein? Kevin und Achmed hatten Streit, Grund genug zu glauben, Kevin könnte etwas mit dem Mord zu tun haben. Wir werden uns Kevin noch mal vornehmen. Der müsste die Brüder doch erkannt haben, wenn sie die Täter waren. Mit seinen vagen Andeutungen können wir nichts anfangen.«

Maike stoppte den Wagen an der roten Ampel nahe der Star-Tankstelle. »Wie du weißt, hackt eine Krähe der anderen kein Auge aus. Kevin Scheidt hat selbst genug Dreck am Stecken. Wir werden ihm das Dealen mit synthetischen Drogen nachweisen und hoffentlich ebenfalls die Vergewaltigung an Michelle Böttcher.«

»Grüner wird's nicht, Maike.« Teubner deutete auf die Ampel.

Sie gab Gas und fuhr über den Verkehrsring. »Wie sieht es mit Kevin Scheidts Alibi für den Mord an Achmed aus? War er nachweislich in Amsterdam?« Sie hatte die neuesten Ermittlungsergebnisse nur überflogen.

»Die Besitzerin einer kleinen Pension dort hat bestätigt, dass Kevin sich mehrere Tage in ihrem Haus aufgehalten hat. An die Nacht von Sonntag auf Montag hat sie sich besonders gut erinnert, da sei es in seinem Zimmer sehr laut zugegangen.« Teubner blickte Maike von der Seite an und grinste. »Sie hat kurz nach Mitternacht an seine Zimmertür geklopft, weil sie nicht schlafen konnte. Er hat ihr nur mit einem Handtuch um seine Hüfte geöffnet und im Hintergrund hätten zwei Frauen gelacht.«

»Okay« Sie zog das »kay« in die Länge und schmunzelte. »Wenn er die Wirtin also nicht bestochen hat, kommt er für den Mord an Achmed nicht infrage. Gibt es Überwachungskameras in der Nähe der Pension, die bestätigen, dass er dort untergekommen ist?« Sie trat mit Wucht auf die Bremse, als im Tunnel ein Ford Fiesta knapp vor ihr auf die rechte Fahrbahn wechselte. »Idiot!«

»Da sind die Kollegen in Amsterdam noch dran.«

Maike lenkte den Dienstwagen am Einkaufszentrum »Neue Mühle« vorbei und schlug den Weg nach Königsborn ein. Kurz darauf parkte sie unter den mächtigen Bäumen der Platanenallee am Straßenrand. »Vielleicht sollten wir zunächst bei den Scheidts klingeln«, meinte sie, indem sie den Motor abstellte. »Der Junior kann uns erst einmal erklären, warum er heute Vormittag nicht in der Dienststelle erschienen ist.«

»Einverstanden.«

Gleichzeitig öffneten sie die Autotüren und stiegen aus. Sofort wurde Maike von einer heftigen Bö erfasst, die ihr Nieselregen ins Gesicht schleuderte. Sie lief neben Teubner auf den Eingang des Wohnklotzes zu. Kurz nachdem sie geklingelt hatten, surrte der Türöffner. Mit einem Seitenblick erkannte Maike das Defekt-Schild am Fahrstuhl und mühte sich hinter ihrem Kollegen die Stufen hinauf. Im vierten Stock wurden sie bereits von Silke Scheidt erwartet.

»Mein Sohn ist nicht da!«, sagte sie grußlos. Ihre Haare lagen wirr und fettig am Kopf, als habe sie diese seit Wochen nicht gewaschen und sei gerade aus dem Schlaf gerissen worden. Darauf deutete auch ihre knitterige Kleidung hin, die aus roter Jogginghose und grauem T-Shirt bestand. »Heute ist Samstag und da haben die jungen Leute was anderes vor, als zu Hause zu hocken.«

»Guten Tag, Frau Scheidt«, erwiderte Teubner betont freundlich. »Wo finden wir Ihren Sohn denn? Wir hatten ihn für heute Vormittag in die Dienststelle gebeten, weil wir noch einige Fragen haben. Wenn er sich mit seiner Verletzung mit Freunden treffen kann, ist er sicher auch in der Lage, mit uns zu sprechen.«

Silke Scheidt verschränkte die Arme vor der Brust. »Kevin ist mir keine Rechenschaft schuldig, ich weiß nicht, wo der ist.«

»Hat er Ihnen gesagt, ob er die Täter erkannt hat? Sie werden doch mit ihm über den Vorfall gesprochen haben«, vermutete Maike.

»Die verdammte Prügelei hier, die war natürlich ein Thema. Auf meine Frage, wer die Kerle waren, ist er ausgewichen. Ich habe ihm danach klargemacht, dass es mir reicht. Seine dubiosen Geschäfte, die bringen nur Ärger. Wenn das nicht aufhört, fliegt er raus. Mir ist scheißegal, wer das gestern gewesen ist. Aber es ist genug!«

»Vielen Dank, Frau Scheidt. Richten Sie Ihrem Sohn bitte aus, dass er sich umgehend bei uns melden soll.« Sie reichte Silke Scheidt ihre Karte, die sie ihr aus der Hand riss und die Tür zuknallte.

»Na, die hat aber eine Laune. Viel schlimmer kann es nicht mehr werden, oder?« Teubner mühte sich ein Grinsen ab und klingelte mehrmals an der Nachbartür bei Ehepaar Tahiri, ohne dass sich etwas rührte.

»Scheinen nicht zu Hause zu sein«, überlegte Maike.

Im selben Moment öffnete sich jedoch die Tür einen Spalt und Rovena Tahiri spähte in den Hausflur. »Was wollen Sie?«

Teubner drückte die Tür mit einem kräftigen Ruck auf und schob die Frau damit zurück. »Mit ihren Söhnen reden! Die sind doch hier, richtig?« Er wollte sich an ihr vorbeischieben, aber die Albanerin krallte ihre Hände in seinen Oberarm.

»Lassen Sie uns in Ruhe! Wir stehen in tiefer Trauer um Achmed! Kennen Sie keinen Respekt?« Sie pustete sich den langen Pony aus der Stirn und versuchte, Teubner aus der Wohnung zu bugsieren.

»Wir müssen mit Hashim und Luan reden«, beharrte Teubner. »Wo sind die beiden? In Ihrem Wohnzimmer? Halten sie Kriegsrat, wen sie als Nächstes zusammenschlagen wollen?«

»Was fällt Ihnen ein?«, rief Rovena Tahiri.

Im Hintergrund waren Stimmen zu hören. Teubner ging resolut auf die Tür gegenüber dem Eingang zu, hinter der er den Rest der Familie vermutete. Er klopfte kurz und betrat das Zimmer. »Ah, da haben wir Sie ja!«

Maike eilte ihm hinterher. Sie registrierte die offene Balkontür, die im vierten Stock aber nicht als Fluchtweg taugte. »Ruhe bewahren«, wisperte sie Teubner zu. Sie hatte ihn selten so aufgebracht erlebt. Eigentlich zeichnete sich sein Charakter durch Besonnenheit und Gelassenheit aus. Sie sah Luan und Hashim von einem braunen Ledersofa aufspringen. Lediglich der alte Tahiri blieb gemächlich in seinem Sessel sitzen.

»Verlassen Sie unsere Wohnung!«, keifte Rovena Tahiri nun von hinten.

»Machen wir gerne, aber Ihre Söhne müssen uns begleiten!«, antwortete Teubner, ohne sich umzudrehen. Er stand vor Luan Tahiri, dem jüngeren der Brüder, der sich wie ein Türsteher vor ihm aufgebaut hatte. Beide waren exakt gleich groß und starrten sich kampfbereit an.

»Wir haben einige Fragen, die Sie uns hier oder in der Dienststelle beantworten können. Björn König wurde brutal zusammengeschlagen und liegt mit schweren Verletzungen im Krankenhaus«, begann Maike. Hashim Tahiri stellte sich neben seinen Bruder Luan, somit direkt vor sie.

»Selbstjustiz wird in diesem Land nicht geduldet«, schob Teubner hinterher. »Wie kommen Sie überhaupt darauf, dass Björn König etwas mit dem Mord an Achmed zu tun hat?«

»Keine Ahnung, wovon Sie sprechen«, erwiderte Luan Tahiri und hakte die Daumen in die Taschen seiner Jeans. Maikes Blick blieb an der Goldkette mit einem Skorpion-Anhänger hängen, die aus seinem weit geöffneten weißen Oberhemd baumelte, als er den Kopf drohend vorbeugte. Ein Indiz mehr dafür, dass er einer der Täter war.

»Sie haben Björn König vor seinem Haus aufgelauert, ihn in Ihren Wagen gezerrt und später schwer verprügelt, so wie zuvor Kevin Scheidt und meinen Kollegen.« Maike registrierte, wie Tarek Tahiri aufsprang.

»Was fällt Ihnen ein? Haben Sie Beweise für Ihre Anschuldigungen?« Er drängte sich an seinen Söhnen vorbei und stieß Maike mit der Hand so fest vor die Schulter, dass sie zwei Schritte zurücktaumelte.

»Nun mal ganz ruhig«, mahnte Teubner mit lauter Stimme. »Zurzeit geht es lediglich um eine Befragung. Also: Wie kommen Sie darauf, dass ...« Weiter kam er nicht.

Rovena Tahiri begann laut zu kreischen. »Achmed ist tot!« Sie zerrte an der Jacke von Teubner. »Und die Polizei hat nichts Besseres zu tun, als seine Brüder eines Verbrechens zu beschuldigen.«

»Wir können Sie gerne alle vier mit zur Dienststelle nehmen!« Maike hatte ihre Stimme deutlich erhoben. Sie kannte das oft hitzige Gemüt der Südländer, hatte aber nicht vor, sich einschüchtern zu lassen.

»Blöde Bullenschlampe«, schimpfte Tarek Tahiri und verpasste Maike eine saftige Ohrfeige. »Verschwinde aus meiner Wohnung und sieh zu, dass du den Mörder von Achmed findest, statt uns beim Trauern zu belästigen.«

Maike hielt sich die Wange und starrte den alten Tahiri fassungslos an. Der Kerl hatte sie geschlagen! Sie griff an ihren Gürtel und wollte die dort befestigten Handschellen lösen, als sie von hinten gepackt wurde.

»Du rührst meinen Vater nicht an«, zischte Luan und zerrte sie zurück.

»Raus aus unserer Wohnung«, schrie Rovena aus Leibeskräften. »Raus! Raus! Raus aus diesem Haus!« Sie stürzte sich auf Maike, riss an ihrem Arm und wollte sie zum Flur ziehen.

»Verdammt noch mal!«, brüllte Teubner nun. »Was soll dieses Affentheater? Wenn Sie jetzt nicht zur Vernunft kommen, rufen wir die Kollegen und Sie landen allesamt in U-Haft!«

Luan Tahiri verpasste ihm einen Kinnhaken. Teubner flog gegen den Wohnzimmerschrank. Eine kitschige Porzellanfigur kam ins Wanken, fiel zu Boden und zerbrach. Maike riss ihre Dienstwaffe aus dem Halfter und richtete sie auf Tarek Tahiri. »Bringen Sie Ihre Söhne unter Kontrolle«, verlangte sie laut.

»Und wenn nicht? Wollen Sie mich abknallen? Ist das das Vorgehen der deutschen Polizei? Schaffen Sie sich so unliebsame Angehörige von Mordopfern vom Hals?« Plötzlich schlug er mit Wucht seitlich gegen ihr Handgelenk. Die Waffe fiel zu Boden. Hashim Tahiri wollte sich darauf stürzen, aber Maike war schneller. Sie hatte jedoch nicht damit gerechnet, dass Rovena Tahiri sie von hinten anspringen würde. Maike verlor das Gleichgewicht und stürzte auf die Knie. Die alte Tahiri warf sich auf sie. Maike war trotz Waffe bewegungsunfähig. Aus den Augenwinkeln sah sie, dass Teubner mit Luan und Tarek Tahiri kämpfte.

Plötzlich flog die Wohnzimmertür auf. Maike sah mehrere Beine in den Raum stürmen, mindesten zwei Paar davon trugen Polizeiuniform. Einen Moment später wurde Rovena Tahiri von ihr heruntergezogen. Maike rappelte sich auf und verstaute sofort ihre Waffe im Halfter. Sie erkannte Mike Kolbe und zwei Kollegen von der Streifenpolizei und wies sie an, den Brüdern Tahiri Handschellen anzulegen und sie abzuführen. Tarek Tahiri setzte sich schweigend in seinen Sessel, Rovena fing auf der Couch an zu weinen.

»Sollen wir die beiden mitnehmen?«, fragte Kolbe in Richtung Maike und deutete auf die Eltern von Achmed.

»Nein, ich denke, das wird nicht nötig sein.« Sie atmete tief durch, während Luan und Hashim hinausgebracht wurden. Teubner folgte ihnen. Maike blickte das Ehepaar Tahiri an. »Wir sprechen uns!«, sagte sie mit einem drohenden Unterton. Dann verließ sie als Letzte die Wohnung. Teubner und die Kollegen der Streife waren mit den Brüdern schon eine Etage tiefer. Mike Kolbe wollte in gewohnt eiliger Art folgen. »Einen Moment noch, Herr Kolbe«, hielt sie ihn zurück.

»Ja?« Er drehte sich betont langsam um und steckte seine Hände in die Taschen seiner Schlabberjeans.

»Wo kommen Sie mit den Kollegen so plötzlich her? Wir haben keine Verstärkung gerufen.«

Kolbe hob gleichgültig die Schultern. »Ich habe das Haus ein wenig im Auge behalten.« Er grinste. »Hatte tatsächlich nichts Besseres zu tun.«

»Du willst mir jetzt nicht erzählen, dass du die Tahiris in deiner Freizeit observiert hast?« Maike bemerkte zu spät, dass sie den neuen Kollegen entgegen ihrem ursprünglichen Vorsatz geduzt hatte.

»Man nennt mich Mister Unsichtbar.« Kolbe lächelte. »Ich habe das über Jahre gemacht und möchte nicht aus der Übung kommen. War doch nicht so verkehrt, oder? Als es laut wurde bei euch da oben, habe ich Unterstützung angefordert. Ich weiß, wie schnell Situationen dieser Art eine ungewollte Wendung annehmen können.« Er drehte sich um und lief die Stufen hinab. »Schönes Wochenende, Maike!«

»Dir auch!«, rief sie ihm hinterher und wäre sich komplett blöd vorgekommen, wenn sie ihn jetzt wieder gesiezt hätte.

Kapitel 26

Samstag, 11. Mai, 20.42 Uhr

Eigentlich hätte Maike längst Feierabend machen sollen. Zu Hause wartete jedoch nur eine leere Wohnung mit Erinnerungen an Jochen. Heute hatte sie zum ersten Mal seit dem Überfall den Tag über nicht an ihn denken müssen. Am frühen Morgen war sofort die Sorge um Sören Reinders in den Vordergrund getreten. Noch vor ihrer Schicht hatte sie ihn im Krankenhaus besucht. Er lag auf derselben Station wie Björn König.

Er hatte zum Fürchten ausgesehen. Verquollene Augen, Schürfwunden, Hämatome und trotz der schmerzstillenden Infusion waren ihm die Qualen anzusehen, die er litt. Er würde mit Sicherheit für mehrere Wochen ausfallen. Sie hatte ihm fest versprochen, ihn regelmäßig zu besuchen, und das wollte sie einhalten.

Maike zog den Ordner des Mordfalls Tahiri erneut zu sich. Zum wiederholten Male schaute sie sich den Ausdruck eines Fotos an, das Teubner bei Björn König gemacht hatte. Es zeigte ein gerahmtes Bild mit drei Jugendlichen. Sie schienen gute Freunde zu sein, laut seiner Mutter jedoch nur eine flüchtige Urlaubsbekanntschaft. Als Teubner ihr das sagte, hatte bei ihr sofort eine Alarmglocke gebimmelt. Ein junger Mann würde kein Foto einer verjährten Urlaubsfreundschaft an seine Wand hängen.

»Ich habe das Gesicht schon einmal gesehen«, murmelte Maike und kramte eine Lupe aus der Schublade ihres Schreibtischs. Die Züge des Teenagers links von Björn waren kaum zu erkennen, da er eine Base-Cape trug. Aber der Junge rechts von ihm ... »Das ist doch sein bester Freund von damals«, sinnierte Maike und rief im Computer den alten Fall der Jugendbande auf. Sie las die Liste der einstigen Opfer durch. »Jakob Stratmann«, erkannte sie ihn plötzlich. »Jede Wette, das ist er!«

Sie scrollte weiter entlang der ehemaligen Ermittlungsunterlagen und stieß tatsächlich auf ein Foto des Jungen. »Volltreffer«, freute sie sich und fragte sich gleichzeitig, warum Björns Mutter den früher besten Freund ihres Sohnes als flüchtige Urlaubsbekanntschaft abgetan hatte.

Maike las in den alten Berichten, dass Jakob Stratmann ebenfalls Anzeige gegen Achmed und die anderen Bandenmitglieder gestellt hatte. Sie erinnerte sich sogar daran, ihn selbst befragt zu haben. Er war sehr verschüchtert gewesen und hatte nur zögernd geantwortet. Abschließend deckte sich seine Aussage jedoch mit der von Björn. Beide Jungen waren mehrmals von der Bande überfallen, beraubt, schwer geschlagen und getreten worden. Letztendlich war aber nur Björn König zum Prozess erschienen. Jakob Stratmanns Eltern hatten im Nachhinein ein ärztliches Attest vorgelegt, das sein Fehlen aus gesundheitlichen Gründen erklärt hatte.

Automatisch griff Maike zum Hörer. Obwohl der Stundenzeiger der großen Bahnhofsuhr an der Wand allmählich auf neun Uhr zustrebte, konnte sie nicht abschalten. Mit Jakob Stratmann war ein weiterer potenzieller Verdächtiger im Mordfall Achmed Tahiri aufgetaucht, der durchaus in das Täterprofil passte. Kurz kam ihr in den Sinn, warum Teubner noch nicht auf seinen Namen gestoßen war. Er hatte die damaligen Opfer abtelefonieren wollen. Sie war gerade im Begriff, die damalige Telefonnummer der Stratmanns einzutippen, als ein interner Anruf einging. »Was gibt's Kollege?«

»Am Parkplatz hinter den Gleisen am Bahnhof wurde eine leblose Person aufgefunden. Könnte mit dem Mord zusammenhängen, den ihr bearbeitet, deshalb solltest du dir das anschauen.« Die Stimme von Polizeioberkommissar Gerold Schmidtke klang ernst.

»Beim Parkplatz am Bahnhof, sagst du?« Maike schaltete ihren Computer aus und rollte den Stuhl zurück.

»Ja, aber der hinter der Unterführung. Also der abgelegene Platz, den man nur über die Hammer Straße erreichen kann.«

»Alles klar, danke dir Gerold. Bin schon unterwegs.« Maike griff sich Jacke und Tasche und eilte zu ihrem Dienstwagen.

Bereits fünf Minuten später erreichte sie den Leichenfundort. Der Parkplatz zog sich etwas versteckt am Rande der Gleise entlang, war daher nur wenigen Auswärtigen bekannt. Maike lenkte den Dienstwagen über die Auffahrt an der Hammer Straße auf den Platz, der an einer Seite direkt an den Gleisen lag. Er war teils von Gebüsch umwuchert und von außen kaum einsehbar. Nach hinten hin war er von einem Gitterzaun begrenzt. Davor standen zwei Streifenwagen und ein Rettungsfahrzeug mit blinkendem Blaulicht.

Maike parkte ein Stück abseits. Erst jetzt sah sie, dass der Zaun einen Durchgang hatte, den Gerold Schmidtke bereits mit rot-weißem Plastikband gesperrt hatte und der auf einen Fußweg führte. Im Hintergrund rechts hob sich einsam das gelbe Hochhaus am Hellweg wie eine leuchtende Sankt-Martins-Laterne aus der sich neigenden Dämmerung. Maike bückte sich unter dem Polizeiabsperrband hindurch und trat auf Schmidtke zu.

Er deutete auf einen Strommast, der dicht an den Gleisen mitten aus einem Buschgeflecht ragte. »Da liegt das Opfer. Der Hund war an dem Zaun angebunden und hat gebellt. Das ist einem Ehepaar aufgefallen, das hier geparkt hat. Es ist auf den Mischlingsrüden zugegangen, hat sich nach dem Besitzer umgesehen und dabei die Tote entdeckt.«

Maike blickte auf eine schlanke Frau mit knappen Jeans, weißen Sneakers und weißer Bluse, die bäuchlings halb im Gebüsch vor dem Strommast lag. »Was sagt der Notarzt?«

Schmidtke, etwas behäbig, mit Dreitagebart und Igelfrisur, zog den Reißverschluss seiner Dienstjacke höher, als der Wind ihm eine Brise Nieselregen entgegenschlug. »Der konnte nichts mehr machen. Als Strodtbeck und ich hier ankamen, war kein Puls vorhanden und sie fühlte sich kalt an.«

»Habt ihr sie umgedreht? Irgendwelche Verletzungen?«

»Ich habe nur den Kopf etwas angehoben.« Aus Schmidtkes Gesicht war jegliche Farbe gewichen. »Einschussloch an der Stirn. Deshalb habe ich dich dazugeholt. Sieht nach einer Hinrichtung aus, genau wie bei Achmed Tahiri. Misshandelt worden ist sie scheinbar vorher nicht.«

»Kopfschuss?« Maike fröstelte bei dem Gedanken, wie skrupellos der Täter vorging. »Hat niemand etwas gehört? Haben sich Zeugen gemeldet? Der Bahnhof liegt direkt gegenüber. Auf den Bahnsteigen halten sich doch ständig Menschen auf.«

»Bisher nicht. Ist ja ein ziemlicher Wind heute, der schluckt die Geräusche. Und wenn eventuell die Glocken von Sankt Katharina geläutet haben, als der Schuss gefallen ist, dann hörst du am Bahnsteig gar nichts. Zumal die an- und abfahrenden Züge auch sehr laut sind.«

»Wissen wir schon, wer das Opfer ist? Hatte der Hund eine Marke? Wo ist er überhaupt?«

»Frank Strodtbeck bringt ihn zu seinem Besitzer. So ein mittelgroßer, schwarz gelockter Hund. Vielleicht heißt er deshalb Zorro. Das steht jedenfalls auf seinem Halsband, woran auch ein Metallanhänger mit Adresse und Telefonnummer befestigt ist. Er hat ein Höllentheater gemacht, gebellt und gejault, als ich mir das Schildchen angesehen habe. Der Halter ist ein Benjamin

Fuchs, der war aber telefonisch nicht erreichbar. Deshalb ist Strodtbeck mit dem Hund zur besagten Adresse in der Straße am Südfriedhof gefahren.«

»Benjamin Fuchs«, murmelte Maike. Sie erinnerte sich, den Namen schon einmal im Zusammenhang mit den Ermittlungen im Mordfall Achmed Tahiri in den Akten gelesen zu haben. »Das ist der aktuelle Freund von Chantal Vogt. Sie waren gemeinsam in Urlaub. Hast du ein Foto vom Gesicht der Leiche gemacht?«

Schmidtke nickte und zeigte ihr das Bild auf seinem Smartphone. »Ich dachte, je schneller wir die Frau identifizieren, desto besser.«

Der Schuss hatte die Stirn etwa an derselben Stelle getroffen wie bei ihrem ehemaligen Freund. »Das ist Chantal Vogt«, bestätigte Maike ihre Vermutung. »Fragt sich nur, warum man sie hier mit dem Hund von Benjamin Fuchs gefunden hat und der nicht erreichbar ist. Ob der Urlaub der beiden vielleicht nicht so harmonisch verlaufen ist?«

»Das ist eure Sache, das herauszufinden.« Schmidtke klang erleichtert. »Na endlich, da hinten trudeln die Kollegen von Kriminaltechnik und Rechtsmedizin ein.«

Maike blickte sich um. Sie sah Ermittlungsleiter Mark-Oliver Marschewski aus dem Van der KT aussteigen, gefolgt von Mike Kolbe. Beide trugen bereits Schutzanzüge. Maike fragte sich erst gar nicht, wieso Kolbe dabei war. Scheinbar war er nicht nur Mister Unsichtbar, sondern auch Mister Allgegenwärtig.

Kapitel 27

Samstag, 11. Mai, 21.45 Uhr

Teubner und Mike Kolbe hatten Luan und Hashim Tahiri zunächst in Gewahrsam genommen und in die Arrestzelle der Dienststelle Unna verfrachtet. Marschewski wurde informiert und versprach, sich über die Staatsanwaltschaft sofort um eine Vorführung beim Haftrichter zu bemühen. Da die Brüder Tahiri offensichtlich auf eine Vendetta aus waren, lag die Vermutung auf Fluchtgefahr oder noch schlimmer auf weitere Straftaten in ihrem Rachefeldzug nah.

Staatsanwältin Lina von Haunhorst trieb tatsächlich einen Richter auf, dem die Verdächtigen vorgeführt werden sollten. Teubner kannte den älteren Richter schon aus früheren Ermittlungen. Eberhardt Kern besaß den Ruf einer harten Nuss, der die Fakten explizit und detailliert prüfte, was im Fall der Brüder Tahiri fast zwei Stunden dauerte. Letztendlich ordnete er aber doch Untersuchungshaft an.

Gemeinsam mit Mike Kolbe überstellte Teubner Hashim und Luan Tahiri in die Justizvollzugsanstalt Dortmund und samt aller Formalien verging eine weitere Stunde. Marschewski wollte Kolbe danach noch persönlich in seinem Büro sprechen. Da der keinen eigenen Pkw besaß, setzte Teubner ihn vor dem Polizeipräsidium ab und machte sich erst dann auf den Weg nach Hause. Die Freude, endlich das Wochenende genießen zu können, währte jedoch nur kurz. Gerade als er in den selbst gebackenen Blaubeerpfannkuchen beißen wollte, wurde er telefonisch über den Mord an Chantal Vogt informiert. Er hatte den Pfannkuchen daraufhin gerollt auf dem Weg zum Tatort gegessen.

In diesem Moment erreichte er den Parkplatz hinter den Gleisen. Er wischte sich kurz die Zuckerkrümel vom Mund und verließ seinen Audi. Rechtsmediziner Werner Severin kam ihm mit fliegendem Mantel entgegen. Seinen Schutzanzug hatte er schon ausgezogen. Er ähnelte Horst Lichter immer mehr, schien es darauf anzulegen, seinen Kaiser-Wilhelm-Bart in dieselbe Form zu bringen. Seine Nickelbrille war vom selben Modell wie die des Bares-für-Rares-Moderators.

»'n Abend, Herr Teubner«, grüßte er ohne das gewohnte Lächeln. »Die Opfer werden immer jünger«, klagte er, »die Frau hatte ihr Leben noch vor sich, ist fast ein Mädchen.«

Teubner nickte. Obwohl Chantal Vogt früher dieser Jugendbande angehört und bei der Dealerei von Achmed Tahiri mitgemischt hatte, schien sie inzwischen doch die Kurve gekriegt zu haben. Laut den bisherigen Ermittlungen hatte sie zuletzt in einem Nagelstudio als Nageldesignerin gearbeitet. »'n Abend, Doktor Severin. Tja, auf dem Foto, das uns die Mutter geschickt hat, ist sie ungeschminkt und sieht aus wie 18, sie ist aber bereits 24. Trotzdem kein Alter zum Sterben.«

»Richtig!« Severin stellte seinen silbernen Arbeitskoffer auf das vom Regen nass glänzende Kopfsteinpflaster. »Ist ja nun schon der zweite Kopfschuss in Ihren Ermittlungen. Da hoffe ich, dass Sie den Täter bald finden.«

»Wir sind dran, Doktor. Die Vergangenheit scheint die junge Frau genauso wie ihren ehemaligen Freund eingeholt zu haben. Die Hintergründe zu ermitteln ist unser Job. Haben Sie Informationen für uns, die uns weiterhelfen?«

Severin hob zögernd die Schultern. »Den Todeszeitpunkt kann ich auf 18.30 bis 19.30 eingrenzen. Ich schätze, dass sie nach dem Schuss sofort tot war, aber das sage ich Ihnen genauer nach der Obduktion.« Er bückte sich nach seinem Koffer. »Damit will ich keine Zeit verlieren.« Er nickte Teubner zu und eilte zu seinem Wagen.

Teubner beugte sich unter der Polizeiabsperrung hindurch und erreichte den Tatort. Scheinwerfer waren aufgestellt worden, die Kriminaltechniker suchten die Umgebung nach Spuren ab. Maike Graf hielt einen Hund an der Leine und war in ein Gespräch mit Marschewski vertieft. Deshalb widmete Teubner seine Aufmerksamkeit zunächst dem Opfer, das die Bestatter gerade in einen Leichensack legten. Das Einschussloch an ihrer Stirn wirkte aus der Ferne wie ein hinduistisches Bindi. Man würde die Untersuchungen abwarten müssen, ob es sich um dasselbe Kaliber handelte wie bei Achmed Tahiri. Die Bestatter hoben den Sack mit Chantal Vogt an, legten ihn auf eine Trage und schoben ihn darauf zum Parkplatz, wo der Leichenwagen stand.

Teubner ließ die Umgebung auf sich wirken. Das Opfer war kaum zwei Meter von den Gleisen entfernt aufgefunden worden. Direkt gegenüber lag der Bahnsteig in geschätzt 20 bis 25 Metern Entfernung. Durch das hohe Gestrüpp rund um den Strommast konnte von dort aber niemand die Tat beobachtet haben. Was hatte Chantal Vogt an diesem abgelegenen Platz gemacht?

»So schnell sieht man sich wieder!« Mike Kolbe trat auf Teubner zu, die Hände in den Taschen seiner Schlabberjeans vergraben.

»Unter erfreulicheren Umständen wäre es mir lieber gewesen«, erwiderte Teubner, der den neuen Kollegen äußerst sympathisch fand. »Ist Chantal Vogt mit dem Auto hergefahren? Steht es vielleicht auf dem Parkplatz?«

Kolbe schüttelte den Kopf. »Auf sie ist kein Fahrzeug zugelassen, das haben wir bereits gecheckt. Ihr Freund Benjamin Fuchs fährt einen schwarzen Toyota. Den konnten wir nicht lokalisieren. Hier ist er jedenfalls nicht abgestellt worden und bei ihm zu Hause auch nicht.«

»Was hält Maike für einen Hund an der Leine? Gehört der zu Chantal Vogt?«

»Keine Ahnung. Ich bin noch nicht lange vor Ort.« Er hob einen kleinen Beweissicherungsbeutel hoch, in dem sich ein Armband befand. »Schon mal gesehen? Habe ich im Gestrüpp beim Strommast gefunden. Muss natürlich nichts mit dem Opfer zu tun haben. Sieht allerdings recht trocken aus und heute früh hat es durchgehend geregnet.«

Teubner nahm den Beutel an sich. Das schwarze, zweireihig geflochtene Lederband der Marke Tommy Hilfiger war mit einem Steckverschluss aus Edelstahl versehen. »Nie gesehen«, meinte er und gab Kolbe das Band zurück. »Mit viel Glück findet die Kriminaltechnik daran DNA oder Fingerabdruckspuren, die verwertbar sind.«

»Ich schmeiß den Beutel jetzt mal in den Van der KT und schau, wo ich sonst helfen kann« Er nickte ihm zu und verschwand Richtung Parkplatz.

»Alles klar!«, rief Teubner ihm hinterher und steuerte auf Maike Graf zu, die ihr Gespräch mit Marschewski beendet hatte. »Na, hat er sich deine Arbeitsweise genau angeschaut? Ist er mit dir zufrieden?« Teubner konnte sich mit der Möglichkeit, dass Maike die Dienststelle eventuell verlassen wollte, nicht anfreunden.

Maike winkte ab. »Meinen Wunsch, ins KK11 zu wechseln, hat er zum Glück nicht erwähnt. Ich selbst bin mir überhaupt nicht mehr sicher. Im Grunde arbeite ich ja sehr gerne in Unna.«

»Ich kann es nur wiederholen. Mich würde es freuen, wenn du hierbleibst. Wer weiß, mit wem ich mir sonst das Büro teilen müsste.«

»Vielleicht mit dem neuen Kollegen, Mike Kolbe«, grinste Maike. »Der hat mir übrigens eben versichert, dass er den Hund nicht aufnehmen kann. Du wohnst doch so nobel, Max. Das Grundstück am Haus deiner Tante ist riesig, da habt ihr gewiss

Platz für den Racker hier.« Sie deutete auf den schwarzen Hund an ihrer Leine. »Zorro ist lieb und bestimmt stubenrein.« Sie hielt ihm die braune Lederleine entgegen.

Teubner ignorierte die Geste. »Auf keinen Fall. Das gibt nur Ärger mit Tante Belinda. Ist das der Hund von Chantal Vogt?«

»Nein, er gehört ihrem Freund Benjamin Fuchs und der ist wie vom Erdboden verschwunden. Er lebt wohl sehr zurückgezogen. Die Nachbarn, die die Kollegen befragt haben, wussten nicht einmal, was er beruflich macht.«

»Tierheim?«

»Es ist Samstag, Max. Auch da ist heute niemanden mehr.« Sie drückte ihm die Leine in die Hand. »Komm, ist ja nicht für ewig. Bis morgen haben wir Fuchs bestimmt aufgetrieben.«

Teubner verdrehte die Augen und gab nach. »Habt ihr sonst was, das uns in den Mordfällen weiterbringen könnte?«

»Mir ist da tatsächlich was aufgefallen. Du hast bei Björn König doch dieses Bild an seiner Wand abfotografiert.«

»Ja. Die drei Freunde, angeblich zwei Urlaubsbekanntschaften. Was ist damit?« Er hatte das Foto aus einem Impuls heraus aufgenommen, es hing dort so einsam über Björns Bett. Eigentlich der einzige persönliche Gegenstand in dem Zimmer.

»Ich habe einen der Jungen erkannt.« Maike Graf wirkte aufgedreht, als habe sie den Schlüssel zu den aktuellen Verbrechen gefunden. »Erinnerst du dich nicht an den besten Freund von Björn König? Die beiden waren damals unzertrennlich. Ich habe die Akten durchwälzt und bin auf seine Aussage gestoßen.« Sie blickte ihn an, als erwarte sie eine Antwort.

»Ich war nicht so tief in dem Fall drin wie du. Jetzt erzähl schon«, forderte Teubner ungeduldig.

»Der Junge heißt Jakob Stratmann, selbes Alter wie Björn König. Er hat damals bei mir gegen Achmed und die anderen

Mitglieder der Jugendbande ausgesagt. Allerdings ist er nicht vor Gericht erschienen, ärztliches Attest.«

Teubner wartete einen Moment mit seiner Antwort, da gerade ein Intercity durch den Bahnhof fuhr. »Ich erinnere mich, den Namen auf der Liste der ehemaligen Opfer gelesen zu haben. Ihn hatte ich noch nicht erreicht. Die müssen wohl umgezogen sein. Und du meinst, er könnte nach acht Jahren Rache nehmen? Ist das nicht ein bisschen weit hergeholt?«

Maike rieb sich fröstelnd die Arme. Die Temperatur war inzwischen rapide gesunken und der böige Wind brachte Nieselregen mit sich. »Und wenn es gar nicht um eine Rache für die Raubzüge der Jugendbande geht? Michelle Böttcher hat mir erzählt, dass sich unter Achmeds Kunden einige seiner einstigen Opfer befunden haben. Vielleicht sind Björn König und Jakob Stratmann später von den synthetischen Drogen abhängig geworden, mussten einen qualvollen Entzug durchmachen und wollten ihn dafür bezahlen lassen, als er aus der Haft entlassen worden ist. Denk an die Fotos von Finn Rehberg.«

»Ist das nicht ein bisschen weit hergeholt?«

»Vielleicht. Aber denkst du nicht auch, dass es etwas mit Achmeds Drogenhandel zu tun haben könnte? Jakob Stratmann galt schon damals als Außenseiter. Solche Kinder entwickeln sich nicht selten zum Nerd, die ihre Freizeit bevorzugt am Computer verbringen.« Eine Durchsage hallte vom Bahnsteig herüber, jedoch nicht so laut, dass Maike ihre Ausführungen unterbrechen musste. »Es kann also durchaus sein, dass Achmed diesem Stratmann Aufputsch-Pillen verkauft hat. Vielleicht auch an Björn König. Auf den Fotos von Finn Rehberg ist ein Paar zu sehen. Man sieht sie nur von hinten. Das könnten doch König und Stratmann gewesen sein. Möglicherweise kam es wegen der Drogen zum Streit und der ist eskaliert. Mir ist schon klar, dass dies alles nur Vermutungen sind, aber wenn es so wäre, hätten wir ein glasklares Motiv. Sowohl für Björn König als auch für Jakob Stratmann.«

Teubner blieb skeptisch. »Deshalb bringt man aber niemanden um. Erst recht nicht mit Kopfschuss. Wenn Jakob seinerzeit nicht zum Prozess erschienen ist, dann ja vielleicht, weil ihn der Mut verlassen hat. Und jetzt soll er zwei Menschen kaltblütig hingerichtet haben?«, meinte Teubner wenig überzeugt, doch dann kam ihm eine Idee. Er zog sein Smartphone aus der Hose und rief das Bild der Freunde aus Königs Zimmer auf. Mit zwei Fingern zoomte er die Handgelenke der Jugendlichen heran, aber niemand der drei trug ein Lederarmband von Tommy Hilfiger. Das Foto war allerdings schon einige Jahre alt. Er blickte Maike an, die sich in ihren Gedanken verbissen zu haben schien. »Selbst wenn Björn König und Jakob Stratmann wegen Drogenkonsums erneut Kontakt zu Achmed Tahiri und Chantal Vogt hatten, ist das noch kein Beweis, dass sie die beiden getötet haben. Im Gegenteil. Warum sollten sie ihre Dealer umbringen?«

Der Hund von Benjamin Fuchs hatte während des gesamten Gesprächs brav neben Teubner Sitz gemacht. Nun hob er seinen Kopf und winselte leise. »Wir werden Jakob Stratmann und sobald es möglich ist auch Björn König dazu befragen, Maike. Ich fahre mit Zorro jetzt nach Hause.« Als er seinen Namen hörte, gab der Mischling ein kurzes Bellen von sich. »Vorher muss ich wohl oder übel noch an der Tanke halten, damit der Gute nicht verhungert. Mal sehen, ob ich ihn morgen seinem Besitzer zurückbringen kann.«

»Okay, Max. Ich danke dir. Sobald ich die Adresse von Jakob Stratmann herausgefunden habe, melde ich mich.«

Kapitel 28

Vierzehn Monate zuvor

Der massive Schreibtisch aus hellem Eichenholz war das Gesellenstück und der ganze Stolz seines Chefs. Schlicht gehalten mit wenigen Schubladen und zwei Unterbauelementen. Er dominierte das Büro von Frank Breuer wie der *Resolute Desk* des US-Präsidenten das *Oval Office*, war aber weder verziert noch verschnörkelt. Ansonsten sah man dem Zimmer an, dass es von einem Schreiner gestaltet worden war: Sowohl das Parkett wie das selbst gebaute Regal und der Schreibtisch waren aus dunklem Eichenholz. Der Bürostuhl glich ein wenig dem Gaming-Stuhl von Jakob und hatte breite Armlehnen und eine hohe Rückenlehne.

Jakob saß auf einem der beiden schwarzen Lederpolsterstühle vor dem Tisch und wartete etwas nervös auf seinen Chef. Er kannte nicht den Grund für das folgende Gespräch, aber er war sich keiner Schuld bewusst. Seit der Beschwerde Breuers bei seiner Mutter vor über einem Jahr hatte Jakob Gas gegeben. In der Berufsschule hatte er keine Stunde mehr geschwänzt und sich zu einem ordentlichen Mittelmaß verbessert. Die Arbeit mit Holz in der Werkstatt und bei Kunden machte ihm dermaßen Spaß, dass er sich nicht anstrengen musste, um gute Leistung zu bringen.

Die Tür öffnete sich lautlos. Schwere Schritte strebten auf den Platz hinter dem Schreibtisch zu. Frank Breuer wuchtete seine kantige Figur von über eins neunzig und an die 150 Kilo in den Stuhl. Seine Hände ähnelten klobigen Pranken, seine Schultern denen eines Bodybuilders. Wulstige Lippen, eine breite Boxernase und große Glupschaugen ließen ihn grobschlächtig erscheinen, dabei war sein Chef die Ruhe selbst und immer gerecht.

»Schön, dass du hergekommen bist, Jakob!« Seine eisblauen Augen fixierten ihn. »Und das auf einem Samstag. Da hast du gewiss Besseres zu tun, als zu mir nach Hause zu fahren.«

Jakob knetete seine Finger. »Äh, nein. Alles gut, Herr Breuer. Ich hatte sowieso nichts vor.« Das war eine kleine Lüge, denn um 11 Uhr lief ein Special-Game im Netz. Daran hätte er gerne teilgenommen, obwohl ihm die Zockerei bei Weitem nicht mehr so viel bedeutete wie noch vor einigen Monaten. Aber heute hatte Lea sich nach langer Zeit mal wieder mit einer Freundin verabredet, sodass er kein schlechtes Gewissen haben musste.

»Wie du weißt, geht deine Ausbildung bald zu Ende. Ich denke, deine Prüfungen wirst du mit Leichtigkeit schaffen. Ich bin sehr zufrieden mit dir.« Breuer lächelte wohlwollend.

»Das freut mich«, erwiderte Jakob etwas verlegen. Er war froh, dass das Gespräch nicht in der Werkstatt stattfand. Er empfand es als unangenehm, vor anderen gelobt zu werden.

»Hast du dir mal überlegt, wie es nach der Ausbildung weitergehen soll?«

Jakob hob ratlos die Schultern. »Ja, äh, also, ich dachte, dass Sie mich vielleicht übernehmen.« Das Blut schoss ihm ins Gesicht. Wie peinlich und unvorbereitet er doch war.

»Das würde ich in der Tat, Jakob. Du leistest gute Arbeit, deine Noten in der Berufsschule sind ganz passabel und du bist zuverlässig. So jemanden kann ich für meinen Betrieb gebrauchen. Ich möchte dich gerne weiterbeschäftigen. Und damit du dich erst gar nicht bei der Konkurrenz bewirbst, wirst du bei mir über Tarif bezahlt, du musst keine Probezeit mehr überstehen und bekommst einen unbefristeten Arbeitsvertrag. Wie hört sich das für dich an?«Breuer blickte ihn gespannt an.

Jakob war nicht in der Lage, zu antworten. Mit allem hatte er gerechnet, aber nicht damit, ein gutes halbes Jahr vorm Abschluss vom Chef einen Job angeboten zu bekommen.

»Du machst deine Arbeit fantastisch, Jakob. Du bist konzentriert, feinfühlig, sorgfältig und gewissenhaft. Attribute, die ich sehr schätze. Natürlich kannst du dir meinen Vorschlag in Ruhe überlegen. Sprich mit deinen Eltern darüber. Du musst nichts überstürzen. Mich würde es auf jeden Fall freuen, wenn du mir nach der Ausbildung in meinem Betrieb erhalten bleibst.«

Jakob nickte. Er jubelte innerlich. Aber er war außerstande, dem Chef seine übersprudelnden Gefühle auszudrücken. »Ich möchte gerne auch in Zukunft für Sie arbeiten«, sagte er endlich. »Das muss ich mir nicht überlegen.«

»Prima, Jakob.« Breuer erhob sich. »Dann werde ich einen Arbeitsvertrag vorbereiten. Ich freue mich sehr.« Er reichte ihm die Hand. »Weiterhin auf gute Zusammenarbeit.«

Jakob schlug ein und verabschiedete sich. Das innere Glücksgefühl war kaum auszuhalten. Er hatte soeben die Zusage für einen langfristigen Arbeitsvertrag bekommen. Und das in seinem Traumjob! Ehe er sein Pedelec aufschloss, zog er sein Smartphone aus der Gesäßtasche. Die Erste, die die Neuigkeit erfahren sollte, war seine Freundin Lea. Hoffentlich erreichte er sie noch vor ihrer Verabredung. Nach zehnmaligem Klingeln ging sie endlich ran. »Sorry, dass ich dich störe, mein Schatz, aber du glaubst nicht, was gerade passiert ist.«

»Du störst nicht.« Ihre Stimme klang müde und emotionslos.

»Äh, du bist doch um 12 Uhr verabredet oder habe ich mir eine falsche Zeit gemerkt?«

»Ich habe abgesagt«, murmelte sie ohne weitere Erklärung.

»Warum? Du hast dich doch gefreut, endlich mal herauszukommen.«

»Mir geht es nicht gut, Jakob.« Einen Moment war es still in der Leitung, dann hörte man ein leises Schluchzen.

»Was ist denn los, Lea? Hat es mit deinem Vater zu tun? Oder mit jemand anderem?« Er wagte nicht, auszusprechen, woran er dachte: dass Achmed sie wieder belästigt haben könnte. Es hielt es für besser, wenn er dessen Namen in Gesprächen mit Lea nicht erwähnte. Man wusste nie, ob man nicht eine Wunde aufriss. Sie war seit dem Angriff ein nervliches Wrack, verweigerte aber Medikamente, die ihre Stimmung aufhellen könnten, also zum Beispiel Antidepressiva. »Lea?«, hakte er nach, als sie nicht antwortete. »Jetzt sag schon, was passiert ist.«

»Ich kann nicht«, hauchte sie weinerlich, »es geht einfach nicht.«

»Was geht nicht?«

»Ich kann nicht aus dem Haus und mich mit Freunden treffen, als wäre es das Normalste der Welt. Ich habe ständig Angst, Jakob. Immer. Jeden Tag, jede Stunde, jede Minute. Wenn mein Vater mich zur Arbeit mit in die Praxis nimmt, denke ich bei jedem Patienten, der reinkommt, es könnte sich um Achmed handeln.« Also doch! Sie schniefte laut hörbar in ein Taschentuch.

»Lea, wie kann ich dir denn bloß helfen?« Er hätte sie am liebsten in die Arme genommen. Die Euphorie über das Jobangebot seines Chefs war verflogen.

»Ich weiß, Jakob. Du meinst es gut. Aber mit deiner Hilfe hast du noch mehr Schaden angerichtet und meine Panik vor Achmed ist noch gewachsen.« Sie hatte sich wieder gefangen, ihre Stimme klang nun klar. »Würde er in unsere Praxis kommen, wäre ich wenigstens nicht allein. Was ist, wenn er mir auflauert, während ich zu einer Verabredung gehe? Das Schlimmste ist, dass er deine Waffe hat.« Ihre Stimme brach erneut und sie weinte jetzt hemmungslos.

»Ich habe dir versprochen, ich hole mir die Sig Sauer zurück«, versuchte er Lea zu trösten. »Ich habe ihn seit Wochen in meiner Freizeit beobachtet, aber bislang hat sich keine Gelegenheit ergeben, ihn zu überwältigen. Das macht ja auch nur dann Sinn, wenn ich mir sicher bin, dass er die Waffe bei sich trägt.«

»Du sollst dich nicht in Gefahr bringen.« Lea schniefte. »Das ist es nicht wert. Wieso gehst du nicht zur Polizei, wie ich es dir hundertmal geraten habe?«

Jakob seufzte. Wie stellte Lea sich das vor? Er hing schließlich selbst viel zu tief in der Scheiße. Immerhin hatte Jakob Achmed mit der Waffe bedroht, sogar auf ihn geschossen und seine Fingerabdrücke befanden sich darauf. »Falls ich in der nächsten Woche keine Gelegenheit finde, mir die Sig Sauer zurückzuholen, spreche ich mit der Polizei. Versprochen.«

»Ich würde mich besser fühlen, wenn ich wüsste, dass Achmed keine Waffe bei sich hat.«

Jakob wollte erwidern, dass Achmed durchaus eine eigene Schusswaffe besitzen könnte, aber er hielt sich zurück. Er mochte Lea nicht noch mehr verängstigen. »Soll ich zu dir kommen? Ich bin mit dem Pedelec unterwegs und kann in fünf Minuten bei dir sein.«

»Vielleicht heute Nachmittag. Ich habe sehr schlecht geschlafen und brauche ein bisschen Ruhe.«

»Okay, mein Schatz, ich melde mich gegen drei noch mal.« Nachdenklich schob er das Smartphone zurück in seine Hose. Niemals hätte er es für möglich gehalten, dass ein Mensch sich dermaßen verändern konnte. Ein einziges Erlebnis und aus Lea war ein nervliches Wrack geworden. Aber nicht nur die Psyche hatte gelitten. Auch äußerlich war sie nicht mehr dieselbe. Lea hatte an Gewicht zugenommen, stopfte Süßigkeiten ohne Maß in sich hinein, aß Pizza, Fast Food und Burger, obwohl sie sich zuvor immer gesundheitsbewusst ernährt hatte. Die größte Veränderung waren die abgeschnittenen Haare. Ihre lange Lockenpracht war einer Kurzhaarfrisur gewichen und sie glich eher einem Jungen als einem Mädchen.

Jakob seufzte. Er musste etwas unternehmen. So ging es nicht weiter. Das Gaming-Spezial würde er sausenlassen. Er würde sich heute erneut bei Achmed auf die Lauer legen. Vielleicht bekam er die Chance, die Waffe zurückzuholen. Er schwang sich aufs Fahrrad und fuhr zunächst nach Hause, um das Lockpicking-Set mitzunehmen, das er im Internet bestellt hatte. Er glaubte zwar nicht, dass er tagsüber davon Gebrauch machen konnte – immerhin wohnte Achmed in einem Mehrfamilienhaus – aber vielleicht hatte er ja Glück.

Danach trat er kräftig in die Pedale. Hinter dem Dörfchen Dellwig fuhr er durch die Felder bis ins Bornekamptal. Da ging es ein Stück in den Wald, wo er eine Reitergruppe überholte. Einer von denen brachte sein Pferd nicht unter Kontrolle und schlug aus der Reihe aus. Jakob musste abrupt einen Bogen fahren und wäre fast im Graben gelandet. Die Hundespielwiese war um diese Zeit bereits gut besucht. Zwei Windhunde gruben Löcher in den Rasen. Kurz darauf fuhr Jakob durch Unnas Innenstadt, passierte dahinter die Bahnunterführung und erreichte nach gut einer halben Stunde Fahrt die Hamburger Straße in Unna-Königsborn.

Er schloss sein Fahrrad neben einer Platane an ein Verkehrsschild, dann ging er auf die verschachtelt gebaute Wohnanlage zu und suchte nach einem geeigneten Platz, wo man ihn nicht sofort sehen würde. In den letzten Wochen war er hier mehrmals auf Beobachtungsposten gewesen. Dabei hatte er verflucht, dass er kein Auto hatte. Damit hätte er seine Observation viel unauffälliger durchführen können. Aber Jakob besaß nicht einmal einen Führerschein.

Zwischen den parkenden Autos schräg gegenüber dem Eingang, der zu Achmeds Wohnung führte, wagte er sich nicht zu verstecken. Die Balkone der Wohnungen lagen auf dieser Seite. Da würde ein Fremder auffallen. Jakob wollte kein Risiko eingehen. Seitlich der Häuserreihen standen an einigen Stellen Mülltonnen, die jeweils von einer Mauer umgeben waren. Er hielt sich in deren Nähe auf, sodass er die Möglichkeit hatte, sich schnell hinter der Mauer zu verbergen.

Eine Viertelstunde später öffnete sich die Haustür. Ehepaar Tahiri verließ das Haus. War heute seine Chance gekommen? Die Tahiris trugen große in Geschenkpapier verpackte Kartons und steuerten auf ein Auto gegenüber dem Gebäude zu, das auf einem gekennzeichneten Parkstreifen abgestellt war. Ob Achmed nun allein in der Wohnung war? Mit ihm sollte er wohl fertigwerden.

Plötzlich öffnete sich die Tür erneut. Achmed schleppte zwei Getränkekisten zum Auto. Jakob duckte sich rasch hinter die Mülltonnen.

»Ich hoffe, wenn ich 30 werde, betreibt ihr auch so einen Aufwand wie bei Hashim.« Seine Stimme klang genervt.

»Bis dahin ist es noch ein weiter Weg«, antwortete sein Vater. »Und jetzt stell die Kisten in den Kofferraum. Wir sind spät dran.«

Jakob hörte Glasflaschen aneinander klirren. Danach wurde der Deckel des Kofferraums mit lautem Knall geschlossen.

»Steig endlich ein, Junge!«, rief Mutter Tahiri.

Jakob hörte Autotüren zuschlagen, ein Motor startete, kurz darauf entfernte sich das Motorengeräusch. Er wartete noch einen Moment, dann spähte er über die Mauer. Niemand zu sehen. Die Haustür war verschlossen. Langsam schob er sich an den ummauerten Mülltonnen vorbei und sah sich kurz nach allen Seiten um. Selbst die Balkone checkte er. Sein Herz hämmerte wild, als er sich der Haustür näherte, die Achmed eben noch hinter sich hatte zufallen lassen.

Schon aus etwa zehn Schritt Entfernung versuchte er zu erkennen, welchen Dietrich er für das Türschloss nehmen sollte. Seine Hände zitterten. Er musste sich zur Ruhe mahnen, durfte nicht auffallen. Vielleicht sollte er einfach mehrere Klingelknöpfe drücken, da würde doch bestimmt jemand aufmachen. Andererseits wollte er keine unnötige Aufmerksamkeit erregen. Jakob hatte den Eingang fast erreicht, als die Tür sich von innen öffnete. Zur Kehrtwende war es zu spät. Ein Mädchen kam aus dem Haus, etwa ein, zwei Jahre jünger als er. Sie ging an ihm vorbei, ohne ihn zu beachten. Jakob hastete zur Haustür und fasste gerade noch rechtzeitig an den Griff. Er atmete tief durch und betrat das Treppenhaus.

Die Fahrstuhltür glitt gerade zu. Eilig betätigte er den Knopf und die Flügel öffneten sich wieder, als hießen sie ihn willkommen. Jakob drückte auf die Zahl Vier. Mit jedem Meter, den der Aufzug nach oben fuhr, schien sein Herz ein Stück nach unten zu rutschen. Was, wenn im vierten Stock jemand wartete? Wie sollte er sein Erscheinen erklären? Man kannte sich hier im Haus. Alle Anwohner würden ihn als Fremden identifizieren.

Seine Bedenken erwiesen sich als unbegründet. Als er das Podest des vierten Stocks betrat, war keine Menschenseele zu sehen und es herrschte für einen Samstagmittag eine außergewöhnliche Stille. Der Duft einer Suppe stieg ihm in die Nase und prompt begann sein Magen zu knurren. Jakob zog rasch das Lockpicking-Set aus der Jacke, betrachtete das Schloss und wählte das passende Werkzeug. Er hatte das Türöffnen zu Hause mehrfach probiert, als seine Eltern nicht daheim waren, und inzwischen glaubte er, das Schlösserknacken recht gut zu beherrschen. Vorausgesetzt, die Tür war nicht abgeschlossen.

Vorsichtig setzte er den Spanner in das untere Teil des Zylinders. Dann versuchte er mit einem der Dietriche, das Schloss zu knacken. Dabei rutschte er mehrfach ab, bis er endlich bemerkte, dass die Tür wohl doch verschlossen war. »Verdammt!« Er trat einen Schritt zurück. Sollte er das Vorhaben aufgeben? Lea fiel ihm ein. Sie hatte so verzweifelt geklungen, dass er ihr noch nicht einmal von seinem Jobangebot erzählt hatte. Es musste ihm einfach gelingen, die Waffe zurückzuholen!

Er lauschte ins Treppenhaus. Kein Laut war zu hören. Da die Tahiris im obersten Stockwerk wohnten, brauchte er nur auf Schritte von unten zu achten und den Fahrstuhl im Auge behalten. Also neuer Versuch! Er würde die kleine Pick-Pistole ausprobieren. Erneut trat er auf die Tür zu, wieder setzte er den Spanner, dann führte er den Stift der »Pistole« ins Schloss und betätigte mehrfach hintereinander schnell den Abzug. Ein weiteres Werkzeug war nötig und danach ließ sich die Tür öffnen.

Jakob schlich in einen düsteren Flur. Sein Herz raste wie ein Intercity. Was, wenn sich doch noch jemand in der Wohnung befand? Welche der Türen führte in Achmeds Zimmer? Leise schob er die erste auf. Ein Bad. Hinter der zweiten die Küche. Gegenüber dem Eingang das Wohnzimmer. Dann folgte ein Jugendzimmer. Bingo! Er sah sich um. Die karge Einrichtung würde ihm das Suchen erleichtern. Kleiderschrank, Bett, Schreibtisch, scheinbar das Mobiliar, das Achmed bereits zu Schulzeiten besessen hatte.

Jetzt keine Zeit verlieren. Wo würde er eine Waffe verstecken? Er hatte sie in seinem Rucksack gelassen und hinter seinen Schuhen verstaut. Vielleicht war Achmed ähnlich gestrickt. Jakob durchwühlte den Schrank, tastete an Pullovern, zwischen Hosen, Socken und Sportzeug. Seine Sig Sauer befand sich definitiv nicht hier. Jakob sah auf seine Armbanduhr. Die Tahiris waren erst eine halbe Stunde unterwegs, so schnell würden sie vom dreißigsten Geburtstag ihres ältesten Sohnes nicht zurückkehren. Er trat auf den Schreibtisch zu und schaute durch das darüberliegende Fenster bis hinüber zum Kurpark. Weitersuchen!

In den Schubladen befand sich nur unsortierter Krempel, zudem war eine voll mit Pornoheften, dahinter hatte Achmed eine Tüte mit Lolitas versteckt. Die Sig Sauer fand Jakob nicht. »So ein verdammter Mist«, fluchte er leise. »Entweder der Scheißkerl trägt die Waffe bei sich oder er hat sie verkauft.« Enttäuscht wollte er sich zur Zimmertür wenden, da kam ihm eine Idee. Er beugte sich zum Bett und hob die Matratze an. Dann taste er den Lattenrost ab. Da das Gestell höchstens einen Meter breit war, musste er sich nicht groß anstrengen. Am Kopfende fühlte er plötzlich etwas Kaltes, Hartes.

»Yes!« Am liebsten hätte er seine Freude laut herausgeschrien. Er zog die Waffe zu sich und betrachtete sie. Es war eindeutig seine Sig Sauer. Gerade als er sich hochdrückte, hörte er die Wohnungstür ins Schloss fallen. Ehe er in irgendeiner Weise reagieren konnte, flog die Zimmertür auf und Achmed stand vor ihm. Der Albaner erschrak, als er Jakob sah, hatte sich aber sofort wieder unter Kontrolle.

»Was tust du in meinem Zimmer, Alter?«

Jakob mühte sich, das Zittern seiner Hände zu verbergen und kaltschnäuzig zu wirken. »Ich hole mir zurück, was mir gehört.«

Achmed trat einen Schritt auf ihn zu. »Und da brichst du in die Wohnung meiner Eltern ein? Gib mir die Waffe!«

Jakob dachte gar nicht daran. Er umschloss mit beiden Händen den Knauf und richtete den Lauf auf Achmed. »Du gehst jetzt in den Flur und ich verschwinde von hier. Wie gesagt, ich nehme nur, was mir gehört.«

Der Albaner schüttelte den Kopf. »Gar nichts werde ich!« Seine Augen funkelten böse und er trat einen weiteren Schritt auf Jakob zu. »Waffe her, du Idiot!« Er hob die Hand, um nach der Sig Sauer zu greifen.

Jakob wich zurück, bis er mit dem Gesäß gegen die Schreibtischplatte stieß. »Ich drücke ab, Achmed. Also geh zur Seite!«

Das breite Grinsen, das sich durch sein Gesicht zog, verhieß nichts Gutes. Er trat weiter auf ihn zu, sodass die Waffe nur noch zehn Zentimeter von seiner Brust entfernt war. »Na los! Schieß doch!«

Die Sig Sauer wog schwer. Er konnte die Arme kaum ohne zu zittern hochhalten. Sein Finger krümmte sich um den Abzug. Dann schloss er die Augen und drückte ab. Es folgte kein lauter Knall, sondern nur ein leises Klicken. Die Pistole war nicht geladen.

Achmeds Finger flogen zur Waffe und rissen sie ihm aus der Hand. Er schleuderte sie auf sein Bett, danach verpasste er Jakob einen Kinnhaken. »Du Arsch! Willst mich in meinem eigenen Zimmer abknallen?« Er stieß ihm mit den Fäusten so fest vor die Brust, dass er gegen den Schreibtischstuhl taumelte, das Gleichgewicht verlor und zu Boden fiel. Im nächsten Moment stürzte Achmed sich bereits auf ihn und trieb ihm die Faust in die Seite und ins Gesicht.

Alle Kraft war aus Jakob gewichen wie die Luft aus einem kaputten Luftballon. Er gab auf. Achmed war stärker, viel kräftiger als er. Plötzlich hörten die Schläge auf. Mit einem Knie und einem Arm drückte er ihn jedoch weiterhin zu Boden. Er zog sein Handy aus der Gesäßtasche und tippte einen Kontakt an.

»Ey, Kevin«, sagte er kurz darauf. »Du glaubst nicht, was passiert ist. Dieser Lolita-Typ wollte sich die Waffe holen … genau der. Dachte, ich bin bei Hashim zum Feiern … nee, hab keinen Bock auf Familie. Hab Bauchkrämpfe vorgetäuscht, da haben meine Alten mich zurückgebracht.« Er lachte. »Und jetzt brauch ich deine Hilfe.«

Während Achmed konzentriert der Antwort von Kevin lauschte, überlegte Jakob fieberhaft, wie er aus dieser Situation wieder herauskommen sollte. Er sah keine Lösung. Er saß verdammt tief in der Scheiße.

Achmed beendete das Telefonat, nahm das Knie von ihm herunter und zerrte ihn in den Stand. »Keine Dummheiten, sonst bist du tot.« Es klingelte und Jakob wurde zur Wohnungstür gezerrt. Achmed ließ Kevin herein. »Hol mal die Munition, Alter! Ist irgendwo unter meiner Matratze.«

»Alles klar!« Kevin verschwand in Achmeds Zimmer und kam kurz darauf mit einem Magazin zurück, das sofort den Weg in die Waffe fand. Er reichte Achmed die Sig Sauer. »Und nun? Willst du ihn hier abknallen?«

»Bist du bescheuert, Alter?« Achmed tippte sich an die Stirn, während er mit der anderen Hand den Lauf auf Jakob richtete. »Wir schaffen ihn zum Kurpark. Da bekommt er eine Abreibung und dann verschwinden wir.«

Kevin nickte. »Ich habe noch eine Überraschung für den Lolita-Fan!« Er grinste, zog ein kleines Klarsichttütchen mit einer blauen Pille aus seiner Jacke und wedelte damit in der Luft herum. »Viel besser als die Lolitas. Die fegen dich weg und wenn du wieder runterkommst, kannst du dich an nichts mehr erinnern.«

»Cool, dann können wir ihn ja so richtig fertigmachen.« Achmed lachte, griff nach seinem Schlüssel und schob Jakob in den Flur. Die unter seiner Jacke versteckte Waffe drückte er ihm in die Seite.

Jakob taumelte ins Treppenhaus. Sollte er schreien? Die Möglichkeit, von einem der Nachbarn Unterstützung zu bekommen, war hier weitaus größer als im Kurpark. Achmed kannte die wenig genutzten Wege dort. Jakob musste jetzt handeln. Die beiden würden es nicht wagen, ihn hier im Haus abzuknallen. »Hilfe!«, schrie er aus Leibeskräften. »Hilfe!«

Kevin verpasste ihm einen heftigen Schlag an den Hinterkopf. Im selben Moment öffneten sich die Fahrstuhltüren. Sie schubsten ihn in die Kabine. Sobald die Türen sich schlossen, bekam er weitere Fausthiebe in die Seite und in den Bauch. »Noch einen Mucks und du bist tot. Und wenn ich dafür wieder in den Knast gehe. Ist mir scheißegal!«

Jakob zitterte am ganzen Körper. Ihm war kotzübel. Sein Überlebenswille war auf ein Minimum gesunken.

Kapitel 29

Montag, 13. Mai, 10.20 Uhr

Sie hatten die Wilhelmshöhe, den höchsten Punkt zwischen Unna und Fröndenberg gerade hinter sich gelassen. Die zweispurige Unnaer Straße war dicht befahren und Maike starrte konzentriert auf die Heckplane eines Lkw, dessen Bremslichter ständig aufleuchteten. Als sie nach der folgenden Ampelkreuzung auf der linken Seite das Restaurant *Zum Bismarckturm* passierten, musste sie unwillkürlich daran denken, dass sie und Jochen sich oft vorgenommen hatten, in dem kroatischen Restaurant zu speisen. Es war bekannt für seine vielfältigen Steak-Variationen.

»Da habe ich mit Jochen mal einen Steak-Teller gegessen.« Hatte Mike Kolbe ihre Gedanken gelesen? »Megalecker, aber die Portion war nur mit Mühe zu schaffen. Ist schon ewig her.«

Maike schwieg. Kolbe schien oft an Jochen zu denken. Es mochte wohl sein, dass ihn der Verlust des ehemaligen Freundes quälte. Zu vergleichen mit ihrem Kummer waren seine Gefühle aber sicher nicht.

Hinter dem Restaurant taten sich Felder auf, die ins Unendliche führten. Die ersten Ausläufer des Sauerlands kamen in der Ferne in Sicht. Sie passierten Bauernhöfe und das Schweigen setzte sich wie eine Mauer zwischen Fahrer- und Beifahrersitz. Kolbe starrte aus dem Fenster, als würde er die Vögel beobachten, die über den Ackerböden kreisten. Plötzlich drehte er den Kopf zu ihr.

»Du sagst, die ehemalige Adresse der Stratmanns kann nicht mehr stimmen. Wie kommst du darauf und warum fahren wir trotzdem hin?«

»Das fragst du ja früh«, erwiderte Maike, froh darüber, dass er die drückende Stille unterbrach. »Aus den alten Akten weiß ich, dass Jakob Stratmanns Mutter mit Vornamen Barbara heißt, sie hat ihren Sohn damals in die Dienststelle begleitet, als er seine Aussage gemacht hat. Sie scheint nicht mehr in Fröndenberg zu wohnen. Auch ein Jakob Stratmann ist hier nicht gemeldet.« Erneut musste sie heftig aufs Bremspedal treten. Der Lkw besaß ein Kennzeichen aus dem Märkischen Kreis und würde ihr die Sicht nehmen, bis sie abbog.

»Und der Vater?«

»Den Vornamen konnte ich bisher nicht herausfinden. Möglicherweise hat er ja einen anderen Namen. Vielleicht können die ehemaligen Nachbarn uns Auskunft geben.«

Kolbe schwieg dazu. Vermutlich hielt er die Fahrt für unnötig. Die Bebauung am Straßenrand wurde dichter. Der Lkw hatte etwas über die zulässige Höchstgeschwindigkeit beschleunigt und bremste nun so heftig ab, dass Maike fast aufgefahren wäre. »Meine Güte!«, schimpfte sie und sah sogleich den Grund für das Manöver. Kaum sichtbar stand rechts das graue mobile Blitzgerät, das der Kreis gern zur Kontrolle einsetzte. Bald folgte das Ortseingangsschild von Langschede, kurz dahinter betätigte sie den Blinker und bog in die Gartenstraße ab. Das Haus, in dem Familie Stratmann vor acht Jahren gemeldet war, befand sich weiter hinten auf der linken Seite. Maike lenkte den Dienstwagen in die Einfahrt und schaltete den Motor aus.

»Ach wie niedlich!«, kommentierte Kolbe das Gebäude, das neben einer mächtigen Eiche wie ein zu groß geratenes Tiny-House wirkte. Weiße Fassade, die Seitenwand nicht höher als die angebaute Garage. Der Dachgiebel zog sich jedoch spitz um das Doppelte in die Höhe. Über der Eingangstür ragte ein Balkon heraus, die dahinter liegende Glastür bot den einzigen Lichteinfall von dieser Seite.

Maike trat auf die Eichentür zu und drückte auf die Messingklingel, in die der Name Roswitha Retzlaff eingraviert war. Ein lauter Gong schallte durchs Haus. Kurz darauf hörte man klackernde Schritte, dann öffnete sich die Tür.

»Ja bitte?« Eine schlanke Frau, sie schätzte sie auf Mitte bis Ende 60, stand vor ihnen. Mit dunklen Pumps, schwarzer Hose und schwarz-weiß-kariertem Blazer wirkte sie ausgehbereit. Ihr pinkfarbenes Shirt biss sich ein wenig mit den kastanienrot gefärbten Haaren, die mittig gescheitelt waren und ihr bis über die Ohren fielen.

»Wir sind auf der Suche nach den Vorbesitzern dieses Hauses«, begann Maike und stellte sich als Kriminalbeamtin vor, indem sie ihren Ausweis zückte. »Haben Sie den Stratmanns das Haus abgekauft?«

Das schmale Gesicht der Retzlaff verzog sich zu einem gequälten Lächeln. »Ja, wieso fragen Sie danach?« Sie schob mit dem Zeigefinger eine randlose Brille mit auffallend roten Bügeln von der Nasenspitze nach oben. »Die Stratmanns waren über viele Jahre meine Nachbarn.« Sie seufzte. »Das Schicksal hat es nicht gut mit ihnen gemeint.«

»Wie meinen Sie das?«, fragte Kolbe.

Ihr Gesichtsausdruck wirkte betreten. Einen Moment schwieg sie, dann schien sie sich einen Ruck zu geben. »Die Erklärung wird etwas länger dauern. Ich wollte zwar gerade zum Einkaufen fahren, aber eine halbe Stunde kann das noch warten. Gehen Sie doch bitte außen herum nach hinten.« Sie machte mit dem rechten Arm eine ausladende Bewegung. »Dort können wir uns auf die Terrasse setzen.« Schon schob sie die Haustür zu.

Maike sah Kolbe verdutzt an, der hob nur gleichgültig die Schultern und folgte einem Plattenweg. Hinter dem Haus schloss sich eine geflieste Terrasse an. Darauf befand sich ein rechteckiger Tisch mit Glasplatte und Aluminiumfüßen. Drum herum standen sechs Plastikstühle mit hoher, verstellbarer Lehne, direkt daneben ein verhüllter Sonnenschirm. An die Terrasse grenzte ein kleines eingezäuntes Stück Rasen, dahinter lagen Äcker. Roswitha Retzlaff trat durch eine Glastür, die der vorderen Balkontür glich. Sie brachte ein großes Sitzkissen mit nach draußen, warf es in einen der vier Stühle und setzte sich darauf. Maike blickte Kolbe überrascht hinterher, als er wortlos im Haus verschwand.

»Hey! Was tun Sie da?« Die Retzlaff sprang entsetzt auf.

Kolbe trat mit zwei weiteren Sitzpolstern wieder ins Freie, legte sie auf die vom Regen der letzten Tage noch feuchten Stühle und setzte sich, ohne auf den Protest der Frau einzugehen. »Na, dann erzählen Sie mal von dem Schicksalsschlag der Stratmanns!«

Roswitha Retzlaff verharrte einen Moment und schien zu überlegen, ob sie Kolbe maßregeln sollte, schließlich setzte sie sich jedoch wieder und bedeutete Maike, ebenfalls Platz zu nehmen. »Das war eine schlimme Geschichte. Ich konnte das Familienleben der Stratmanns jahrelang hautnah miterleben. Ich habe ja gleich nebenan gewohnt, in dem Fachwerkhaus.« Sie deutete nach links. »Mit meinem Mann. Aber er ist vor drei Jahren plötzlich an einem Herzinfarkt gestorben, seitdem war mir das Haus viel zu groß. Als Herr Stratmann mir dann nach der Tragödie sein Haus zum Kauf angeboten hat, bin ich hier eingezogen und habe dort vermietet.«

»Gab es Auffälligkeiten bei den Stratmanns?«, fragte Maike.

Die Retzlaff hob ratlos die Schultern. »Was heißt das schon? Die Eltern waren beruflich eingespannt und der Junge war introvertiert. Der bekam den Mund kaum auf und hockte ständig vor seinem Computer. Für mich hatte der einen Knacks.« Sie tippte sich mit dem Zeigefinger seitlich an die Stirn.

Maike hob reflexartig eine Augenbraue. »Viele Jugendliche verbringen einen Großteil ihrer Freizeit am PC. Welche Anzeichen haben Jakob in Ihren Augen verschlossen wirken lassen?«

»Ich habe über 40 Jahre zunächst als Studienrätin, dann als Professorin gearbeitet, Frau Graf«, erklärte Roswitha Retzlaff resolut und beugte dabei ihren Oberkörper vor. »Meine Lehrgebiete waren Entwicklungspsychologie, Psychologie und psychosoziale Arbeit mit Einzelnen wie mit Gruppen. Glauben Sie mir, ich erkenne einen entwicklungsgestörten Jugendlichen auf 100 Meter Entfernung.«

»Wie hat sich seine«, Kolbe setzte mit seinen Zeige- und Mittelfingern Anführungszeichen in die Luft, »Störung konkret bemerkbar gemacht?« Seine Stirn lag in Falten, der Klang seiner Stimme zeigte deutlich, dass er die Frau für eine wichtigtuerische Klatschbase hielt.

Die Retzlaff drehte ihren Oberkörper zu ihm. »Er hatte keine Freunde, jedenfalls sind – soweit ich das mitbekommen habe – nie welche hier aufgetaucht, nachdem er die Schule verlassen hat. Er ging immer mit gesenktem Kopf aus dem Haus und konnte einem nicht in die Augen sehen. Der Junge war verklemmt, Herr Kommissar. Das typische Mobbingopfer. Ein Babyface, blass, dünn, unscheinbar.«

»Was hat er nach der Schule gemacht?«, fragte Maike.

»Eine Ausbildung bei einer Schreinerei hier in Langschede. Aber nach der Arbeit hat er das Haus selten verlassen. Manchmal ist er noch mit seinem Pedelec losgefahren.«

»Eine Schreinerlehre klingt für mich jetzt nicht nach Psycho.« Kolbe verschränkte seine Arme vor der Brust. Dabei knirschte seine schwarze Lederjacke.

Roswitha Retzlaff schien pikiert von Kolbes direkter Art zu sein. Sie war wohl gewohnt, dass man ihr mehr Respekt entgegenbrachte. »Meine Menschenkenntnis hat mich selten getäuscht, Herr Kommissar. Ich bin seit zwei Jahren pensioniert, arbeite aber weiterhin als Lehrbeauftragte im Masterstudiengang Sozialmanagement, ich weiß, wovon ich rede. Jakob war gestört. Er kam mit der Realität nicht zurecht und ist in seine Computerwelt geflohen. Seine Mutter hat sich deswegen oft bei mir ausgeweint. Besonders schlimm wurde es, als der Junge damit begonnen hat, Aufputschmittel zu schlucken, um länger zocken zu können.«

Maike wurde hellhörig. Sie hatte den richtigen Riecher gehabt. »Ist Jakob mit dem Gesetz in Konflikt gekommen?«

Roswitha Retzlaff schüttelte den Kopf. »Ich will den Jungen gar nicht schlecht machen, aber er hätte Hilfe gebraucht. Das habe ich seinen Eltern mehr als einmal gesagt.«

»Warum sind die Stratmanns denn nun ausgezogen und haben ihr Haus verkauft. Waren sie in finanziellen Schwierigkeiten? Oder ist etwas vorgefallen?« Kolbe schien die Geduld zu verlieren.

»Immer die Nerven bewahren, junger Mann«, riet die Retzlaff mit einem strengen Blick. »Tja, eines Tages hat man Jakob in Unna im Kurpark tot aufgefunden. Er war zusammengeschlagen worden. Ihre Kollegen haben seine Eltern befragt, doch die hatten natürlich keine Ahnung, was er dort gewollt hat, und viel weniger, wer das gewesen sein könnte. Die haben vor allen Problemen mit dem Jungen immer die Augen verschlossen. Frau Stratmann war sogar so naiv zu glauben, Jakob wäre von den Drogen weg. Ich habe Ihren Kollegen damals aber die Wahrheit gesagt, als sie bei mir angeklingelt haben.« Sie lachte abfällig.

»Na, davon bin ich überzeugt«, erklärte Kolbe sarkastisch.

»Wann genau ist Jakob gestorben?«

Roswitha Retzlaff musste einen Moment überlegen. In ihre Stirn gruben sich tiefe Furchen. »Das kann ungefähr ein Jahr her sein«, meinte sie schließlich. »Der Stratmann ist Ende Dezember ausgezogen, noch vor Weihnachten. Ja. Jetzt weiß ich es wieder. Vor vierzehn Monaten ist der Jakob tot aufgefunden worden. Ende März, Anfang April muss es gewesen sein. Er wurde sogar obduziert, damit man feststellen konnte, woran er gestorben ist. War richtig kalt die Nacht damals und er hat wohl ein paar Stunden gelegen, ehe man ihn gefunden hat.«

»Okay.« Zu der Zeit war Maike selbst in Ägypten der Ruhrpott-Connection auf die Spur gekommen und hatte später den Mörder Jochens überführt. Deshalb hatte sie von dem Todesfall nichts mitbekommen. »Sie sagten, Sie wurden ebenfalls befragt. Erinnern Sie sich noch an die Namen der Kollegen? Waren es Polizisten in Uniform oder in Zivil?«

»Zivil«, kam es prompt. »Einer hatte so rötlich gelockte Haare und einen Vollbart. Der war um die 50. Den Namen weiß ich nicht, aber er war wohl der Leiter des Teams. An den anderen habe ich keine Erinnerung mehr.« Sie zog den Blazer vor der Brust zusammen, als eine Windbö sie streifte.

»Das klingt nach Marschewski.« Maike warf Kolbe einen Blick zu.

»Wo Sie die ganze Geschichte noch so präsent vor Augen haben, kennen Sie bestimmt auch das Ergebnis der Obduktion.« Kolbe versuchte erst gar nicht, seine Abneigung gegen die Frau zu verbergen.

»Aber sicher«, erwiderte die Retzlaff, mit einer Arroganz in der Stimme, dass Maike befürchtete, das Gespräch könnte gleich eskalieren. »Jakob ist weder erfroren noch durch die Schläge gestorben.« Sie lächelte überheblich, genoss ihren Wissensvorsprung.

»Sondern?«, fragte Kolbe barsch.

Erneut beugte Roswitha Retzlaff sich etwas vor. Sie dämpfte ihre Stimme, als habe sie die Befürchtung aus der Nachbarschaft belauscht zu werden. »Eine Überdosis Aufputschmittel hat er geschluckt. Das war bestimmt kein Versehen. Wenn Sie mich fragen, hat er sich das Leben genommen. Der ist mit sich und der Welt nicht mehr klargekommen.«

Maike gab sich Mühe, ihren Unmut über die Selbstgerechtigkeit der Retzlaff zu verbergen. »Man hat bei der Obduktion also …«

»Ja, angeblich eine extrem hoch konzentrierte Substanz. Barbara, also seine Mutter, hat gesagt, das wäre den Ermittlern in dieser Dosierung noch nicht untergekommen.«

»Und die Schläger? Was wissen Sie darüber?« Kolbe war sich sicher, dass Roswitha Retzlaff auch dazu etwas zu sagen hatte. Er sollte Recht behalten.

»Die Täter hat man nie gefasst. Frau Stratmann hat mir kurz vor ihrem Tod erzählt, dass die Ermittlungen eingestellt worden seien. Ich glaube, das hat ihr den Rest gegeben.«

»Barbara Stratmann ist ebenfalls tot?«, fragte Maike überrascht.

»Wie ist sie gestorben?«, setzte Kolbe sofort nach.

»Ich sag ja: Eine Tragödie war das.« Roswitha Retzlaff lehnte sich zurück. Sie aalte sich in ihrer Rolle als wesentliche Informantin dieses Dramas. »Die gute Barbara hat sich die Schuld an Jakobs Tod gegeben. Sie hätte mehr auf ihn achten, mehr auf ihn eingehen sollen. Na ja, ist ihr ein bisschen zu spät eingefallen.«

»Wie ist sie gestorben?«, fragte Kolbe einen Deut lauter.

Roswitha Retzlaff ließ sich nicht unter Druck setzen. Gemächlich knöpfte sie ihren Blazer zu, ehe sie wieder aufsah. »Barbara hat den Tod ihres Sohnes nicht verkraftet. Sie ist jeden Tag ein bisschen mehr gestorben. Sie hat kaum noch gegessen, war zum

Schluss klapperdürr. Sie ist nicht zur Arbeit gegangen, hat sich gehen lassen. Vor etwa einem halben Jahr, kurz nachdem die Ermittlungen eingestellt worden sind, hat sie eine Überdosis Schlaftabletten geschluckt. Ihr Mann hat sie am Abend gefunden. Da war bereits alles zu spät.«

»Sie ist in diesem Haus gestorben?«, fragte Maike.

»Ja. Ich habe neu tapezieren lassen. Mir macht es nichts aus. Außerdem war das Haus ein Schnäppchen.« Sie lehnte sich zurück und schlug die Beine übereinander.

»Wissen Sie, wo Herr Stratmann hingezogen ist?«

Die Retzlaff schüttelte langsam den Kopf und machte einen nachdenklichen Eindruck. Vielleicht ging ihr der Tod ihrer beiden ehemaligen Nachbarn doch näher, als sie zugab. »Ich habe Stefan Stratmann das letzte Mal bei der Beerdigung seiner Frau gesehen. Er wirkte gefasst, aber sehr mitgenommen. Wo er jetzt wohnt, weiß ich nicht.«

»Haben Sie mit ihm gesprochen?« Kolbe rutschte mit dem Stuhl etwas zurück, als wollte er aufstehen. »Hatte er Rachegedanken? Oder hatte er sich mit dem Tod seiner Familie abgefunden? Was meinen Sie?«

»Hm.« Sie schien sich die Situation in Erinnerung zu rufen. »Wir standen zum Schluss allein am Grab. Barbara wurde direkt neben Jakob beerdigt. Stefan Stratmann meinte, schuld seien nur diese verdammten Pillendealer. Wenn er einen von denen in die Hände bekomme, dann gnade ihm Gott. Dabei machte er eine Handbewegung, als wollte er jemandem den Hals umdrehen. Wenn die Dealer damals in der Nähe gewesen wären ... da hätte ich für nichts garantieren können. In diesem Moment lag ein abgrundtiefer Hass in seinen Augen.«

»Wusste er, von wem Jakob diese Pillen bezogen hat?« Maike dachte an die Behauptung von Michelle Böttcher, Achmed habe seine einstigen Opfer übers Internet erneut kontaktiert, um ihnen diverse Drogen anzudrehen.

»Das weiß ich nicht. Aber sicherlich wollte er es herausfinden.« Roswitha Retzlaff stand auf. »Ist doch ein bisschen frisch draußen. Ich müsste jetzt meine Einkäufe erledigen.«

Maike erhob sich zeitgleich mit Mike Kolbe. »Vielen Dank für Ihre Auskünfte. Sie haben uns damit sehr geholfen. Sagen Sie, die Arbeitsstelle von Stefan Stratmann, kennen Sie die?«

Roswitha Retzlaff nickte erregt. »Aber ja. Der arbeitet in einem Architekturbüro in Unna. Warten Sie!« Sie verschwand im Haus und kam kurz darauf mit einem kleinen Zettel zurück. »Hier habe ich Ihnen die Adresse aufgeschrieben. Und seine Handynummer. Die hat er mir dagelassen. Vielleicht erreichen Sie ihn ja. Ich habe es einige Male versucht, er hat das Gespräch aber nie angenommen.«

Kapitel 30

Montag, 13. Mai, 10.30 Uhr

Zorro saß auf dem Beifahrersitz. Max Teubner war es nicht gelungen, ihn am Wochenende bei seinem Besitzer abzuliefern. Weder am späten Samstagabend noch gestern Nachmittag und ebenfalls nicht am Abend. Zorro hatte sich am und im Landhaus seiner Tante Belinda jedenfalls sehr wohlgefühlt. Im Rasen befanden sich nun mehrere unschöne Löcher, das Blumenbeet sah aus wie von einem Tornado durchpflügt und den leckeren Schweinebraten hatte Belinda einen Tick zu nahe an die Tischkante gestellt. Sowohl sie als auch Teubner waren dem Hund mit seinem Diebesgut gefolgt, der hatte jedoch den Turbo eingelegt und Spaß an dem Fangspiel gefunden. Er hatte den Braten nicht einmal gefressen, aber als Abendmahlzeit war er ebenfalls nicht mehr zu gebrauchen gewesen.

Max Teubner warf Zorro einen kritischen Blick zu, der schwarze Mischlingsrüde zeigte sich im Auto aber gut erzogen und blickte interessiert aus dem Fenster. Ihm wäre es lieber gewesen, stattdessen hätte Maike Graf auf dem Platz gesessen, aber Ermittlungsleiter Marschewski hatte ihr erneut Mike Kolbe als Partner zugeteilt. Was er sich davon versprach, ob er überhaupt etwas damit beabsichtigte, wusste Teubner nicht. Seine Aufgabe war es jetzt jedenfalls, Zorro loszuwerden und seinen Besitzer zu befragen. Teubner hatte dummerweise zunächst die von Chantal Vogts Mutter angegebene Adresse aufgesucht. Benjamin Fuchs wohnte jedoch nicht in der *Paul-Verhoeven-Straße*, wo überwiegend schmucke Einfamilienhäuser standen, sondern in einem Mehrfamilienhaus *Am Südfriedhof*, wie es auch auf Zorros Anhänger stand.

Wieder hielt er am Straßenrand nach einem schwarzen Toyota Ausschau. Tags zuvor war er bis zum Ende durchgefahren und hatte auch die Parkplätze am Friedhof überprüft, aber den Wagen von Fuchs nicht entdeckt. Jetzt parkte ein Toyota direkt vor einer hohen Hecke, die die dahinterliegenden Mehrfamilienhäuser verbarg. Die Farbe und das Kennzeichen stimmten, Fuchs dürfte also zu Hause sein. Teubner umrundete die Hecke und trat auf ein sandfarben gestrichenes Gebäude mit grauen Streifen im Eingangsbereich zu, in dem acht Familien lebten. Auf dem Rasen davor führte ein Teenager einen kleinen Hund aus, der sofort zu knurren begann, als er Zorro sah. Der blieb jedoch gelassen und trottete neben Teubner auf eine in dunkles Holz gerahmte Glastür zu. Teubner klingelte bei Fuchs.

Sekunden später schnarrte der Türöffner und ein etwa 35-jähriger Mann mit Stirnglatze, hinten kurz geschorenen Haaren, Vollbart und schwarz gefasster Brille blickte aus einer Wohnungstür im Parterre. Sein blasses Gesicht dominierte eine auffallend lange und schlanke Nase. Er war mit grauem Jogginganzug und Badelatschen bekleidet und hielt den *Hellweger Anzeiger* in der Hand. »Zorro! Da bist du ja!« Er ließ die Zeitung fallen und hockte sich hin. Der Hund stürzte sich schwanzwedelnd auf ihn und schleckte ihm wild übers Gesicht. »Wo warst du denn, mein Großer?« Er blickte aus der Hocke heraus fragend hoch.

Teubner zückte seinen Dienstausweis und stellte sich vor. »Dürfte ich einen Moment hereinkommen?«

»Natürlich. Kommen Sie!« Benjamin Fuchs drückte sich in den Stand, nahm ihm die Leine ab und entfernte das Halsband vom Hals seines Hundes. Sofort raste der Mischling durch die Wohnung auf den Balkon und wieder zurück. Fuchs führte Teubner ins Wohnzimmer, von wo aus man über die Balkonbrüstung das identisch gebaute Nachbarhaus sah. Zorro wetzte wie ein

Irrer hin und her, schien sich vor Freude kaum einzukriegen.
»Bitte, setzen Sie sich doch«, meinte Fuchs und wies auf eine Schlafcouch, auf der am Rand gefaltetes Bettzeug lag. »Hat Zorro etwas angestellt?«

»Nein, er war ganz brav«, log Teubner, ließ sich auf das niedrige Polster fallen und erfasste den kleinen Raum. Fernsehwand mit Flachbildschirm, ein niedriger Glastisch, ein Sessel. Er wartete, bis Fuchs sich ihm gegenüber gesetzt hatte. »Sie sind mit Ihrer Freundin Chantal Vogt am Samstag aus dem Urlaub zurückgekommen, richtig?«

Benjamin Fuchs nickte. »Ja, wir waren auf Mallorca. Wir sind vorgestern am späten Nachmittag in Dortmund gelandet. Auf dem Weg nach Hause hat mich das Klinikum Mitte angerufen und gefragt, ob ich helfen kann.«

»Sie arbeiten als Arzt?« Teubner erinnerte sich, dass Chantals Mutter dies erwähnt hatte.

»Schön wär's.« Fuchs schüttelte den Kopf und nahm seine Brille ab. »Ich bin Stationspfleger. Es gab krankheitsbedingte Ausfälle bei den Kollegen, deshalb bin ich eingesprungen, obwohl mein Dienst erst heute wieder begonnen hätte.«

»Verstehe«, meinte Teubner. Vermutlich hatte Chantal Vogt mit dem Beruf ihres Freundes etwas angeben wollen. Fakt war, wenn das Krankenhaus die Aussage von Fuchs bestätigen sollte, käme er für den Mord an seiner Freundin nicht infrage. »Sie sind also mit ihr hierhergefahren und dann aber gleich weiter zum Dienst?«

»Ich war um 18 Uhr im Klinikum.« Fuchs nutzte den Saum seines Oberteils, um die Brille zu putzen. »Ich habe nur die Koffer ins Haus getragen und Chantal gebeten, sie möge Zorro abholen. Auf den hat während unseres Urlaubs ein Freund von mir aufgepasst. Auf Max ist immer Verlass. Vermutlich ist Zorro Chantal ausgebüxt.« Er schüttelte verständnislos den Kopf. »Die hat nicht so den Zugang zu Tieren. Wo haben Sie ihn eingefangen?«

»Zorro war in der Nähe des Bahnhofs an einen Zaun gebunden«, erklärte Teubner. »Haben Sie eine Ahnung, was Frau Vogt dort gemacht hat?«

Fuchs wirkte einen Moment irritiert, doch dann nickte er zögernd. »Wahrscheinlich wollte sie auf dem Weg, der hinter dem Parkplatz Richtung Hellweg führt, Zorro sein Geschäft machen lassen. Max wohnt an der Ecke Friedrich-Ebert- und Hammer Straße. Wenn wir ihn mit dem Auto besuchen, stellen wir es gerne auf dem Platz an den Gleisen ab, da ist meist was frei. Ich frage mich allerdings, warum sie den Hund dort angebunden hat ...«

Teubner räusperte sich. Es fiel ihm schwer, die Kurve zum Mord an Chantal Vogt zu kriegen. »Ähm, das wissen wir nicht. Haben Sie Ihre Freundin gar nicht vermisst, als Sie vom Dienst kamen? Oder Ihren Hund? Bei der Polizei ist kein entsprechender Anruf eingegangen.«

Benjamin Fuchs setzte die Brille wieder auf. »Tja, also«, er zupfte eine Fluse von der Jogginghose und legte sie vor sich auf den Tisch, »wenn ich ehrlich sein soll, habe ich mich gewundert, dass Zorro mich nicht begrüßt hat, als ich letzte Nacht nach Hause gekommen bin. Anderseits war ich todmüde. Ich hatte eine 30-Stunden-Schicht hinter mir. Habe dabei nur ein paar Stunden im Ruheraum des Krankenhauses geschlafen.« Er schüttelte den Kopf und zog sein Smartphone aus der Hosentasche. Er warf einen kurzen Blick darauf. »Typisch Chantal, sie hat nicht einmal angerufen, dass sie woanders übernachtet, aber dass sie den Hund einfach vergessen hat ... das geht so nicht.« Er tippte auf ihre Nummer und wartete.

»Herr Fuchs«, versuchte Teubner etwas unbeholfen endlich zum Punkt zu kommen, »wir haben Chantal Vogt gestern tot aufgefunden. Es tut mir sehr leid. Zorro wurde vermutlich von ihrem Mörder an dem Zaun angebunden.«

Benjamin Fuchs ließ das Handy langsam sinken. Man hörte die automatische Ansage der Mailbox von Chantal Vogt. »Das ist doch nicht möglich«, sagte er stockend. »Wer sollte so etwas tun?« Er lehnte sich zurück. Fassungslos starrte er ihn an. »Sind Sie sicher?«

Teubner reichte ihm sein Smartphone mit dem Foto der Toten. »Ist das Ihre Freundin?« In diesem Moment kam Zorro ins Zimmer gerast, sprang Benjamin Fuchs auf den Schoß und leckte ihm erneut durchs Gesicht.

Fuchs schob den Hund sanft auf den Boden, dann blickte er bestürzt auf den Bildschirm und nickte. »Ja, das ist Chantal. Mein Gott! Sie wurde erschossen? Wer macht so etwas Grausames?« Er lehnte sich zurück, nahm die Brille ab und rieb sich die Augen. »Und ich zieh noch über sie her.« Seine Stimme brach.

Zorro raste auf den Balkon. Er war vermutlich der einzige Zeuge der schrecklichen Tat, würde ihnen bei der Suche nach dem Mörder aber kaum helfen können. »Ich bräuchte gleich die Adresse von Ihrem Freund Max. Und fühlen Sie sich in der Lage, mir einige Fragen zu beantworten?«

Fuchs nickte. »Natürlich.« Er legte die Brille auf dem Tisch ab und kniff die Augen ein paarmal zu, um die Tränen wegzublinzeln.

»Chantal Vogt hat bei Ihnen gewohnt. Sie waren ein Paar?«

»Ja. Ich habe sie im Krankenhaus kennengelernt, als sie mit schlimmen Blutergüssen in die Notaufnahme kam. Ich hatte da ausgeholfen. Sie war schwer verprügelt worden, wollte aber keine Anzeige erstatten.«

»Wissen Sie, wer sie so zugerichtet hat?«, fragte Teubner, obwohl er die Antwort bereits ahnte.

»Damals nicht. Doch jetzt vor ein paar Tagen auf Mallorca hat sie mir endlich den Namen genannt. Sie hat zugegeben, dass es ihr Ex-Freund Achmed gewesen ist. Meinen Sie, er hat sie ermordet?« Sein Gesicht glich farblich der weißen Wand.

Teubner schüttelte den Kopf. Fuchs hatte vom Mord an Achmed auf Mallorca wohl nichts mitbekommen. Dabei hätte er wetten können, dass Chantals Mutter, Anne Leibold, ihre Tochter über das Verbrechen informiert hatte. Andererseits schien Chantal oft zu lügen oder die Wahrheit zu verschweigen. Vielleicht hatte sie mit ihrem Freund nicht darüber geredet. »Achmed Tahiri wurde ebenfalls erschossen aufgefunden. Die Tat ist bereits letzte Woche in der Nacht von Sonntag auf Montag verübt worden. Hatte Chantal noch Kontakt zu Achmed?«

Die Antwort kam schnell. »Nicht, dass ich wüsste. Ich habe von ihm erst auf Mallorca erfahren und das auch nur durch Zufall.«

Teubner wurde neugierig. »Was ist passiert?«

Benjamin Fuchs seufzte. »Das ist eine lange Geschichte, da muss ich weit ausholen.« Er stand auf. »Dazu brauche ich zunächst einen Kaffee. Möchten Sie ebenfalls einen?«

»Sehr gerne.« Teubner freute sich, er hatte heute nur dürftig gefrühstückt.

Fuchs verschwand in der angrenzenden Küche. Kurz darauf rauschte und zischte der Kaffeevollautomat. Minuten später kam er mit einem Tablett mit dampfendem Kaffee und einen Korb voller Croissants zurück, das er auf den Couchtisch stellte. »Greifen Sie zu! Habe ich eben erst beim Bäcker neben dem Lidl geholt.«

»Vielen Dank.« Teubner griff nach dem Kaffee-Pott und nippte sogleich daran. »Wie sind Sie ausgerechnet auf Mallorca auf das Thema Achmed Tahiri gekommen? Hatten Sie Streit mit Ihrer Freundin?«

»Nicht direkt.« Fuchs nahm sich die andere Tasse und zögerte ein wenig, bevor er fortfuhr. »Chantals Lügen sind aufgeflogen.« Er seufzte tief. »Als wir uns kennenlernten, gab sie vor, Kunstgeschichte zu studieren und den Job im Nagelstudio nur nebenbei zu machen. Sie müssen mich für einen selten dämlichen Idioten halten, dass ich ihr das über ein Jahr lang abgenommen habe.«

»Wie sind Sie hinter die Schwindelei über das Studium gekommen?« Teubner beobachtete aus den Augenwinkeln Zorro, der im Rücken von Fuchs auf dem Balkon Erde aus einem großen Blumenkübel scharrte.

»Ich habe im Urlaub einen ehemaligen Mitschüler getroffen, der sich sehr für Kunst und Kunstgeschichte interessiert. Dem ist aufgefallen, dass Chantal auf dem Gebiet nicht die leiseste Ahnung hat. Im Nachhinein ist mir dann eingefallen, dass die wenigen Fachbücher, in denen sie manchmal geblättert hat und die sie angeblich fürs Studium benötigte, ziemlich unbenutzt aussehen. Sie hat sie auch nur selten in meiner Gegenwart in der Hand gehabt.« Er trank von seinem Kaffee und stellte die Tasse auf dem Tisch ab. Dann griff er nach einem Croissant und hob bedauernd die Schultern. »Obwohl mir eigentlich der Appetit vergangen ist, muss ich etwas essen. Um zwei beginnt meine Schicht. Da muss ich fit sein.«

»Natürlich.« Teubner wunderte sich allerdings, dass Fuchs nach der Nachricht über Chantals Tod an seinen pünktlichen Arbeitsbeginn denken konnte. Vielleicht stand er zu sehr unter Schock. »Chantal Vogt hat Ihnen also eine Lügengeschichte über ihr Studium aufgetischt. Glauben Sie, das hatte einen bestimmten Grund?«

Fuchs schluckte den Rest des Croissants runter und nahm noch einen Schluck Kaffee. »Sie ist ein Mensch, der gerne im

Mittelpunkt steht. Sie war es, meine ich. Chantal hat es genossen, die Aufmerksamkeit auf sich zu ziehen.«

»Was hatte nun Achmed Tahiri damit zu tun, dass ihre Lügengeschichte aufgeflogen ist?«

»Chantal hat völlig die Fassung verloren, als ich sie auf ihre ewige Lügerei angesprochen habe. Sie hat geheult und mir erzählt, wie sie aufgewachsen ist und welchen Umgang sie hatte.« Er nahm sich ein weiteres Croissant. »Bitte bedienen Sie sich auch, Herr Teubner, dann habe ich nicht so ein schlechtes Gewissen beim Essen.«

Teubner lächelte und griff zu. »Hat Frau Vogt Ihnen von der Jugendbande erzählt, in der sie Mitglied war?«

Benjamin Fuchs nickte. »Hat sie. Dass es sogar einen Prozess gegeben habe, sie selbst aber glimpflich davongekommen sei. Sie hat diesem Achmed die Schuld an ihrem Verhalten gegeben. Er war wohl eine Art Idol für sie, sie war ihm hörig und hat alles gemacht, was er wollte.«

Teubner deutete zum Balkon, wo der lebhafte Hund im nächsten Kübel buddelte. »Ich glaube, Zorro lässt seine Wut darüber, dass Sie ihn alleingelassen haben, gerade an Ihren Pflanzen aus.«

Benjamin Fuchs sprang auf und drehte sich um. »Zorro!«, rief er energisch und rannte auf den Hund zu, der sich an einem Buchsbaumbusch festgebissen hatte und ihn mit den Pfoten auszugraben schien. »Aus!« Er schubste ihn vom Blumenkübel, dirigierte ihn leicht genervt ins Wohnzimmer bis zu seinem Körbchen und sagte laut: »Bleib!« Dann setzte er sich wieder, während Zorro seinen Kopf auf dem Rand seines Schlafplatzes ablegte und mit unschuldigem Blick zu ihnen schaute.

»Chantal Vogt hat Achmed Tahiri nach seiner ersten Haftstrafe wiedergetroffen. Sie war eine Zeit lang seine feste Freundin. Wussten Sie das?«

Fuchs nickte. »Ja. Dennoch oder vielleicht gerade deswegen hat er sie dazu gezwungen, für ihn Drogen zu verkaufen. Achmed hat übers Internet die potenziellen Kunden angelockt und sie musste die Ware dann übergeben und abkassieren.« Er blickte zu Zorro, der winselte. »Ist gut«, sagte er leise und brachte damit den Schwanz des Hundes zum Wedeln.

»Hatte sie denn in letzter Zeit noch Kontakt zu Achmed Tahiri?«

»Sie behauptete Nein.« Benjamin Fuchs stand auf und hockte sich neben den Hund, den er sanft hinter den Ohren kraulte. »Alles gut, Zorro«, wiederholte er, beobachtete, wie sein Liebling die Augen schloss, und setzte sich zurück in den Sessel. »Ich habe ihr geglaubt. Als Achmed seine zweite Haftstrafe absitzen musste, sei für sie Schluss gewesen. Eigentlich schon, als er sie verprügelt hatte.«

»Die beiden könnten sich dennoch getroffen haben, seit Achmed vor nun etwa vier Wochen wieder auf freien Fuß gekommen ist«, wandte Teubner ein.

»Ich denke, das können Sie ausschließen. Chantal war voller Begeisterung mit den Urlaubsvorbereitungen beschäftigt. Und dann waren wir 14 Tage auf Mallorca. Sie hätte kaum Gelegenheit gehabt, ihn zu treffen.«

»Ist Ihnen in letzter Zeit etwas an ihr aufgefallen? War sie anders als sonst? Könnte sie sich bedroht gefühlt haben?«

»Nein. Ich habe nichts dergleichen bemerkt. Chantal war gut gelaunt wie immer. Regelrecht euphorisch wegen der Reise.«

»Könnte sie am Samstagabend mit jemandem verabredet gewesen sein? Wir haben ihr Handy nicht gefunden, aber vielleicht haben Sie etwas von einem Treffen mitbekommen?« Teubner schob den Rest des zweiten Croissants in den Mund und trank seine Tasse leer.

»Wir hatten ursprünglich vor, gemeinsam einkaufen zu gehen, und abends wollten wir Pizza bestellen, damit wir nicht zu kochen brauchen, dann kam mein Dienst dazwischen. Sie hätte sich sehr kurzfristig verabreden müssen, das glaube ich jedoch nicht. Sie wollte noch die Wäsche machen. Und zunächst musste sie ja den Weg von hier bis nach Max laufen. Sie hat kein eigenes Auto.« Fuchs blickte auf seine Armbanduhr und erhob sich »Ich möchte nicht drängen, aber ich kann heute unmöglich zur Arbeit gehen. Chantal ist tot. Das muss ich erst einmal irgendwie verarbeiten. Ich muss mich jetzt bei meinem Arbeitgeber krankmelden und versuchen, einen Ersatz zu organisieren.«

»Natürlich.« Teubner stand ebenfalls auf. »Falls Sie psychologische Hilfe brauchen ...«

Fuchs winkte ab. »Das wird nicht nötig sein.«

Teubner reichte ihm seine Visitenkarte. »Sollten Sie es sich anders überlegen, dürfen Sie mich gerne anrufen. Bei weiteren Fragen melde ich mich noch einmal. Würden Sie mir bitte noch die genaue Adresse Ihres Freundes Max geben?«

»Ja, klar. Ich schreibe sie Ihnen auf«, erwiderte Fuchs und verließ das Wohnzimmer. Zorro schnarchte leise.

Teubner folgte dem Mann in den Flur, nahm den Adresszettel entgegen und stutzte, als er auf den Nachnahmen blickte. Max Hirsch. Ob der womöglich mit Moritz Hirsch, dem ehemaligen Mitglied der Jugendbande verwandt war? Und wenn ja, hatte das irgendetwas zu bedeuten?

Kapitel 31

Montag, 13. Mai, 12.35 Uhr

Von der Office-Managerin des Architekturbüros, in dem Stefan Stratmann angestellt war, wussten sie, dass Jakobs Vater vor drei Wochen unbezahlten Urlaub eingereicht hatte. Der leitende Architekt hatte diesen aufgrund der vergangenen Schicksalsschläge bewilligt, die Stratmann offensichtlich immer noch nicht verarbeiten konnte. Die Anstellung sollte ihm für das nächste halbe Jahr gesichert sein, danach würde man weitersehen. Da sie den Mann bislang nicht telefonisch erreicht hatten, wollten Maike Graf und Mike Kolbe ihn nun persönlich aufsuchen.

»Vor drei Wochen hat er aufgehört zu arbeiten«, meinte Kolbe auf dem Beifahrersitz, »das passt doch wie die Faust aufs Auge. Das war kurz, nachdem Achmed Tahiri aus dem Gefängnis entlassen worden ist. Ich wette, das hat Stefan Stratmann gewusst und ihn beobachtet. Danach musste er Achmed nur mitten in der Nacht auf den Bahnsteig nach Wickede lotsen, wo er keine Zeugen zu erwarten hatte.«

»Na, so einfach ist das nicht«, widersprach Maike, »womit hätte er Achmed locken sollen?« Sie lenkte den Dienstwagen über den Kreisverkehr auf der Iserlohner Straße. Direkt dahinter reihten sich alte Kasernenunterkünfte an, die man in Mietwohnungen verwandelt hatte. In einer davon sollte Stefan Stratmann wohnen. Maike suchte die Einfahrt zu den Parkplätzen vor den Häusern. Als Kolbe schwieg, fuhr sie fort: »Wieso sollte er überhaupt so lange mit seiner Rache warten? Okay, Achmed saß im Knast, aber Chantal hätte er viel früher erledigen können. Spätestens kurz nach dem Tod seiner Frau.«

Die Zufahrt befand sich ganz am Ende der Häuserreihe, wo sie nun einbog.

»Stratmann musste erst herausfinden, wer für den Tod seines Sohnes verantwortlich war.« Kolbe fuhr sich mit der rechten Hand über die Haare, die er zu einem kleinen Zopf gebunden hatte. »Laut Roswitha Retzlaff kannte er die Pillendealer bei der Beerdigung seiner Frau noch nicht.«

»Es steht nicht fest, wer Jakob die Drogen besorgt hat. Obwohl es naheliegt, dass Achmed dahintersteckt, kann es ebenso jemand völlig anderer gewesen sein. Der Einzige, der uns das eventuell beantworten könnte, wäre Kevin Scheidt.« Maike setzte den Wagen in eine Parklücke und stellte den Motor aus. »Nichtsdestotrotz könnte Stratmann der Überzeugung gewesen sein, Achmed Tahiri und seine Freundin hätten seinen Sohn mit Drogen versorgt. Aber ich glaube kaum, dass Stratmann über ein halbes Jahr gebraucht hat, um herauszufinden, dass die beiden Dealer waren. Fragen wir ihn doch einfach.« Sie stiegen aus und Maike verriegelte den Dienstwagen.

Die Kasernenhäuser waren allesamt gleich gestaltet: helle Fassade, Sockel aus Bruchstein, rote Dachziegel, zahlreiche kleine Fenster und im Giebel winzige Gauben. Die Hauseingänge befanden sich nicht an der Straße, was noch der Kasernenzeit geschuldet war. Als einstiges Sperrgebiet hatte man das Gelände nur über die bewachte Einfahrt *Am Südfriedhof* betreten können. Heute gab es in den insgesamt drei Kasernenhäusern jeweils zwei Türen, jede führte zu vier Wohneinheiten. Stefan Stratmann lebte im mittleren Gebäude. Als auf ihr Klingeln niemand öffnete, versuchte Kolbe es bei seinem Nachbarn Michael Kowalski, und tatsächlich surrte sofort der Türöffner.

Der Rentner lugte im Parterre aus seiner Tür. Er mochte etwa Mitte 70 sein. Kolbe trat auf ihn zu und zückte seinen Ausweis.

»Guten Tag. Wir müssen mit Ihrem Nachbarn Stefan Stratmann sprechen. Haben Sie eine Ahnung, wann wir ihn am besten antreffen können?«

Michael Kowalskis Gesicht wies harte Züge auf, als habe er schon viele unschöne Dinge erlebt. Sein lichtes Haar war kurz geschnitten, durch die grauen Bartstoppeln wirkte er etwas ungepflegt. Zur Jeans trug er ein blaues Hemd und Birkenstockschlappen. »Im Moment wohl gar nicht. Der ist mit einem Wohnmobil losgefahren.«

»Wollte er Urlaub machen?«, fragte Maike.

Kowalski hob ratlos die Schultern. »Der war nicht so gesprächig. Hat sich nicht einmal verabschiedet. Ich hätte in seiner Wohnung mal nach dem Rechten gesehen, aber er hat mir keinen Schlüssel dagelassen.« Er klang ein wenig enttäuscht über das fehlende Vertrauen.

»Vielleicht hat er den Schlüssel einem anderen Nachbarn gegeben«, vermutete Maike.

Der Rentner schüttelte energisch den Kopf. »Bestimmt nicht. Der Stratmann hatte zu niemandem Kontakt hier im Haus. Der bekam nicht einmal den Mund auf, um zu grüßen.«

»Wann ist er losgefahren?«, wollte Kolbe wissen.

»Vor gut zwei Wochen.«

»Haben Sie sich das Kennzeichen gemerkt?«

»Nein!« Er schob genervt seine Wohnungstür zu und demonstrierte damit, dass das Gespräch für ihn beendet war.

»Ich versuch es noch mal auf Stratmanns Handy.« Auf dem Weg zum Auto zog Kolbe sein Smartphone aus der Lederjacke und wählte die Nummer an. »Immer noch ausgeschaltet. So kommen wir nicht weiter.«

»Da auf Stefan Stratmann nur ein VW-Golf zugelassen ist, muss er sich das Wohnmobil bei einem Händler ausgeliehen haben. Ich denke, wir sollten erst mal die Womo-Verleihe in der Umgebung abklappern«, schlug Maike vor und setzte sich hinters Steuer.

»Damit vergeuden wir zu viel Zeit«, widersprach Kolbe und ließ sich auf den Beifahrersitz fallen. »Lass das Schmidtke und Strodtbeck checken. Stratmann könnte eine tickende Zeitbombe sein. Möglicherweise stehen noch andere potenzielle Opfer auf seiner Abschussliste.«

Maike trommelte nachdenklich mit den Fingern aufs Lenkrad. »Das befürchte ich auch. Mir fällt sofort Kevin Scheidt ein, der laut Michelle Böttcher mit diesen Pillen gehandelt hat.«

»Sehr gut, Maike. Wir wollten Kevin Scheidt doch sowieso befragen, warum nicht jetzt sofort? Vielleicht ist ihm etwas Verdächtiges aufgefallen. Gib Gas!«

Da sie das Schulzentrum in Königsborn passieren mussten, benötigten sie bis zur Hamburger Straße über 20 Minuten. Die Platanenallee war mit nach Hause pilgernden Schülern und Pkws vollgestopft. An einen Parkplatz zwischen den Baumgiganten war nicht zu denken, deshalb lenkte Maike den Dienstwagen in eine Parkbucht, die eigentlich den Anwohnern der Wohnsiedlung vorbehalten war. Kolbe klingelte. Als sich nichts rührte, versuchte er es bei einem Nachbarn im Erdgeschoss und kurz darauf surrte der Türöffner.

Sie entschuldigten sich bei der jungen Frau, die ihnen in der geöffneten Wohnungstür erwartungsvoll entgegenschaute, und gingen zum Fahrstuhl. Der brachte sie ohne Probleme in den vierten Stock. Maike klingelte erneut und pochte danach an die Holztür. Sie legte ihr Ohr an die Tür. Es war deutlich eine Stimme zu vernehmen. Knapp gesprochene Befehle oder Anmerkungen, als säße Kevin Scheidt vorm Computer. Maike schüttelte den Kopf. »Der ist am Zocken!« Sie hämmerte lauter gegen das Holz.

Minuten später standen sie ihm gegenüber. »Na endlich!« Maike schob sich an ihm vorbei in die Wohnung. Kolbe folgte.

»Ähm. Was wollen Sie? Ich habe gerade keine Zeit.« Kevin Scheidt trug eine kurze rote Sporthose, lange Tennissocken und ein dunkelblaues oversized T-Shirt. Ein rotes Basecap saß mit dem Schirm nach hinten auf seinem Kopf. »Ich habe bereits mit Michelle gesprochen. Das ist alles ein Irrtum. Ich bin kein Vergewaltiger. Natürlich habe ich dem Bluttest sofort zugestimmt. Aber so wie sie das zu Protokoll gegeben hat, so war das nicht. Die wollte das doch genauso. Chantal hat mir gesagt, Michelle sei früher total auf mich abgefahren. Warum sollte sich das geändert haben? Und wieso ...«

»Moment, Herr Scheidt«, unterbrach ihn Maike, »wir sind nicht wegen der mutmaßlichen Vergewaltigung hier. Um den Fall kümmert sich bereits die Staatsanwaltschaft. Hatten Sie nach Ihrer Haftstrafe, die Sie infolge der Bandenkriminalität abgesessen haben, Kontakt zu einem Jakob Stratmann?«

Die Stirn von Scheidt legte sich in Falten. Er schien ihr nicht folgen zu können. »Und wer soll das sein?«

»Eines der Opfer, die Sie vor acht Jahren abgezockt haben. Jakob Stratmann hatte Anzeige erstattet, ist aber damals nicht zum Prozess erschienen.«

Hinter der Stirn von Kevin Scheidt arbeitete es. »Keine Ahnung, Mann. Das ist urlange her. Ich habe mir die Namen der Kids nicht gemerkt.«

»Haben Sie die Schüler Opfer eins, Opfer zwei, Opfer drei genannt?«, fragte Kolbe sarkastisch.

Maike zog ihr Smartphone aus der Tasche und rief das Foto von Jakob Stratmann auf, das Teubner in Björn Königs Zimmer gemacht hatte. Sie hielt es Scheidt hin. »Der Junge ganz rechts ohne Kappe.«

Er warf einen flüchtigen Blick darauf. »Kenne ich nicht.« Er kratzte sich nervös im Nacken. »Kann mich zumindest nicht an ihn erinnern.«

»Wollen Sie gar nicht wissen, worum es geht?«

»Ähm, ja, doch. Was ist mit dem?«

Nach dem Besuch bei Roswitha Retzlaff hatte Maike sich in der Dienststelle die Akte vom Tod Jakob Stratmanns aufgerufen. Der Bericht der Rechtsmedizin ging unter die Haut. Jakob war massiv misshandelt worden, sein Körper mit Hämatomen übersät. Todesursache war jedoch eine Substanz gewesen, die bei Drogenkonsumenten als relativ unbekannt galt. »Er ist tot, wurde vor über einem Jahr schwer verprügelt. Nicht weit von hier entfernt im Kurpark. Das haben Sie doch bestimmt mitbekommen!«

Kevin Scheidt schüttelte stumm den Kopf.

»Dürfen wir uns nicht irgendwo setzen?«, fragte Kolbe. Sie standen immer noch im düsteren Wohnungsflur, in den nur etwas Tageslicht aus dem Treppenhaus fiel. »Wir können das Gespräch auch gerne in der Dienststelle weiterführen.«

»Von mir aus gehen wir ins Wohnzimmer«, murrte Scheidt, »aber ich warne Sie! Meine Mutter rastet komplett aus, wenn irgendwas dreckig ist oder ein Kissen nicht mehr so auf der Couch steht, wie sie es drapiert hat. Und ziehen Sie bitte die Schuhe aus.«

»Das wüsste ich.« Kolbe wandte sich zu der Tür, auf die Scheidt gezeigt hatte. Er setzte sich auf eine graue Velourscouch und stopfte sich ein Zierkissen in den Rücken. »Also? Was wissen Sie über den Tod von Jakob Stratmann?«

Kevin Scheidt ließ sich in den einzigen Sessel fallen. »Nichts! Der Name sagt mir gar nichts. Er wurde im Kurpark verprügelt, sagen Sie? Und sofort denken Sie an mich. Das ist wieder typisch Bullen.«

»Jakob Stratmann ist nicht an den Folgen seiner Verletzungen gestorben«, erklärte Mike Kolbe.

»Sagt Ihnen die Bezeichnung *Blue Punisher* etwas?«, fragte Maike und setzte sich neben Mike Kolbe. Die akkuraten Kissen interessierten sie ebenfalls nicht.

»Äh, nein, wer soll das sein?«

»Eine blaue Pille in Form eines Diamanten mit dem Logo eines Totenkopfes drauf«, half Kolbe nach.

Scheidt schüttelte den Kopf. »Nie gesehen.«

»Kommen Sie, Herr Scheidt«, mahnte Maike, »Sie sind mehrfach wegen des Handels mit Drogen in Gewahrsam gewesen. Da können Sie mir nicht weismachen, dass Sie sich mit den verschiedenen Pillen des Wirkstoffs MDMA nicht auskennen. Vielleicht ist es Ihnen als Ecstasy geläufiger?«

»Was wollen Sie eigentlich von mir?« Scheidt sprang auf. »Ich kenne den Typ nicht, der da gestorben ist. Außerdem deale ich nicht mehr. Das war 'ne Jugendsünde. Ich hab jetzt 'nen Job bei 'nem Lieferdienst für Getränke und verdiene mein Geld ehrlich.«

»Ich setze Ihnen gleich einen Heiligenschein auf.«

Maike warf Kolbe einen kurzen mahnenden Blick zu und stand ebenfalls auf. »*Blue Punisher* oder deutsch *Blauer Bestrafer* ist eine besonders starke Variante von Ecstasy. Laut Experten kann bereits eine halbe Tablette wegen ihrer hohen Wirkstoffkonzentration zu einer Überdosis führen und Nierenversagen oder tödliche Hirnblutungen auslösen. Dies hängt von vielen Faktoren ab, zum Beispiel vom Körperbau, Gewicht und Alter des Konsumenten. Jakob Stratmann war sehr schlank. Vorausgesetzt, dass er die Pille von Ihnen bekommen hat, sind Sie für seinen Tod mitverantwortlich.«

»Sie haben sie doch nicht alle!« Kevin Scheidt tippte sich an die Stirn. »Jetzt wollen Sie mir einen Mord anhängen? Ich sag kein Wort mehr ohne Anwalt.« Er ließ sich in den Sessel fallen, verschränkte die Arme vor der Brust und starrte auf den Couchtisch, als suchte er dort nach glaubwürdigen Ausreden.

Maike ging auf ihn zu und blickte auf ihn hinab. »Ob Sie etwas mit dem Tod von Jakob Stratmann zu tun haben, werden wir herausfinden. Momentan sieht es jedenfalls so aus, als wollte jemand den Tod des jungen Mannes rächen. Achmed Tahiri wurde erschossen, wie Sie wissen. Am Samstag hat es Chantal Vogt ebenfalls getroffen. Vielleicht sind Sie der Nächste?«

Kevin Scheidt riss den Kopf hoch. »Chantal ist tot? Wie …?« Er schien überrascht und seine krächzende Stimme verriet seine Betroffenheit. Seine Selbstsicherheit war verschwunden.

»Sie wurde ermordet«, klärte Kolbe ihn auf. »Regelrecht hingerichtet, genau wie Achmed. Jemanden so kaltblütig zu töten, dazu braucht es schon was. Zum Beispiel ein glasklares Motiv.«

»Sie meinen die Eltern?«, flüsterte Kevin Scheidt. Schweißtropfen bildeten sich auf der Stirn. Er machte jetzt einen fast panischen Eindruck.

»Das ist immerhin möglich«, gab Maike zu. »Die Mutter lebt nicht mehr. Wir sind auf der Suche nach seinem Vater. Ist Ihnen in letzter Zeit jemand aufgefallen? Wurden Sie bedroht? Hat sich irgendwer in der Siedlung herumgetrieben, der nicht hierhergehört?«

»Auf so was achte ich nicht.« Scheidt stöhnte leise. »Hier wohnen Hunderte Menschen. Wie soll ich da wissen, wer hergehört oder nicht?« Er rieb sich die Stirn, als könnte er so besser denken. »Doch!« Plötzlich sprang er auf. »Da war jemand! Der stand vorm Eingang und hat gewartet! So ’n Typ Mitte 50 mit schwarzer Jeans und grauem Blouson. Ich habe noch gedacht, der passt nicht hierher.«

»Wann war das?«

»Vor zwei Wochen! Am ...«, er dachte angestrengt nach und schloss einen Moment die Augen, »Mittwoch und am Donnerstag. Ganz sicher. Er hat mich so komisch angestarrt, als ich mit meiner Mutter das Haus verlassen habe.«

Maike zeigte ihm ein Foto, das sie von der Mitarbeiterseite des Architekturbüros heruntergeladen hatte. »War das der Mann?«

Scheidt sah intensiv auf das Bild, schüttelte jedoch den Kopf. »Nee, der sah komplett anders aus. Dicker, mit Glatze und Brille. Der da ist mir nie über den Weg gelaufen.«

»Sie sollten dennoch vorsichtig sein.«

Maike rief erneut das Foto von Björn König und seinen beiden Freunden auf. »Vielleicht fällt Ihnen ja doch wieder ein, ob Sie Jakob Stratmann schon einmal gesehen haben. Schauen Sie sich dieses Bild bitte genau an! Hier ist das Licht viel besser als in Ihrem Wohnungsflur.«

Tatsächlich schaute Kevin Scheidt nun genau hin. »Hm, kann sein, dass der mal im Haus war. Ich glaube, wir sind mal zusammen in die vierte Etage gefahren. Vielleicht hat er die *Blue Punisher* ja bei Achmed gekauft. Der war groß im Geschäft mit den Pillen.«

»Könnte sein. Aber nehmen Sie bitte den Rat meines Kollegen ernst und seien Sie vorsichtig.« Sie verabschiedete sich und verließ gemeinsam mit Kolbe die Wohnung. Als die Tür hinter ihnen ins Schloss fiel, meinte sie: »Wir sollten sofort eine Fahndung nach Stratmann einleiten.« Sie ahnte, dass Kevin mit in der Sache drinsteckte, sie wusste jedoch auch, dass er schlau genug war, das niemals zuzugeben.

Kapitel 32

Dienstag, 14. Mai, 16.37 Uhr

Der Fokus der Ermittlungen richtete sich inzwischen auf Stefan Stratmann. Max Teubner war über die Dringlichkeit informiert worden, den Mann zu finden. Marschewski hatte eine Fahndung herausgegeben und neben Graf und Kolbe sowie Schmidtke und Strodtbeck aus Unna einige Dortmunder Kollegen mit dem Auffinden des Wohnmobils beauftragt. Bislang war man in keiner der umliegenden Vermietungen erfolgreich gewesen. Schmidtke und Strodtbeck hatten schließlich die Anwohner der Kasernenhäuser befragt. Ein Camper musste neben Michael Kowalski noch anderen Nachbarn aufgefallen sein. Und tatsächlich waren die Kollegen fündig geworden. Ein älterer Herr hatte sich das Nummernschild aufgeschrieben, da Stefan Stratmann angeblich viel zu dicht an seinem Mercedes geparkt hatte. Über das Kennzeichen ließ sich schnell herausfinden, dass der Halter ein gewisser Markus Stratmann war, der in Dortmund-Eving lebte.

Die Kollegen in Dortmund hatten bereits mit ihm gesprochen. Teubner las gerade ihren Bericht. Es handelte sich um den Bruder von Stefan Stratmann, der mit Ehefrau und zwei Kindern in einem Reihenhaus in Eving wohnte. Stefan habe ihm leidgetan. Er sei aus dem tiefen Loch der Trauer um den Verlust seines Sohnes und seiner Frau nicht herausgekommen und in eine regelrechte Depression gerutscht. Deshalb habe Markus Stratmann seinen Bruder ermuntert, sich das Wohnmobil auszuleihen. Er selbst könne es wegen der Kinder sowieso nur zur Ferienzeit nutzen. Stefan Stratmann habe sich schließlich überreden lassen. Wohin er mit dem Womo unterwegs sei, wisse er nicht, aber spätestens zwei Wochen vor Beginn der Sommerferien wolle er zurück sein.

»Die meisten neueren Wohnmobile haben doch GPS und können darüber getrackt werden«, murmelte Teubner nun und las den Bericht noch einmal genauer. Da er keinen Hinweis dazu fand, kontaktierte er Marschewski, der den Mordfall von Dortmund aus mit den Unnaer Beamten nur telefonisch zu koordinieren schien. Er erreichte den Ermittlungsleiter sofort, und der versprach, sich darum zu kümmern. Kurz darauf meldete er sich bereits zurück.

»Tut mir leid, es handelt sich scheinbar um ein älteres Modell, das laut dem Halter nicht über ein GPS verfügt. Allerdings konnten die Kollegen in der KT endlich Stratmanns Handy orten. Ich schicke Ihnen die Daten rüber. Sie wohnen doch in Fröndenberg und kennen sich dort aus, richtig? Nehmen Sie jemanden mit und checken Sie den Standort des Wohnmobils. Seien Sie vorsichtig! Keine eigenmächtigen Handlungen. Falls Stratmann der Täter ist, wird er bewaffnet sein.«

Teubner verdrehte genervt die Augen. Er musste sich zusammenreißen, um ruhig zu bleiben. »Entschuldigen Sie, Herr Marschewski«, presste er hervor. »Aber mit wem soll ich das bitte erledigen?« Er atmete tief ein, um gelassener zu werden. Marschewski managte alles von Dortmund aus und ließ die Unnaer Beamten nach seiner Pfeife tanzen. Zur Fall-Besprechung wurden sie dann aber nicht einmal eingeladen. »Meine Partnerin Maike Graf teilen sie ständig dem Kollegen Kolbe zu, Sören Reinders liegt im Krankenhaus. Sie wissen doch, wie dünn unsere Personaldecke ist.« Er stieß die Luft deutlich hörbar aus.

Marschewski räusperte sich. »Hm. Verstehe. Kolbe und Graf haben die Womo-Vermietungen in Unna, Hamm und Umgebung gecheckt. Da wir den Halter inzwischen kennen, müssten die gleich wieder bei Ihnen auftauchen. Sie sind informiert. Ansonsten nehmen Sie einen Kollegen der Schutzpolizei mit. Das dürfte doch kein Problem darstellen, oder?«

Teubner verkrampfte die Finger um den Hörer, um ihn nicht wortlos auf die Station zu knallen. »Natürlich nicht, Herr Marschewski.« Als kurz darauf sein Diensthandy piepte und er den Standort von Stratmanns Handy erhielt, stutzte er. Das Mobiltelefon war in den Ruhr-Auen, nicht weit vom Landhaus seiner Tante entfernt, geortet worden. Ob Stratmann sich dort versteckt hielt, um den nächsten Schritt seines Rachefeldzuges zu planen? Er griff erneut zum Hörer und wählte Maike an.

»Hallo, Max, was gibt's?«, meldete sie sich sofort.

»Wir haben den Standort des Wohnmobils von Stratmann. Wann seid ihr hier? Kannst du mich begleiten?«

»Das sieht momentan schlecht aus«, erwiderte Maike. »Ich kurve gerade über Land zurück. Die Autobahn von Hamm nach Unna ist wegen eines Unfalls gesperrt. Mike Kolbe und ich wollen auf dem Weg außerdem bei Chantal Vogts Mutter vorbeischauen. Vielleicht fällt ihr nach dem Tod ihrer Tochter doch etwas ein, das uns hilft, den Täter zu überführen. Noch ist nicht klar, ob Stefan Stratmann tatsächlich unser Mann ist.«

»Stimmt. Trotzdem könntet ihr die Tahiris befragen, ob ihnen Stratmann aufgefallen ist. Wenn er Achmed vor der Tat beobachtet hat, muss er sich in dem Viertel in Königsborn mehrfach aufgehalten haben.«

»Das hatten wir vor, Max«, mischte sich Mike Kolbe jetzt über die Freisprechanlage ein. »Ich denke, wir brauchen mindestens noch eineinhalb bis zwei Stunden, ehe wir zurück sind.«

»Alles klar. Viel Erfolg euch beiden.« Teubner beendete das Gespräch, stand auf und schnappte sich seine Jacke. Als er kurz darauf im Erdgeschoss am »Empfang« den diensthabenden Kollegen fragte, wer ihn nach Fröndenberg begleiten könnte, sagte der ihm, dass sich momentan sämtliche Streifenbeamten im Einsatz befänden. Ladendiebstahl in einem Discounter, Drogenfund in Unna-Mitte und mehrere Autounfälle waren die Ursache. Teubner seufzte und ging zu seinem Dienstwagen. Da würde er die Lage eben erst einmal allein checken. Er war lange genug Polizist, um ein Risiko abschätzen zu können.

Auf dem Weg nach Fröndenberg versuchte er es dennoch bei der Bezirksdienst-Außenstelle vor Ort, aber dort meldete sich niemand. Teubner wählte seinen gewohnten Heimweg über die Iserlohner Straße am Bismarckturm vorbei. Der Verkehr verlief um diese Zeit mäßig und nach 15 Minuten Fahrzeit erreichte er bereits *seine* Heimat Langschede. Da das Wohnmobil am Dellwiger Weg geortet worden war, parkte er etwas entfernt am Ohlweg, wo er selbst im Landhaus seiner Tante mit Blick auf die Ruhr wohnte, und ging den Rest des Weges zu Fuß.

Links und rechts taten sich weitläufige Felder auf. Der Schotterweg führte direkt auf die Kuhbrücke zu, die noch vor Kurzem saniert worden war. Es handelte sich um eine Holzbohlenbrücke mit seitlichem Stahlgitter, getragen von einer Stahlkonstruktion, die an Fachwerk erinnerte. Das Flussufer war hier überwuchert von Gestrüpp und Unkraut. Brennnesseln schossen in die Höhe, durchzogen von Schafgarbe, Efeu und Disteln. Dazwischen ragten einige Bäume hervor, sodass es unmöglich war, einen Blick auf die andere Uferseite zu werfen. Als Teubner die Mitte der Brücke erreicht hatte, tat der Fluss sich ihm in seiner vollen Größe auf. Büsche und Bäume längs der Ufer spiegelten sich im nahezu glatten Wasser. Etwas wehmütig dachte er daran, dass er schon ewig keine Zeit mehr zum Paddeln gefunden hatte. Seufzend ging er weiter. Der Weg führte rechts um eine Kurve, grenzte an zwei brachliegenden Feldern und endete an einem Campingplatz.

Teubner wandte sich nach links. Ein Trampelpfad leitete ihn am dicht bewachsenen Ufer vorbei. Nach etwa 50 Metern wurde die Bepflanzung lichter und er sah das Wohnmobil auf dem ungenutzten Acker stehen. Langsam ging er weiter, die Sensoren scharf gestellt. Stefan Stratmann saß auf einem Klapphocker nahe dem Ufer. In seiner Hand befand sich eine Angel. Er schien auf die Ruhr zu starren.

Einen Moment zögerte Teubner. Ob Stratmann eine Waffe bei sich trug? Er könnte sie unter seiner Jacke verborgen halten. Allerdings machte der Mann einen äußerst friedlichen Eindruck. Selten, dass Teubner sich in seinem Empfinden getäuscht hatte. Kurz entschlossen ging er weiter und rief nicht zu laut: »Petri Heil, Herr Stratmann! Haben Sie Glück beim Fang? Kriminalhauptkommissar Max Teubner mein Name. Ich wohne ganz in der Nähe und habe selbst ein paarmal in der Ruhr geangelt. Allerdings nie an dieser Stelle und bislang leider immer ohne Erfolg.«

Stefan Stratmann wandte langsam den Kopf. Er wirkte übernächtigt. Sein schmales Gesicht war leicht gebräunt, die strahlendblauen Augen lagen im Schatten dunkler Ringe. Die hohe Stirn, umrahmt von zurückgekämmtem braunem Haar, lag in Falten. Er trug Jeans und Freizeitjacke, dazu Gummistiefel. »Wenn Sie meinen Anglerschein sehen wollen, Herr Kommissar, der ist im Wohnmobil. Und für den Stellplatz habe ich dem Bauern 100 Euro gegeben. Dafür darf ich so lange bleiben, wie ich will. Außerdem bin ich Mitglied im ASV Langschede und habe damit die Erlaubnis, hier zu angeln.«

Teubner trat näher auf ihn zu. Der Mann machte nicht den Eindruck, als würde er gleich eine Waffe ziehen. »Ich bin nicht vom Ordnungsamt, sondern bei der Kriminalpolizei beschäftigt, Herr Stratmann. Wir ermitteln in den Mordfällen Achmed Tahiri und Chantal Vogt. Sagen die beiden Namen Ihnen etwas?«

Stratmann stand auf, zog die Angelschnur ein und legte sie auf den Boden. »Sie meinen dieses elende Pack, das meinen Sohn auf dem Gewissen hat?« Er blickte ihn mit undefinierbarem Blick an. »Erst haben sie ihn als kleinen Jungen fertiggemacht und später haben sie ihm diese verdammten Drogen verkauft. Das Paar meinen Sie doch, richtig?«

Teubner nickte. Ihm war nicht wohl in seiner Haut. Er konnte den physischen Schmerz, den der Mann mit sich trug, fast körperlich spüren. Wenn er daran dachte, dass seinem Sohn Raffael so etwas passiert wäre. Nicht auszudenken. »Haben Sie die beiden in den letzten Wochen aufgesucht? Hatten Sie zu einem von ihnen Kontakt?«

Stefan Stratmann stieß einen Lacher aus. »Sie meinen, ich hätte Jakob gerächt und diesen Abschaum ermordet? Das wäre sicherlich nicht die schlechteste Idee gewesen.« Er hielt Teubner seine Handgelenke hin, als wolle er sich abführen lassen. »Nehmen Sie mich gerne mit. Ob ich hier an der Ruhr rumsitze und Trübsal blase oder in einer Gefängniszelle. Das macht für mich keinen Unterschied.«

»Ich möchte Sie tatsächlich bitten, mich zu begleiten«, sagte Teubner und kam sich selten schäbig vor, »damit wir Sie zu den Vorfällen befragen können. Wenn Sie damit einverstanden sind, packen Sie bitte Ihr Anglerzeug ins Wohnmobil. Tragen Sie eine Waffe bei sich?«

»Wer weiß?« Stratmann hob die Arme in die Höhe. »Überzeugen Sie sich selbst. Aber seien Sie bloß vorsichtig, ich könnte ein brutaler Mörder sein und Ihnen eine Kugel in den Kopf schießen.«

Teubner tastete den Verdächtigen ab. Er wusste nicht genau, was er von Stratmann halten sollte. Gerade hatte er offenbart, dass er Achmed Tahiri und Chantal Vogt als die Dealer betrachtete, die seinem Sohn verbotene Pillen besorgt hatten. Also besaß er ein glasklares Mordmotiv. Trotzdem verhielt er sich merkwürdig distanziert. Er war unbewaffnet und bereit, mit ihm zu fahren. Teubner wartete, bis Stratmann sein Zeug verstaut und das Wohnmobil abgeschlossen hatte. Er führte ihn bis zum Dienstwagen, bat ihn auf den Beifahrersitz, wartete, bis er sich angeschnallt hatte, und setzte sich dann selbst hinters Steuer. Eigentlich hätte er auf einen Streifenwagen warten müssen, denn allein mit einem mutmaßlichen Mörder zu fahren, entsprach nicht der Eigensicherung. Aber Teubners Intuition sagte ihm, dass von Stefan Stratmann keine Gefahr ausging. »Sie sollten sich gleich als Erstes um einen Rechtsbeistand bemühen.«

»Ja, das sollte ich wohl. Was passiert jetzt mit mir?«

»Man wird Sie zu den Taten befragen«, erklärte Teubner und lenkte den Wagen vom Ohlweg Richtung Unnaer Straße, die vom Feierabendverkehr beherrscht wurde. »Sie müssen aber nichts aussagen, was Sie selbst belasten könnte. Ihr Anwalt wird Sie dazu beraten.«

Stratmann erwiderte nichts. Erst als bereits der Kirchturm der Stadtkirche von Unna in Sicht kam, brach er das Schweigen. »Wissen Sie, ich habe diesen Achmed und seine Freundin tatsächlich zum Teufel gewünscht. Ich habe mit einem Glas Wein darauf angestoßen, als ich in der Online-Version vom *Hellweger* im Wohnmobil vom Mord an diesem Albaner gelesen habe. Denn ich weiß, dass er für den Tod meines Sohnes verantwortlich war.«

Teubner warf ihm einen kurzen Blick zu. Stratmann schaute aus dem Seitenfenster hinaus zu den angrenzenden Äckern und Feldern. »Sie sollten zunächst mit einem Anwalt reden!«, wiederholte Teubner.

»Und als ich heute Morgen gelesen habe, dass diese blonde junge Frau, also seine Freundin ebenfalls tot ist, da fühlte ich mich regelrecht warm ums Herz. Karma, habe ich gedacht. Irgendwann bekommt jeder, was er verdient. Ich habe meinen inneren Frieden wiedergefunden. Es tut mir nur so leid, dass meine Barbara das nicht mehr erleben darf. Vielleicht wäre sie dann über Jakobs Tod irgendwann hinweggekommen.«

»Wollen Sie mir damit sagen, Sie haben Achmed Tahiri und Chantal Vogt nicht getötet?« Teubner blickte ihn erneut an.

Stratmann schüttelte kaum merklich den Kopf. »In Gedanken habe ich es hundertmal getan. Aber letztendlich fehlte mir der Mumm dazu. Ich habe mir oft überlegt, wie ich es tun könnte. Erschossen hätte ich die beiden auf keinen Fall. Das wäre mir zu schmerzlos gewesen. Jakob hat leiden müssen, ehe er gestorben ist.«

»Das sollten Sie den ermittelnden Dortmunder Kollegen genauso erzählen«, riet Teubner. Irgendwas an Stratmanns Ausstrahlung verriet ihm, dass der Mann die Wahrheit sagte. Wenn dem so war, dann lief der Täter noch frei herum. Und sie hatten nicht die leiseste Ahnung, um wen es sich handeln könnte.

Kapitel 33

Mittwoch, 15. Mai, 11.10 Uhr

Als Maike Graf und Mike Kolbe am Vortag bei Anne Leibold, der Mutter von Chantal Vogt, eingetroffen waren, hatte sie bereits Trauerkleidung getragen. Mit verweinten Augen und rotem Gesicht bat sie die Beamten in ihre Wohnung. Ihr Lebensgefährte lag mit einer Lungenentzündung im Krankenhaus, deshalb musste niemand leise sein. Leibolds 16-jährige Tochter Lilli, die als Einzige einen guten Draht zu ihrer Halbschwester gepflegt hatte, wirkte betroffen. Der 12-jährige Tyson und der 8-jährige Jason stritten fast während des gesamten Gesprächs wegen eines verloren gegangenen Controllers der Playstation.

Weder Lilli noch Anne Leibold konnten sich vorstellen, wer für den Tod von Chantal verantwortlich sein sollte. Sie sei eine offenherzige und liebe junge Frau gewesen, zu allen nett und zuvorkommend. Sie habe zu ihren Freunden, Verwandten und Arbeitskollegen im Nagelstudio ein großartiges Verhältnis gehabt. Und ihre Beziehung zu Benjamin Fuchs sei so innig gewesen, dass die Leibold glaubte, sie hätten bestimmt bald geheiratet. Dabei kannte sie den Mann noch gar nicht persönlich. Vermutlich würde sie den Arzt bei der Beerdigung von Chantal kennenlernen. Da begann sie hemmungslos zu weinen. Lilli nahm ihre Mutter ihn den Arm.

Maike hingegen erinnerte sich bei Weitem nicht so positiv an Chantal Vogt. Vor acht Jahren war sie zickig, selbstverliebt und gehässig gewesen. Gut, Menschen konnten sich im Lauf der Zeit ändern. Aber vom Teufel in einen Engel mit Heiligenschein? Ihre Lügerei sprach eine andere Sprache. Jedenfalls hatte die Befragung der Familie Leibold die Ermittlungen in den Mordfällen Achmed Tahiri und Chantal Vogt nicht weitergebracht.

Maike saß jetzt in ihrem Büro und schrieb den Bericht, als Teubner zur Tür hereinkam. Er wirkte blass und abgespannt, seine blonden Haare standen wirr durcheinander. Sie musste grinsen. »Guten Morgen, Max. Schon wach?«

Er winkte ab und ließ sich auf seinen Schreibtischstuhl fallen. »Hör bloß auf. Ich habe die Nacht durchgemacht. Ich sollte Stefan Stratmann gestern direkt nach Dortmund bringen. Da haben Marschewski und ich ihn in Gegenwart seines Anwalts bis weit nach Mitternacht befragt.«

»Und, wie ist dein Eindruck?«

Teubner seufzte. »Ich halte ihn für unschuldig. Stratmann behauptet, er habe zu den Tatzeiten bereits geangelt. Zeugen dafür gebe es leider nicht. Sein Handy habe er meistens ausgeschaltet, um nicht gestört zu werden. Er habe allerdings einige Male mit seinem Bruder telefoniert. Vielleicht sei das gerade zu den Mordzeiten gewesen.«

»Wurde das schon überprüft?«

»Keine Ahnung. Marschewski hat sich jedenfalls regelrecht an Stefan Stratmann festgebissen. Er ist felsenfest davon überzeugt, dass er der Täter ist. Tatsächlich sind bei der Befragung einige Dinge herausgekommen, die an seiner Unschuld zweifeln lassen. Er hat zugegeben, die Dealer seines Sohnes ausfindig gemacht zu haben. Das sei ihm über Jakobs Computer gelungen. Allerdings behauptet er, nie Kontakt zu Kevin Scheidt und Achmed Tahiri aufgenommen zu haben. Er habe an einem Plan gearbeitet, wie er die beiden in flagranti erwischen und dann der Polizei übergeben könne.«

»Das hat Marschewski ihm natürlich nicht geglaubt.«

»Richtig. Er hat persönlich den Vorführbericht an die Staatsanwaltschaft geschrieben und konnte diese vom dringenden Tatverdacht und einer möglichen Fluchtgefahr überzeugen. Stratmann hat ein Wohnmobil und könnte damit irgendwo untertauchen. Er wurde heute früh bereits dem Haftrichter vorgeführt, der Marschewskis Antrag gefolgt ist. Stratmann leistet inzwischen den Tahiri-Brüdern in der JVA Dortmund Gesellschaft. Ich habe ihn persönlich dort abgeliefert.«

Maike lehnte sich nachdenklich zurück. »Kolbe und ich haben die alten Tahiris gestern zu ihm befragt. Ihnen ist der Mann genauso wenig in der Nähe ihres Wohnblocks aufgefallen wie den Leibolds. Und das klang bei beiden Familien durchaus ernst gemeint.«

Teubner verschränkte die Finger im Nacken und reckte herzhaft gähnend seinen Kopf. »Ich traue dem Stratmann einen so kaltblütigen Mord nicht zu. Sollen die Kollegen in Dortmund ihm erst einmal nachweisen, dass er schuldig ist. Es gibt zwei Dursuchungsbeschlüsse, die Wohnung übernehmen die Dortmunder, um das Wohnmobil müssen wir uns kümmern.« Er hielt den Schlüssel des Womos hoch und ließ ihn in der Luft baumeln, während er erneut gähnte.

»Das kann ich machen, Max. Fahr du nach Hause und gönn dir ein paar Stunden Schlaf!« Sie stand auf und griff nach dem Schlüssel.

»Okay. Danke dir. Ich habe um halb zwölf noch das Gespräch mit Max Hirsch, dem Freund von Fuchs, der auf dessen Hund aufgepasst hat. Bin mal gespannt, ob es da eine Verbindung zu Moritz Hirsch, unserem ehemaligen Gangmitglied gibt.«

»Danach haust du dich aber aufs Ohr, Max!«

»Versprochen!«

Maike erreichte das Wohnmobil von Stefan Stratmann nach etwa einer halben Stunde. Ihr Navigationssystem hatte sie bis an den Rand des Sauerlands über die zu Iserlohn gehörenden Dörfer Abendsiepen und Drüpplingsen an den Dellwiger Weg geführt. Dort fand sie das Womo einsam an der Grenze eines Ackers stehend. Es handelte sich um ein älteres Modell der Marke Hymer Camp mit Alkoven, vermutlich aus den 90er-Jahren. Ein Onkel von Maike fuhr ein ähnliches Fahrzeug, daher wusste sie, dass es zahlreiche Fächer für verdeckten Stauraum gab, wo Stratmann die Tatwaffe eventuell versteckt haben könnte.

Sie begann mit ihrer Suche im Fahrraum. In den Ablagefächern fand sie alte Zeitschriften, tatsächlich auch Landkarten, leere Verpackungen von Kinderriegeln, zwei Kinder-Sonnenbrillen, eine verschimmelte Trinkflasche und jede Menge Bons von verschiedenen Tankstellen. Unter den drehbaren Sitzen lagen Brotkrümel und Keksreste. Die Familie von Stratmanns Bruder hatte das Wohnmobil nach der letzten Fahrt offensichtlich nicht sauber gemacht und es ihm völlig verdreckt übergeben. Hinter der Sonnenblende der Fahrerseite steckte der Fahrzeugschein des Mobils, der Markus Stratmann als dritten Halter auswies. Ansonsten fand Maike nichts von Bedeutung. Sie zwängte sich gerade zwischen den Sitzen ins Heck des Wohnmobils, als ihr Handy in der Gesäßtasche vibrierte.

»Hey, Maike«, sagte Teubner, »die Befragung mit Max Hirsch hat nicht lange gedauert. Er ist tatsächlich mit Moritz Hirsch verwandt. Sohn aus erster Ehe des Vaters, hat jedoch keinerlei Kontakt mehr zu ihm. Seinen Halbbruder hat er nie persönlich kennengelernt. Die Ehe seiner Eltern ist damals wohl mit viel zerschlagenem Porzellan auseinandergegangen.«

»Max und Moritz, wie originell«, meinte Maike sarkastisch. »Dann muss er wesentlich älter sein als sein Bruder.« Sie suchte im Wohnbereich des Wagens vergeblich nach dem Lichtschalter, da hinten sämtliche Fenster verdunkelt waren.

»Richtig. Max Hirsch ist mit 36 Jahren 12 Jahre älter als Moritz Hirsch und als Industriekaufmann in beratender Tätigkeit in einem Unternehmen aus Hamm beschäftigt, das Chemikalien vertreibt. Da er meist im Homeoffice ist, konnte er auf Zorro aufpassen.«

»Wann hat Chantal den Hund bei ihm abgeholt?« Endlich fand sie den Schalter und sah sich in einem etwas ranzigen Wohnraum um. Man sah dem Womo die über 30 Jahre, die es auf dem Buckel hatte, deutlich an.

»Um viertel nach sechs. Er hat sich ziemlich genau erinnert, denn als Chantal Vogt den Hund am Samstag abgeholt hat, saß er auf heißen Kohlen. Er wollte mit seiner Lebensgefährtin essen gehen und hatte für halb sieben einen Tisch im Restaurant *Taormina* bestellt. Den Hund wollten sie nicht mitnehmen.«

»Okay, dann muss Chantals Mörder ihr bereits bei Max Hirsch aufgelauert und sie bis zu den Gleisen verfolgt haben, wo sie mit Zorro Gassi gegangen ist.«

»Richtig. Ich mache mich jetzt auf den Heimweg. Da das Haus meiner Tante ziemlich in deiner Nähe liegt, könnte ich dir helfen. Ich kann in 20 Minuten bei dir sein.«

Maike durchsuchte gerade die Schränke mit einer Front aus Buchenimitat. Sie rochen nach Nikotin und sie rümpfte die Nase. »Brauchst du nicht, Max. Ich glaube nicht, dass ich hier etwas finde. Ich sehe nur Camper-Geschirr, Haushaltswaren, haltbare Lebensmittel und ein paar Gesellschaftsspiele. Eine kleine Kammer mit Staubsauger, Putzeimer und Wäscheständer. Mal schauen, wo Stratmann seine eigenen Klamotten untergebracht hat. Ich werde nun noch die Stauräume außerhalb und das winzige Bad inspizieren. Aber ich glaube kaum, dass ich eine Waffe im Spülkasten oder Abwassertank finde. Schlaf dich ein bisschen aus, falls ich dich brauche, melde ich mich.«

»Also gut, Maike, bis später dann!«

Sie beendete das Telefonat und kletterte über die eingehängte Leiter in den Alkoven. Das Bett war ordentlich gemacht. Auch hier waren die Fenster verdunkelt, deshalb nutzte Maike die Taschenlampenfunktion ihres Handys. Sie hob Decke, Laken, Kissen und Matratze hoch, fand aber nichts. Am Kopfende lag lediglich ein Fotoalbum, das sie mit hinunter in den Wohnraum nahm und dort auf dem Tisch ablegte.

Unter den Sitzbänken, die man als Liegefläche umfunktionieren konnte, befanden sich Schubladen. Darin lagerte die Kleidung von Stefan Stratmann. Sie packte alles aus, prüfte Jacken- und Hosentaschen und legte die Sachen ordentlich zurück. Als Nächstes überprüfte sie Herd, Kühlschrank und Spüle. Nichts. Blieben noch die Stauräume, die nur von außen zu erreichen waren. In einem davon lag Anglerzeug, in dem anderen entdeckte sie verschmutzte Schuhe und eine leere Reisetasche. Maike seufzte und blickte zum Dach des Wohnmobils. Am Heck gab es eine Leiter. Sie stieg hinauf, fand jedoch nur eine kleine Satellitenschüssel und einen festgezurrten Liegestuhl. Als Letztes inspizierte sie den Motorraum, aber auch hier klebte keine Waffe unter der Motorhaube.

»Das war ein Satz mit x«, murmelte sie zu sich selbst. »Das war wohl nix.« Sie verschloss das Wohnmobil und ging durch den beginnenden Nieselregen zu ihrem Wagen. Plötzlich fiel ihr das Fotoalbum ein. Rasch kehrte sie um, nahm es an sich und lief zu ihrem Dienstwagen zurück. Sie setzte sich ans Steuer, schob den Sitz etwas nach hinten und blätterte in dem Album. Es musste zu Jakobs 18. Geburtstag entstanden sein. Auf den vorderen Seiten sah man ihn als Baby. Mal auf der Wickelkommode, mal auf dem Arm von Stefan Stratmann, mal auf einem Stillkissen, gehalten von seiner Mutter.

Es folgten die ersten Schritte, die Krabbelgruppe, Einschulung, Kommunion und der Wechsel auf die weiterführende Schule. Kein Foto war beschriftet, dennoch erkannte man die Mühe, die sich die Eltern mit der Erstellung des Albums gemacht hatten. Auf den Urlaubsbildern an der Nordsee gab es Seestern- und Leuchtturmsticker, zum ersten Schultag die Schultüte und Schreibutensilien zwischen den Aufnahmen.

Maike verfolgte den Werdegang von Jakob Stratmann mit Spannung. Er war ein glücklicher kleiner Junge gewesen, ehe die Jugendbande um Achmed Tahiri in sein Leben getreten war. Auf einigen Bildern war er mit seinen Großeltern abgelichtet, die ihn sehr geliebt haben mussten. Sein bester Freund Björn König tauchte ebenfalls häufig auf. Die beiden schienen viel miteinander unternommen zu haben. Ob auf dem Spielplatz, beim Radfahren oder im Freibad. Aber es gab auch Aufnahmen, auf denen Jakob zusammen mit einem Mädchen zu sehen war. Sie waren im selben Ruderclub, denn man sah sie oft auf der Ruhr paddeln oder mit den Vätern gemeinsam beim Angeln.

Maike schaute sich das Gesicht des Mädchens genauer an. Wer mochte das sein? Bislang war in den Ermittlungen kein Mädchen aufgetaucht, das Jakob nahegestanden hätte. Einer plötzlichen Eingebung folgend zog sie ihr Smartphone aus der Gesäßtasche und öffnete die Datei, die Teubner in Björn Königs Zimmer aufgenommen hatte. Dort stand König zwischen seinen Freunden Jakob und? Ja, wem eigentlich? Maike vergrößerte das Bild. Der Junge trug ein Basecap, das das Gesicht verdunkelte. Beim näheren Hinschauen jedoch erkannte man, dass es sich gar nicht um einen Jungen handelte. Die Haare waren zu einem Pferdeschwanz gebunden. Es handelte sich eindeutig um ein Mädchen!

Das Mädchen, mit dem Jakob Stratmann viel Freizeit verbracht hatte!

Wenn sie letztendlich seine feste Freundin gewesen war, dann hatte sie ebenfalls ein astreines Mordmotiv! Sie mussten diese inzwischen junge Frau dringend identifizieren. Um das anzugehen, fiel ihr sogleich Björn König ein. Der lag nach wie vor mit seinen schweren Verletzungen im Krankenhaus. Maike tippte die Nummer vom Kollegen Gerold Schmidtke in ihrem Diensthandy an.

»Was gibt's, Maike?«

»Schau bitte mal in den Akten vom Mordfall Tahiri nach den Kontaktdaten von Björn König. Haben wir seine Handynummer?« Im Stillen richtete sie Stoßgebete zum Himmel, dass Schmidtke fündig wurde. Jetzt zählte jede Minute. Wenn sie erst ins Krankenhaus fahren musste, um ihn zu befragen, würde kostbare Zeit verloren gehen.

»Ah, hier haben wir es ja. Es gibt eine Festnetznummer. Die Adresse ist in Unna Massen, Thomas-Mann-Straße ...«

»Das weiß ich, Gerold. Björn König liegt im Klinikum Mitte und ich muss ihn dringend sprechen. Er hat bestimmt sein Handy bei sich.«

»Sekunde.« Es raschelte im Hintergrund, dann hörte man fliegende Finger auf der Computertastatur. »Da haben wir ja die Handynummer. Ich schicke sie dir aufs Diensthandy, Maike.«

»Danke dir, Gerold. Bis später!« Kurz darauf kündigte ein Piepen den Eingang einer Nachricht an. Maike betätigte sofort die Ruffunktion und hoffte, Björn König würde nicht in einer Untersuchung stecken.

»Hallo? Björn König, wer stört?« Seine Stimme klang erheitert, als habe er gerade gelacht. Vielleicht hatte er Besuch.

»Hauptkommissarin Maike Graf«, meldete sie sich. »Das hört sich an, als würde es Ihnen wieder etwas besser gehen?« Maike hatte eigentlich bei ihm vorbeischauen wollen, als sie Reinders im Krankenhaus besucht hatte, aber dann war die Zeit knapp geworden, und sie musste sich beeilen, um nicht zu spät zum Dienst zu kommen.

»Oh, Frau Graf«, Björn König klang erfreut, »schön, dass Sie sich melden. Ja, mir geht es tatsächlich etwas besser. Vermutlich werde ich zum Wochenende hin entlassen.« Im Hintergrund waren lachende Stimmen zu hören. »Ich habe Besuch von zwei Kommilitonen aus meinem Semester. Die machen Fotos von mir und wollen auf Instagram posten, dass ich jetzt Profi-Boxer bin.« Er lachte ebenfalls.

Maike freute sich, dass Björn König den Überfall inzwischen mit Humor nahm. Allerdings war für ihn die Sache noch lange nicht ausgestanden. Gegen die Tahiri-Brüder sollte Anklage erhoben werden, und sie ging davon aus, dass König bei dem Prozess als Zeuge aussagen würde.

»Wie kann ich Ihnen helfen?«

Sie räusperte sich kurz. »Mein Kollege Teubner hat in Ihrem Zimmer ein Foto an der Wand hängen sehen, auf dem Sie mit Jakob Stratmann abgelichtet sind. Wir wissen inzwischen, dass Jakob Stratmann bereits vor etwas über einem Jahr gestorben ist.«

»Ja.« König klang nun ernst und reserviert. »Er war mein bester Freund. Das war eine schlimme Geschichte damals. Ich kann es immer noch nicht glauben, dass er nicht mehr da ist.«

»Ich verstehe Ihre Trauer gut.« Maike musste unwillkürlich an Jochen denken. »Ich habe selbst im letzten Jahr meinen Freund verloren.« Sie räusperte sich. »Auf diesem Foto in Ihrem Zimmer, da ist ein Mädchen mit drauf. Sie drei scheinen sich sehr gut verstanden zu haben. Ich habe dieses Mädchen nun in einem Fotoalbum von Jakob Stratmann mehrmals entdeckt. War sie später seine feste Freundin?«

Björn König schwieg einen Moment, und fast glaubte Maike schon, er hätte die Verbindung unterbrochen. »Ja«, sagte er dann aber doch.

»Würden Sie mir bitte ihren Namen nennen? Und die Adresse wäre ebenfalls hilfreich.«

Björn König schwieg. Von seinem Besuch war kein Mucks zu hören. Sie schienen den Ernst der Lage zu verstehen.

»Herr König? Wir benötigen den Namen der jungen Frau.«

Seine Stimme klang rau, als er endlich antwortete. »Ich möchte niemanden in Schwierigkeiten bringen, Kommissarin Graf. Ich hoffe, dafür haben Sie Verständnis.«

»Wir werden die Identität der Frau auch ohne Ihre Hilfe herausfinden, Herr König. Ich befinde mich noch in Langschede. Sie ist hier im Kanuclub Mitglied, richtig? Oder zumindest gewesen. Also wird man sie dort kennen. Aber das dauert seine Zeit. Und das könnte ein weiteres Menschenleben kosten. Wollen Sie das verantworten?«

»Ich verstehe nicht, was Sie meinen.«

»Oh, ich glaube, Sie verstehen mich sehr gut. Bitte sagen Sie mir jetzt, wie die junge Frau heißt und wo ich sie finden kann.«

Ein tiefer Seufzer entwich Björn König. Endlich antwortete er: »Ihr Name ist Lea. Lea Kirchner.« Nach einer kurzen Pause nannte er ihr die Adresse.

Kapitel 34

Mittwoch, 15. Mai, 16.08 Uhr

Teubner hatte tatsächlich etwas Schlaf gefunden. Beim Aufwachen war ihm die Textnachricht von Maike ins Auge gefallen. Jakob Stratmann sollte eine feste Freundin gehabt haben, der man ein starkes Motiv zuschreiben könne, sie sei jedoch momentan nicht auffindbar. Maike habe gegen 14 Uhr bei ihr zu Hause angeklingelt, aber niemanden angetroffen. Teubner solle dringend am späten Nachmittag noch einmal bei Familie Kirchner vorbeischauen.

Als Teubner die Adresse las, durchfuhr ihn ein Déjà-vu. Anfang letzter Woche hatte er der Familie bereits mit dem Kollegen Reinders einen Besuch abgestattet. Da war es um Fahrerflucht gegangen. Teubner sah die Kirchners noch genau vor sich. Selten, dass ihm ein alltäglicher Fall so zugesetzt hatte. Das lag in erster Linie an der Überreaktion von Tobias Kirchner. Dessen Sohn David hatte Teubner leidgetan. Tochter Lea dagegen kannte er gar nicht.

Er setzte seinen Audi kurz vor halb fünf in die Einfahrt des Hauses, direkt hinter den lädierten Smart, der gerade an der Ladestation hing. Teubner stieg aus und steuerte auf den Hauseingang des Einfamilienhauses zu. Ehe er die Klingel betätigen konnte, wurde bereits die Tür geöffnet.

Kerstin Kirchner trug heute keine knallenge weiße Jeans, sondern ein buntes Hängekleid im Batiklook, das ihre schlanke Figur sanft umspielte. Ihre Füße steckten in schwarzen Flipflops, die Zehennägel waren knallrot lackiert. Erneut hatte sie ihr blondes Haar zu einem Pferdeschwanz gebunden. »Herr Teubner, was kann ich für Sie tun? David ist nicht da, falls Sie noch Fragen wegen des Unfalls haben. Er hilft meinem Mann manchmal nach der Uni in der Praxis. Also nur das, was er darf, natürlich. Er soll einen Eindruck vom Praxisalltag bekommen, damit er sich später problemlos in den Betrieb einfügt.«

»Um David geht es heute erst einmal nicht. Dürfte ich einen Moment hereinkommen?«

»Ja, natürlich!« Kerstin Kirchner ging voraus und führte ihn in einen gemütlichen Wintergarten mit Korbmöbeln, zahlreichen Yuccapalmen, blühenden Orchideen und Efeugewächsen. »Setzen Sie sich doch.«

Teubner nahm in einem der vier Korbsessel mit grün-bunt geblümtem Polster Platz und schlug die Beine übereinander. Das Angebot eines Getränks lehnte er ab. »Ich würde gerne mit Ihrer Tochter Lea sprechen. Ist sie zu Hause?«

Kerstin Kirchner wirkte überrascht. Sie setzte sich ihm gegenüber und schüttete sich Wasser aus einer Karaffe in ein Glas. »Was wollen Sie von Lea? Sie hat gerade zwei Wochen Urlaub und verbringt viel Zeit in der freien Natur. Heute Nachmittag wollte sie joggen, glaube ich.«

»Es geht um diesen jungen Mann.« Teubner zog sein Smartphone aus der Innentasche seiner Jacke. Maike hatte einige Aufnahmen von Lea Kirchner und Jakob Stratmann aus dem Fotoalbum abfotografiert und ihm zugeschickt. »Das war Leas Freund, richtig?«

»Jakob«, sagte Kerstin Kirchner ergriffen, nachdem sie einen Blick auf eines der Fotos geworfen hatte. »Ja. Die beiden kannten sich seit der Kindheit. Ehe sie begriffen haben, dass sie als Paar zusammenpassen könnten, hat es eine Zeit gedauert.« Sie lächelte gequält. »Sie werden wissen, dass Jakob tot ist?«

Teubner nickte. »Was können Sie mir von dieser Freundschaft erzählen?«

Kerstin Kirchner lehnte sich mit dem Wasserglas in der Hand zurück und trank einen Schluck. »Lea hat ihn geliebt«, sagte sie mit rauer Stimme. Ihre Augen wirkten glasig und blickten starr auf das Korbgeflecht des Tisches. »Obwohl die Tragödie jetzt mehr als ein Jahr her ist, kommt sie einfach nicht darüber hinweg.« Sie stellte das Glas auf die Tischplatte und rieb sich über die Stirn. »Die beiden passten sehr gut zueinander. Mein Mann hat Lea und David schon als Kinder im Ruderclub angemeldet. Da haben sie Jakob kennengelernt.«

»Ich wohne selbst seit einigen Jahren in Langschede, direkt an der Ruhr, und rudere leidenschaftlich gerne. Allerdings fehlt mir meist die Zeit, deshalb bin ich nicht Vereinsmitglied. Rudern Ihre Kinder heute noch?«

»Selten. Im frühen Teenageralter haben sie die Lust daran verloren und sind aus dem Verein ausgetreten. An manchem Wochenende sind sie dennoch gemeinsam mit Jakob gerudert.«

»Sie hatten also ein gutes Verhältnis zu Familie Stratmann?«

»Ja. Wir haben uns blendend verstanden. Barbara und ich haben uns oft zum Joggen getroffen, die Männer zum Angeln.« Sie seufzte. »Bis diese schreckliche Sache mit dem Jungen passiert ist. Lea hat sich nach seinem Tod völlig in sich zurückgezogen. Wir haben alles versucht, sind sogar beim Psychologen gewesen. Sie kommt nicht über Jakob hinweg.« Sie seufzte. »Vielleicht auch, weil er immer zu ihr gehalten hat. Lea war schon einmal in psychologischer Behandlung. Aber das ist eine Geschichte, über die ich nicht reden möchte.«

Teubner griff nun doch zu einem Glas und goss sich aus der Karaffe ein. Die Luft im Wintergarten fühlte sich an wie in einem Tropenhaus. Am liebsten hätte er die Tür zum Garten weit aufgerissen. »Barbara Stratmann ist ebenfalls über den Tod ihres Sohnes nicht hinweggekommen und hat sich das Leben genommen. Hat sich das für Sie im Vorfeld angedeutet? Sie sagten, Sie hätten ein gutes Verhältnis zu ihr gehabt.«

Kerstin Kirchner schüttelte langsam den Kopf. »Das ist mit Jakobs Tod von heute auf morgen abgebrochen. Barbara hat sich sehr zurückgezogen, hat meine Anrufe ignoriert. Sie wollte niemanden sehen. Ich habe einiges versucht, bin mehrmals hingefahren, habe angerufen, alles zwecklos.«

»Und Ihr Mann? Hatte er noch Kontakt zu Stefan Stratmann?«

Sie trank ihr Glas mit einem Zug leer. »Zunächst ja. Stefan hat das zwar ebenfalls sehr mitgenommen, aber er hat nicht resigniert. Er hat immer wieder nach vorne geschaut. Tobias hat sich ab und zu mit ihm zum Angeln getroffen. Als Stefan dann das Haus hier in Langschede verkauft hat, ist der Kontakt abgebrochen.«

»Was ist mit Lea? Rudert sie weiterhin?«

Kerstin Kirchner schüttelte energisch den Kopf. »Nein! Seit Jakobs Tod macht sie nichts, was sie früher mit ihm zusammen gemacht hat. Sie findet ohne ihn keinen Spaß mehr daran.«

»Dürfte ich einen Blick in ihr Zimmer werfen?«

»Tut mir leid, Herr Teubner. Das ist ihre Privatsphäre, da müssen Sie warten, bis sie wieder hier ist.«

Teubner nickte. »Natürlich. Würden Sie Ihre Tochter bitte anrufen und herbitten? Lea hat doch gewiss ein Handy mitgenommen.«

Kerstin Kirchner hob ratlos die Schultern. »Ich kann es versuchen.« Sie griff nach ihrem Smartphone, das auf dem Korbtisch lag, tippte auf einen Kontakt und wartete. »Mailbox. Lea geht eigentlich nie ran, wenn ich sie anrufe. Sie ist am liebsten für sich und hat gerne ihre Ruhe.«

Teubner stand auf. »Geben Sie mir einfach die Handynummer von Lea, dann versuche ich es selbst.« Er lächelte.

»Auf keinen Fall. Was ist derart wichtig, dass Sie Lea so dringend sprechen wollen?«

Ihm blieb die Antwort erspart, da gerade Tobias und David Kirchner das Haus betraten. Teubner ging in den Flur und grüßte kurz. »Hallo, David. Gut, dass du hier bist. In der Nacht, als du den Unfall mit dem Smart hattest, da bist du nicht bei deinem Kommilitonen gewesen, richtig? Du hast deine Schwester nach Wickede gebracht. Ich kann das momentan nicht beweisen, aber es gibt im Umfeld der Haltestation sicherlich Kameras, die das Auto deiner Mutter zum fraglichen Zeitpunkt aufgenommen haben. Mit etwas Glück seid ihr zwei sogar zu erkennen.«

David wurde blass, sein Vater starrte ihn verständnislos an.

»Hast du Achmed Tahiri erschossen? Oder war es Lea, deine Schwester?«

Davids Kopf ruckte herum. Panisch blickte er erst zu seinem Vater, dann zur Haustür. Er stürzte darauf zu, haute auf die Klinke und riss die Tür auf.

Teubner war mit einem Satz bei ihm und packte ihn fest am Arm. »Nee, nee, Freundchen, nicht schon wieder. Ich habe keinen Bock auf diese Rennerei.« Er zog ihn mit einem Ruck zurück und gab der Tür einen Schubs, sodass sie ins Schloss fiel, dann blickte er ihn an. »Wer, Herr Kirchner?«

Tobias Kirchner schien erst jetzt aus seiner Starre zu erwachen und zu realisieren, was Teubner seinem Nachwuchs vorwarf. Sein Gesicht lief rot an, er drehte sich drohend zu seinem Sohn und ließ langsam den Rucksack fallen, den er ins Haus getragen hatte. »Was habt ihr getan?«, zischte er leise. Als keine Reaktion kam, brüllte er: »Rede mit mir, verdammt noch mal! Was hast du angestellt?«

David Kirchner schien in sich zusammenzufallen. Er senkte den Kopf und ließ die Schultern hängen. »Ich bin nur gefahren«, flüsterte er kaum hörbar. »Ich hatte keinen Plan davon, was die vorhatten. Bis heute weiß ich nicht, was genau geschehen ist.«

Tobias Kirchner baute sich vor seinem Sohn auf, als wollte er ihn in den Boden stampfen. Er schien sich nur mit Mühe unter Kontrolle zu halten. Sein Gesicht war hochrot angelaufen. »Was *die* vorhatten? Wer war noch dabei? Was ist da abgelaufen?«

David hob ratlos die Schultern, hielt den Blick immer noch gesenkt. »Ich war nur der Fahrer, habe im Auto gewartet. Björn ist mit Lea zum Bahnsteig. Eine irre lange Zeit ist nichts passiert. Ich wollte schon hin und nachsehen, was los ist.«

»Sie haben Ihre Schwester und Björn König mitten in der Nacht von Fröndenberg nach Dortmund-Wickede gefahren?«, mischte Teubner sich ein. »Was haben die beiden Ihnen für einen Grund für diese nächtliche Mission genannt?«

David Kirchner drehte sich zu Teubner. Er war kalkweiß im Gesicht, blickte kurz zu seiner Mutter, die wie eine Wachsfigur an der Wand lehnte. Endlich schaute er Teubner an. »Lea hat mich angerufen, ich solle sie von Björn abholen. Ich hatte sie zuvor zu ihm gebracht, weil ich dachte, es tut ihr gut, wenn sie mal hier rauskommt. Als ich ankam, fragte sie mich, ob ich Björn und sie eben nach Wickede zum Bahnsteig bringen könne.«

»Haben Sie sich denn nicht gewundert, warum nach Dortmund-Wickede? Die S-Bahn-Station von Unna-Massen ist doch viel näher.«

»Nein. Ich habe nicht darüber nachgedacht«, erwiderte David Kirchner und vermied es, seinen Vater anzusehen. »Als wir in Wickede angekommen sind, meinte meine Schwester, sie und Björn würden nur kurz jemanden treffen und seien schnell zurück.«

»Haben Sie einen Schuss gehört?«

»Nein«, murmelte Kirchner.

»Warum habt ihr nicht mit uns geredet?«, fragte Kerstin Kirchner fassungslos.

»Wieso hast du dich nicht an uns gewandt?«, brüllte Tobias Kirchner.

»Genau aus dem Grund nicht!«, schrie David zurück. Sein Gesicht war wutverzerrt. »Weil du ein Choleriker bist! Weil du ständig wegen jeder Kleinigkeit ausrastest! Weil du nicht mit dir reden lässt!«

»Jetzt mal ganz ruhig«, versuchte Teubner die hitzigen Gemüter zu beruhigen. »Wie ging es weiter?«

David entspannte sich etwas. »Ich habe gewartet. Wie lange kann ich nicht genau sagen, eine halbe Stunde bestimmt. Ich habe mir auf meinem Smartphone TikTok-Videos angeschaut.«

»Und dann?«

»Mein Gott, lass dir doch nicht jedes Wort aus der Nase ziehen!«, brüllte Tobias Kirchner.

»Dein Gebrüll hilft hier niemandem«, schluchzte Kerstin Kirchner. Sie schien die Situation bereits erfasst zu haben.

»Ich habe zwischendurch immer wieder aufgeschaut, wo die beiden bleiben. Habe ein paarmal versucht sie anzurufen. Nach einer Ewigkeit sind sie aufgetaucht. Björn sah gestresst aus, hatte Lea im Schlepptau, die hinter ihm her getaumelt ist. Er hat Lea auf den Rücksitz geschubst und sich neben sie gesetzt. Dann hat er geschrien, ich solle endlich losfahren. Ich habe Richtung Unna gewendet. Björn hat immer gebrüllt: Mach schneller, mach endlich schneller! Er hat dabei mit einer Waffe herumgefuchtelt und ich hatte eine Scheißangst. Ich bin gerast wie ein Formel 1-Fahrer, habe die ganze Zeit nur gedacht: Scheiße, was ist da passiert? Im Rückspiegel habe ich Leas Gesicht gesehen. Sie wirkte abwesend, als sei sie ein Geist. Ich wollte nur raus aus dem Auto. Raus aus dieser Situation, die mir die Luft zum Atmen genommen hat.

Deshalb bin gefahren wie ein Irrer und habe in Massen die Autos gerammt.«

Einen Moment sagte keiner ein Wort. Die Stille stand zwischen den Kirchners wie eine unüberwindbare Mauer. Teubner räusperte sich. »Sie haben danach doch gewiss mit den beiden gesprochen! Wer hat die Waffe abgefeuert? Jetzt reden Sie endlich, bevor es noch einen Toten gibt!«

»Björn«, flüsterte er kaum hörbar. »Björn war's. Er hat geschossen.«

»Das hat er Ihnen gegenüber zugegeben?«, hakte Teubner nach.

»Er hatte die Waffe in der Hand!«, schrie David plötzlich völlig außer sich. »Das reicht doch wohl als Beweis!«

Kapitel 35

Mittwoch, 15. Mai, 17.30 Uhr

Seitdem Jochen angeschossen worden war, brachen bei jedem Krankenhausbesuch dieselben Erinnerungen über Maike herein. Sie hörte den ersten Schuss, sah ihren Freund in das Antiquitätengeschäft rennen, es knallte der zweite Schuss und dann lag er schwer getroffen in seinem eigenen Blut. Bewusstlos. Er war nicht mehr aufgewacht. Sie hatte nie wieder ein Wort mit ihm reden können.

Maike vertrieb die Gedanken und eilte den langen Flur entlang. Es roch nach einer Mischung aus Desinfektions- und Putzmitteln. Ein Arzt kam ihr mit wehendem weißen Kittel entgegen und nickte freundlich. Am Ende des Gangs stand ein älterer Mann mit einem Rollator und schien nicht zu wissen, wohin er gehörte. Maike klopfte an die Zimmertür von Björn König und trat ein. Er lag in dem Krankenbett am gekippten Fenster mit weißen Gardinen und gelben Vorhängen und hielt die Augen geschlossen. Das zweite Bett im Zimmer war nicht belegt. »Herr König?«, sagte Maike leise. »Björn? Kann ich Sie kurz sprechen?«

Er riss die Augen auf und lächelte, als er sie erkannte. »Frau Graf! Ich muss einen Moment eingenickt sein. Die Zeit im Krankenhaus vergeht viel langsamer als anderswo. Was soll man hier auch sonst machen, als zu schlafen?«

Maike zog einen Stuhl zu seinem Bett und setzte sich. Sie fühlte sich ein wenig hilflos. Als sie die Information von Teubner bekommen hatte, Björn habe möglicherweise auf Achmed geschossen, hatte sie das erst gar nicht glauben können. Wäre König sonst so entspannt und locker geblieben, als sie ihn angerufen und nach Jakobs Freundin gefragt hatte? Sie schätzte ihn nicht als eiskalten Mörder ein. »Björn«, begann sie zaghaft. »Sie haben mir heute Mittag Lea Kirchners Namen genannt. Wir haben die junge Frau bislang nicht auftreiben können. Aber mein Kollege Teubner hat mit ihrem Bruder David gesprochen.«

Die Mine von Björn König verschloss sich. Seine Blessuren im Gesicht sahen immer noch bedrohlich aus. Das linke Auge zugeschwollen, mehrere Verkrustungen an Schläfen und Wangen. Er zog seine Decke bis zur Brust hoch, verlagerte sein Gewicht und stöhnte. »Verdammte Rippen. Tun höllisch weh.«

Maikes fühlte tiefstes Mitleid mit dem jungen Mann. Und doch ... Die Tahiri-Brüder hatten ihn zusammengeschlagen, da sie glaubten, er sei schuld am Tod ihres Bruders. Lagen sie mit dieser Vermutung richtig? »David Kirchner behauptet, Sie seien mit der Waffe in der Hand zum Auto gerannt gekommen, in dem er auf Sie und Lea gewartet hat. Haben Sie Achmed Tahiri erschossen?«

Björn König kniff das gesunde Auge zu. Seine Lider begannen zu zittern. Tränen traten darunter hervor. Seine Finger krampften sich um die Bettdecke. Endlich öffnete er beide Augen wieder, das zugeschwollene bekam er nur einen winzigen Spalt auf. »Nein, Frau Graf. Das habe ich nicht.« Ein tiefer Seufzer entwich ihm. »Lea war es. Sie hat geschossen.« Seine Hände begannen zu zittern, plötzlich schüttelte ihn ein Weinkrampf.

Maike sprang auf und löste seine Finger sanft von der Decke. Dann drückte sie seine Hände. »Es hilft meistens, wenn man darüber redet, Björn. Sie können Lea nicht mehr helfen. Was sie getan hat, muss sie selbst verantworten.« Er nickte unter Schluchzen und Maike beugte sich über ihn, hob vorsichtig seinen Oberkörper an und nahm ihn in die Arme.

Nach einer Weile beruhigte er sich. »Danke«, hauchte er. »Setzen Sie sich ruhig wieder. Ich erzähle Ihnen, was an dem

Abend passiert ist.« Er griff zu dem Nachttisch neben seinem Bett, öffnete eine Schublade und zog ein Paket Taschentücher heraus. Nachdem er sich die Augen abgetupft und die Nase geschnäuzt hatte, fuhr er fort.

»Lea hatte seit Jakobs Tod kein Leben mehr. Sie war vorher schon labil, aber durch seinen Tod ist für sie alles sinnlos geworden. Wir drei, wir waren früher gute Freunde, haben oft gemeinsam abgehangen, wohnten ja im selben Ort. Als meine Eltern nach Unna-Massen gezogen sind, gab das einen kleinen Bruch in unserer Freundschaft. Dafür rückten Lea und Jakob noch näher zusammen.«

Maike nickte. »Verstehe.«

Björn König seufzte und versuchte eine bequemere Lage zu finden. Es gelang ihm nicht, er warf die Decke wütend zurück und schwang die Beine aus dem Bett. Als Maike protestieren wollte, hob er nur beschwichtigend die Hand. »Ich brauche etwas Bewegung. Begleiten Sie mich über den Flur?«

Maike nickte. »Das mache ich gerne!« Sie half ihm in seine Sneakers. Da er in blauer Jogginghose und weißem T-Shirt im Krankenbett gelegen hatte, konnten sie sofort los. Sie stützte ihn und führte ihn zum Gang. Das Abendessen wurde verteilt. Der Geruch von Pfefferminztee mischte sich zwischen den der Desinfektionsmittel. Zwei Stationsschwestern schoben einen hohen Edelstahlcontainer mit Tabletts und arbeiteten die Zimmer ab.

»Mit Jakobs Tod ist für Lea die Welt zusammengebrochen«, fuhr Björn König fort.

»Hatten Sie weiterhin Kontakt zu ihr?«

»Nein. Anfangs habe ich sie mehrmals angerufen, sie wollte jedoch niemanden sehen und sprechen. Irgendwann habe ich aufgegeben. Bis sie mich vor einigen Wochen angerufen hat.«

»Was war der Grund?«

Björn König stieß einen knappen, verbitterten Lacher aus. »Erst hat sie sich entschuldigt, dass sie sich so lange nicht bei mir gemeldet hat, und sie hat mich gefragt, wie es mir geht und so. Small Talk halt. Nach einer Weile kam sie endlich zum Punkt. Sie hatte herausgefunden, dass Achmed Tahiri, den sie für den Tod von Jakob verantwortlich gemacht hat, nach einer Haftstrafe wegen Drogenhandels wieder auf freien Fuß kommen würde. Sie wollte ihn unbedingt treffen und zur Rede stellen.«

»Und das haben Sie befürwortet?«, fragte Maike überrascht.

»Sie hat daran appelliert, dass ich Jakobs bester Freund gewesen und ihm etwas schuldig sei.«

»Wie konnte Lea Kirchner davon wissen, dass Achmed entlassen werden würde?« Maike trat zur Seite, als eine Schwester ein Tablett in das Zimmer neben ihr brachte. Ihre weißen Crocs quietschten bei jedem Schritt.

Björn König hob resigniert die Schultern. »Lea hat bei den Tahiris angerufen und sich als eine alte Schulfreundin von Achmed ausgegeben. Seine Mutter war am Telefon. Lea hat behauptet, es wäre doch eine große Ungeheuerlichkeit, dass er verurteilt worden sei. Schließlich sei doch alles die Schuld von Chantal. Die habe ihn doch immer zum Dealen aufgehetzt. Da hatte Lea Achmeds Mutter natürlich sofort auf ihrer Seite. Als sie zum Ende des Gesprächs gefragt hat, wann Achmed entlassen werde, hat seine Mutter bereitwillig Auskunft gegeben.«

»Verstehe.« Maike stoppte, da sie das Ende des Flurs erreicht hatten. »Aber womit hat sie Achmed nach Wickede gelockt? Er wird ja nicht freiwillig gekommen sein, um ihr Rede und Antwort zu stehen.«

Björn verlagert sein Gewicht und stöhnte. Er wirkte schlapp. »Lea wusste, dass er nach seiner Entlassung nicht viel Geld zur Verfügung haben würde. Sie hat vorgegeben, eine Waffe zu benötigen, da sie sich von ihrem Freund bedroht fühle. Sie hat ihm 300 Euro geboten.«

»Wie bitte?«

»Sie haben schon richtig verstanden. Mir hat Lea gesagt, sie wolle unbedingt die Pistole zurückhaben, die Jakob zum Verhängnis geworden ist. Denn nur weil sie deswegen solch eine Angst vor Achmed gehabt habe, sei Jakob letztendlich gestorben.«

»Das müssen Sie mir näher erklären.«

Björn König setzte sich mit verkniffenem Gesicht wieder in Richtung seines Zimmers in Bewegung. Er hakte sich bei Maike ein und hing schwer in ihrem Arm. Am Ende des Flurs konnte man sehen, dass sein Abendessen gerade serviert wurde. »Jakob hatte sich zu einem Nerd entwickelt, saß eine Zeit lang nur noch vor dem PC, um zu zocken. Achmed hatte nichts Besseres zu tun, als ihn erneut abzuziehen. Er hat sich online anonym an ihn rangemacht und Jakob Pillen aufgeschwatzt, die seine Konzentration im Spiel fördern sollten. Chantal hat ihm das Zeug übergeben.«

»Jakob hat sich noch mal in die Abhängigkeit von Achmed begeben?«, fragte Maike ungläubig. Sie passierten den Rollcontainer, in den gleich die leeren Tabletts einsortiert werden würden. »Sie sollten erst einmal etwas essen«, schlug Maike vor.

»Nee«, wiegelte Björn König ab, »ich bekomme jetzt keinen Bissen runter. Ich will diese Geschichte endlich loswerden.« Sie erreichten seine Zimmertür. Er drückte die Klinke, schob die Tür auf und setzte sich sofort aufs Bett, wo er die Sneakers von den Füßen streifte und sich aufs Kissen fallen ließ. Er sah erschöpft aus wie nach einem Fünfkilometerlauf.

Maike nahm erneut auf den Stuhl neben dem Krankenbett Platz. »Jakob wurde also von Achmed über Chantal mit Drogen versorgt. Aber wieso ist die Situation eskaliert? Jakob war doch scheinbar gewillt, das Zeug zu nehmen und dafür zu bezahlen.«

Björn nickte. »Zunächst ja. Anfangs wusste er nicht, dass Achmed hinter den Deals steckte. Und später ist er für Lea wieder davon losgekommen, wollte sein Leben umkrempeln. Er hat eine Ausbildung zum Schreiner gemacht und hatte da echt Freude dran.«

Maike verstand die Zusammenhänge nicht. »Jakob war also für seine Freundin von dem Zeug losgekommen, hatte beruflich Fuß gefasst. Damit war doch alles gut, oder?«

»Leider nicht, Frau Graf, denn es hat nicht angehalten. Jakob war versucht, erneut in die Sucht abzugleiten. Lea hatte eine Scheißwut auf Achmed, weil er Jakob immer wieder runtergezogen hat. Sie hat Achmed also gedroht, ihn bei der Polizei zu verpfeifen, wenn er Jakob nicht in Ruhe lässt. Da hat er rotgesehen und sie so richtig verprügelt. Lea hat sich danach nicht mehr allein aus dem Haus getraut.«

»Das muss für Jakob ein derber Schock gewesen sein.« Maike begann zu begreifen. »Er hat sich schuldig gefühlt, weil sie sich für ihn eingesetzt hat.«

Björn König nickte. »Jakob wollte Lea helfen und ist auf die bescheuerte Idee gekommen, sich eine Waffe zu besorgen. Als Computerfreak kannte er sich im Darknet aus und hat sich da eine Sig Sauer mit Schalldämpfer bestellt. Er wollte Achmed in eine Falle locken und ihn fertigmachen. Ist schiefgelaufen. Achmed ist es gelungen, ihn zu überwältigen und die Waffe an sich zu bringen. Lea hat mir erzählt, als sie davon erfahren hat, habe sie noch mehr Angst bekommen. Deshalb ist Jakob auf die bescheuerte Idee gekommen, sich die Sig Sauer zurückzuholen, und ist bei den Tahiris eingebrochen. Dabei hat Achmed ihn erwischt.« Björn schloss erschöpft die Augen und atmete tief.

Maike schüttelte stumm den Kopf. Was für ein Leichtsinn! Warum hatte Jakob Stratmann sich nicht an die Polizei gewandt? Oder wenigstens an seinen Freund Björn? »Und seitdem hat Lea Achmed für den Tod von Jakob verantwortlich gemacht, richtig?«

Björn König öffnete die Augen und sah Maike verzweifelt an. »Ja, natürlich. Und da Achmed einige Tage nach dem Vorfall wegen einer anderen Sache festgenommen worden und in U-Haft gekommen ist, hat sie genügend Zeit gehabt, um ihre Rachegelüste immer mehr zu steigern. Ich habe von alledem nichts gewusst, Frau Graf. Ich mache mir solche Vorwürfe. Ich hätte für Jakob und Lea da sein müssen. Wir waren doch einmal ein gutes Team, beste Freunde.«

»Freundschaften sind auf Distanz oft schwierig aufrechtzuerhalten. Sie tragen keine Schuld an seinem Tod. Aber Sie hätten Lea von diesem Wahnsinn abhalten können. Was ist an dem Abend auf dem Bahnsteig passiert?«

Björn König schüttelte kaum merklich den Kopf und schwieg einen Moment. Sein Gesicht hatte eine ungesunde Röte angenommen. Die Erinnerung an besagte Nacht schien ihn völlig fertigzumachen. »Leas Bruder David hat uns zur S-Bahn-Station nach Dortmund-Wickede gebracht. Lea hat mir nicht gesagt, was sie genau vorhatte, ich solle ihr nur beistehen, weil sie Angst vor Achmed habe. Sie hatte diesen Deal mit ihm ausgemacht. 500 Euro für die Waffe.«

»Sagten Sie nicht eben 300?«

»Dafür wollte der Scheißkerl sie aber nicht abgeben. Er war vor uns dort, Lea hatte ihn per Chat hinbeordert. Wir kamen gegen halb eins an. Da fährt keine S-Bahn mehr. Sie hat mit Achmed ständig gechattet und ihn immer wieder auf später vertröstet, damit wir ungestört sind. Der Bahnsteig war leer. Wir sind auf ihn zugegangen und es kam zum Deal.«

»Achmed Tahiri hat Lea Kirchner also die Waffe für 500 Euro gegeben?«

»Ja. Allerdings befand sich keine Munition in der Sig Sauer. Achmed war schlau genug, die Patronen zuvor herauszunehmen. Daraufhin hat Lea ihn gebeten, ihr zu zeigen, wie man sie einlegt. Dazu haben die beiden sich in das Wartehäuschen gesetzt.«

»Wenn er das Geld zu dem Zeitpunkt schon bekommen hatte, war das Risiko doch sehr groß, dass er verschwinden könnte, bevor Lea zu ihrer Rache kam.«

Björn zuckte ratlos die Schultern. »Wie gesagt, Frau Graf, ich stand da zu dem Zeitpunkt noch recht ahnungslos am Bahnsteig. Ich wusste nicht, was genau Lea vorhat. Ich war lediglich ein stiller Beobachter. Lea hat die Waffe schließlich in die Hand genommen und dann plötzlich gesagt: Schauen wir mal, ob der Schalldämpfer passt.«

»Sie hat einen Schalldämpfer mitgebracht?«

»Den hatte Achmed Jakob nicht abnehmen können, nur die Waffe.«

»Jakob hat Lea den Schalldämpfer also gegeben, bevor er starb? Sie …«

Es klopfte an der Tür und eine kräftige Krankenschwester mit weißer Hose und blauem Oberteil betrat das Zimmer. Ihre dunklen, langen Haare hatte sie zu einem Knoten aufgesteckt. Sie trug ebenfalls quietschende Crocs wie ihre Kollegin bei der Essensausgabe. »Sie haben Ihr Abendessen ja nicht angerührt, Herr König! Jetzt aber los, damit Sie zu Kräften kommen.« Sie blickte zu Maike. »Und Sie geben darauf acht, sonst füttere ich ihn gleich persönlich.« Sie kniff ein Auge zu, lächelte über ihren Witz und verließ das Zimmer.

Maike versuchte sich die Situation am späteren Tatort vorzustellen. »Lea Kirchner sitzt also mit Achmed Tahiri im Wartehäuschen auf dem Wickeder Bahnsteig und schraubt den Schalldämpfer in aller Seelenruhe auf die Waffe? Und Herr Tahiri wird nicht stutzig?«

»Doch. So blöd war Achmed auch wieder nicht. Er wollte aufspringen, aber Lea war schneller. Sie hat sich vor ihn gestellt, die Waffe entsichert und sofort auf ihn gerichtet. Dann hat sie ihn mit ihrer Vermutung konfrontiert, dass er mit dem Tod von Jakob zu tun haben muss.«

»Das hat Achmed Tahiri sicherlich nicht ohne Weiteres zugegeben.«

Die Erinnerung an jenen Abend schien Björn König zu übermannen. Er schloss die Augen und zog sich die Decke bis zum Hals, als könnte er sich so vor der weiteren Befragung schützen.

»Was genau ist dann geschehen, Herr König?«

Björn blickte Maike aus glasigen Augen an und schluckte. »Lea ... Lea hat den Lauf der Waffe auf Achmeds Stirn gedrückt. Ich konnte kaum atmen, stand nur da, unfähig mich zu bewegen.« Mit einer heftigen Bewegung stieß Björn die Bettdecke von sich und richtete sich mühsam ein wenig auf. »Wenn ich gewusst hätte, dass die ihn wirklich erschießen will, dann wäre ich dazwischengegangen. Das müssen Sie mir glauben!«

Maike legte ihre Hand beschwichtigend auf seinen Arm. »Erzählen Sie weiter. Hat Achmed noch etwas gesagt?«

Björn König ließ sich zurück ins Kissen fallen. »Ja, hat er. Zunächst wollte er sich als Unschuldslamm hinstellen. Jakob sei in sein Zimmer eingebrochen und er habe ihn in dem Moment überrascht, als er sich die Sig Sauer zurückholen wollte. Er habe ihn überwältigt und Kevin zur Hilfe geholt. Sie hätten ihn in den Kurpark geschafft und dort verprügelt.« Er schloss die Augen, als er weitersprach. »Lea hat mich daraufhin angeschaut, als wollte sie sagen: *Ich wusste es!* Die Knarre hielt sie immer noch an Achmeds Stirn. *Geh schon mal zu David, ich komme sofort*, hat sie mich aufgefordert.«

»Und das haben Sie gemacht?«

Björn König schloss erneut die Augen. »Nein. Dann hat sie mich angeschrien: *Verschwinde endlich! Das hier ist meine Sache! Ich muss wissen, was mit Jakob passiert ist!* Also bin ich ein paar Schritte zurückgewichen, habe die beiden aber nicht aus den Augen gelassen. Lea hat ihren Kopf zu Achmed gebeugt und mit ihm geredet. Verstehen konnte ich nichts mehr. Plötzlich hat sie abgedrückt.« Seine Stimme kippte in Erinnerung an die Situation. Er schluchzte. »Nie hätte ich ihr das zugetraut. Ich habe das nicht gewollt, war völlig geschockt. Lea blieb dagegen total ruhig, als hätte sie das genau so geplant. Sie hat Achmed sein Handy abgenommen und die 500 Euro, die er sich in die Hosentasche gestopft hatte, und dann sollte ich helfen, seine Leiche vom Bahnsteig zu schaffen, damit man ihn nicht sofort findet.«

Maike schluckte. Was für eine Tragödie. Sie glaubte Björn König. Mit der Schuld, den Tod eines Menschen nicht verhindert zu haben, musste er selbst fertigwerden. »Wir konnten Lea Kirchner immer noch nicht finden. Wo mag sie sich aufhalten?« Als er den Kopf schüttelte, fuhr sie fort: »Sie besitzen doch gewiss ihre Handynummer. Bitte geben Sie mir die jetzt, damit meine Kollegen das Telefon orten können.«

Björn nickte stumm, Tränen liefen an seinen Wangen herab. Er zog die Schublade des Rollcontainers neben seinem Bett auf, zog sein Handy heraus und ließ sie Leas Nummer abtippen.

Kapitel 36

Mittwoch, 15. Mai, 18.45 Uhr

Teubner hatte David Kirchner mit in die Dienststelle genommen, um seine Aussage aufzunehmen. Tobias Kirchner war seinem Sohn gefolgt und hatte ihm zur Seite gestanden. Keiner der beiden konnte sich vorstellen, wo Lea sich momentan aufhielt. Sie waren allerdings nicht bereit, deren Handynummer zur Ortung preiszugeben. Nach Absprache mit Marschewski durften sie schließlich wieder nach Hause fahren, er wollte sich darum kümmern, die notwendigen Daten auf offiziellem Weg zu erhalten. Das würde dauern. Da sie Lea Kirchners Nummer dann von Maike bekamen, lief die Ortung dann doch schnell an.

Max Teubner und Mike Kolbe warteten in der Dienststelle nun ungeduldig auf ihren Einsatz, während Maike bei Björn König bleiben musste, bis ein Richter die Entscheidung traf, ob er im Krankenhaus bleiben oder in ein Gefängniskrankenhaus überstellt werden sollte. Kolbes Handy vibrierte und er nahm das Gespräch entgegen. Er nickte, steckte das Telefon zurück in seine Gesäßtasche und griff nach seiner Lederjacke. »Lea Kirchners Smartphone wurde in Königsborn geortet. In dem Häuserblock, wo die Tahiris und Scheidts wohnen. Ich denke, wir wissen beide, was das bedeutet.«

Teubner stand auf. »Die will sich zum Schluss vermutlich an Kevin Scheidt rächen, den sie für mitverantwortlich am Tod von Jakob Stratmann hält.« Sie liefen zum Dienstwagen, er knallte das Blaulicht aufs Dach und schnallte sich an, während er bereits den Motor startete. »Versuch mal, Kevin Scheidt oder seine Mutter zu erreichen.« Er warf Kolbe ein Notizbuch zu, wo er deren Telefonnummern notiert hatte.

Kolbe blätterte konzentriert und wählte. »Mailbox«, murmelte er leise. »Herr Scheidt, hier spricht Kriminaloberkommissar Mike Kolbe. Bitte melden Sie sich umgehend unter dieser Nummer zurück. Sie könnten sich in Gefahr befinden.« Er diktierte die Rufnummer seines Diensthandys und beendete das Gespräch. Danach versuchte er es bei der Festnetznummer der Scheidts, wo sich ebenfalls niemand meldete. »Haben wir nur Kevins Handynummer? Nicht die seiner Mutter?«

Teubner schüttelte den Kopf. »Tut mir leid. Versuch es weiter.« Sie passierten inzwischen den Ringtunnel, der am Abend nicht mehr so stark befahren war. Jedoch stauten sich an der Abfahrt zum neuen Mühlencenter einige Autos, da sich ein Fahrzeug falsch eingeordnet hatte. »Schieb dein Auto zur Seite, verdammt!«, brüllte Teubner, obwohl der Fahrer das nicht hören konnte. Das Blaulicht schien ihn dann aber doch dazu zu treiben und er machte die Fahrbahn frei. »Na endlich!« Er fuhr an der Autoschlange vorbei. »Hast du noch mal versucht, Lea Kirchner zu erreichen?«

Kolbe nickte. »Ihr Smartphone ist wieder ausgeschaltet.«

»Hoffentlich kommen wir noch rechtzeitig«, meinte Teubner und bog vom Kreisverkehr in die Platanenallee. Er warf einen Blick zu Kolbe, der schweigend auf sein Handy starrte, als könnte er Lea Kirchner durch Telepathie dazu bewegen, sich bei ihnen zu melden.

Endlich erreichten sie die Hamburger Straße. Teubner lenkte den Dienstwagen vor den Block, in dem die Tahiris und Scheidts im vierten Stock wohnten. Als Erstes fiel ihm ein Pedelec mit Querstange auf, das seitlich der Tür auf dem Boden lag. Er erinnerte sich daran, dass Kerstin Kirchner bei seinem allerersten Besuch in Fröndenberg erwähnt hatte, ihre Tochter habe keinen Führerschein und dürfe manchmal das Pedelec ihres Vaters benutzen. »Die ist bereits im Haus«, rief Teubner und deutete auf das Rad, während er auf den Eingang zustürmte.

Mike Kolbe erreichte die Haustür zuerst und drückte mehrere Klingelknöpfe. Kurz darauf summte der Türöffner. »Mist, der Fahrstuhl ist schon wieder kaputt!« Er zeigte auf das Defekt-Schild an den Schiebetüren und rannte die Treppe hinauf.

Teubner folgte ihm keuchend, immer zwei Stufen auf einmal nehmend. »Es riecht verbrannt! Entweder hat jemand die Pfanne auf dem Herd vergessen oder hier kokelt etwas vor sich hin.«

Sie erreichten das Podest im vierten Stock fast zeitgleich. Dichter Qualm waberte durch die Etage, ausgehend von den beiden Wohnungseingangstüren. Davor lag jeweils eine brennende Rolle am Boden, aus der die Flammen bis hoch zum Türsturz züngelten. Kolbe zückte sofort sein Smartphone, um die Feuerwehr zu alarmieren. Ein beißender Geruch brachte Teubner zum Husten. Er versuchte die Luft anzuhalten, riss einen Feuerlöscher von der Wand und löschte den Brand, der die Eingangstüren der Tahiris und Scheidts angefressen hatte. Keuchend hielt er sich seinen Pullover vor Mund und Nase, öffnete das Flurfenster weit und rief die Kollegen.

»Hier haben zwei zusammengerollte, vermutlich in Benzin getränkte Bettlaken gebrannt«, erklärte er dem diensthabenden Beamten hastig und nannte ihm die genaue Adresse. »Feuerwehr ist informiert. Wir gehen jetzt in die Wohnungen und brauchen dringend Verstärkung.« Er beendete das Gespräch und blickte zu Mike Kolbe.

Kolbe nickte. Er befand sich vor der Wohnungstür der Tahiris, die vom Ruß schwarz gefärbt war. Da sich nach lauten Faustschlägen hinter den Türen nichts tat, trat er mit seinen schweren Boots wie ein Karatekämpfer darauf ein. Knacken und Bersten waren die Folge, aber die Tür hielt stand.

Teubner schob währenddessen mit den Füßen das noch qualmende Laken vor der Tür der Scheidts beiseite und warf sich mit der Schulter gegen das Türblatt. Der Rauch kratzte in seiner Luftröhre und behinderte ihn beim Atmen. Nach mehreren Versuchen gab die Holztür endlich nach und er taumelte in die Wohnung. Er zog seine Waffe aus dem Holster und entsicherte sie. Dichter Qualm erschwerte ihm die Sicht. Auf dem Fußboden des kleinen Flurs lagen verteilt einzelne Stofffetzen, die in Brand geraten waren. Teubner trat sie mit den Füßen aus und folgte deren Spur bis ins Wohnzimmer. Seine Augen brannten, er konnte nur noch blinzeln. Im dicken Rauch sah er den Schemen eines Menschen am Boden liegen. Teubner rannte zunächst zur Balkontür und sperrte sie weit auf. Danach stürzte er sich auf die leblose Person. Es handelte sich um Silke Scheidt. Ihre Handgelenke waren auf dem Rücken mit Klebeband zusammengebunden, ein weiterer Streifen verschloss ihren Mund. Teubner riss ihn ab und tastete am Hals nach ihrem Puls, dann steckte er die Waffe zurück ins Holster und rüttelte an ihren Schultern.

»Frau Scheidt«, rief er und musste husten. Er schlug ihr sanft mit der flachen Hand ins Gesicht. »Frau Scheidt, wachen Sie auf!« Erneut überkam ihn ein Hustenanfall. Er packte die Frau unter ihren Armen und zog sie aus dem Wohnzimmer zum Flur, da der Qualm trotz der geöffneten Balkontür nicht schnell genug abzog. Im Treppenhaus legte er sie ab. Dann beugte er sich abermals über sie. »Frau Scheidt«, er hob ihren Oberkörper an und rüttelte ihn sanft. Ihr Kopf hing nach vorn. »Frau Scheidt, Sie müssen aufwachen!«

Endlich regte sie sich. Sofort hustete sie. »Was …?«, keuchte sie.

»Es hat gebrannt«, rief Teubner und zerrte sie auf die Beine. Im selben Moment kamen die Tahiris gestützt von Mike Kolbe hustend aus ihrer Wohnung. Ihre Hände waren ebenfalls mit Klebeband gefesselt. »Alles klar?«, fragte Teubner knapp.

Kolbe nickte. »Die lagen geknebelt im Schlafzimmer im Bett. Überall in den Zimmern kleine Brandherde. Habe ich austreten können.«

»Ist sonst noch jemand dadrin?«, erkundigte sich Teubner und holte tief Luft, da der Qualm im Treppenhaus langsam abzog.

Tarek Tahiri schüttelte den Kopf. »Nein. Niemand.« Auch er musste husten.

»Die hat mich an der Wohnungstür überwältigt«, meldete sich Rowena Tahiri zu Wort. Ihr Gesicht war aschfahl, sie wurde von Hustenkrämpfen geplagt. »Sie hat eine Waffe auf mich gerichtet und gedroht, mich zu erschießen. Ich sei die Brutstätte des Bösen hat sie wie von Sinnen geschrien.« Rovena Tahiri brach in Tränen aus, musste immer wieder husten.

»Als ich helfen wollte, hat sie geschossen«, sagte Tarek Tahiri. »Mit dem Schalldämpfer hat das aber niemand gehört. Sie hat den Türrahmen vom Wohnzimmer getroffen. Ich habe die Hände hochgerissen, dann sollten wir ins Schlafzimmer gehen und uns ins Bett legen.«

»Ich dachte, das war's.« Rowena Tahiri schluchzte. »Ich dachte, die knallt uns jetzt ab.«

»Sie hat uns gefesselt und geknebelt und die Schlafzimmertür von außen abgesperrt«, fügte Tarek Tahiri hinzu. »Wir konnten nichts machen als abwarten. Zum Glück hat uns Ihr Kollege befreit.« Er warf Kolbe einen dankbaren Blick zu.

Mike Kolbe zog ein Taschenmesser aus seiner Jacke und schnitt zunächst Rovena Tahiri das Klebeband an den Handgelenken durch. »Ich bring die beiden erst mal an die frische Luft. Der Rettungswagen muss gleich eintreffen.« Er wandte sich an Tarek Tahiri und befreite ihn ebenfalls von seiner Fessel.

»Die Feuerwehr ist auch unterwegs. Die werden sich Ihre Wohnungen noch mal ansehen.« Teubner wandte sich an Kolbe. »Nimmst du Frau Scheidt bitte mit hinunter und schneidest ihr die Fesseln durch?«

»Aber mein Sohn!«, protestierte Silke Scheidt sofort. »Der muss da …«, sie hustete, »noch mit dieser Irren drin sein! Die hat mir irgendwas mit Wucht auf den Hinterkopf geschlagen. Da bin ich ohnmächtig umgefallen.«

Teubner legte ihr beschwichtigend eine Hand auf die Schulter. »Keine Sorge, darum kümmere ich mich. Ist Kevin in seinem Zimmer?«

»Ich nehme … es an … ja«, sagte Silke Scheidt hustend, »da … hat sie ihn jedenfalls mit ihrer Knarre … hindirigiert.« Sie krümmte sich bei einem neuen Hustenanfall. Ihr Gesicht lief rot an. »Mein Gott!«

Teubner klopfte ihr aufmunternd auf die Schulter. Dann zog er seine Waffe hervor und betrat erneut die Wohnung. Der Qualm hatte sich etwas gelichtet, der beißende Geruch brachte ihn jedoch sofort wieder zum Husten. Er versuchte den Reiz zu unterdrücken, ging auf die Tür von Kevins Zimmer zu und lauschte. Kein Laut drang von dort heraus. Langsam legte er seine Hand an die Klinke.

Im selben Moment hörte er Leas Stimme. »Gib endlich zu, dass du Jakob auf dem Gewissen hast!«, brüllte sie. »Ich fackele das ganze Haus ab. Ist mir scheißegal, wenn alle draufgehen!«

»Du bist ja völlig irre!«, schrie Kevin.

Teubner schob die Tür einen Spalt auf. Lea warf gerade ein brennendes Sturmfeuerzeug aufs Bett. Die Flammen schossen sofort in die Höhe, es stank nach Benzin. Kevin Scheidt saß kreidebleich auf einem Gaming-Stuhl. Seine Hände waren vor seinem Bauch mit Klebeband zusammengebunden. Lea Kirchner stand vor ihm und hielt ihm den Lauf einer Waffe an die Stirn.

»Gib es endlich zu, du Scheißkerl!«

Scheidt schüttelte den Kopf. Der Angstschweiß lief ihm an den Schläfen hinab. Er nahm nichts außer Lea Kirchner wahr, bemerkte daher nicht, dass Teubner die Tür langsam weiter öffnete. »Ich weiß nicht, wovon du sprichst! Ich habe nichts getan. Ich bringe doch keinen um!«

Ein irres Lachen entwich Leas Mund. »Oh, ich habe einen Samariter vor mir.« Sie presste den Waffenlauf noch kräftiger auf seine Stirn. »Du und Achmed, ihr habt Jakob fertiggemacht. Er wollte sich die Sig Sauer zurückholen, die ihr ihm abgenommen habt. Achmed hat ihn erwischt und da hast du ihm geholfen, ihn in den Kurpark zu schaffen!« Die Flammen auf dem Bett loderten inzwischen bis zur Decke. Beißender Gestank breitete sich aus. »Wer hat ihm die Pille gegeben?«

Kevin versuchte mit dem Gaming-Stuhl zurückzurollen, aber die Rückenlehne stieß bereits an die Schreibtischkante. »Achmed! Es war Achmed!«, rief er in Panik und hustete.

Teubner konnte sich jetzt ins Zimmer schieben. Die Flammen erreichten die Tapete unter der Decke. Lea drehte ihm den Rücken zu. Um sie erfolgreich anzugreifen, war er zu weit entfernt. Gewiss an die drei Meter. Er schlich vorsichtig vorwärts.

»Klar, dass du ihm die Schuld gibst!«, schrie Lea gegen das Prasseln des Feuers an. Sie musste husten. »Aber du bist immer der Anführer gewesen, Kevin! Das hat Jakob mir gesagt! Auch dass du die Drogen besorgt hast. Achmed war nur der Verteiler.« Sie entsicherte die Waffe. »Egal, ob du es zugibst oder nicht. Ihr habt ihn gemeinsam auf dem Gewissen.«

Teubner stürzte sich auf Lea, packte den Arm, mit dem sie die Waffe hielt, und riss ihn zur Seite. Ein Schuss löste sich, traf den

Flachbildfernseher, der an der Wand gegenüber dem Bett hing. Lea schrie erschrocken auf, drehte sich blitzschnell um und kratzte Teubner mit ihren langen Fingernägeln durchs Gesicht. Er spürte einen stechenden Schmerz an der Wange. Die junge Frau trat ihn vors Schienbein, zappelte und wollte sich seinem Griff entwinden. Er bot all seine Kräfte auf, um sie unter Kontrolle zu bringen.

»Das bringt doch nichts!«, keuchte er und mühte sich, ihr die Waffe zu entwenden. »Meine Kollegen sind gleich hier!« Er musste husten, sah mit Schrecken, wie die Flammen das gesamte Bett in ihre Fänge nahmen und an der Decke entlangzüngelten.

»Bis dahin ist der Scheißkerl tot«, keifte sie wie von Sinnen und versuchte den Lauf der Waffe wieder auf Kevin zu richten. Der saß wie erstarrt in seinem Stuhl und starrte Lea und Teubner an.

»Verschwinden Sie endlich von hier!«, brüllte Teubner ihn an. Erleichtert vernahm er das Martinshorn, das in der Nähe ertönte.

Kevin sprang wie eine elektrische Spielfigur auf, die man per Fernsteuerung dazu gebracht hatte. Mit ungelenken Schritten verließ er hustend sein Zimmer.

»Lassen Sie mich«, kreischte Lea und schlug wild um sich.

Teubner ließ ihr Handgelenk kurz los, aber nur um sofort nach der Waffe zu greifen. Mit einem Ruck entwendete er ihr die Sig Sauer, dann drehte er ihr den Arm auf den Rücken und drückte sie zu Boden. Sie hustete und würgte. Die Flammen arbeiteten sich weiter, griffen jetzt auf ein Regal neben dem Bett über. Teubner schleuderte die Waffe in den Flur der Wohnung, zerrte Lea auf die Beine, wobei er ihre Hände weiterhin auf ihren Rücken presste. Dann stieß er sie von sich, genau in die Arme von Mike Kolbe. »Wird aber auch Zeit, dass du zurückkommst!«, murrte er hustend.

Mike Kolbe drängte sich mit einem Feuerlöscher an Teubner und Lea vorbei. Die Flammen ließen sich jedoch nicht so leicht unter Kontrolle bringen. »Verschwinde von hier!«, brüllte er Teubner an.

Teubner schob Lea ins Treppenhaus. Keuchend und hustend rang er dort nach Luft. Lea fiel in sich zusammen. Alle Kraft schien aus ihr gewichen zu sein, seit Kevin Scheidt die Wohnung verlassen hatte. Sie sank auf die Knie, ließ den Kopf hängen und schluchzte.

»Jakob!«, rief sie verzweifelt. »Sie haben ihn doch getötet.«

Teubner kniete sich neben ihr auf den Boden und nahm sie in die Arme. Rettungskräfte und Feuerwehrleute stürmten die Treppe hoch. Die Sanitäter kümmerten sich zunächst um Kevin Scheidt. Zwei Brandbekämpfer stürmten in die Wohnung der Scheidts. Teubner und Lea Kirchner überkamen immer wieder neue Hustenanfälle. Er drückte die weinende junge Frau an sich.

»Kevin und Achmed haben sein Leben zerstört, sie haben ihn bereits während der Schulzeit fertiggemacht und später von diesen Pillen abhängig gemacht. Achmed hat mir gestanden, dass Kevin Jakob im Kurpark eine besonders hoch dosierte *Blue Punisher* in den Mund gestopft und ihn zum Schlucken gezwungen hat.« Sie machte sich aus Teubners Griff frei und blickte ihn aus traurigen Augen an. Allmählich gewann sie ihre Fassung zurück. »Er war danach innerhalb von wenigen Minuten tot. Achmed hat mir geschworen, er habe Jakob noch retten wollen, aber Kevin habe ihn von ihm weggezerrt.«

Aus der Wohnung hinter ihnen waren laute Rufe zu hören. Anscheinend versuchte die Feuerwehr, den Brand in Kevins Zimmer von draußen aus zu löschen. »Kevin Scheidt wird seine gerechte Strafe bekommen«, versprach Teubner und stand auf. Er half Lea Kirchner auf die Füße und legte ihr Handschellen an.

»Selbstjustiz ist eine schwere Straftat. Ich nehme Sie hiermit vorläufig fest. Sie haben das Recht zu schweigen. Alles, was Sie sagen, kann und wird vor Gericht gegen Sie verwendet werden. Sie haben das Recht, zu jeder Vernehmung einen Verteidiger hinzuzuziehen. Wenn Sie sich keinen Verteidiger leisten können, wird Ihnen einer gestellt. Haben Sie das verstanden?«

Lea Kirchner nickte. »Achmed war ein durch und durch mieser Verbrecher. Chantal hat den Tod ebenfalls verdient. Die waren dunkelster Abschaum, den die Welt nicht braucht. Wenn ich etwas bereue, dann nur, dass ich an Kevin keine Rache üben konnte.«

»Und dabei haben Sie sogar riskiert, selbst ums Leben zu kommen? Immerhin haben Sie vor und in der Wohnung der Familie Scheidt Feuer gelegt, in der Sie sich dann selbst befunden haben.«

»Das weiß ich und das war so geplant. Ich wollte diese Brutstätte des Bösen auslöschen und danach meinem alten Jakob wieder nah sein.« Sie schluckte. »Jakob, der nie einer Fliege etwas zuleide tun konnte. Ich musste ihn einfach rächen. Als ich Achmed erschossen hatte, wusste ich, ich muss die ganze Bande erledigen. Bei Chantal ist es mir schon leichter gefallen, abzudrücken.«

»Wie ist es Ihnen eigentlich gelungen, Chantal auf diesen abgelegenen Parkplatz zu locken?«

Lea Kirchner lachte verbittert. »Ich hatte viel Zeit, nachdem Jakob gestorben war. Ich habe Chantal beobachtet. Sie hat immer fleißig mit Drogen gedealt. Ich habe sie vor dem PGU angequatscht und ihr regelmäßig rosa Lolitas abgekauft. Ich wollte ihr Vertrauen gewinnen.«

Chantal hatte also zusammen mit Kevin weitergedealt, während Achmed im Gefängnis saß. Hinter dem Rücken von ihrem neuen Freund Benjamin Fuchs. Die Tatsache, dass er oft Abend- oder Nachtschichten hatte, war dabei sicher von Vorteil gewesen, überlegte Teubner. Er schloss nicht aus, dass sie ihn sogar verlassen hätte, um zu Achmed zurückzukehren. Aber erst nach dem Urlaub, den er ihr finanziert hatte!

Sie hatten das Erdgeschoss erreicht. Blinkendes Blaulicht von den Einsatzfahrzeugen der Feuerwehr, Rettung und Polizei erhellte den Flur. Teubner zog Lea von der gläsernen Haustür weg tiefer ins Haus hinein, um das Gespräch noch in Ruhe zu Ende führen zu können. »Warum haben Sie nicht eher an Chantal Rache genommen?«

»Damit hätte ich Achmed gewarnt.«

»Und womit haben Sie Chantal nun zu dem Parkplatz gelockt?«

»Ich habe sie am Telefon nach der Blauen Punisher gefragt, habe behauptet, ich wolle feiern gehen und die Nacht durchmachen. Drei Pillen wollte ich ihr abkaufen.« Sie blickte zu Boden und schluckte. »Chantal hat selbst den Treffpunkt an den Gleisen vorgeschlagen. Sie hat auch den Termin bestimmt. Das ging alles über Chat. Wir hatten längst unsere Handynummern ausgetauscht.«

Teubner sah durch die Eingangstür, dass der Leiterwagen der Feuerwehr wieder eingefahren wurde. Der Brandherd in Kevin Scheidts Zimmer musste gelöscht sein. »Haben Sie herausgefunden, ob Chantal etwas mit dem Tod von Jakob Stratmann zu tun hatte? Was ist auf dem Parkplatz passiert?«

Lea Kirchner hob gleichgültig die Schultern. »Sie kam mit einem Hund. Zunächst hat sie mir die Blauen Punisher verkauft. Dabei ist dieser Köter an mir hochgesprungen und ich muss mein Armband verloren haben. Ein Geschenk von Jakob. Ich hab ihr gesagt, sie soll den Kläffer anbinden, sonst kriegt sie kein

Geld. Danach habe ich ihr die Waffe an den Kopf gehalten und ihr erklärt, dass ich die Freundin von Jakob bin. Sie hat gewimmert, sie habe mit der Sache nichts zu tun. Sie könne es beweisen, denn sie habe seinen Tod mit ihrem Handy gefilmt, um immer etwas gegen Achmed und Kevin in der Hand zu haben. Sie hat es mir mit zitternden Händen entgegengehalten. Ich habe ihr das Smartphone abgenommen, mir das Video angeschaut und dann abgedrückt. Sie hätte verhindern können, dass Jakob stirbt. Dafür hat sie den Tod verdient.«

Kapitel 37

Donnerstag, 16. Mai, 17.45 Uhr

Das Klappern der Computertastaturen erfüllte den Raum. Durch das gekippte Fenster drang Verkehrslärm vom Ring zu ihnen herein. Maike saß ihrem Kollegen Max Teubner gegenüber an dem großen Doppelschreibtisch und schrieb den Bericht über die Befragung von Björn König, die sie im Krankenhaus mit seinem Einverständnis mit dem Smartphone aufgenommen hatte. Mit Erleichterung hatte sie ihm dort gestern sagen können, dass der Ermittlungsrichter für ihn von einer Untersuchungshaft abgesehen hatte. Dennoch trug Björn eine Mitschuld am Geschehen, hatte aber glaubhaft versichern können, dass er von Lea Kirchners eigentlichen Beweggründen nichts gewusst hatte. Er war beim Mord an Achmed Tahiri dabei gewesen, mit dem Tod von Chantal Vogt hatte er gar nichts zu tun. Lea hatte alles geplant und sogar den Schalldämpfer mitgenommen, den Jakob ihr nach dem Verlust der Waffe gegeben hatte. Björns Mutter hatte inzwischen zugegeben, dass sie Lea schon länger in Verdacht gehabt, aber nicht gewusst habe, inwieweit Björn mit in die Sache verstrickt gewesen sei. Deshalb habe sie zu dem Foto in Björns Zimmer eine falsche Angabe gemacht.

»Ich komme immer noch nicht darüber hinweg, dass ausgerechnet du das große Finale der Ermittlungen um die ehemalige Jugendbande verpasst hast«, unterbrach Teubner die Stille und grinste sie über den Schreibtisch an. »Vor acht Jahren war das doch dein erster Fall hier.«

Maike lächelte zurück. »Oh, das habe ich gerne dir und dem Kollegen Kolbe überlassen. Zu viel Action im Job ist nicht gut für die Nerven. Außerdem konnte ich mich gestern noch mit Sören aussprechen. Nachdem klar war, dass Björn König nicht in U-Haft muss, habe ich Reinders einen Besuch abgestattet. Es geht ihm schon viel besser, er macht wieder Witze.«

Teubners Ausdruck wurde ernst. »Hat er dir gesagt, warum er in letzter Zeit so gehässig zu dir gewesen ist?«

Maike hob etwas ratlos die Schultern. »Nicht direkt. Er hat sich mehr oder weniger entschuldigt und nur gemeint, ich hätte mich nach Jochens Tod sehr zu meinem Nachteil verändert. Eine Weile könne man das ja entschuldigen, aber sein Tod sei jetzt schließlich über ein Jahr her und ich müsse allmählich nach vorne schauen.« Sie schluckte und unterdrückte die aufkommenden Tränen.

Teubner seufzte laut hörbar und verschränkte die Arme vor der Brust. »Ich will Sören nicht in Schutz nehmen und dir auf keinen Fall zu nahe treten, Maike. Aber ein bisschen was Wahres ist da dran. Du kannst die Zeit nicht zurückdrehen. Du musst in deinem Leben wieder Freude, Freunde und Kollegen an deiner Seite zulassen.« Er räusperte sich. »Jochen Hübner hätte gewiss nicht gewollt, dass du dich komplett einigelst.«

Maike nickte stumm, es fiel ihr immer noch schwer, über ihren ermordeten Freund zu reden. »Ihr habt ja Recht. Ich werde mir ab jetzt Mühe geben.« Sie versuchte krampfhaft ein Lächeln zustande zu bringen und war dankbar, als ihr Telefon klingelte.

»Marschewski hier«, erklang die dunkle Stimme des Ermittlungsleiters aus Dortmund. »Ich möchte Sie und Ihre Kollegen zum erfolgreichen Abschluss der Ermittlungen beglückwünschen. Ihr seid ein tolles Team in Unna! Somit stünde von meiner Seite Ihrem Wechsel ins KK11 nichts mehr im Wege. Taffe Mitarbeiter kann ich in meiner Abteilung gut gebrauchen.«

»Oh, vielen Dank, Herr Marschewski!« Maike zog wegen des überraschenden Lobs vor Teubner die Augenbrauen hoch.

»Mark-Oliver«, kam es gut gelaunt durch die Leitung, »ich finde, es wird Zeit, dass wir uns duzen, Maike. Was meinst du?«

»Äh ... ja, gerne! Allerdings habe ich mich nach reiflicher Überlegung gegen einen Jobwechsel nach Dortmund entschieden. Es gab hier in der Dienststelle einige Diskrepanzen, die ...«

»... mittlerweile beigelegt sind?« Er seufzte. »Schade, eigentlich. Du hättest gut in mein Team gepasst. Heißt ja nicht, dass wir nicht mehr zusammenarbeiten. Dem Hübner ist das schließlich auch immer wieder gelungen.« Er räusperte sich. »Nichts für ungut. Apropos ... der Mike, also Mike Kolbe, der wird jetzt öfter bei euch aushelfen. Nur, damit ihr Bescheid wisst. Ist bereits mit eurem Dienststellenleiter geklärt. Ich finde, Mike passt super in euer Team!«

»Ja ... klar«, stotterte Maike wenig begeistert.

»Lea Kirchner sitzt inzwischen in U-Haft. Sie ist voll geständig«, fuhr Marschewski nun in ernstem Tonfall fort. »Ob sie für ihre Straftaten einsitzen muss, ist fraglich. Sie ist psychisch labil und gehört wohl eher in die Geschlossene. Für Kevin Scheidt wurde ebenfalls Untersuchungshaft angeordnet. Das, was von seinem Zimmer übrig ist, wird gerade von der KT untersucht. Wenn dort Drogen gelagert waren oder sind, finden wir was. Ich denke, er wird eine Weile in den Knast wandern und sich neben dem Drogenhandel für einen Mord verantworten müssen. Wir haben auf dem Smartphone von Chantal Vogt, das wir genau wie das Handy von Achmed Tahiri in Lea Kirchners Zimmer sicherstellen konnten, tatsächlich ein Video gefunden. Man sieht darauf, wie Kevin Scheidt und Achmed Tahiri Jakob Stratmann misshandeln und ihn zum Schluss zwingen, eine blaue Pille zu schlucken. Sein Todeskampf ist nicht schön anzusehen.«

Maike schüttelte entsetzt über diese Information den Kopf. »Wie kann man nur so empathielos sein und solch eine Tat filmen?«, stieß sie wütend hervor.

»Tja, damit haben wir doch täglich zu tun, Maike! Denk nur an die vielen Verkehrsunfälle auf den Autobahnen, wo ständig die Handys gezückt werden. Wie oft werden Feuerwehrleute bei schweren Bränden von Schaulustigen bei der Arbeit behindert? Na ja, gut, dass die Filmemacher, wenn man sie erwischt, inzwischen eine ordentliche Strafe kassieren. Ach, und gib die Glückwünsche für die erfolgreichen Ermittlungen auch an den Kollegen Teubner weiter. Max, meine ich.« Er lachte. »Bis demnächst!«

Maike legte den Hörer nachdenklich auf. Sie hatte Marschewski noch nie so euphorisch erlebt. Wie verschieden die Gefühlswelten doch sein konnten. Sie musste an die verzweifelte Silke Scheidt denken, die sie am Vormittag in ihrem Büro befragt hatte. Sie war völlig aufgelöst und unglücklich gewesen, hatte sich Vorwürfe gemacht, weil sie nichts von den Straftaten ihres Sohnes mitbekommen hatte. Vorübergehend war sie in der Sozialwohnung ihrer 75-jährigen Mutter untergekommen. Blieb zu hoffen, dass sie gut versichert und der Brandschaden schnell behoben war.

»Habe ich das richtig gehört? Kevin Scheidt sitzt in U-Haft?«, riss Teubner Maike aus ihren Gedanken.

»Ja«, erwiderte sie und nickte resolut. »Er hat es nicht anders verdient. Er ist ein skrupelloser Dealer und kaltblütiger Mörder! Er wusste, dass Jakob mit seiner schlanken Statur die Einnahme der *Blue Punisher* nicht überleben würde. Für mich ist das Mord, Max, egal wie Kevin Scheidt sich da herauszuwinden versucht. Michelle Böttcher kann froh sein, dass der Bluttest Moritz Hirsch als Vater ihres ungeborenen Kindes identifiziert hat. Ob sein Charakter blütenrein ist, möchte ich zwar bezweifeln, aber er ist kein Dealer und kein Mörder und von dem darf Michelle Böttcher wenigstens Unterhaltszahlungen erwarten.«

»Stimmt.« Teubner schaltete seinen Computer aus. »Für heute ist Schluss. Das war ein komplexer Fall und im Grunde können wir froh sein, dass wir die Bande von vor acht Jahren schon im System hatten. Sonst hätten wir die Morde gewiss nicht so schnell aufgeklärt.« Er erhob sich vom Stuhl und zog sich seine Jacke an. »Es hat mich im Übrigen sehr gefreut zu hören, dass du dich gegen Dortmund entschieden hast und mir weiterhin hier im Büro Gesellschaft leisten wirst.«

»Im Grunde wollte ich nie wirklich weg von hier.« Maike lächelte ihn an.

»Da bin ich aber froh!« Teubner lächelte zurück. »Bist du so weit oder willst du heute wieder Überstunden schieben?«

»Auf keinen Fall«, lachte Maike und schloss die Programme ihres Computers. Sie rollte ihren Bürostuhl zurück, stand auf und schlüpfte in ihren Lederblazer. Dann folgte sie Teubner über den Gang, die Treppe hinunter bis zum Haupteingang. Dort nutzten sie ihren Transponder, um sich auszustechen, und verließen die Polizeidienststelle.

»Stopp«, rief Mike Kolbe plötzlich von der Seite. Wie immer trug er ausgebeulte Jeans, ein schlabberiges T-Shirt und seine schwarze Lederjacke.

Sie blieben abrupt stehen und sahen ihn fragend an.

Kolbe grinste. »Ich gehöre ja jetzt sozusagen zu eurem Team. Darauf sollten wir anstoßen, was meint ihr? Lust, auf ein Pils im Extrablatt?«

Teubner nickte sofort. »Klar doch, Kollege! Aber bitte alkoholfrei, ich muss noch fahren.«

»Was ist mir dir, Maike?«, fragte Kolbe etwas unsicher.

Maike hob zögernd die Schultern. Begeistert war sie von Kolbes Gesellschaft nicht, irgendwie machte er immer noch einen dubiosen Eindruck auf sie. Vielleicht, weil sie bislang keinen tätowierten Polizisten mit zum Zopf gebundenen Haaren gekannt hatte? Weg mit den Vorurteilen! Schließlich wollte sie sich ja um mehr Teamfähigkeit bemühen. Ein gemeinsames Pils war da bestimmt kein schlechter Anfang.

ENDE

Von derselben Autorin im Prolibris Verlag

Astrid Plötner
Festa Mortale
ISBN 978-3-95475-220-1

Das italienische Fest – fünf Tage voller mediterranen Flairs mit Musik, Essen und fröhlichen Menschen in der kunstvoll beleuchteten Innenstadt von Unna. Der kleine Torben will ins Riesenrad und sich mit seiner Mutter alles von oben ansehen. Als ihre Gondel hoch über dem Festplatz schwebt, glaubt er unten seinen Vater zu sehen, der von der Mutter getrennt lebt. Ungeduldig wartet er, bis er aussteigen kann, und rennt davon, um zu ihm zu eilen. Die Mutter verliert ihn aus den Augen und Torben bleibt verschwunden, trotz intensiver Suche, auch durch die Polizei. Dann findet das Team um Maike Graf und Max Teubner einen Toten. Es wird nicht der einzige bleiben. Nach und nach kristallisiert sich heraus, dass Torben das Verbindungsglied zwischen den Mordopfern ist. Was verschweigt seine Mutter?

Von derselben Autorin im Prolibris Verlag

Astrid Plötner
Teufels Tod
ISBN 978-3-95475-223-2

Ein 90-Jähriger wird erschlagen am Rand der Massener Heide in Unna aufgefunden. Wer ermordet einen netten betagten Großvater?
Niemand! Denn liebenswürdig war der Patriarch Friedrich Teufel nicht. Dem Team um die Kriminalkommissare Maike Graf und Max Teubner scheint es fast, als habe er den Namen völlig zu Recht getragen. Nicht nur seine Familie hat der Alte tyrannisiert. Verdächtige und Motive gibt es daher mehr als genug. Der Pächter, dem er sein Land entgegen der Absprache doch nicht verkaufen wollte. Sein Sohn, dem er immer noch seine Entscheidungen aufzwingt. Die Enkelin, die ihm nicht verzeihen kann, dass er ihre geliebte Oma in ein Heim abgeschoben hat. Die Reihe ließe sich endlos fortsetzen…

Von derselben Autorin im Prolibris Verlag

Astrid Plötner
Ruhrpott-Connection
ISBN 978-3-95475-243-0

Überfall auf eine Antiquitätenhandlung in Unna. Die Inhaberin wird getötet, der zur Hilfe geeilte Kripobeamte niedergeschossen. Quasi vor den Augen seiner Freundin, Hauptkommissarin Maike Graf. Ermitteln darf sie nicht, wegen Befangenheit.
Doch während ihr Freund im künstlichen Koma liegt, stellt sie eigene Nachforschungen an. Immer tiefer dringt sie in die Welt des organisierten illegalen Antikenhandels ein. Ihre Recherchen führen sie bis in eine Totenstadt am Nil. Derweil stoßen ihre Unnaer Kollegen Teubner und Reinders bei ihren Ermittlungen auf einen Cold Case. Vor über 30 Jahren wurde die Schwester der ermordeten Antiquitätenhändlerin brutal erschlagen. Gibt es einen Zusammenhang zu dem aktuellen Fall? Und vor allem zu den Nachforschungen von Maike Graf?